目次

フラッガーの方程式

浅倉秋成

角川文庫
22629

終わりに

以上のように、今回のフラッガーシステムデバッグテストにおいては実に様々な事実が判明した。当プロジェクトとは関係のない外部の一般人を（それも現役の男子高校生を）「主人公」として招聘《しょうへい》することにより露見した幾つかの事実は、きっと今後の我々の研究においても大いなる糧《かて》となるに違いない。高度のフラグマネジメントシップを持たない者が果たしてどのようなフラグを立て、どのようなストーリーに巻き込まれていくのか。どのような台詞《せりふ》がどのような伏線を招き、どのような結末を迎えるのか。我々にとって期待通りの推移もあれば、はたまた大きく予想を裏切られる部分も存在した。

物理学、心理学、社会学、気象学、情報処理学、様々な学問領域、研究領域から最高峰の人材が招集され、文字通り「旗揚げ」されることとなった本フラッガーシステム開発プロジェクトであるが、我々の目指すべきゴールは実に明確であった。

「誰もが現実において、物語の主人公になれるシステムの開発」

我々の描いた野望は多くの人間の賛同を得て、しかし秘密裏に進められてきた。当然のことながら道は平坦なものではなく、研究開発は難航を極《きわ》めた。それでも我々の研究がようやくって実を結び、今回のような外部の人間を用いたデバッグができるまでに至ったことは素直に喜ぶべきことであろう。これらはただひとえに我々の努力とひたむきなる奔走《ほんそう》の成果である。

しかし我々はここで一度立ち止まり、じっくりと考える時間を設ける必要があるのではないだろうか。ストーリー進行のためなら数多《あまた》の危険も辞さない過度のフィクション主義。それは今回のデバッグテストにて露呈した最重要改善項目の一つではないだろうか。我々はフィクションに極めて近いものをノンフィクション上に構築するという、至極《しごく》難易度の高い課題に取り組んでいる。もちろんそれらは我々の日々の研究により、確かに高いレベルにて実現するようにはなった。しかしゆめゆめ誤ってはいけない。フィクションはあくまでフィクションであり、我々が生きているのはノンフィクションの世界なのだ。

我々は人の命を握っている。

今回のデバッグテストが証明するように、一つハンドル操作を誤れば、我々は間接的に人を手にかけてしまうことにもなるのだ。

今後は改善策として、プログラムの強制停止を促がすアナウンスの設置（と共に強制停止可能なシステムの構築）、ストーリー抽出レベルの細分化と「強」設定の廃止、また「主人公」に対する効果的なオリエンテーションの実施、そしてもちろん、それに伴う「フラッガーの方程式」の精度向上。以上のことを提唱したい。

反省と後悔ばかりでは先には進めない。

我々が行うべきは次への前進であり、システムのいち早い完成である（噂では同様のシステムの構築を目指した、別のプロジェクトも立ち上がっていると聞く）。立ち止まっている暇などない。

結びとして、新たなる決意、我々が目指すべき目標の再確認、そしてなにより、今回のデバッグテストに「主人公」として参加してくれた東條涼一《とうじょうりょういち》少年に対する最大限の敬意をここに記したい。自分の命を賭《と》してまで我々に見せつけてくれた彼の勇気ある「物語」には、ただただ驚嘆と感服の言葉しかない。彼のためにも、また我々（もとい世界中の人間）のためにも、追求していこうではないか。

最高で最良なノンフィクションのフィクションを。

フラッガーシステム開発プロジェクト　シナリオ編成・広報・営業担当

村田《むらた》　静山《せいざん》

あなたに最高のご都合主義を

1

薄ぼんやりと暖房が入った教室では、生徒たちがにわかに帰り支度《じたく》を始めている。

十一月に入り、いつの間にやら世間の空気はすっかり冬の到来を予感させるものになっていた。そろそろブレザーの下にカーディガンが必要かもしれない。

「東條《とうじょう》はどっか寄ってくとこある？」と早々に帰り支度を済ませた中川《なかがわ》が俺に問いかける。

「いや、特には」と俺は答えた。「中川はなんか予定あんの？」

「俺も別に、ただ何となく」

俺と中川が不毛なやり取りをしていると、笹川《ささがわ》、鈴木《すずき》、根元《ねもと》も帰り支度を整え、俺の周りに集まってくる。『仲よし五人組』などと名乗るつもりはないが、中学に入学して間もなく、俺を含めたこの五人が下校を共にする仲間となっていた（その関係は高校二年生になった今でも続いている）。何がどうということではないのだが、全員帰宅部であったことも手伝ってなんとなく行動の波長が合うのだ。

「まっすぐ帰ろうぜ」と提案したのは根元だった。「今日はすぐにでも家で寝たい気分だわ」

そんな台詞に対し特に誰が反対することもなく、俺たちは緩慢《かんまん》な動きで教室を後にする。

そもそも俺たちは元々活発な方ではないし、学校帰りにどこかに寄ることも少ない。平凡な毎日を平凡だと感じる暇もないくらいに平凡な時間を過ごす。だが、誰に文句を言わせようか。

こんな高校生活だっていいじゃないか。誰もが必ずしも漫画やドラマの中で展開されるような、刺激たっぷりドキドキワクワク胸キュンのハイスクールライフを展開しなきゃいけないわけじゃない。どころか、多くの人間はきっと俺みたいに色気も味気もない無地で無難でお手頃な(ユニクロみたいな)高校生活をただ暇つぶしのように過ごしていくに違いないのだ。何も悲観的になることはない。そもそも一緒に下校をしてくれるような友人が四人もいるだけでこの上ない幸せではないか。これ以上に何を求めよう。俺はまずまずハッピーで、まずまず幸福な日常を送っている。

そんなこんなでつまらないことを考えながら廊下を歩いていると、正面から佐藤《さとう》さんが歩いてくるのが見えた。佐藤さんはクラスメイトである俺たちの姿を確認すると、和菓子のような程よい甘さを兼ね備えた一級の笑みを口元に浮かべる。

「また明日ね」爽《さわ》やかな佐藤さんの声が響き、

「また明日」と俺たちは不揃いに返す。

野郎四人は何事もなかったかのように廊下を進んで行くが、俺だけはそういうわけにはいかない。どうしてもすれ違い遠ざかっていく佐藤さんの背中をチラリチラリと振り返ってしまう。歩くたびにサラサラと揺れる黒髪がまるで俺の心を見透かしているように魅惑的に躍り、伸びた背筋は彼女の清廉《せいれん》さを物語るように凛《りん》として淀みない。

ああ、素敵だ佐藤さん。素敵過ぎるよ佐藤さん。

佐藤さんの背中が見えなくなると、俺は聞かれてはならない心の声を胸の奥深くに閉じ込めて再び廊下を歩き続ける。そして、速《すみ》やかに笹川と根元の会話の切れ端を拾い上げて、あれよあれよとトークの輪へと戻っていった。

今しがた『俺のハイスクールライフはまずまずいい感じだ』的なことをのたまっておきながら、このようなお見苦しい姿を晒《さら》してしまい大変恐縮なのだが、しかし、これはノーカウントとしていただきたい。

確かに俺は佐藤さんのことが好きだ。教室ではことあるごとに佐藤さんと会話をする機会を窺っているし、修学旅行の男子部屋にて秘密裏に行われた魅力的な女子決定戦では迷わず佐藤さんに一票を投じたし、恥ずかしながら何度か佐藤さんのことを夢に出演させてしまったこともある。それは甘んじて認めよう。俺は佐藤さんが大好きだ。

だが、一つ了解して欲しいのは、俺にとって佐藤さんとのラブロマンスという夢は半《なか》ば放棄している願望であるということだ。俺にとって佐藤さんと恋仲になるということは、たとえるならば空を自由に飛びたい、タイムスリップをしたいなどの、あまりに非現実的なお話と同レベルの願望なのである。

なぜ非現実的なのか――答えは簡単である。俺はチキンで告白などできないのだ。俺を軽蔑なさるならそれも結構。だがこればかりは仕方ない。俺という人間は残念ながら、女性に対して紳士的に美しくアプローチするなどという高等テクニックを持ち合わせていないのだ。更《さら》に、顔は薄口で非印象的。女性の方からアプローチしていただけるわけもない。よって論理的に導きだされる結論は、『諦《あきら》めるしかない』というわけだ。

だが前述のように、俺はこの高校生活に対しいじけてなどいないし、不満もない。

これでいいのだ。小市民的な幸福を噛み締め、平々凡々、『まぁまぁいい感じ』の高校生活を送る。それで一向にかまわないという、クールでクレバーなスタンスで生きているのだ。

あぁ、しかしながら、俺のそんな生活姿勢を知ってか知らずか、下校途中の俺の前にそいつは突然現れた。


学校を出てから十分ほど歩いた大通りとの交差点に、その男は立っていたのだ。身長は百六十センチ程度とやや低め、体型は小太り。年齢は三十前後だろうか。少しシワの寄ったくたびれたスーツ姿で、地味な縁なしのメガネをかけていた。パッと見た印象を率直に言わせてもらうならば、『ついつい食べ過ぎてしまうのが悪い癖で、成績もイマイチパッとしないセールスマン』といった感じだろうか。端的に言って、とんでもなくダサい。

男の着ているスーツが一体どれほどのお値段だったのかはわからないが、少なくともこの男が着用することによってスーツの価値は五千円から二万円ほど下落しているに違いない。ネクタイの柄も犯罪級に気持ち悪い。どう気持ち悪いのか説明したくないくらいに気持ち悪い。

そんなセールスマン風の謎の男は黙って道に立ち尽くしていたのだが、俺たちが通りかかると途端に表情を明るくしてこちらを向いた。まるでこれが運命の出会いだとでも言わんばかりに目を輝かせながら。

「東條涼一さんですね？」

しかも、あろうことか俺に声をかけてくるではないか。名前まで知られている。これはもう、並々ならぬ恐怖心と猜疑心《さいぎしん》に苛《さいな》まれる他ない。他の四人も男の問いかけに反応し一様に俺を見つめる。それから無言のうちに『お前の知り合いなのか？』と言いたげな視線を投げかけてきた。俺は慌《あわ》てて両手を振り、『知らない知らない』というポーズを取ってみせる。

男はこちらの警戒心を解くようにニッコリと笑ってみせた。するとツヤのいい頬がテカリと光る。

「あぁ、決して怪しいものではございません。ちょっとお話を聴いてもらいたいだけなんです」

男はそう言うと俺に名刺を差し出した。恐る恐る目を通してみるが、そこにはまるで意味のわからない言葉がびっしりと羅列されているだけであった。

フラッガーシステム開発プロジェクト　シナリオ編成・広報・営業担当

村田《むらた》静山《せいざん》

俺がこの名刺から理解できたことはただ一つ。

この男の名前が『村田』であるという事実だけだった。その他の情報はもうちんぷんかんぷんで、てんでわからない。フラッガーシステム？　シナリオ編成？　広報、営業？　新しい宗教だろうか……と俺の中にはマイナスイメージを軸にした幾つかの予想が湧《わ》き起こる。

　俺が名刺を片手に難解な表情を浮かべていると、村田という男は少し申し訳なさそうな顔を作ってから、いかにも毒気のない声で提案をした。

「東條さんにとっても、決して悪いお知らせじゃないと思います。もしよろしければコーヒーでも飲みながらぜひお話だけでも」

　この男との出会いをきっかけに、緩《ゆる》やかでいて起伏のない、しかしながら愛すべき俺の平穏な日常はガラガラと音を立てて崩れていくこととなる。そして同時にこの物語自体も途端にやかましく、激流の如《ごと》き荒波に飲み込まれるのであった。

2

「私はフラッガーシステムのシナリオ編成モロモロを担当させていただいております村田静山と申します。以後お見知りおきを」

　男はそう言うと『なんちゃらフラペチーノ』という、この季節には些《いささ》か冷えそうな飲み物をストローで勢いよくチューと吸い込んだ。それから心の底から満足そうな笑みを浮かべる。

　俺は間を置くようにホットのカプチーノを舐《な》めた。

「いやぁ、私なんぞさぞ怪しかったでしょうに、わざわざついてきていただいてありがとうございます」

「まぁ、暇だったんで」

俺は今、この村田という男に連れられて当地区唯一のカフェであるスターバックスコーヒーに足を踏み入れている。俺の住むこの地域は『まあまあ田舎』であり、『まあまあ栄えていない』。しかしながら、駅前にそびえる天下のヨーカドー様のお陰で、ちょっとした買い物をこなすためにわざわざ電車に乗って遠出をしなければならないこともない。という訳でよくも悪くも小さな地域で完結し、閉鎖的な空間が形成されている。多少なり人の入れ替わりはあるものの、それでも小学校から高校までほとんどの人間が同じ学校に進学し、メンツがガラリと変わることもない。やや面白みに欠けると言われればそれまでだが、情緒不安定な思春期にこの安定感は素晴らしくもある。と、話は逸《そ》れたが、そんな片田舎にスターバックスが誕生したときには、地域住民全員が集結せんばかりの騒ぎとなった。そして、時を同じくして飲み物の名称の意味がわからず、注文をリタイアしていく客も大量に発生した。また話が逸れている。

そんな訳で俺は今、一時は地域住民の話題を独占した伝説のスターバックスに来ている。コーヒーはそこまで好きなわけでもないが、奢《おご》ってくれたのだからありがたくいただくとしよう。ただでさえ高校生にとっては法外とも思えるほどに値の張るコーヒーだ。

この怪しすぎる男にそれでも付いて行くことにした理由は至って単純で、本当にただ単に暇だったからである。

どうせ他の四人とはあの交差点でそれぞれの自宅に向けて散り散りに別れてしまうところだったし、家に帰って特段することもない。この村田という男は確かに怪しさ満点ではあったが、人を巧みに騙して功を挙げられるような知略を備えているようには見えなかったし、そもそも初めから「これは詐欺かもしれない」と思ってかかれば、男の話が宗教の勧誘だろうが怪しい油絵の販売だろうが、騙されることはないだろうという自信もあった。そんな訳で、だったらいっそこの村田の話を聴いてみようじゃないか、という気になった。何と言っても、この男は俺の名前と顔を知っていたのだ。ここまで来て放っておくほうがなんだかモヤモヤして恐ろしいではないか。

「それで、そのフラッ……なんとかっていうのに関わっている村田さんが、いったい俺に何の用なんですか？」

「そうですね、早速《さっそく》、本題に入らせていただきましょう」男は僅《わず》かにテーブルに身を乗り出す。

「実はですね東條さん。我々は東條さんに、ぜひ『フラッガーシステム』のデバッグテストの参加者《主人公》をやって頂きたく思っているんです。いかがでしょう？」

いかがでしょうも何もない。本当に、俺に話を理解させる気はあるのだろうか。

「あの恐縮なんですが、名刺にも書いてあった、その『フラッガーシステム』ってなんなんですか？」

「そうですね。では順を追って説明をさせて頂きましょう」

はじめからそうして欲しい。

「フラッガーシステムというものを、一言で言い表すならこうです。『誰もが現実において、物語の主人公になれるシステム』。より細かく説明するとですね……そうだなぁ、例えばどうでしょう東條さん？　あなたの人生はドラマチックですか？」

藪から棒になんて質問だろう。「どういう意味ですか？」

「例えば東條さんのこれまでの人生を一冊の本にしたとしましょう。もしくは映画でも漫画でもなんでもいいです。とにかく東條さんという『物語』がどこかで売られていたとして……それがミリオンセラーになると思いますか？」

捉えようによってはなかなか棘《とげ》のある質問ではあるが、しかし冷静に考えてみてどうだろう。なるほど俺の人生は確かに売り物にできるほどドラマチックではないかもしれない。平凡な家庭の一人息子。成績も中の中で、部活もやっていなければ、これといった趣味もない。

「売れそうにはないですね」

「そうでしょう、そうでしょう」

ひょっとすると挑発しているのかもしれない。しかしそんな俺の疑心を気にする素振りもなく村田さんは続けた。

「でも東條さん。気を落とすことはありません。誰しもの人生がきっとそうなんです。自伝を発売したとして、それが他者の共感を得てヒットを飛ばすだなんて、そんなのほんの一握りの人間だけです。だいたいの人は他人から見れば、特筆することもないような地味ぃ〜な人生を送ってるんです」

そこまで言うと、突然村田さんは人差し指を俺の前につき立て、声に力を込めた。

「しかしですね東條さん。そんなアンチドラマチックな日常をたちまち『物語』のようなイカした世界に変えてしまうのが、私たちが開発した、この『フラッガーシステム』なのです！　このシステムを使用すれば、どんな人間であっても圧倒的にドラマチックで、誰もが認める名作のような日常を生きることができるんです！」

なんだかテレビショッピングの胡散臭《うさんくさ》い宣伝のようになってきた。「あの村田さん。すでに疑問は山積みなんですが、ひとまずそのフラッガーシステムってのがどんな形状をしているのかだけ教えてください。それは『飲み薬』なんですか？　それとも身体に装着する『機械』みたいなもんですか？　それがてんでわからないんですけど」

「ズバリ言ってフラッガーシステムの実体は『電波』の一種です」

「……電波？」

「ええ」村田さんは自慢話でも始めるみたいに両手をすりあわせた。「まあ正確には電波というわけでもないんですが、専門的な解説は話をややこしくするだけですから、ここでは『電波』と呼ばせて頂きます。現在、我々は特殊な電波塔を数機、世界の幾つかの地点に設置しているのですが、そこから特殊な電波を発信することにより、人々の行動や思考をまるでフィクションのように変容させることを可能としているのです」

「……電波で人の行動をコントロールする？」

「ええ、大体においてその通りです」

よく意味はわからないが、ものすごく怪しいことだけは何となく理解できた。

さすがに俺が釈然としていないのを察したのか、村田さんは身振りを大きくして話を続けた。

「確かに、すぐに信用してもらうことは難しいかもしれませんが、これは最新鋭の技術と知識、とりわけ社会学、心理学による『場の空気』と『人の行動』に関する研究、物理学、気象学、流体力学などを始めとするあらゆる物理現象の研究などを集大成した、実に科学的なシステムなのです。ストーリーの進行補助として世の中で知られている三百ものフィクションの名作をシステムのデータベースにプログラムさせることにより、効率のよいストーリーの作成を実現。システムに『主人公とする人物』、『システムを稼働する期間（物語の長さ）』、『希望するラストの展開』をインプットすれば、たちまち誰でも主人公になれる。そんな夢の様なシステムが、事実として『ほぼ』完成しているのです」

「なんとなく言いたいことはわかったような気もしますよ……。そのフラッガーシステムとやらを使えば、日常が少しばかりハチャメチャで面白くなるってことですよね？」

「ええ、その通りです。でも、ただ単にハチャメチャになる訳じゃありませんよ。フラッガーシステムによって構築されたストーリーはきちんと的確な伏線を張り、余すことなく美しく回収、更には求めるラストシーンに向けて、誰もが納得のいく一級の物語を作り上げてくれます。ノンフィクションである現実の上に」

「異常なまでのハードル上げはいいとして、俺はどうにもそのシステムだとか『電波』だとか、そのへんの話が信用ならないんですけど」

「そうですね……ならば」村田さんは軽く手を叩いた。「百聞は一見にしかず。一つフラッガーシステムの効力をお見せいたしましょう」

そう言うと村田さんは黒いビジネス鞄の中からノートパソコンを取り出し手際《てぎわ》よく何かを入力すると、パソコンをくるりと反転させ、画面を俺の方へと向けた。

「今からこのパソコンを使ってオンラインでフラッガーシステムの設定をし、早速『物語』を開始させてみようと思います。もっとも、今回はちょっとした余興なのでとりあえず主人公はワタクシ村田で、やらせていただきます」

俺は疑いの心たっぷりながらも一応頷《うなず》き、村田さんの操作を見守る。

村田さんは画面を俺に向けたまま、身を乗り出すようにしてパソコンで設定を始める。

「まず、この『主人公』という項目……ご覧いただけますか？」

画面を覗くと、確かにそこには『主人公』と書かれた項目があった。俺は頷く。

「この『主人公』のところに、物語の主人公として設定したい人物の名前を入力します。というわけで今回は私の名前を……『村田静山』っと……」

村田さんは窮屈そうな姿勢でキーボードを叩いた。

「一応、このパソコンにはGPSがついていまして、主人公を設定したときに、パソコンの最も近くにいる『村田静山』という人物を、主人公として認識するようにプログラミングしてあります。ので、同姓同名の他人が誤って認識されるような事はありません。続いてフラッガーシステムを稼働する『期間』の設定ですね。これは要するに『物語の長さ』です。一応、五分間から三年間まで設定が可能ですが……さすがに何時間も余興をお見せするわけにはいかないので、今回は最短の『五分間』にしましょう」

『期間』の項目に〝5 minutes〟という文字が打ち込まれる。

「続いて『ラストの展開』。これはつまり、物語がどのような結末を迎えるか、ということを設定できます。選べるのは三タイプで『1．勝利』、『2．幸福』、『3．感動』。いずれかを選択すると、設定した通りのラストシーンを迎えるようになります。そうですね……どうせなんで、東條さんにお好きなのを選んでいただきましょうか。東條さん、どうかお好きなものをおひとつ」

「え……じゃあ『感動』で」と俺は適当に答える。

すると、村田さんはカーソルを3番の『感動』に合わせてチェックマークを入れた。

「これでもう、設定は完了したも同然です。あとは開始時刻の設定をするだけ。一応、システム調整のために、稼動まで最低十分間のインターバルを設けなきゃいけないんで、開始は……」村田さんは腕時計をちらりと見やる。「キリがいいんで、十二分後の午後四時スタートということにしましょう。本日、午後四時からワタクシ村田静山の『物語』の開演となります。五分間の短い感動ストーリーではありますが、どうぞお楽しみを」

村田さんが画面の下部に表示されている〝Run.〟というボタンをクリックすると、画面には〝Enjoy your Flagger!〟という文字が浮かび上がった。はてさてこれから何が起こるのか……などとワクワクした感情は一切湧きあがらず、俺は少しばかり冷ややかな気持ちでカプチーノを啜《すす》る。今から起きる珍事など予想だにせず。

午後四時がやってきた。

パソコンの画面は再び切り替わり、〝Running.〟という文字が浮かび上がっている。

俺はなにげなく周囲を見回してみるが、パソコンの表示が切り替わった以外には何ひとつとして変化はない。隣に座っている女性二人組は相変わらず談笑を続けているし、奥のカウンター席に座っている学生はイヤホンを耳にしたまま読書にふけり、店員のお姉さんたちも愛想よく接客をしているだけ。

なんじゃこりゃ。そりゃ期待らしい期待はしていなかったが、何も起きないというのは少しばかり寂しいじゃないか。わざわざ俺をここまで呼んできて、さらにはフラッガーシステムとやらの設定について細かに説明してくれたにもかかわらずこのありさま。

相当にしらけた気持ちの俺が村田さんに文句の一つでもつけようとしたその時、村田さんは静かに口を開いた。

「あいつ、今頃何してんのかなぁ……」

「……はぁ？」と、俺は思わず声を上げてしまった。

この人は突然何を言い出すんだ？　村田さんの発した意味不明な台詞は、俺に向けられたものではなく、もちろん隣の女性二人組に向けられたものでも、店員さんに向けられたものでもなかった。これはまごうことなき独り言である。

もしや……この人はここで延々と独り言を続け、それを五分後になって『今のが感動の物語でした』などと、説明する気だろうか。いやいやいや、そんなのさすがに許さんぞ。

すると、村田さんは天井をどこか郷愁的に見上げて、更につぶやきを重ねた。

「俺の気持ちも、知らないまんまでさ……」

これは笑うところなのだろうか？　あまりにも痛い。ひょっとすると村田さんも引っ込みがつかなくなって、少し自暴自棄になっているのかもしれない。止めてあげたほうがいい気がしてきた。これ以上、村田さんを訳のわからないワンダーワールドで暴走させ続けておくのは、いろいろな意味で危険な気がする。

しかし、俺がいよいよ声をかけようと思ったその時、事態は予想外の展開を迎える。

「あ、あんたの気持ちに気付いてない訳ないでしょ！」

突如として田舎町のスターバックスに響いたそれは、女性の声だった。他のお客はその声に思わず静まり返り、その反動で店内に流れる微《かす》かな音楽がハイライトされて響く。

謎の声の発信源を確かめるべく恐る恐る店の入り口付近に視線をやると、そこには一人の女性が立っていた。年齢は二十代半ばから後半くらいだろうか。焦げ茶に染められた髪はゆるふわボリューミーに整えられ、目鼻立ちはくっきり、化粧も服装もおしゃれな雰囲気でまとめられ、背も高い。まるでファッション雑誌のモデルでも任されそうな女性だった。

俺は目が点になったままその女性を見つめる。

誰だ……この人は？　そして、どうしてそんな大声を出しているんだ？

しかし俺の思考のまとまりを待つことなく、女性は村田さんに対し一直線に歩み寄ってくる。すると今度は村田さんが口を開いた。

「小須田《こすだ》……お前どうしてここに？」

小須田？　この人は小須田さんというのか？　というか村田さんのお知り合い？　俺の混乱をよそに、会話は続く。

「さっきたまたまそこを通ったら、しょぼくれた顔でコーヒー飲んでるあんたの顔が見えたからちょっと立ち寄ったのよ。まったく、いつまでもそうやってウジウジしちゃってさ……あんたって、どうしてそう男らしくないのかしら？」

「そんな言い方ないだろ？」

「だったらちゃんと言ってよ！　わ、私……ずっと待ってたんだから！　あんたが、自分の気持ちを伝えてくれるの！」

「小須田……」

そして訪れる謎の沈黙。

なんだこれ……よくわからんが、なんかちょっといい雰囲気じゃないか……。失礼な話だが、村田さんと、この小須田さんという女性は決して好き合っている二人には見えない。どころか、対照的と言っても過言ではない。しわしわのスーツを着た小太りで口周りには無精髭もちらつく村田さんと、かたやモデルさんのように見目麗《みめうるわ》しき高身長な女性。どうしてこんな二人が、こんな雰囲気になっているんだ？

しかし、そこで俺はふと思う。

これこそがフラッガーシステムの効力なんじゃないか？　と。

なるほど、確かに村田さんを取り巻く状況を考察してみると、まるで何かの物語の主人公のように見えなくもない。そもそも現実の世界で『私ずっと待ってたんだから！』だなんて芝居がかった台詞を口にする人は少ないだろう。

——どんな人間であっても圧倒的にドラマチックで、誰もが認める名作のような日常を生きることができるんです——

この二人のやり取りが果たして『名作』であるかは別として、確かにドラマチックだとは言えるかもしれない……と、そんなことを考えているうちに、いつのまにか二人は熱い抱擁を交わしているではないか！　と言っても、身長は圧倒的に小須田さんの方が高いため、半ば小須田さんが村田さんを包みこむような形になっている。

「待たせてごめん小須田……。俺、お前のことが好きなんだ」

「……やっと言ってくれたね」

大衆の面前で君たちは何をやっているのだ！　今すぐにそんないかがわしいことはやめなさい！　とでも叫びたい気持ちだったが、外野（俺）の心の声も虚《むな》しく、二人はあろうことか口づけを交わそうとする態勢に入った。周囲の視線も憚《はばか》らず、蒸気が立ち込めそうなほどに熱く見つめ合う。そうして二つの唇は世界を焦《じ》らすようにゆっくりとゆっくりと、しかし確実に接近していく。

俺は異常な光景を前に逃げ出したいような気持ちになっていたが、思いのほか周囲のお客たちは冷静に二人の成り行きを見つめていた。一体全体何がどうなっているというのだろう。

さあ、口づけが果たされるまで、いよいよ残り数センチとなったその時……。突如としてどこからか実に機械的な「ピーピーピー」という音が響きだした。音は二人の口づけを意地でも阻止せんとばかりに警報のごとく高圧的に響く。

ふと冷静になってみると、その機械音は先程村田さんが操作していたパソコンから発せられていることがわかった。おもむろに画面を覗いてみると、そこには〝The End.〟の文字が浮かび上がっている。パソコンの右下に表示されている時刻を確認してみると、午後四時五分と表示されていた。村田さんの設定した五分が過ぎている。

「うそ……いやだ私、なんで……」

意図せず気味の悪い虫に触れてしまったかのように、苦々しくも青ざめた顔をした小須田さんは、大慌てで村田さんを突き飛ばした。それから村田さんの顔を駅のホームにぶちまけられた吐瀉物《としゃぶつ》でも見るような侮蔑的視線で睨《にら》みつける。

「なんで……キモ村田と抱き合ってたんだろ……」

村田さんは「ははは」と笑い、おとぼけ顔で頭を掻いてみせる。「小須田さん、照れなくてもいいのに」

「最悪……もう死にたい」

その台詞を最後に、小須田さんは全力ダッシュでスターバックスから走り去っていった。何かとっても大事なモノを失ってしまったような、切なげで、絶望的な表情で。

村田さんは小須田さんが店から出ていってしまうと、小さなため息を漏らしてから再び椅子に座り、フラペチーノを吸い込んだ。

「……まぁこんな感じです」

「こんな感じです、じゃないよ!! あの人、死にたいって言ってたよ!?」

「まぁまぁ東條さん落ち着いてください」村田さんは元通りの脂っ気の多い笑顔をつくった。

「今のが何を隠そうこのフラッガーシステムの効力だというわけです。私という『主人公』が何気なくつぶやいた台詞を『フラグ』として拾い上げ、その後のストーリーを構築する。またそのために、たまたま近くを歩いていた私の高校のときの同級生『小須田恵《めぐみ》』さんを誘導し、ここまで連れてきた。そして、更には主人公といい雰囲気になるように精神誘導し、キス寸前までストーリーを展開した。どうです?」

「……小須田さんがよく、たまたまこの近くを歩いていましたね」

「ああ、申し遅れましたが、私もこのあたりの出身なんです。だから、このあたりには誰かしら、私の知り合いがいると踏んだんですよ。そもそも私の最初の独り言も『○○さんは今頃何してんのかなぁ?』などと特定の人物の名前ではなく、『あいつ、今頃何してんのかなぁ』と、ぼかしてあったでしょう? あれは、システムがどの人を誘導してもいいように幅を持たせるためなんです。だから、小須田さん以外の女性が来ても文句は言えません……。いやぁ、しかしそれにしても小須田さん美人でしたねぇ……こりゃ役得だ」

「村田さんのこと、『キモ村田』って呼んでましたけどね」

「あ、あれは……私が小須田さんに『キモ村田』って呼んで欲しいって、頼んだんですっ！」

「嘘つくなよ」

「まぁ、それは置いておいて……いかがでしたか東條さん？　このフラッガーシステムの力を理解していただけたでしょうか？」

「……まぁ」

俺は素直に頷いておいた。

確かに、村田さんと小須田さんが予《あらかじ》め打ち合わせた上で演技をしていた可能性も否めない。しかし、五分経過して我に返った小須田さんの表情は演技の範疇でできるような代物《しろもの》には見えなかったし、そもそもあの瞬間はこの店全体が異様な雰囲気に包まれていた。『カップルがキスしようとしている。ふぅん、そうなんだ』と言わんばかりの無関心と、謎の包容力。なんとも言えない不思議空間が広がっていた。

そして、その反動を証明するように、今現在は周囲のお客がチラチラと俺と村田さんのことを覗き見てはヒソヒソと会話をしているのが窺える。こういった異様な光景を見せつけられれば、村田さんが言うフラッガーシステムというものの存在を、俺は多少なりとも信じなければならないのかもしれない。

「でも、ラストシーンが『感動的』とは思えませんでしたけどね」

「ごもっともです」と村田さんは頷いた。「というのも、本フラッガーシステムはデータベー

くスにインプットされているシナリオの中から最適な道筋を選んで、ストーリーを組み上げてい
く複雑なシステムですから、たったの五分間じゃ演算が間に合わないんです。今さっきやって
みせたのは所詮、余興です……。もしも、もっときっちりとした伏線の回収や、完成されたラ
ストシーンが見たいのならば、最低でも一週間は期間を設けないといけませんね」

「なるほど……。それと、ちょっとした疑問なんですけど、さっきの小須田さんみたいに『精神誘導』されている人っていうのは、いわゆる『マインドコントロール』されている状態ってことですか？」

「『洗脳』とはちょっと違いますね……」と村田さんは言う。「言うなれば、あれはシステムの電波を使って『場の空気』から気分を強烈に誘導したんです。……まぁ、簡単に言ってしまうならば、お酒で酔っぱらわせたみたいなもんですね。なんとなく気分がいいから主人公を好きになっちゃう。なんとなくいい雰囲気だから調子のいいことを言っちゃう。そんな感じです。なので、システムが稼働していてもその人間の根本がガラリと変わってしまうわけではありませんよ。その人の好みとは裏腹にタイプでもない主人公のことを好きになってしまう傾向があることは認めますが、それ以外の性格の根本は概《おおむ》ねそれまで通りです。ただ、キャラ立てをするために、ちょっと怖がりな人はものすごく怖がりになりますし、ちょっと負けず嫌いな人はものすごく負けず嫌いになります。ただ『意志の強い人』、あるいは『強い信念を持っている人』は、若干《じゃっかん》性格の強調がなされにくい傾向にあることも事実です……。システムの効力を上回る信念の持ち主には、なかなか電波の影響が及びにくいんですよ」

「……なるほど」

「どうです東條さん、どうか参加していただけませんか？　うまくフラグを転がしていけば、実にドラマチックで心躍るような体験もし放題です。さっき、私が小須田さんと抱き合っていたのもご覧になったでしょう？　あんなことだって、こんなことだって、コツさえ掴めばやりたい放題です！　さあどうでしょう、主人公になってはいただけないですか？」

「確かに……このフラッガーシステムを使えば、俺でもハリウッド映画の主人公みたいにドラマチックな生活が送れる訳か……」

「えっ？」と村田さんは言うと、どこかバツの悪そうな顔をする。「ハリウッド映画の主人公は……ちょっと無理ですねぇ」

「はっ？　どうしてですか？」

「フラッガーシステムのデータベースに『ハリウッド映画』のシナリオは含まれていないものですから……」

「あっ、そうなんですか……。じゃあ『邦画』の主人公って、ことですかね？」

「あぁ……邦画もちょっと……難しいですねぇ」

「えっ？　じゃあドラマか小説の主人公？」

「それもちょっと……」

「はぁっ？　じゃあ、いったいどんなシナリオが登録されているっていうんですか？」

「主《おも》にぃ……」村田さんは絞り出すようにして声を出す。「深夜アニメですね」

「し、深夜アニメ⁉　ちょ、ちょっと待ってくださいよ！　だって話を聴くかぎり、シナリオは三百作品分も登録されてるんですよね？　それなのに深夜アニメ以外のシナリオは登録されてないんですか？」

「まぁ、三百作品中、二百九十九作品が深夜アニメですね」

「ほぼ全部じゃないですか⁉　こうなってくると逆に残りの一作品が気になりますよ」

「残りの一作品は『戦場のメリークリスマス』です」

「渋っ。どうしてそこに大島渚作品が滑りこんできたんですか？」

「いやぁ、実はうちのプロジェクトリーダーが根っからの内田裕也好きなもので」

「内田裕也ほんのちょこっとしか出てないですけどね」

「まぁまぁ東條さん。考えてもみてください。血まみれになりながらテロリストと闘うブルース・ウィリス、戦場で上半身さらけ出して機関銃ぶっ放すシルベスター・スタローン。腹を撃ちぬかれて叫び声を上げる松田優作……。どうですか東條さん？　あなたはああいう人間たちの人生を追体験したいと思いますか？」

「ま……まぁ確かに、ああいう過激なのは勘弁です」

「そうでしょ？　それに比べてアニメは実に素晴らしい。あれこそが、最新技術を駆使してまでノンフィクション世界に輸入してくるに相応《ふさわ》しいフィクションの産物です。くだらないと嘲笑されがちなテンプレート的な展開も、めくるめくご都合主義展開も、実際に自分が体験することを想定すれば、あれこそが至高の幸福であると誰もが気付くはずです」村田さんの声がにわかに熱を帯び始める。「そもそもなにを隠そう、本フラッガーシステムのシナリオ設計をワタクシ村田が担当させていただいた理由こそが、私が『アニメ評論家』であるからです。私は主に二〇〇〇年代《ゼロ》アニメを中心に、独自の視点と解釈で様々な考察を試みてきました。ズバリ言ってアニメとはその時代の願望の投影なんです。その鏡こそがアニメ。それもとりわけライトノベルや恋愛ゲームなどの比較的自己投影がしやすい媒体を原作とした作品に──」

「あの……アニメの解説は、もう大丈夫ですから」

村田さんは俺の声に、まるで夢から覚めたように両目をパチクリと瞬かせ、かすかに残る興奮を鎮《しず》めるため小さく咳払いをした。

「失礼しました。ところで東條さんは深夜アニメをご覧になったことはありますか？」

「まぁ、少しだけなら」と俺は答える。「ちゃんと全話欠かさずに見たものがあるというわけじゃないですけど、たまたまテレビをつけたときにやってて、何となくそのまま見たってことはありましたね。作品名はちょっと思い出せないですけど」

「なるほど。それじゃ、取り立てて『アニメ好き』という訳ではないんですね？」

「んまぁ、そうですね」

「それは助かりました。わざわざデバッグテストを行ってもらおうというのに、あまりにも華麗なフラグ捌《さば》きを見せつけられたら、なんのためのデバッグかわからなくなってしまいますからね。今回のデバッグテストの目的はあくまでフラグマネジメントシップが低い人間に主人公を任せたときのシステムの推移を観測することですから。そういった意味でも東條さんは適任です」

「あの……ちょっといいですか？」

「はい、なんでしょう？」

「いつ訊こうかと思ってた一番の疑問なんですけど、なんでそんなにしてまで俺を主人公に仕立て上げたいんですか？」

村田さんは自らの頭を軽く叩いてみせた。「そうでしたね……その説明がまだでした」

「俺の名前まで知ってたし、あの交差点で待ち伏せしてたってことは、端《はな》から俺に声をかけようとしていたんですよね？」

「ええ、その通りです。実はですね東條さん。あなたはこの地域において『最も深夜アニメの主人公っぽい高校生』なんですよ」

「はぁ？」

「おめでとうございます」

「いや、おめでとうじゃないですよ。どういう意味ですか？」

「実はですね、深夜アニメの主人公にも、必要とされる資質というものがあるんです。それを見事に満たしているのが、東條さん、あなたなんです……。おめでとうございます」

「だから、おめでとうじゃないですよ。その資質ってなんなんですか？」

「第一に『帰宅部であること』。だいたいの作品において、主人公は帰宅部でなければなりません。スポーツ作品でもないかぎり主人公は能動的でないほうが好まれます。仮に部活動に所属していたとしても文化系の部活が相場というものでしょう。また第二に『ツッコミ気質であること』です。主人公は自らの置かれた特殊な環境に随時ツッコミを入れていく常識人でなければなりません。じゃないと、視聴者の代弁者にはなれないですからね。更に第三に『交友関係が狭いこと』です。友達がウジャウジャいるような主人公だと、これまた主な視聴者層である根暗オタクたちの心が摑めませんから。はじめから存在していてもいい友達の数は、最大でも男の友人三人、女性の幼なじみ一人、姉妹が二人で……計六人くらいですかね。これ以上登場人物がいると、視聴者もキャラクタの把握が困難になってきますし……。そして最後に『名前がまぁまぁカッコいいこと』です。主人公の名前がダサいんじゃ、女の子に名前を呼ばれるたびに物寂しい気持ちになりますしね。と、こんな感じです」

「……つまり俺は『帰宅部』で『ツッコミ気質』で『友達が少なく』て『名前がまぁまぁカッコいい』から選ばれた、と？」

「その通りです」

「馬鹿にされている気しかしないんですが……」

「そんなことないですよ。立派な主人公候補です。いやぁ、おめでとうございます」

「その、おめでとうございますって言うのやめてもらっていいですか？」

「でも現に、東條さんは素晴らしい逸材なんです。もっと誇りを持ってください」

「……なんか腑に落ちないんですよね。そもそも俺の名前、カッコいいですか？」

「『まぁまぁ』カッコいいですよ。そして何より主人公っぽいです。ただ所詮は『まぁまぁ』

の範疇なんで、そんなに調子に乗らないほうが……とは思いますけど」

〽一回も調子に乗ってねぇよ!! さっきから一方的に持ち上げてんのはそっちなんだよ! ……まぁ、名前の件についてはとりあえず納得したことにしておきますよ。でもどうして、見たことも会ったこともない俺の交友関係だとか性格だとかを知っていたんですか？ それがちょっとした恐怖なんですけど」

「なるほど、それもそうかもしれませんね」と村田さんは頷く。「東條さんは『ウィキペディア』ってご存じですか？」

〽俺、ウィキに載ってたの？」

「ええ、日本のAV男優一覧に」

〽きっと別人だよ!! 不本意すぎるわ!!」

「冗談です」

村田さんはメガネを中指で押さえる。

「実はですね、我々は特殊なデータベースを持っておりまして、今回はそこから条件に最も合致している人物として東條さんの情報を引き出させていただきました。あまり詳しいことは言えませんがね。しかし、それにしても東條さん、あなたって人は……」村田さんはおもむろに頭を抱えるような仕草を見せた。「……最高にツッコミ気質じゃないですか」

〽ほっとけ!!」

「これは失礼。でも、今のも褒め言葉であると受け取ってください。ますます東條さんが主人公として適任であるということが証明されたわけですから」

村田さんは椅子に座りなおし、気持ち悪い柄のネクタイをくいっと整えた。それからほんの少しだけ表情を引き締める。

「東條さん。あらかたの説明も終了したところで今一度お願いさせて頂きます。よりよいフラッガーシステム開発のため、我々のデバッグテストに参加しては頂けないでしょうか？」

俺は答えあぐねて視線を下に落とす。すると村田さんは身振りを加えて言葉に力を持たせた。

「なんとなく想像はつくかもしれませんが、深夜アニメというものは割に恋愛ストーリーに特化しています。さっきの小須田さんと私のように、現実じゃ絶対ありえないようなドキドキのシチュエーションが、あるいは胸がキュンとしてしまうような素敵な台詞が、フラッガーシステムを使えば現実のものになるんです。東條さんにはいませんか、気になる女の子？」

気になる女の子。

その言葉を聞いた瞬間、俺の頭にはまるで手品のように唐突《とうとつ》に、そして向日葵《ひまわり》のように鮮やかに佐藤さんの顔が浮かんできた。村田さんは俺の微かな表情の変化を見て今が好機と睨んだのか、一気呵成《いっきかせい》に畳み掛ける。

「そんな女の子ともフラグ操作次第ではお近づきになれるかもしれないですよ。この機を逃す手はないでしょう？」

俺はゴクリと一つ唾を飲み込む。

佐藤さんとお近づき？

それはなんとも不自然で異空間的な響きを伴って俺の胸に響いた。あの佐藤さんとお近づきになれる。そう考えた途端、俺の頭のてっぺんからはモクモクと妄想が噴出され始め、諦めながらも心の奥底では諦めきれなかった理想郷が形成された。

佐藤さんが朝早く俺の家を訪れ、一緒に登校しようと提案してくれる。佐藤さんの家は俺の家からは少し距離があるのだが、その辺はなんというか、愛の力の前では障害にもならないというわけだ。俺は寝ぼけ眼《まなこ》をこすりながらも笑顔いっぱいで佐藤さんと登校。道中は数日後に迫るテストについて相談しあったり、週末はどこそこに遊びに行こうなどと計画を立てあったり、あわよくば手をつないじゃったりもするわけだ。周りの人間に冷やかされることもあるかもしれないが、そんなものを気にする必要は一向にない。なんてったって二人は心の底から好き合っているのだから……。

これまでの生活において理性と理屈によって抑え続けてられていた禁断の妄想たちは、脳内から解放された自由を高らかに歌いあげるように俺の周囲を勢いよく駆けまわった。

「いいですか東條さん」村田さんの声が俺をなんとか現実の世界に呼び戻した。「人の行動を、電波を用いて誘導できる。こんなにも革新的な技術ですから、悪用しようと思えばいくらでも悪用できます。軍事利用であったり、商業利用であったり、とにかく活用方法は無限です。そんな異次元級の力を有したシステムですから、我々としてもこのフラッガーシステムが正式にリリースされた際には、一日稼働するごとにクライアントから数千万、あるいは数億円のお金をいただこうと考えています。それだけの力が、このフラッガーシステムにはある訳です……。

しかしですね東條さん。いま、東條さんはそんなフラッガーシステムの試験運用に運よく巡り合えたんです。正式運用後には、とてもではありませんが、東條さんのポケットマネーで参加できるような代物ではなくなっています。おそらく実用化した日には、フラッガーシステムを使用したいアラブの石油王たちの予約でいっぱいになってしまうことでしょう」

「せ、石油王をターゲットにしてるんですか？　多分需要ないと思いますよ」

「とにかく」と村田さんは話を区切る。「私たちはぜひとも今回のデバッグテスト、東條さんに参加していただきたいのです。どうか、どうか一つ……お願いします」

そう言うと村田さんは椅子に座ったまま小さく頭を下げた。

俺はそんな村田さんの真摯《しんし》な態度についに決意を固め（決して佐藤さんとのラブロマンスに心が躍りすぎてしまったためではなく）、少しだけ胸を張って頷いた。

「仕方ない……俺でよければ、参加させていただきましょう！」

「本当ですか？」

「ええ、微力ではあると思いますが、村田さんの大いなる志に胸を打たれましたよ。参加させてください」

すると村田さんは、心底美味《うま》いビールを飲み干した時のように「くぅーっ」と唸《うな》ってから、俺の手を力強く握った。

「ありがとうございます東條さん。あなたは間違いなく最高の主人公です」

「いえいえ、とんでもない」

「しかしそうと決まれば早い。早速設定をしてしまいましょう」

村田さんはそう言うと先程と同じようにパソコンを操作してフラッガーシステムの設定画面を呼び出し、画面を俺の方に向けて説明を始める。

「勝手ながら主人公はすでに『東條涼一』と打ち込ませて頂きました。ですので、まずは『期間』から設定させて頂きたいのですが、我々の希望はずばり『一ヵ月間』です。というのもそれが我々にとって最も理想的なフラグ推移を観察できる設定なんです」

よくわからないが、一ヵ月もの間、佐藤さんとたっぷりイチャイチャできるなら何も文句はない。気付けば俺は「それでいいですよ」と答えている。

村田さんは『期限』の項目に〝1month〟と打ち込んだ。

「続いて、『ラストの展開』ですね。これは先程も説明させて頂いたとおり、『1．勝利』、『2．幸福』、『3．感動』の三つの中から選んで頂きます。これに関しては、東條さんのお好きなものをお選びください。せっかくの東條さんの『物語』なわけですから」

「じゃあ『感動』でお願いします」

頭の中にはラストシーンにて互いの身体が同化してしまわんばかりに抱き合う俺と佐藤さんの姿が浮かび上がる。実にいい。勝手なイメージだが、幸福では少しぬるい気がした。本当の幸福を得るためには感動が必要なのだ。

村田さんは『感動』にチェックマークを入れる。

「先ほどは説明を省略してしまったのですが、実は『ストーリー除外対象者』と、『ストーリーの抽出レベル』という項目がありまして、これらを設定することにより、より細《こま》やかな演出が可能になります」

「ほう」

「まず『ストーリー除外対象者』の項目について説明させて頂きますと、これは『この項目に名前を記載された人物は、フラッガーシステムに操作されることがなく、また主人公がいくらこの人物と会話をしようが、それがフラグになることはない』という人物の設定ができるものになります。なんとなくおわかりになりますかね？」

「……わかるような、わからないような」

「実を申しますと、先ほど私が余興をやったとき、この項目には東條さんのお名前を入力させて頂いていたんです。その証拠にあのとき、東條さんはフラッガーシステムに支配された世界でも、私と小須田さんのイチャつきが『異常だ』と認識できていたでしょう？」

「おぉ、確かに」

周りのお客や店員たちは村田さんと小須田さんを見ても何一つ不思議そうな顔をしてなかったのに、俺だけがその光景を異常なものだと認識できていたのはそういうからくりだったわけか。なるほど。

「つまり、ここには世界の異変を客観的に認識させたい人物の名前を入力しておくんです。なので、今回のデバッグテストでは、フラッガーシステムの正常な観測を行いたい私を含めたプロジェクトスタッフの名前を入力させて頂きます。よろしいでしょうか？」

「そりゃもちろん」と俺は答える。

村田さんは手際よく、『ストーリー除外対象者』の項目を埋めていくと、

「続いて『ストーリーの抽出レベル』について説明させて頂きます。こちらは一言で言ってしまえば『フラッガーシステムの効力をどのくらい強くするか？』という項目です。強度は『弱』『中』『強』の三つから選択することができ、強度が強ければ強いほど、主人公が何もしていなくても自動的にストーリーが構築されるようになり、弱ければ弱いほど、主人公が動かないかぎりストーリーが構築されないようになります。……若干、手前味噌な話にはなりますが、ワタクシのようにアニメに関するテンプレートやお決まりの台詞、効果的なフラグの立て方を熟知した人間ならば『弱』設定でも十分ストーリーを構築することが可能なのですが、東條さんのようにフラグマネジメントシップが低い方は『強』設定にしたほうが何かと都合がいいかと思います。東條さんは上手《じょうず》にフラグを立てる自信はおありですか？」

「フラグを立てる……っていうのが、そもそもピンと来ないんですけど」

「それは失礼致しました」村田さんは椅子にかけ直す。「言うなれば、さっき私が余興で発言した『あいつ、今頃何してんのかなぁ……』のような台詞などがまさしくそれの典型です……。物語の中で、次の展開を暗示するような台詞や行動を起こすことを俗に『フラグを立てる』と言うんですよ。そして、自分の望む展開通りに上手にフラグを立てる能力のことを、我々は『フラグマネジメントシップ』と呼ばせて頂いております」

「なるほど……。つまり、設定を『弱』にしてしまうと、自ら積極的に『あいつ、何してんの

かな？』的な発言をしていかなければいけない……と？」

「その通りです」

「じゃあ、『強』でお願いします」あんなの俺にできるものか。

「そうですね、それがいいと思います。我々としても身内がシステムを使用するときはみんな『中』か『弱』に設定していたので、『強』での挙動は大変貴重なデータになって大変ありがたいです」

村田さんは今にもハミングでもかましそうな上機嫌な表情でパソコンの操作を終えると、納得がいったように大きく頷いた。

「完璧です……。こちらの都合で申し訳ないのですが、システムの稼働開始日に関しては『十二月一日』とさせてください。我々としてもデータを取るために準備期間というものが欲しいものですから……」

「それでいいですよ」と俺は二つ返事で了承する。十二月一日と言えば今から約半月後。村田さんたちのシステムの準備期間もさることながら、俺自身の心の準備期間としてもちょうどいいだろう。短過ぎず、かといって長過ぎもしない。更に言うなら、システムの稼働期間は一ヵ月なわけだから、十二月一日に開始すれば終了日は大晦日ということになる。特に何がどうということはないが、キリがいいではないか。なかなか悪くない。

「これで設定は完了です」村田さんはにっこりと微笑んだ。安全性の観点から一度稼働させたシステムは既定の期間が終了するまで決して強制停止できないようになっています。ので、今一度設定の確認をお願いします」

俺はパソコンの画面を改めて確認し、何も問題がないことを伝える。

村田さんは頷いた。「では、十二月一日を楽しみに待っていてください」

俺も思わずにやけてしまう。なんてったって十二月一日は俺にとってもきっとメモリアルな一日になるはずなのだ。期待に胸を膨らませる俺を誰が責められよう。

村田さんがいよいよ"Run."のボタンをクリックすると、先ほどと同じように画面表示は"Enjoy your Flagger!"に変わる。そんなこと言われるまでもなく、たっぷりとエンジョイさせていただこうではないか。俺はおそらくこの世に生まれて以来最高の十二月を過ごすことになるだろう。村田さんの言葉を借りるならば『圧倒的にドラマチックで、誰もが認める名作のような日常』を手に入れるわけだ。これは楽しみにせずにはいられない。

ふと村田さんが「そうだ」と言って、何かを思い出したように鞄の中を漁《あさ》り始めた。そして一冊のハードカバーの書籍を取り出すと、それを俺に差し出した。

「フラッガーシステムの起動まで、これを読んである程度予習をしておいてください。私が知るかぎり、本当に最高の一冊です」

「はぁ……」と言って受け取ったその本の表紙にはデカデカとした文字で『フラッガーの方程式』と書かれていた。なんだこれ。

タイトルのすぐ下には煽《あお》り文句のように『フラグマネジメントの基本概念が詰まったまさに聖書《バイブル》!!』と書かれている。そして更にその下には、

　　――著：村田静山

〽あんたの本かよ！」

「えっ？」

〽なに、とぼけてんだよ！　そもそもこの本は何なんですか？」

「まぁ、平たく言えば、『上手なフラグの立て方』の本ですね。フラッガーシステムが完成したときに、システムの攻略本としてアラブの石油王どもに高額で売りつけようって魂胆です」

「はぁ……。でも、俺にはタダでくれるんですね？」

「ええ。東條さんにはこちらからお願いしてわざわざ主人公になってもらうわけですから、この程度はサービスです。ぜひとも穴が開くくらいに目を通しておいてください」

「まぁ、役に立ちそうなら読ませて頂きます」

「ちなみに本は二部構成になっておりまして、前半が『二〇〇《ゼロ》〇年代アニメの系譜』で、後半が『フラグの立て方ハウトゥー』です」

「前半は、必要なんですかね？」

「私は必要だと思って書いたのですが、スタッフからは不評の嵐でしたね」

「……でしょうね」

「次、こういう余計なことをしたら殺すって言われました」

〽そんなに⁉」

「まぁ、とにかく貰ってやってください」

「……あ、ありがとうございます」と、俺は微妙にくぐもった声で礼を言うと、『フラッガーの方程式』を鞄の中にしまう。貰ったときは熟読しようかとも思ったが、それだけスタッフに不評だと聞くと読む気もめっきり失せた。

「ま、というわけで大体の用件は済みましたので、私はこの辺で失礼させて頂きます」と言うと、村田さんは荷物をまとめてそそくさと立ち上がる。「もしご不明な点がございましたら、名刺に書いておきました電話番号までご連絡ください。おそらく一日中漫画を読んでいるのでいつでも電話には出られると思います」

「働いてください」

「そうですよね。私も思うんですよ、『こんなんじゃいけない。きちんと働かなきゃな』って。だから最近はちゃんと『島耕作《しまこうさく》』とかも読もうと思ってるんですけどね」

〝サラリーマンが主人公の漫画を読めって話じゃねぇよ‼　お前自身が働くんだよ！〟

「まぁ、ひとまずご飯が食べられる程度には労働しているのでお気になさらず……。一応、前日の十一月三十日に確認の連絡をさせて頂きますので、それまでは自由にお過ごしください」

そんな言葉を最後に、村田さんは店外へと消えていった。

村田さんと別れてしまうと、俺は先ほどまでの出来事（そして村田さんと交わした約束）が、果たして現実のものであったのかが少しだけ不安になってくる。フラッガーシステム、ドラマチックな日常、フラグの立て方、そしてフラッガーの方程式。異常なまでにインパクトの強い話ではあったが、にわかには信じがたい出来事でもあった。

　果たして本当に（深夜アニメ的）ドラマチック展開は、やってくるのだろうか（それはあまりにも過剰で過激なものであることがすぐにわかるのだが）などと、このときの俺は実に悠長に構えていた。まるで、母親に『今からディズニーランドに行きますよ』と告げられワクワク気分のまま、鮮やかに日本脳炎の予防接種に連れて行かれる小学生のように、あまりにも無垢《むく》なままに地獄の展開を味わうこととなる。

　俺は、自分が交わした約束の大きさ、そしてフラッガーシステムというものの真の効力を完全に舐めきっていた。

3

　目覚まし時計のけたたましい電子音が部屋に響いた。

　俺は覚醒しきらない鈍い意識の中、手探りで時計を掴みそのままアラームを解除する。いつもの朝、いつもの俺の部屋、いつもの平日。しかしながら俺にはこの空間が今まで過ごしてきたものとはまったくもって別の『新世界』であるかのように感じられた。

　おもむろに目覚まし時計の日付表示を確認すれば、そこには「12月1日」の文字。

　そう、やってきたのだ……。とうとうこの日がやってきたのだ。

　本日よりフラッガーシステムが稼働し、俺は（深夜アニメを軸にした）ドラマチックで最高に感動的な一ヵ月間を味わうことになるのだ。この身から溢れんばかりの興奮と、素敵すぎる未来への予感を、いったい誰に伝えればいいのだろうか。俺はベッドの中でニヤニヤと頰を綻《ほころ》ばせる。

「待っててくれ佐藤さん！」

ようやくベッドから起き上がると、俺は両手で頰をぴしゃりと打って気合いを入れた。なんといっても今日は『物語』の初日。浮かれてしまう気持ちが多少なりあれど、フワフワしてばっかりで気を抜いてしまってはいけない。初日からすかさずビシッと佐藤さんと仲よくなってみせるのだ。

約束通り昨日、村田さんから電話があった。

村田さんが俺に話してくれたことは概ねスターバックスのときと同じような内容であったが、簡単にまとめてしまうならば以下のようなものだった。

・期間は十二月一日から十二月三十一日までの一ヵ月間。

・村田さんは『ストーリー除外対象者』なので、村田さんとの会話はフラグにならない。よってシステムの稼働期間中であっても村田さんとの相談は可能。

・それ以外の人間との会話での『発言』や、俺のとる『行動』はフラグとして認識されることがあり、その後の展開（ストーリー）に反映される。

・しかしながらフラグとみなされるのは『発言』と『行動』のみであり、頭の中で何を考えていようが、それはフラグにはならない。

と、こんな感じ。まぁ、どうってことなく、想定している範囲内の忠言であった。要するに、俺はこれから佐藤さんと仲よくなれそうな『発言』と『行動』を心がけ、困ったときには村田さんに相談する、というような指針を取っていけばいいわけだ。果たしてどれだけ村田さんが頼りになるのかは別としても、常に対応してもらえる相談相手がいるのは心強い。

俺は一つ深呼吸をすると、部屋の扉を開けて一階へと下りていく。そこには、いつものようにダイニングテーブルについた両親の姿があった。といっても、父さんも母さんもすでに朝食を済ませたのか、テーブルの上には食器や食べ物の類《たぐい》が何一つ置いてない。

「おはよう」と俺は声をかけてみる。

しかし両親は黙り込んだまま返事をしない。二人とも視線を何もないテーブルの上に重たく落とし、口をへの字に難しい顔をしていた。

一応断っておくが、俺の両親は決して無口でも無愛想でもない。朝の挨拶をすればなんの問題もなく返してくれるし、休日や平日の夕方には家族の団欒《だんらん》というものも程々には存在している、おそらくは一般的と呼べるような家庭だ。よってこんなにも両親が神妙な面持《おもも》ちで構え、更には俺の挨拶を無視するようなことなどかつて一度もなかった。

思わず俺は「どうしたの?」と訊いてみる。

すると父さんは自らの正面の席を指さし「涼一、ちょっとそこに座りなさい」と言う。母さんは相変わらず無言のまま下を向いていた。なんだこの雰囲気は……。俺は怪しげな空気をビンビンに感じながらも、仕方なく指定された椅子に恐る恐る腰かける。

「実はな、父さん、海外転勤することになったんだ」

「はぁっ!?」

唐突に何を言い出すんだ。

「なんでまたそんな急に……」

「あのな涼一……社会情勢というのは刻一刻と変化してるんだ。社会人にとって『なんで急に?』だとか『そんなの無理です』と宣言してしまうことは万死に値するんだよ。ぬくぬくとしたゆとり世代には理解できないかもしれないがな……」

「……なんで今、実の父親からガチのトーンで説教されなきゃいけないのかはわからないが、それにしても唐突じゃないか。……それで、どこの国に転勤なの?」

「アフリカの方だ」

「アフリカって……。そもそも父さんの会社ってなんの会社だっけ?」

「プロ野球のトレーディングカードを造っている会社だよ」

たぶんアフリカに需要ねぇよ!!」

「いやいや涼一、南部アフリカの方じゃクレジットカードが随分と普及しているって話だ」

〽だからってトレカ流行《はや》んねぇよ!!　誰も巨人とか知らねぇから」

「でも、楽天ならあるいは……」

〽どうしてそう思うんだよ!?」

「とにかく、仕事だから行ってくる。母さんも一緒にな」

「えっ？」

　母さん「ごめんね涼一、留守番お願いね」

「お願いね、じゃないよ。どうしたんだよ父さんも母さんも……。海外行くのに息子置いていく親がどこにいるんだよ？」

「すまないな涼一。これはもう決まったことなんだ。恨むなら目覚《めざま》しい発展を遂げるアフリカを恨んでくれ」

〽アフリカ悪くねぇよ!!　俺が言いたいのは、父さんが単身赴任すれば済むだろ、って話だよ。以前だって高知に一年間単身赴任してたじゃないか」

「いやぁ……あの頃は俺も無茶してたなぁ」

〽息子残してアフリカ行くほうが無茶だわ!!」

　母さん「ごめんね涼一、留守番お願いね」

「おいおいおい、ちょっと冷静になれって!!　俺、家事だってほとんどできないんだぞ？　どうすんだよ？」

「弱音を吐くんじゃない涼一。わからないことがあったらすぐにネットで調べて得意げに実践する。それがお前らちゃらんぽらんなデジタルネイティブ世代の得意技だろうが」

〽なんか若者に恨みでもあんのか!?　さっきから妙に棘があるぞ!?」

「悪い、もう時間だ。早めに成田に行って、アフリカのどの国に行くか決めなくちゃいけないしな」

〽行き当たりばったりか、オイ!!」

　母さん「ごめんね涼一、留守番お願いね」

〽母さんはそれ以外しゃべれなくなっちゃったの!?」

　喉《のど》が張り裂けんばかりの怒濤《どとう》のツッコミも虚しく、聞く耳を持たない両親はどこに隠しておいたのか大きめのスーツケースをころころと引っ張ってきて、そのまま玄関の扉へと吸い込まれていった。

「元気にしてるんだぞ涼一。時々、電報を打つからな」

〽電話しろよ!!」

　最後まで不毛な台詞を浴びせかけた父さんは、母さんと共に成田……もといアフリカへと旅立っていった。高校生の俺をただひとり自宅に残して……。どうなってんだよオイ。

　しかしながらこのような珍妙なイベントが発生してしまった理由は考える余地もなく、フラッガーシステムにあるとしか思えない。俺は家族をアフリカに毟《むし》り取られた心の傷を抱えたまま村田さんへと電話をかけた。すると村田さんは三コールもしないうちに電話口に現れる。

「はいもしもし、こちら『男』村田です」

「そんなホームラン量産しそうな自己紹介してる場合じゃないですよ村田さん！」

「どうしました東條さん？　今、ちょうど悟空がウーブを弟子に迎え入れて盛り上がってきたところなんで、できれば後にして欲しいんですけど」

〝だいぶ終盤だよそれ!!　というか平日のこんな時間からドラゴンボール読んでるんじゃないよ！」

「ちゃ、ちゃんと『島耕作』も読みますよ！」

〝そんなとこ怒ってんじゃねぇんだよ!!　いいから聴いてくださいよ村田さん！　突然両親が家を出てアフリカに旅立ってしまったんですよ！　どうなってるんですか、これ？」

「ああ、なるほど。そう来ましたか」と、村田さんはさも、あるある話を聞かされたようなトーンで返事をする。「早速、ストーリー抽出レベル『強』の力が遺憾《いかん》なく発揮されているようですね」

「ど、どういう意味ですか？」

「ええとですね、東條さん。ストーリーからいかに手際よく親を排除するか、という命題はもはやアニメの歴史そのものと言っても過言ではないんです。好きな女の子とイチャイチャしたいとき、もしくは何か大きな目的を達成したいとき、最も大きな障害の一つとして立ちふさがるのが『両親』なんですよ。というのも両親と同居しているかぎり、作中における自宅での自由度が大幅に低下してしまうからです。……例えばですね、ある作品において可愛い妹が、あるいは同居人がいるとします。最高に可愛い妹、あるいは同居人です。それなのに自宅には両親がいる。どうです？　テンション下がるでしょ？

同居設定だけに限りません。例えば、学校の同級生であるヒロインの一人がひょんなことから主人公の家に遊びに来ることになった。まぁ、文化祭の準備だとか、勉強会だとか、そのへんの理由は様々ですが、そんな時。自宅に母親がいる。するとやっぱりテンションが下がるでしょ？　直接的な描写がないにせよ、母親とひとつ屋根の下では、素敵なヒロインとの『性の予感』がガクっと落ちてしまうのですよ。それにそもそも親に依存しているという構図もカッコ悪く見えてしまいます。……例えばどうですか、小学生のころ鍵っ子っていたじゃないですか？　あれってものすごく大人びててカッコよく見えたでしょ？　ああいうことです。だから、多くの作品において両親は排除されます。……排除される方法についても、『死別』という比較的納得のいくパターンから、『奔放な親のため家を留守にしがち』という意味がわかるようでよくわからないもの、あるいは反対に『主人公が一人暮らしを始める』パターンと実に様々です。あとは、私個人としてはあまり好きではないのですが一周回って『母親さえも萌えるように描《えが》いてしまう』という手法もありますね。物語から母親を排除する方法を練るくらいなら、いっそ母親も愛せるようにしたらいいじゃない！　という薄気味悪い発想から生まれた設定です。正直、一瞬でも母親のことを可愛いと思ってしまう構図は、鳥肌モノですよね。……まぁそれはいいとして、今回の東條さんのように『海外に行ってしまう』というパターンも割とオーソドックスです。異常事態でもすぐに駆けつけられない遠距離感が、より一層『両親はいない』という自由を感じさせるんでしょうか」

「長々と講釈ありがとうございます……と言いたいところなんですが、結論から言って、両親が思い直して帰ってくる確率はどのくらいですか？」

「極めてゼロに近いですね。ストーリーをどのように展開するにしても、両親が邪魔であることに変わりはありませんから。まぁ、システムが失効した、年明けには帰ってくるんじゃないですか」村田さんは電話口で小さく笑う。「まぁ、一ヵ月の幕開け的行事です。存分にひとり暮らしをお楽しみください」

なんと、勝手なことを……。

それは俺だって実家に暮らす身である以上、ひとり暮らしを夢想したことがないといえば嘘になる。だけれどもこのような野に放たれるようにして半ば強制的に与えられる自由にどれだけの人間が喜びを見いだせるというのだろう。俺の頭には炊事洗濯を始めとする幾つかの面倒事がポツポツと連想される。初っ端《しょぱな》から憂鬱だ。

しかし村田さんはお構いなしに、意味深なことを言う。

「それと、ストーリーの序盤は色々と『撒き餌《まえ》』があると思うので、お好きなものを拾ってください」

「はっ？　どういうことですか？」

「まぁ、すぐにわかりますよ」

俺はモヤモヤとした気分のまま、村田さんとの通話を終えた。それから一人きりのダイニングで朝食を済ませると学校に向かうための準備を整える。そして図らずも鍵っ子となってしまったがゆえ、玄関を出ると誰もいない我が家に鍵をかけた。

思わずこぼれるため息。

しかしそうだ、気を落としてばかりではいけない。俺の目的は佐藤さんとのラブロマンスであったではないか。そうだ、気合いを入れていこう。村田さん曰《いわ》く、両親の旅立ちは『一ヵ月の幕開け的行事』らしい。気温は低けれど空は快晴、空気も澄んで気分は良好。

むしろ喜ぼう、新世界の始まりを。

俺は一人頷いてから玄関に背を向け、学校への一歩を踏み出す。すると、今しがた高らかに宣言された俺の清々《すがすが》しい決意を知ってか知らずか、非日常的な光景が飛び込んできた。

なんと我が家の玄関先の道路に、一人の少女がうずくまっているではないか。少女は大粒の涙をポロポロとこぼしながら両手でそれを拭《ぬぐ》い、それでも拭い切れない涙に袖を濡らしている。

何やらよくわからないが、声をかけてあげたほうがよさそうだ。

俺は混乱しながらも、ひとまず少女のもとへ向かおうと自宅の門に手をかける。しかしながら混乱に追い打ちを掛けるように珍事は続いた。突然、どこからか大きな声が聞こえてきたのだ。

「どいてどいてどいてぇ〜！」

声の発信源はうずくまった少女ではない。慌てて声のする方を確認してみると、そこには自転車に乗って猛スピードでこちらに向かってくる一人の女性の姿があった。彼女は悲鳴とも怒号とも取れない声を上げながら俺と衝突する進路をとっている。

俺は反射的に身体を自宅敷地内に戻し、間一髪で自転車の女性との衝突を回避する。瞬間的な恐怖に俺の身体からはじわりと汗が滲《にじ》み出た。

結局、俺の驚きをよそに自転車の女性は変わらぬ叫び声をあげながら我が家の前を通りすぎていった。ブレーキが利《き》かなくなってしまったのだろうか。もしそうだとしたら助けてあげたほうがいいな、などと考えているうちに女性の姿は見えなくなっている。

一体、彼女はなんだったんだ？

と、そんなことを考えている場合ではなかった。目の前には相変わらずうずくまった少女がいるのだ。俺は今度こそ少女に声をかけてあげなければ、と門を飛び出したのだが、ふとそこで立ち止まってしまう。

……ちょっと冷静になろうじゃないか、東條涼一。色々とおかしいだろ。

この家に生まれてから十七年。果たして一度でも自宅の前で小学生風の少女がむせび泣いていることがあっただろうか。あるいは、ただの一度でも、自転車に乗った女性と衝突しそうになったことはあっただろうか。ましてやそれがほぼ同時に起こるだなんてこと、果たしてあり得るのだろうか……。否、断じて否ではないか。

となると必然的に一つの結論が導き出される。

『これらの出来事はすべてフラッガーシステムのせいである』

昨日の電話で村田さんは俺に対しフラッガーシステムの法則をこう告げた。
・『発言』や、俺のとる『行動』はフラグとして認識されることがあり、その後の展開（ストーリー）に反映される。

よって俺がここでこの少女に声をかければ、それは確固たる『伏線』として処理されるのではないだろうか？

『ストーリーの序盤は色々と「撒き餌」があると思うので、お好きなものを拾ってください』

なるほど。意味深な一言はここに掛かっていたのか……。

つまり、この少女は俺をストーリーのレール上に乗せるための（いわゆるルートに乗せるための）『撒き餌』であるということなのだろう。これこそがストーリー抽出レベル『強』の効果なのだ。そうとしか考えられない。

おそらく間一髪で避けられたからよかったものの、もし先程自転車の女性とごっつんこをしてしまっていれば、彼女を病院に連れていき、連絡先を交換し、会話を交わすようになり……とかなんとか、瞬く間に自転車の女性ルートに乗っかってしまっていたのだろう。……恐ろしいぞ、この世界。恐ろしすぎるぞ。

俺は心を鬼にしてむせび泣く少女を放置したまま周囲を見回してみる。他に『撒き餌』が存在しないかどうかを確認するために。

すると案の定、十メートルほど離れた地点に立つ電信柱の陰から、黒いコートを着てこちらの様子を窺う男性の姿があった。男性はコートだけでなくズボンもハンチングも黒で固め上げている。俺が男性の姿を訝《いぶか》しげに眺めていると、男性は俺に気取られないようにしているつもりなのか慌てて電信柱の陰にすっぽりと全身を隠した。

泣き続ける少女、暴走自転車の女性、黒服の男性。……こりゃ、ものすごい変態ワールドだ。

黒服の男性について行ったら最後、身体が小学生になってしまう薬でも飲まされてしまうのだろうか（あれは深夜アニメではないか……）。まぁいい、深く考えるのはよそう。早い段階でこの世界のトラップに気付けたのが不幸中の幸いだ。

自分の進みたい道（佐藤さんとの素敵学校生活）が定まっているのなら対処法は簡単。余計な撒き餌は徹底無視が上策であるはず。

『発言』と『行動』がフラグとして処理されてしまうのなら、そう処理されないよう、徹底して興味のない素振りを見せ続けるしかない。俺は少女とのロリロリ展開も、黒ずくめの男たちとの死闘もお望みではないのだ。

すべては佐藤さんとの素敵な十二月のために。

俺は鼻から勢いよく息を噴きだすと、果敢《かかん》にもうずくまる少女を無視して学校への進路を取った。少女は俺が近くを通ると声のボリュームを僅かに上昇させ意地でも俺の気を引こうと試みる。だがくじけない。俺は決してくじけない。

悪いね少女よ、俺は心に決めた人がいるのだ。今回の物語ではヒロインになることを諦めなさい。俺はサムライの沢田研二よろしく、颯爽《さっそう》とした『男』の後ろ姿で少女から遠ざかる。俺にとってのヒロインが待つはずのシンデレラ城《学校》へと向かって。

学校に到着するのに、俺は実に一時間を要した（いつもは三十分も歩けば到着する）。

道中どんな『撒き餌』に遭遇したのか説明したい気持ちは山々ではあるがあまりに脈絡なく色々なことがあったため、残念ながらそのほとんどを割愛させていただく。全体的なイメージとしては、先ほどの自転車の女性のような『ごっつんこパターン』が最も多かったように思う（最初の自転車を含め計四回ほど衝突の危機があった）。そのため俺は交差点に差し掛かるたびに一時停止を実施し、右見て左見て再び右を見てから歩くという交通安全教室で推奨されるような健全な歩行法を確立した（これがタイムロスの最も大きな原因である）。

とにもかくにも数々の難局を乗り越え、俺は今現在昇降口に到着している。様々なトラップに遭遇し、肉体的にも精神的にも疲弊《ひへい》しきった俺をここまで連れてきたのは、ひとえに佐藤さんへの熱い想いである。教室には佐藤さんがいる。佐藤さんと出会うことができればすべてが報われる。その想いが俺をなんとか学校へと導いた。

上履きに履き替える。時刻はすでに規定の登校時間を過ぎ、朝のホームルームは終盤を迎えていることが予想された。本来なら慌てて階段を駆け上りたいところではあるが、いかんせん油断は禁物。階段や廊下においてまさかの『ごっつんこパターン』が待ち受けているかもしれない。俺は感覚を鋭敏に研ぎ澄まし、三階の教室目指して階段を上る。

おもむろに目をやった踊り場の掲示板にはＡ４サイズのポスターが貼ってあった。

『魔術研究会部員募集中！』

「ま、まじゅ……」俺は驚きから思わず声に出して読み上げそうになるが慌てて押しとどめる。

いけないいけない。これを読み上げてしまっては今後のストーリーに影響する『発言』、つまりフラグとして処理されかねないのではないだろうか。深夜アニメに限らず、部員募集ポスターから始まる物語はよくありそうな気がする。

なににしてもこんな所にも撒き餌が存在しているとは迂闊《うかつ》に独り言も言えやしない。俺はポスターに対する興味を一切失ったような表情を作り、再び階段を上る。

ちなみに、次の階の踊り場に『おっぱい研究会部員募集中！』のポスターを発見した際、若干心が揺らいだのは内緒である。恥も外聞もなく大声でポスターを読み上げてやろうかと思ったが、俺の中に残る僅かな理性と、佐藤さんへの想いがそれを押しとどめた（正直、ギリギリだった）。

ようやくすべての階段を上り終えると、目の前には俺の在籍する『二年一組』の教室プレートが現れる。俺は達成感に顔を綻ばせ、気付かぬうちに背負いこんでいた相当な重量の肩の荷を下ろした。しかし教室の扉を開けた俺は思わず「あれ？」という声を上げてしまう。

教室の中では俺の予想通り朝のホームルームが展開されていたのだが、生徒の数が明らかに少ないのだ。それも、特に男子生徒が少ない。というか、男子生徒は笹川しか来ていないではないか。まるで『女子だけに大切なお話があります』と告げられた保健体育の授業の真最中であるように、男子生徒が削《そ》ぎ落とされている（笹川を除いて）。

俺が事態を把握しかねて教室の入り口で立ち往生していると、担任（男・五十八歳）がいつもどおりの間抜けな声を出す。

「お～い東條。遅いじゃないか」

俺は頭を掻いた。「……すみません、ちょっと色々トラブルがあって」

担任は出席名簿を取り出し、指をぺろりと舐めてからページをめくる。

「まぁ大オマケだ。遅刻にはしないでやろう」担任は名簿に俺の出席を書き記す。「えぇと、それで笹川と東條以外の男子生徒は全員『はしか』で欠席……と」

「待て待て待て待て!!」

担任は眉をひそめる。「……うるさいぞ東條。いいから席につけ。お前も『はしか』にしてやろうか？」

「デーモン閣下みたいなこと言ってる場合じゃないですよ。どうしちゃったんですか、これは？」

「知らないよ。なっちゃったもんはなっちゃったんだから仕方ないだろ。我が輩に訊くな」

なぜか更にデーモン閣下に寄せてきたが、担任のおとぼけに構っている場合ではない。

「お、俺、ちょっとトイレ行ってきます！」と言葉を残し、俺は慌てて廊下に出る。そして村田さんに対し本日二度目の電話をかけた。

「はい、もしもしこちら『マサカリ』の村田です」

「そんな還暦迎えてもバリバリで130km《キロ》/h 放り込みそうな自己紹介してる場合じゃないですよ村田さん！」

「どうしました東條さん？　今、ちょうど桜木《さくらぎ》や流川《るかわ》たちが二年生になって盛り上がってきたところなんで、できれば後にして欲しいんですけど」

〽それも、だいぶ後半だよ!!　というか、一日中ジャンプ漫画読んでて大丈夫なんですか？」

「……い、一日中って、次はちゃんと『島耕作』を読もうと思ってたところなんですっ！」

〽ほかの漫画も読めって意味じゃねぇよ!!　そもそも無理して『島耕作』読まなくていいから。そんなことより聴いてくださいよ村田さん。クラスの男子のほとんどが『はしか』にかかって集団欠席をしてしまったんですけど、どういうことですか？」

「なるほど……」と言って村田さんは唸る。「あれですね。ラブコメ的展開を推し進めるために、他の男子生徒が排除されたんですね」

「ど、どういうことですか？」

「極端に言ってしまえば、『どんなヘボ男とでも無人島で二人きりなら恋に落ちるでしょ？』って感じですかねぇ。あぁ、勘違いさせてしまったら申し訳ありません。別に東條さんを愚弄《ぐろう》しているわけじゃないんですよ。アニメではよくあることなんです。そもそも多くの深夜アニメというのは閉じられた世界として提供されています。劇場版を別にすれば、深夜アニメはテレビの前にいる『一人の人間』に向けて制作されているんですよ。深夜アニメをあまりご覧にならない東條さんでも、その辺は何となくご想像いただけるでしょう？」

「まぁ『家族みんなでわいわい深夜アニメ』っていう構図はあまり想像できませんけど」

「でしょう？　すると、必然的に、深夜アニメ作品が欲しいのは奥様の共感でも、お父様の共感でもなくなってくる。欲しいのはただ『オタク男性』もしくは『オタク女子』一人における共感……あるいは感情移入なわけです。そういった意味から、ラブコメ系の作品では主人公以外の同性はなるたけ排除される傾向にあるわけです。仮に主人公の周りに、イケメンでスポーツ万能の同性や、成績優秀で性格も最高な同性がいたとします。もしそんな環境下で作品におけるヒロインが『私、主人公君のことが好きなの！』って言ってきたとしたら、どうです？　なにか不自然でしょ？『え？　どう考えても、あいつの方がよくね？』って、私をはじめとするオタクは思ってしまうわけですよ。そういった意味からも、無人島的シチュエーションを形成するわけですね。あるときは女子高が共学になったという理由で女子が多かったり、女子しかいない生徒会や、女子しかいないような部活に入部したりと、さまざまな言い訳を持ってきてね」

――ってことは、『おっぱい研究会』も女子部員ばかりだったのだろうか――じゃなくて。

「で、でも、一応クラスでも一人だけ無事だった奴もいるんです。笹川っていう、中学からの友人なんですけど……。それは、どうしてですか？　こう言うのもあれですけど、笹川は割とイケメンだし、優しくていいやつですよ。確実に俺よりはモテます」

「ああ、なるほど男性が一人だけ生き残った、と？」

「ええ。そうです」

「それはズバリ言ってですね」村田さんは仰々《ぎょうぎょう》しく咳払いをする。「『主人公の親友要員』ですね」

「実はですね東條さん。さきほど散々《さんざん》、同性は排除されると言っておきながら恐縮なのですが、多くの作品において『主人公の親友』ポジションだけは唯一存在を許されているんですよ。主人公の友人が異性ばっかりっていうのも、少し感じが悪いでしょ？　そんな訳で、この『主人公の親友』が動員されます。このポジションの存在意義は『女性ばかりの偏《かたよ》った世界に均衡《きんこう》をもたらす』『何かと率先してイベントごとを取り仕切り、受け身の主人公を促す』『主人公の知らない情報を提供する』『おとぼけをして場の雰囲気をつくる』といったところですかね。また、性格的特徴としては、『いつも女性のこと、とりわけエッチなことを考えている』『くだらないギャグや冗談を言う』『なにかと事情通』などが挙げられます。しかしながらこのポジションの何よりの特徴は『絶対にヒロインたちと付き合えない』ということです。このポジションは『憎めなくていいやつ』に描かれがちではありますが、決してヒロインたちとイイ感じにはならないようになっています。そういうお約束がないと、『無人島的シチュエーション』にならないですからね。……まぁ、という感じで笹川さんが生き残り、他の男子が排除されたということでしょうね」

「……だからって『はしか』とは酷《むご》すぎる」

「ホントですよね。ははは」

〝なんで他人《ひと》ごとなんだよ⁉　笑えねぇから‼〟

俺は村田さんとの通話を終了させると、今度こそ教室へと入り、自分の席に着いた。ホームルームはすでに終了し、教室は一時間目までの休憩時間に突入している。

それにしても男子生徒が半ば壊滅という異常事態であるにもかかわらず、ほとんどの女子生徒はいつもと変わらぬすまし顔を決め込んでいるではないか。これはまさしく村田さんと小須田さんが抱擁をしていたときのスターバックスと同じ状況ではないか。

もうあれだ、変態だ。みんな変態だ（佐藤さん以外）。

教室についてからもちょっとばかりバタバタしてしまったせいで確認を怠《おこた》っていたが、佐藤さんはきちんと登校し、いつもの右前方の席についている。もちろん『はしか』にかかっている様子もない、いつもながらの美しいお姿だ。あぁ素敵だ、素敵過ぎるぜ佐藤さん。

と、そんなことを考えながら佐藤さんを見つめていると、俺は静かに緊張を覚える。

あまりにも脈絡なくアフリカに両親を奪われたことも、幾重にも張り巡らされた登校途中のトラップを果敢にくぐり抜けてきたことも、男子生徒のほとんどを『はしか』にしてしまったことも、すべては佐藤さんとの素敵な日々のためなのだ。そう考えれば考えるほどに、佐藤さんがものすごく近いような、あるいは果てしなく遠いような、実に曖昧でとらえどころのない苦しみを覚える。実際のところ、俺はどうしたらいいのだろう？どういう風に声をかければいいのだろう？

「なぁ東條」

そのとき、俺の視線を遮るようにして笹川が現れた。こいつもまたラッキーというかアンラッキーというか、不思議な事態に巻き込まれてしまったものだ。根元、中川、鈴木、笹川と、共に帰宅していた仲間の中で一番の爽やかイケメンが生き残った。

村田さん曰《いわ》く、主人公の親友の性格は、

『いつも女性のこと、とりわけエッチなことを考えている』

『くだらないギャグや冗談を言う』

『なにかと事情通』

とのことだったが、正直、これらの特性は笹川にあてはまらない（強いて言うのなら鈴木のほうがそれっぽい）。笹川はどちらかと言えば物静かな方だし、あんまり男子生徒間のピンクトークに群がりたがりもしない。よって、あまり適任とは思えないのだが、いかんせんこのフラッガーシステムの稼働中は若干性格が変わってしまうという話もあった。もしかするとシステムの影響で笹川がちょっとばかりエッチなことを考えるようになってしまっているかもしれない。……まぁ、とりこし苦労だろう。笹川はなかなか上品なやつだ。

「何はともあれ、笹川が『はしか』にかかんなくてよかったよ」と俺は笹川に声をかける。

笹川は俺の発言を適当にあしらうように、お座なりに頷くと、

「まぁ、そんなことはどうでもいいんだ、それより――」笹川の視線が女子一同を撫でるように動く。「東條はどの娘《こ》の乳首を舐めたい？」

〽ちょっとばかりじゃなくエッチになってる!!　どうしたんだよ笹川？」

「いやぁ……なんていうか、今日は朝から異常にムラムラするんだ。なんていうか、今まで眠らされていた自我がパッと解放されたような、そんな感じなんだ。ぐふふ」

「ぐふふ!?」

「これがいわゆる『悟り』という奴なんだろうか？」

「お釈迦様に謝れ!! とにかく、お前はそんなキャラじゃなかっただろう？ お前は俺たち五人の中でも最もイケてる人間だったじゃないか！ 唯一彼女だっていたし……」

「あぁ……彼女となら、今日の朝別れたよ」

「ええっ？……めっちゃ仲よかったのに、どうしたんだよ？」

「なんか、あいつ絆創膏のこと『カットバン』って呼ぶんだよ。あれがなんか……『ないわぁ』ってなって」

「そのくらい好きにさせてやれよ!! どんだけ狭量になってんだよ！」

「とにかく、あいつは駄目だ。三年付き合ってみたけど、やっぱりクズのゲロゴミ女だった」

「そこまで言うの!? お前と彼女の三年間が、たかが絆創膏のせいで……」

……いや待てよ。今日の朝別れたってことは、正確には絆創膏のせいではないんじゃないか？ というより、実質俺（フラッガーシステム）のせいじゃねぇか。と、考え始めると途端に罪悪感がムクムクと芽生え始めてきた。俺はそんな感情をごまかすように笹川の肩を叩いて言う。

「ま、まぁ、笹川ならすぐに新しい彼女ができるよ。俺が保証する。はっはっは」

「おうよ。次は、死ぬほどエロい彼女をつくっちゃうぜぇ。絆創膏のことを『サビオ』って呼ぶような、ゾクゾクするくらいいやらしい娘を探すんだ」

もはや、何を言っているのか常人の俺には理解できなかった。今までの笹川はどこか遠くに消え去り、なにか得体のしれない生き物が笹川の皮をかぶって生きているようだ。怖い。

しかし俺はふと村田さんの言葉を思い出す。

『性格の根本は概ねそれまで通りです』ということは、まさか笹川の根本は……。

俺はそれ以上考えるのをやめ、脳内に散らばる笹川に関する議題を段ボールに詰め込みガムテープでグルグルに縛って心の地下倉庫の深くに閉じ込めた。これ以上考えるのはよそう。そんなことを考えていても、誰も幸せにはなれない。

『今まで眠らされていた自我がパッと解放されたような、そんな感じなんだ』

チャイムが一時間目の授業開始を告げる。

4

様々なトラブルに見舞われながらもやっとの思いで学校にたどり着き、いよいよはじまったフラッガーシステム稼働下における最初の授業。というわけでここから授業風景とその内容、はたまた佐藤さんとの進展を精緻《せいち》に描写しようと思っていたのだが、残念ながらすでに放課後である。帰りのホームルームが終わり、女子生徒たちはそそくさと帰り支度を始めている。

授業中、十分休憩、昼休み、と、いくらでも佐藤さんに声をかけるチャンスがあったことは認めよう。しかしながら俺は事実として何もアクションを起こさないまま放課後を迎えている。

……というのも、我ながらあまりに情けないのだが、どう佐藤さんに声をかけていいのかがまったくもってわからなかったのだ。

ここで少しばかり佐藤さんについてのお話をしておこうと思う。冒頭から終始『佐藤さん』『佐藤さん』と連呼し続けてきたせいで、佐藤さんという人物が一種の『記号』として自分勝手に飛び交ってしまっているきらいがある。

ひょっとすると勘違いされている方がいるかもしれないが佐藤さんは決して『学園のマドンナ的存在』ではない。俺以外の誰かの口から『オレ、佐藤が好きなんだ』という言葉を聞いたことは一度もないし、以前触れた修学旅行での魅力的な女子ランキングにおいても佐藤さんはランクインを逃している。

ざっくり言ってしまうならば、佐藤さんはクラスの中では比較的地味な印象を持たれがちな生徒である。積極的に発言をすることもないし、部活動に傾注《けいちゅう》していることもない。下手《へた》をすれば、佐藤さんのことを認識すらしていない不届き極まりないクラスメイトもいるかもしれない。とまぁ、とにもかくにも、佐藤さんはあまり目立つ存在ではないのだ。

では、どうしてそんな佐藤さんに、俺は夢中になっているのか？

端的に言ってしまえば、佐藤さんは清廉でいて純真、それでいて見えないところで努力をしている頑張り屋さんでもあり、また理知的で常識的で博識で、誰にでも平等に優しいがゆえ同性受けもよく……と、文頭とは裏腹に全然端的にまとまらない。

が、まとまらないなりに、頑張ってまとめてみよう。

佐藤さんは、積極的に男子生徒と会話を交えることにより人気ランキング上位に食い込んでくるような野蛮でハングリーなだけが取り柄の女子とも、染髪《せんぱつ》や化粧や装飾品で上辺だけのポイントを稼いでいるような女子とも、魅力の源が根本的に違うのだ。

佐藤さんは非主張的、故《ゆえ》に魅力的なのだ。何ものにも染まらないことを証明する黒髪のストレート、笑うと控えめに現れる右のえくぼ、トップアイドルのようなわかりやすい美貌こそないが、自然に振りまかれる何ものにも代えがたい麗しさ。

すべてが俺の心を震度七で揺さぶる。

そして更に注目すべきは彼女の内面。佐藤さんは四人姉弟の長女なのだが、両親が共働きのため、弟さんや妹さんの世話を一手に担《にな》っているというのだ。そのため不憫《ふびん》なことに、佐藤さんは誰かと遊びに行くこともままならない。たまの早帰りにクラスメイトがちょっとしたイベントを計画しても、佐藤さんは「本当にごめんね」と言って一人自宅へと帰って行ってしまう(ちなみに申し訳なさそうに誘いを断る佐藤さんの姿は超絶可愛い)。しかし、弟や妹の世話という決して楽ではないであろう仕事を抱えながらも、佐藤さんはその苦痛をおくびにも出さない。そういった疲労のせいなのか体調を崩しやすく学校を休むことも稀《まれ》ではないが、誰かに愚痴をこぼすこともなければ一度だって宿題を忘れたこともない。

さすがにテストの具体的な点数は知らないが、授業中唐突に先生に指名されても戸惑うことなく解答している様を見れば、それなりの好成績を収めていることは容易に想像できる。

……と、ここまで説明をすれば何となく佐藤さんの健気さや勤勉さ、そしてそれらすべてからにじみ出る魅力が伝わったのではないだろうか。

では、何故《なぜ》そこまで彼女のパーソナリティがわかっているというのに、今の俺が佐藤さんに声をかけないのか、という議題に移るとしよう。誰かはこう思うかもしれない。

『それだけ詳しいのだから、きっと東條と佐藤はまぁまぁ仲がいいのだろう』と。しかし、それは大きな誤りである。ぶっちゃけた話、恥ずかしながら佐藤さんと会話したことは数える程度しかない。よって、偉そうに叙述した以上のような情報も、必死になって周囲の人々からかき集めた間接的なデータなのである。

そもそも先程も述べたように佐藤さんは積極的に男子サイドの方には遠征してこないのだ。よってちょっとした用事や、なにかの頼まれごとでもない限り、佐藤さんとの接点を持つことはかなわない。

『用事がなくとも、積極的に佐藤さんに話しかければいいじゃないか』と、これまた誰かの指摘があったとしよう。しかしその指摘に対しては、俺もとっておきの言い訳を用意してある。

『生憎《あいにく》そんな勇気、俺にはない！』

俺は女子に対する免疫がほとんどない。俺からアプローチなんてできるものですか！　そもそも、女性とは何を話せばいいのだ？　女性が喜ぶ話題とは一体なんなのだ？　そんな訳で俺は今も腹を決めかねて、下校前の談笑を楽しむ佐藤さんの姿をぼうっと眺めている。

幸い、まだ帰りのホームルームが終了したばかりということもあって、佐藤さんの帰り支度が整うまで今しばらく時間に余裕がありそうだ。俺はそんな僅かな時間に希望をつなぎ、ない知恵を絞って戦略を練ってみる。

第一声はいきなり、『一緒に帰ろう』でいいのだろうか。いや、突然そんな一線を越えた要求をしてしまっては、軽い男だと思われかねないし、断られたときのショックも大きい。『ろくに口も利いたことがないのに、いきなりなんて要求をするのだろう』と思われてしまう可能性もゼロではない。

だが、何と言っても今はフラッガーシステムが稼働しているのだ。世界は俺を主人公としてドラマチックに構成されている。現にこのシステムは村田さんと小須田さんという非現実的なカップルをも誕生させてしまった代物である。ちょっとくらい要求が思い切ったものでも、受け入れてもらえるかもしれない……いやいや、やはりそれは不誠実だ。そんな行け行けゴーゴーな展開は俺の望むところではない。

ここはいっそシステムの流れに展開を任せることにして、俺がかける言葉は『やぁ佐藤さん』の一言でもいいのではないだろうか。これを発端に何かしらのイベントが発生すれば、自然と佐藤さんと恋仲に……いや、それも危険か？

……駄目だ、頭が混乱してきた。

俺は静かに息を吐く。ここは一旦《いったん》顔を洗って気持ちを切り替えよう。

俺はおもむろに席を立ち、小走りで廊下に向かう。一応、教室を出る直前に佐藤さんの姿を再確認したが、佐藤さんは未だ談笑を続けていた。大丈夫、もうしばらくは教室にいてくれそうだ。
俺は廊下に出ると、暖房で火照った頭を揺らしながらダッシュで水飲み場を目指した。オーバーヒート気味の頭で風を切ると、心なしか少しずつ思考が整理されていくような気分になる。この調子なら顔を洗ってぐんと熱を奪ってやれば、きっと名案も浮かぶことだろう。

しかし、そんな俺の根拠もない楽天的な気分に活《かつ》を入れるように、突如としてそれは鳴り響いた。

「ピ――――ッ！」

笛の音、だろうか。

俺は音の持つ幾らかの凶暴性にたじろぎ、反射的に足を止める。それから音の正体を確かめるべく、ゆっくりと後ろを振り向いた。

「そこのあなた。今あなたが何をしてしまったか、わかっているの？」

そこには一人の女子生徒が立っていた。女の片手には音の正体であろう、主に体育の授業で使われるようなホイッスルが握られている。女は俺の目を真っ直ぐに見つめていた。

「これは重大な校則違反よ」

はて、こいつは何を言っているのだろう。

俺は間抜けにも口をぽかんと開放したまま女のことをまじまじと見てしまう。長い髪が印象的な女性だった。少しだけ茶色がかっており、フワフワとエアリーにまとめられ、その一部は縦ロールとなってゆるりと静かに躍っている（少しだけ小須田さんに近い）。目付きは鋭く（なにやら怒っていることを差し引いても）、やや吊り上がり気味で威圧的な瞳は図らずも『校則違反』という言葉に、重みを与えることに成功していた。

「あなた、廊下をあんなスピードで走っておいて、反省の言葉の一つもないの？」

えっ、校則違反って、廊下を走ったことなの？　そもそも、こいつ誰だ？

そこでふと俺は女の腕に腕章が巻いてあることに気付く。そこには勢いのある毛筆で『生徒会長』と記されていた。

なるほど、こいつは生徒会長だったわけか、だから廊下で校則違反の取り締まりをやっていたわけか……しかしなんとまぁ、珍しいこともあったもんだ。わざわざ生徒会長が出張《でば》って廊下で見回りだなんて、かつて遭遇したこともない。いやはや本当に珍しい。

と、そこで俺はようやく重大な事実に気付く。

これは確実に『撒き餌』じゃねぇか！

俺は完璧に油断していた。佐藤さんと出会えたことによって少しばかり幻想的な達成感に包まれていたが、冷静になれば何も安心していいことなどないではないか。あれだけ登校時には細心の注意を払っていたのに、こんなところでうっかりと足を掬《すく》われることになるとは……。

いや……しかし、落ち込むにはまだ早い。

冷静に考えてみれば、俺はまだ落とし穴に完璧には落ちきっていないじゃないか。まだ生徒会長らしき景気のいい女子生徒にちょっとばかり声をかけられただけ。このままむせび泣き少女を無視したときよろしく、ガッツリとシカトをかませば十分に佐藤さんルートへの希望はつなげるはずだ。

俺はゆっくりと視線を生徒会長から逸らし、自分の教室に向かって戻り始める。

「お待ちなさいあなた。まさか私を無視するつもり？」

その通りです。俺は心の中だけで返事をし、下を向いたまま歩を進める。

「もしこのまま私を無視して通り過ぎたら、しかるべき処罰を与えるまでよ」

処罰？……い、いや、ここで顔を上げてはいけない。無視無視。

「いいわ、あなたが、そのつもりなら校則第四条『生徒会の呼び止めを無視した者は、全身剃《てい》毛《もう》の刑に処する』を発動させてもらうわ」

「罪重くない!?」やべっ、理不尽な罰に対し思わず声を出してしまった。

「ようやく、私の話を聴く気になったようね」生徒会長は満足気に微笑むと、腕を組んで足を肩幅に開く。「あなた、学年と名前を言いなさい」

あまり会話を長引かせたくない。ここは一つ素直に謝って、早々に切り上げることにしよう。

「二年の東條です。廊下を走ってすみませんでした。反省してます。……では失礼」

「ちょっとお待ちなさい。それで済むとお思いかしら？　私が誰なのかおわかり？」

「生徒会長です。本当にすみませんでした……では失礼」

「ちょっとお待ちなさい。それは私が、かの御園《みその》生財閥の令嬢、『御園生怜香《れいか》』と知っての狼《ろう》藉《ぜき》かしら？」

「本当に反省してます。……では失礼」

「ちょっとお待ちなさい」

〽回避不能か!?　オイ！」

駄目だ……こいつ強い（心が）。これ以上こいつと会話をしてしまったら、完璧に引き返せなくなってしまう。終わる……終わってしまう。

俺は気付くと、全力で走っていた。当初の目的であった洗面を完全に放棄し、呼び止める生徒会長を振り切り、自らの教室に向かってカール・ルイスのごときパワフルな走りを展開する。

「ちょっとお待ちなさい！　これ以上罪を重ねるというの？　これは完璧に校則第七条『生徒会の質問中に逃げ出した者は、全身剃毛の刑に処する』に抵触してるのよ！」

〽どんだけ毛ぇ剃りたいんだよ！」

俺は捨て台詞ならぬ捨てツッコミを残し、そのまま走り抜けていった。走る速度を上げれば上げるほど、この数分間の失態がすべて嘘になってくれるような気がして。

5

なんとなく予想できたことではあったが、俺がダッシュで教室に逃げ帰ってきたとき、そこに佐藤さんの姿はなかった。どうやら謎の剃毛願望を持った生徒会長とのくだらないやりとりに時間を費やしすぎてしまったようだ。なんたる不覚。教室は数人の女子と笹川を残し、かなりガランとした印象に変貌している。

「東條、どこ行ってたんだ？　帰っちゃったのかと思ったぜ」

駆け寄ってきた笹川に沈んだ気持ちを悟られまいと、俺は少しばかり意識的に声を張って「まぁ気にしないでくれ。ささ帰ろう」と答えた。


例の交差点（以前、村田さんが俺を待ち伏せしていた交差点）に差し掛かると、俺と笹川はいつものように別れの挨拶を交わし各々《おのおの》の自宅に向けて別の進路を取る。

時刻は午後四時を少し回ったところ。十二月に入り陽もだいぶ短くなったせいか、辺りにはすでにほんのりと薄暗さが漂っている。それに気温もなかなかに落ち込んできた。

俺は登校時と同じように、交差点を通るたびに意識的に立ち止まり左右の確認を行いながら自宅を目指す。しかしながら不気味なほどにトラブルや撒き餌らしきそれは現れない。登校時の大賑わいぶりが嘘のように静まり返り、たまにすれ違う人も俺のことなど興味がないと言わんばかりに真っ直ぐ前をむいて歩いていた。

俺は少しだけ気を楽にし、歩くペースを僅かばかり速める。

しかし俺はそこでふと、家には誰もいないことを思い出した。ということはつまり、夕飯も自分で調達しなければいけないということではないか。

俺は小さく舌打ちを放ち、進行方向を反転させて駅前のスーパーへと向かうことにした。先を見据えて多めに食料を買い込んでおこうかとも思ったが、とりあえずお弁当コーナーにてでき合いのカツ丼だけを購入することに決める。そもそも食材があったとしても、俺には料理の心得がない。いやはや、これからの生活が思いやられる。

不満のガスを小さく吐き出すように、「一人暮らし、面倒くさ」とだけ呟《つぶや》き、俺は自宅へと向かった。


……なんじゃありゃ。

それを発見した俺は思わず声にならない声をこぼした。

理由はまったくもって不明であるが、我が家の前に、一人の女の子が立ちすくんでいるのだ。

女の子は俺よりも若干年下だろうか（中学生くらいに見える）。身長は百五十センチもなさそうで、顔の雰囲気もどことなく幼げ。灰色のダッフルコートにすっぽりと全身を収め、両手にはクマさんが描かれたミトンを装着している。そして傍《かたわ》らには大きなキャリーバッグ。

まったくもって面識のない女の子だ。俺は姿を晒さないように塀の陰に隠れて彼女の姿を観察してみる。

女の子は門を塞《ふさ》ぐようにして立ち尽くし、不安げな表情で時折首を左右に振って何かを探していた。と言っても、なんとなく彼女が探しているものは想像できる。何と言ってもそこは俺の家であり、そして俺は主人公なのだから……。

……どうしたものだろう。

俺の家は四方を塀に囲まれているため、あの門を突破する以外に帰宅の方法はない。かといって正面切っての突破は危険過ぎる。なにせ、どう考えたって彼女は『撒き餌』に他ならない。彼女に話しかければ必然的になにかのイベントが発生してしまい、瞬く間によからぬルートに巻き込まれることは想像に難《かた》くない（もちろんそれは佐藤さんとのラブロマンスが遠ざかることを意味している）。俺は座り込んでしばらく作戦を練ることにする。

しかし、一向に名案は浮かんでこない。

……しかたない、ここは女の子のことは無視し続けながら強行突破を図ろう。

俺は決意を胸に立ち上がり、女の子の待つ門の方へと向かっていった。あまり意味のあるカモフラージュとは思えないが、気休めとしてなるべく下を向いたまま、女の子からは顔が隠れるように意識して歩いた。まるでスキャンダルを恐れるお騒がせ芸能人のように。

俺が徐々に門に近づいていくと、女の子が「あっ」という声を上げるのが聞こえた。

それでも俺は懸命の無視を決め込み、女の子の背後をついての突破を試みる。

しかし女の子もそうそう簡単に門を明け渡しはしない。自らの身体を盾にして、ぴったりと門を塞ぐような格好をとってみせる。まるで、『ここから先はクリムゾンバッジがないと通れません』と言わんばかりの鉄壁の防御だ。

数分にわたる攻防の末に俺はついに心折れ、門から一歩下がって女の子に対し顔を上げる。

「あ……あの、どいていただけないでしょうか？」

女の子は門にもたれたまま、天真爛漫にニッコリと微笑む。

なかなかどうして悔しい感情をいだいてしまったのだが、この娘、結構可愛いらしいじゃないか。ぱっちりとしたまん丸の瞳に、新雪を彷彿とさせるような透き通った肌に形のいい唇。

「東條涼一？」と女の子は訊く。

俺は曖昧な頷きで質問をやり過ごす。「……あなたは、どちら様ですか？」

「名前はソラ」

フルネームで答えて欲しい。「そうですか……。それでそのソラさんが、どうして我が家の門を塞いでいるのでしょうか？」

「実はソラ。今日からこのお家《うち》に一緒に住むことになった」

俺は三拍間をおいてから、「はぁっ？」と聞き返した。

しかし女の子は俺の反応も意に介さず、深々とおじぎをする。「よろしくお願いします」

〝待て待て待て、誰に許可取ってそんなこと言ってんだよ」

「弘子《ひろこ》と勉《つとむ》」

〝うちの両親じゃねぇか!!　なに、ちゃっかり下の名前で呼んでんだよ。……ていうか、本当にうちの両親が『ここに泊まってもいい』って言ったのか？」

「うん。ソラなら信用できるから泊まってもいいよって。……ほら」そう言うと、ソラと名乗った女の子はポケットから一枚のメモ用紙を取り出し俺に差し出した。

『涼一へ。この子をしばらくうちで預かってあげて欲しい。信用できるいい子だ。TSUTOMU』

なんで自分の名前をアルファベット表記にしたのかはわからないが、間違いなく父さんの筆跡だ。いつの間にこんな手紙を書いたのだろう……。

と、そんなことより、なんてことしてくれてんだよTSUTOMU!!　そもそも、この女の子はうちの両親とどんな続柄だってんだよ。

「あの……君はうちの遠縁の親戚なのかな？」

ソラは勢いよく首を横に振る。「違う。でも、弘子とも勉とも、ソラはとっても仲がいい」

えぇ……？　こんな女の子の知り合いの話なんて、俺は一度も聞いたことないぞ。「うちの両親とはどこで知り合ったんだ？」

「成田空港」

〽ついさっきじゃねぇか!!」

「でも、友情と過ごした時間の長さは必ずしも比例しない。それはちょうどワインの熟成年数と味の豊かさが必ずしも比例しないのと同じようにね」

「村上春樹風に格好つけても誤魔化されねぇよ」

もし仮にフラッガーシステム稼働中というこのイカれた世界であっても、のっぴきならない事情をひっさげて遠縁の子がやってきたのなら泊めてあげないこともなかった。しかし明らかにこの女の子は赤の他人ではないか。何一つ家に泊めてあげる理由などない。

この撒き餌（女の子）は意地でも振り切ってみせる。

しかし、そんな俺の決意を知ってか知らずか、ソラは唐突に一つ「クシュン」と、いかにも女性らしい小さなくしゃみをこぼした。それから「へへへ」と邪気なく笑い、「少し寒かったから風邪を引いちゃった」と言う。

あぁ。……なんと、なんと要領のいい奴なのだろう。これはちょっとばかり卑怯である。

俺は一つ大きくため息をついてから、門を開きソラを自宅へと招き入れた。ソラは両手のミトンを叩いて喜び、控えめに鼻水をすする。


室内に入るとソラはコートを羽織ったまま行儀よくリビングのソファに腰掛けた。俺は荷物を適当な位置に放り投げると、ソラに続いて向かいのソファに腰掛ける。

「ソラさんはどこに住んでるんですか？」と俺は少々かしこまって訊いてみる。

ソラは「となり町」と答えた。

となり町て、アバウトな。まぁいいや。「今いくつなの？」

「十七歳」

「へっ？　同い年か」なんとも意外だ。その容姿から少しばかり年下かと思っていたのだが、どうやら俺の勘違いだったらしい。まぁ、よくよく見れば同い年に見えなくもないような。

「てことは、高校生か」

するとソラはぶんぶんと勢いよく首を横に振った。「違う」

「えっ？　じゃあなにやってるの？」

「風俗嬢」

俺は不穏《ふおん》な空気を散らすように咳払いをする。「冗談はいいとして、本当は何をやってるの？」

「ごめんなさい……本当はホテヘル嬢」

「それも風俗嬢だよ!! 正確な業態は別にどうでもいいんだよ!!」俺は自らを落ちつかせようと小さく息を吐く。「……警察に行きましょう」

「そ、それはやめて！」と唐突にソラは立ち上がり、ローテーブルを飛び越えて俺の腕にしがみついてきた。「やめて！ やめてお兄ちゃん！ 何でも言うこと聞くから……ごめんなさいするから、それだけは許してお兄ちゃん！」

お、お兄ちゃん？ なんで俺を兄貴呼ばわりしているのかはわからないが、ソラは上目遣いで俺の腕にまとわりついてくる。そして瞳からぽろぽろと涙をこぼした。

な、涙を流すとはこれまた卑怯なやつだ。

「わかった、通報はしない。わかったから」と俺は泣きじゃくるソラをなだめる。「いいからそこに座りなさい」

ソラは唇を噛んで頷き、再び元のソファに腰掛けた。

俺はソラに対し「ちょっとそこで待ってなさい」と言って、廊下に出て電話をかける。電話の相手はもちろんこの世界における唯一の相談相手にして、俺をこんなにも混沌《こんとん》とした世界に放り込んだ張本人村田さんである。受話器はやはり三コールで上げられた。

「はい、もしもし『俺は村田だ』」

「そんなコミカルな動きで判定に文句を言わせなかったことで有名な往年の名審判みたいな自己紹介してる場合じゃないですよ村田さん」

「どうしました東條さん？　今、ちょうどルフィたちが最後の島に到着して盛り上がってきたところなんで、できれば後にして欲しいんですけど」

〽原作追い越しちゃったよ!!　俺も読んでみたいよ！」

「まさか最後の島が、淡路島だったとはなぁ……」

〽読みたくねぇ!!　そんなことより聴いてくださいよ村田さん。なんか突然変な女の子がうちに同居するだなんだって言い始めたんですけれど、どういうことなんですか、これ？」

「おお、なるほど。それはまた素敵な展開ですね……」村田さんは静かに唸る。「しかし東條さん。慌てる必要はありません。実を言えば女の子と同居生活を送る羽目になる、というのは、ラブコメ界ではかなりオーソドックスな設定です。というよりデフォルトであると言っても過言ではありませんね」

「……そうなんですか？」

「ええ」と村田さんは言う。「東條さん。突き詰めてしまえば、アニメの歴史は『いかに女の子と接近するか』という点に集約されていると言っても過言ではありません。せっかくのフィクションなのですから、とことん胸キュンしたいじゃないですか。

　そんな願望を叶えようと、数々の素敵システムが登場しました。代表例を挙げるなら、まずは『素敵な大家さんシステム』。大家さんなら一緒の家に住んでいても——もっとも部屋は違いますが――なんら不思議ありませんよね。それどころかちょっとしたトラブルを処理したり処理してもらったり、とドキドキにも事欠きません。しかしここで問題が一つ。大家さんと共に住むということは最低でも大学生、専門学生、あるいは浪人生でなければいけません。これでは思春期ど真ん中の『高校生』にグサリと刺さるものが提供できません……。

そんな中注目を集めたのが『お家が隣同士システム』です。うまい具合に互いの部屋の窓が近接していて、その気になれば窓伝いに渡れるタイプのアレです。これはなかなかに画期的でした。その証拠に今もなおこの設定は深く愛され、多くの作品に踏襲されています。かく言う私も何度そんな設定を夢想したことか……。

……しかしですね、視聴者はそれでも満足できなくなります。だって、お家が隣同士だからって、所詮は『別の家に住んでいる』わけですから。

そこで発明されたのが『もうなんでもいいから同居させろ！』という欲望むき出しの生々しいシステムです。実に清々しい。この同居設定は往々にして『ボーイミーツガール』から派生します。魔女だったり吸血鬼だったり妖怪だったりと、そんな感じのあらゆる人外《じんかい》とばったり遭遇してしまって、『仕方ない、うちで面倒をみるか』という流れになるのが定番ですね。

……ところで、東條さんのところに現れた女の子はさすがに人間だとは思いますが、どんな女の子でしたか？」

「風俗嬢」

「ほーぅ」村田さんは感心したように唸る。「東條さんは……ソッチ系でしたか」

〽なんだよソッチ系って!!　張り倒すぞコノ野郎!!」

　すると俺の大声に反応したように引き戸が開き、ソラが現れた。ソラは俺の服の裾《すそ》を引っ張ると、身長差もあって上目遣いで俺のことを見つめる。

「お兄ちゃん。お兄ちゃん」

　俺は一旦携帯を耳から離す。「……ソファに座ってろって言っただろ？」

「ソラこんなの見つけた」と言ってソラが見せつけてくるそれは、紅茶の缶だった。「これ、飲んでもいい？」

「なに、勝手にキッチン漁ってんだよ！」

「へへへ」とソラは笑う。「飲んでもいい？」

「飲んでていいから、おとなしくしてなさい。今、電話中だから俺」

「へへへ、ありがとうお兄ちゃん」

　そう言うと、ソラは再びリビングへと戻っていった。

　俺はソラがいなくなったことを確認すると、再び携帯を耳にかざす。「もしもし？」

「大丈夫ですよ、聞こえてます」と村田さんは言う。「会話の内容までは聞き取れませんでしたが、同居人とは随分と仲よさ気《げ》じゃないですか」

　どこをどう聞いてそう認識したというのだ。「……あの、質問なんですけど、なんかあの子、俺のこと『お兄ちゃん』って呼ぶんですけど、なにか理由があるんですか？」

「ほう！」と村田さんは嬉しそうに声を上げる。「まさか、『お兄ちゃん呼び』まで会得《えとく》しているとは、これは随分とスペックの高い同居人ですねぇ」

「あんまり訊きたくないんですけど、一応、訊いておきます。どういう意味ですか？」

「いいですか東條さん。最高に萌えるキャラクタがいて、最高に胸がキュンとするシチュエーションがあったとしても、視聴者の前に立ちはだかる最大の壁というものがあるんです。何か、わかりますか？」

「……さぁ」

「どうあがいても『この主人公は俺自身ではない』という、フィクションとノンフィクションを別つ壁です。夢のようなハーレム状態や、最高に中二心くすぐるバトル展開があったとして、それに没頭しきれている場合はいいですよ。でもふと、やはり自分は『自分』でしかなく、決して『主人公』ではないのだ、と自覚してしまうことがあるのです。これは現実と非現実を割り切れていない視聴者にとっては、眼球を直《じか》に握りつぶされるような苦痛なんです」

「そ、そんなに⁉」

「ええ、あらゆる苦痛の中でも最も耐え難いものです。よって、創り手は常にこの壁を視聴者に意識させない演出をすることを強いられてきました。そこで登場したのがかの『二大代名詞』……『お兄ちゃん』と『センパイ』です。この代名詞の素晴らしいところはずばり『視聴者の誰しもが、まるで自分のことを呼ばれているように錯覚できる』という点です。

例えばですね、とっても可愛く魅力的なヒロインがいたとして、その娘と主人公がちょっとばかりイイ感じの空気になったとしますよね。頬を赤らめた女の子が、主人公のことを見つめながら言うわけですよ……『好きだよ、○○くん』と。するとどうです？　視聴者的には『こいつが好きなのは○○くんであって、俺じゃねぇんだよな』と、壁を感じやすくなってしまうでしょ？　そんなの最高に興ざめです。返せよ俺の恋心！　という風にもなりかねません。ところがですよ、これが『好きです、センパイ！』だとしたら……？　このようにヒロインに代名詞を使わせることによって、壁をぼかすことができるのです。このセンパイと同じような働きをしているのが『お兄ちゃん』ですね。一昔前の作品では実の妹、ひいては義理の妹たちしか使うことができませんでしたが、最近ではもう年下なら、誰だって『お兄ちゃん』を使うようになっていますね。と、そういうわけで、東條さんの同居人も自然と『お兄ちゃん』を使っているというわけでしょうね。可愛い妹的な存在というわけです」

「……風俗嬢ですけどね」

「ははは、超ウケる」

〽誰のせいだコラ!!」

「まぁまぁ落ち着いてください東條さん」と村田さんは言う。「フィクションならともかく、現実の世界に男性の家に長期間泊まりこんでもいいぞ！　って考えているような女の子なんて、ワケありな娘しかいないでしょうが……我慢してくださいよ。もう、欲張りやさんだなぁ」

〽欲張ってねぇよ!!　そもそも俺は別に同居願望なんてないんだよ！　余計な展開のせいで、俺の貞操が大ピンチだわ!!」

「まぁまぁ東條さん。実を言うと、今東條さんが直面している『ボーイミーツガール』からの

『同居展開』というのはかなりストーリーのテンプレートが決まりきっているので、思いの外、操作しやすいフラグなんですよ」

「ほ、本当に？」

「ええ、大してフラグマネジメントシップの高くない方でも、容易に展開を予想することが出来ます。言っちゃえば、展開がワンパターンなんですよね。まず『出会い』→『同居』→『互いに親睦を深める』この流れは鉄板です。些細《ささい》なトラブルを乗り越えながら、二人は友人以上、恋人未満の信頼関係を築いていきます。また、もうしばらくするとなぜか『女の子が学校に行きたい』と言い始めます。理由はいろいろですけど、まぁぶっちゃけた話、同居している娘も学校でのイベントに絡めたいという作者事情がほとんどですね。と、それはいいとして、……この後の展開としては、女の子が『学校に通う』→『主人公との同居が周囲の人間に知られる』→『トラブルが起こる』→『それを乗り越えハッピーエンド』という流れがテンプレです。作品によって僅かな違いはありますが、おおよそこの枠組みは外れません」

「……なんか、その流れでいくと、俺、同居人と結ばれません？」

「嫌なんですか？」

嫌だわボケ!!　初めての彼女が風俗嬢ってどんだけハイレベルな人生だよ！」

「まぁまぁ、落ち着いてください東條さん」

落ち着いてられるか!!」

「そう言わずに……とっておきの情報があるんで聴いてください」

「とっておき？」

「ええ。ここがボーイミーツガール作品の味噌と言うか醍醐味《だいごみ》なんですけれども、『主人公が必ずしも同居人とくっつくとは限らない』という法則があるんです。よって、必ずしも東條さんと風俗嬢さんがくっつくとは決まってないんですよ。他の子とくっつく可能性も大です！」

「……ほ、本当に？」

「ええ、本当です。それに東條さん、今日はまだ十二月一日。システムの稼働初日ですよ？　これからの東條さんの行動と発言によって世界はどのようにでも変化していきます。ですから、どうか気を落とさずにこれからの一ヵ月を過ごしてください」

俺は電話を切り、少しだけほっこり安堵した気持ちを胸にリビングへと戻る。

リビングではソラがソファに座って紅茶を飲んでいる。といってもまだ紅茶が熱いのか、ふぅふぅと息を吹きかけては温度を確認するようにちびちびと舐めるようにして口に運んでいる。ソラの口から息が放たれると、カップの中からはもくもくと湯気が立ち上っては部屋の中に温かみを灯していった。

ありゃ……この感情はなんだろう？　……なんか、あの娘可愛いくねぇか？

両手を温めるように大事そうにカップを掴み、舌の先端が紅茶に触れると小さく跳ねてふぅふぅを再開する。なんてこったい……可愛いぞあいつ。

「ソラさん？」と俺は声をかける。

「なに？」とソラはカップを握ったままこちらに顔を向けた。

「ソラさんの好きな食べ物はなんですか？」

「いちご」

「じゃあ、好きな動物は？」

「ねこ」

「好きな花は？」

「あじさい」

「好きな季節は？」

「冬」

「ご職業は？」

「風俗嬢」

ほれ見ろ、東條‼　騙されるでないぞ！　一見して黒髪の純情乙女だが、その皮をはぎ取ればば中身は真っ黒な魔性の女なのだ！　いわば男性を手玉に取るプロフェッショナル。

いけないいけないいけない……俺には佐藤さんがいるではないか。

俺は自分の精神を厳しく律するため、頬をピシャリと叩いた。

「お兄ちゃん？」とソラはいつの間に紅茶を飲み干したのか、俺のもとへと駆け寄ってくる。

「お風呂に入ってもいい？」

「お、お風呂？」と、俺はなぜか動揺してしまうが、すぐに平静を取り戻す。なぁにを想像しているんだ俺は。「どうぞ、タオルもその辺にあるの適当に使っていいから」

「お兄ちゃんも一緒に入ろう」

「へっ!?」なななな、何を言い出すんだこいつは……。

そんなことできる訳なかろうが。だって、そんなの誰かに知られたら、……じゃなくて、誰かに知られるとかそういう問題じゃなくて、ん待てよ。誰にもバレなければせっかくの機会だし、こんな可愛い娘が……。いやいやいや、何を考えているんだ俺は！

ソラの純真無垢な表情を見てみろ。これは『ねぇお父さん、一緒にお風呂アワアワにして遊ぼうよ』的な、そういう無邪気なタイプのお風呂のお誘いに決まってんだろうが。俺はなにを思春期まっただ中的妄想に心を奪われているんだ。まったく自分の不誠実さにものも言えない。

しかし、ソラのお誘いがいかに無邪気なものであったとしても、その申し出を受けるわけにはいかない。俺は佐藤さんとの素敵展開のために、こういった少しでもイカガワシイ臭いのするものは徹底的に排除していかなければならないのだ。

「お風呂には一人で入ってきなさい」

するとソラはとたんに落胆の表情をつくる。「えぇ……そんなぁ、一緒に入ろう」

「いいや、一人で入ってきなさい」

「……ローションとマットも用意するから」

〝ゼッテー一人で入ってこい!!〟

駄目だこいつは……。やっぱりいち早くこの家から追い出す方向でいこう。そうでないと、それはそれはもう誰にもお伝えできないような大変な事件が発生する。

俺の一喝に、ソラはふてくされたように唇を尖らせ一人で浴室へと向かった。俺はリビングのソファにぐしゃりと倒れこむ。

今日はまだフラッガーシステムが稼働した初日。しかしながら、あまりに多くの異変が俺の身を襲った。いやはや、これが後三十日も続くというのか……。それはにわかには直視したくない事実だった。

アニメの主人公なら『やれやれ、面白くなってきたぜ』などとでも言う場面なのかもしれないが、俺にはそんな心の余裕はなく、ただただソファに深く身を沈めるばかりであった。

佐藤さん……俺は本当にあなたとお近づきになれるのでしょうか？

6

目覚ましの音は十二月二日の到来を告げる。俺はいつものように眠い目をこすりながら手探りで目覚ましを叩き、ぼんやりと天井を眺めた。一晩寝ても疲れは取れず身体は鉛のように重い。気のせいか、昨日はもっと希望に満ち満ちた朝を迎えていたような気がする。

俺は起き抜けにため息を一つこぼすと、ベッドの上で上体を起こした。すると、持ち上がった掛け布団のすき間から見慣れない物体が姿を見せる。

「……あっ、おはよう、お兄ちゃん」

ソラが隣で寝ていた。

「な、なにしてんだよ!!」

「へへ」とソラは瞳をとろんとさせながらも白い歯を見せて笑う。「ソラ、泊めてもらってるから、これくらいはしておかないと、って思った」

なんてぶっ飛んだ気遣いだろう。

ソラは、自前の淡い水色のパジャマを着ていた。寝相のせいか髪は少しだけはね乱れ、顔にかかった数束のそれは図らずも妖艶な雰囲気を演出する。

ん、待てよ。

朝起きたら、風俗嬢が隣で寝ていた……。この構図は少しばかり不健全なことが予測されはしないか？　昨日の俺はソラと共にカツ丼をわけあって食べてから、一人で風呂に入りそのままコテンと自室のベッドで寝てしまった。寝落ちしてしまったのだから、もちろんその後の記憶はほとんどない。……え？　まさか、ねぇ。

すると俺の不安げな視線を感じ取ったのか、ソラは意味ありげに小悪魔のような笑みを浮かべる。

俺は静かな戦慄を覚えた。

「あ……あのソラさん？」

しかしソラはゆっくりと首を横に振る。「大丈夫、安心していい」

「ほっ？」

「前立腺攻めはしてない」

「ぎゃあああああ!!」

「冗談」とソラは笑う。「なんにもしてない」

いつもは両親が朝食を摂《と》っているはずのダイニングも、今日は実に閑散としている。ソラは一階に下りるやいなや、なにやらキッチンの棚や冷蔵庫をごそごそと漁り始めた。

「どうしたんだ？」と俺が訊くと、ソラはくるりとこちらを振り向く。

「ソラ、お料理がしたい」

「ほぅ」俺はその台詞に意外な感動を覚える。というのも俺には、幼《おさな》げな雰囲気を振りまくソラが料理なんて真似をしそうには到底《とうてい》思えなかったのだ。「朝食をつくってくれるのか？」

ソラはひとつ明確に頷く。「ソラ、お料理の練習がしたい」

「練習？……ってことは、あんまり得意じゃないのか？」

「上手じゃないらしい」

らしい、ってなんだよ。と思いながらも、自分で料理をするよりは遥かに気が楽なのでお言葉に甘えることにする。あまり期待しないで待っておこう。俺は一人ダイニングテーブルにつき、いつもの習慣としてテレビを点《つ》けた。この時間はどこの局もニュース番組と相場が決まっている。

ニュースではリポーターがなにやら売れ筋の商品らしき、佃煮《つくだに》（？）のようなものをご飯に載っけて頬張り、いかにも美味そうな顔をしていた。どうやらトレンド商品の紹介コーナーのようだ。リポーターは「これは大ヒットの理由も頷けますね」と太鼓判を押す。

特に感慨もなく流し見していると、不意に切り替わった画面に、俺は強烈な違和感というか、既視感を覚えた。

……これは、うちの最寄り駅じゃないか？

間違いない。それは我々地域住民が常々お世話になっているかの田舎駅に相違なかった。俺は思わず音量ボタンをプラスの方向に三度ほど押し込み、画面に食い入る。

映像では駅前のバスロータリーを男性リポーターが深刻そうな表情で闊歩している。

［こちらの地域で昨日、突如『はしか』が猛威をふるいました］

……あっ。

［地域の高校では男子生徒を中心に四十六名にも及ぶ同時感染が確認され、医療施設が対応に追われています。また、この異例の事態に厚生労働省も急遽《きゅうきょ》会見を開き、すべての患者の命に別状はないこと、いち早い原因の究明に全力を注ぐことを明言しました。更に、この突発的なパンデミックを抑止するために、ボツワナ共和国より精鋭の医療チームが派遣されることになりました。詳しい情報がわかり次第、追って報告をさせていただきます］
ボ、ボツワナってどこだ？
と思ったのも束の間、俺は世界がものすごい勢いで変革されてしまっている事実に異様な責任を覚え、しかしそんな感情に蓋をするようにそっとテレビを消した。

「できた」とソラが皿を両手に現れる。

「ほう」と俺は返事をし、はて、どんなものをつくったのやらと料理を覗き見る。

ソラがテーブルの上に置いたプレートには、こんがりと程よく焦げ目のついたトーストにバターがすべり、とろりと半熟のハムエッグ、それに簡単なサラダが添えられていた。

「おぉ」と俺は思わず声を上げてしまう。「すごいじゃん」

ソラは「へへへ」と笑う。「時間があんまりなかったから、かんたんなのしか作れなかった」

期待値が低かった分、なかなかに満足度は高い。おもむろにハムエッグ、トースト、サラダと、口に運んでいくが、そのどれもが問題なく美味しかった(もっとも、トーストをうまく焼けない人間というのもあまり聞いたことはないが)。

確かに、一般的な意味においてこれらを堂々と『料理』と言うことはできないかもしれないが、それでも、俺にとっては大変に満足な『料理』であった。

ソラは俺のプレートが空になったのを確認すると、興味深そうに俺の顔色を窺う。

「おいしかった?」

俺は素直に絶賛するのも気が引けて「けっこう」と答えるだけに止めた。

しかし俺のそっけない反応にもソラは大いに頷き、「それは、とてもよかった」と微笑んだ。

「ソラ、もっと料理を勉強したい。料理の本ない? できれば和食の本がいい」

「料理の本?」はて……少なくとも俺は持ってないが、どこかにあっただろうか。「あぁ……ひょっとしたら、炊飯器の横の棚に何冊かあるかも」

「見てくる」そう言うとソラはとたとたと駆けて行って、数冊の本を発見して戻ってきた。

「よかった。これで勉強できる」

料理に対する執着の理由はわからないが、とにもかくにもソラは興味深そうに本をパラパラとめくっていた。なんだか追い出しにくくなってしまったじゃないか……。

佐藤さんへと近づくためには、ソラルートは早めに断ち切りたいと考えていたのだが、ここまで一生懸命頑張っている姿を見ると無下《むげ》にもしづらい。

料理の本を読むソラの姿は、まるで絵本を読む小学生のように幼気《いたいけ》で、不完全を思わせた。話し方も随分とたどたどしいし、とてもではないがソラの自己申告なしに十七歳の風俗嬢だとは思えない。

……いや、待てよ。

そこで俺はふとあることに思い当たる。今俺の目の前にいるソラの姿は、日常のソラの姿とは違うものなのではないか、と。

村田さんの説明では、フラッガーシステムが稼働している世界では人々の思考や性格が若干極端になる、と言っていた。つまり今ここで料理の本を読みふけるソラは、ある意味で本当のソラではないのではないだろうか？　昨日は、慎重で身の丈にあった生き方がモットーだった両親がとんだ決断をかましていたし、笹川だって欲望のたがが外れたド変態と化していた。

ならば、平生《へいぜい》のソラというのはこんな雰囲気の人間ではないのかもしれない。もしそうならば、ソラは場の雰囲気に飲まれてこの家に泊めて欲しいと言っているだけで、心の底では元の生活に戻りたがっているのかもしれない。

「あの……ソラさん？」

「なに？」とソラは料理本に視線を落としたまま言った。

「ソラさんはいつから風俗嬢をやっているのかな？」

するとソラは一度視線を天井に移して考えてから「三ヵ月前から」と答えた。

ふむ……つまり、このフラッガーシステムとは関係なしに、ソラは風俗嬢をやっていた、ということだ。あるいは『自分の意志で』風俗嬢をやっていた、とも言える。

「なんていうか、上手い言葉が見つからないんだけど、ソラにとって今までの生活はどうだった？　今考えてみると、割に悪くなかったなぁ……とか、思ったりしない？　お家に帰ってもいいかなぁ……とか」

するとソラは少しだけ寂しそうな目をする。「……お家には帰りたくない。でも、お兄ちゃんがどうしてもこの家に泊められないって言うなら、ソラは出ていく。お仕事を続ければ、ひとり暮らしもできる」

「お……お仕事って、つまり」

「お仕事はお仕事」

むむ……。

ここで俺がソラを突っぱねれば、ソラは今後も風俗嬢として過ごしていく構図なわけか……。本人にその自覚があるかどうかは別として、自らを人質にするとはソラもなかなかどうしてえげつない作戦を取る。どこまでが本心なのかわからない限り、雑には扱いづらいじゃないか。

図らずもこのフラッガーシステムが、一人の少女を夜の世界から救い出すための装置として機能しようとしているのなら、ソラをうちに置いておくのも、ある意味人助けの一環ということになるのだろうか……（我ながら弱気な理論だ）。

「ま、まぁ、しばらくはうちにいてもいいけど……そのかわり、絶対に……ふ、風俗のお仕事はするんじゃないぞ」

俺の言葉を聞くと、ソラはたちまち表情から寂しさの欠片を吹き飛ばし、鮮やかな笑顔を咲かせた。「わかった！　お仕事はしない。そのかわりソラ、このお家で、家事をいっぱいする」

「……それは名案だ」言い終わると、俺はため息をついた。

結局、見ず知らずの女の子との同居を容認してしまったじゃないか……。村田さん曰く、同居人以外ともくっつく余地はあると言っていたが、果たしてどこまで信用できたものか……。

「じゃ行ってくるけど、お家でおとなしくしてるんだぞ」

「わかった」とソラはお決まりの溌剌《はつらつ》とした笑顔を見せる。「おいしい夕ご飯を作って待ってる。早く帰ってきて」

「お……おう」

なんだかちょいとむず痒《がゆ》い。というのも、玄関にて取り交わされるこれは、まさしく新婚のそれのようではないか。なんだよ、これ。なんだよこの娘……。めっちゃ可愛いじゃねぇかよ。

「ソラさん？」と俺は言う。

「なに？」とソラは首を傾《かし》げた。

「好きなスポーツは？」

「バドミントン」

「好きな飲み物は？」

「ミルクティー」

「好きな俳優は？」

「香川照之」

「ご職業は？」

「風俗嬢」

ほれほれほれ！　何を騙されそうになっているのだ、俺！

今日こそ佐藤さんに照準を合わせて一《ひと》フラグ立てようというのに、なにを別の方向に流されそうになっているのだ。この不埒者《ふらちもの》が！　俺が大沢親分なら、俺自身に『喝！』だよ。

自分自身から叱責を受けた俺は、『あっぱれ』な十二月を目指してフラッガーシステム稼働二日目の学校へと向かう。

「よぉ東條」

さっそく不可解な出来事に遭遇した。

なぜだかわからないが、登校途中の交差点に笹川が立っている。笹川を始めとする友人四人とは、ほぼ毎日下校は共にしていたものの、登校に関しては一緒にしたことがない。なのに今日の笹川はまるで俺の登場を待っていたかのように、通学路である交差点に立っていた。実に不可解だ。

「……なんでお前、こんなとこにいるんだよ」

しかし笹川は笑って俺の肩を叩くだけ。「細かいことは気にするな兄弟。よくある偶然だ」

はて……これもフラッガーシステムの効力なのだろうか。俺は僅かな疑問とほんのりとした嫌な予感を胸に宿しながら、笹川と共に学校へと向かった。

主人公の嫌な予感というものは、往々にして当たってしまうものなのかもしれない。

学校に到着した俺の目の前には、かつて見たことのない謎の光景が広がっていた。

なにやら正門の前に人だかりができているのだ。主に女子生徒を中心に（男子の多くが病欠のためだろうか）五十名以上には及ぼうかという生徒がきゃあきゃあと黄色い歓声を上げている。ちょうど、空港で有名人の出待ちをしているような雰囲気だ。

……怪しすぎる。

まだフラッガーシステムの主人公になってから二日目。しかし、この世界におけるフラグ臭《しゅう》を察知する嗅覚を養うには、一日という期間はすでに十分すぎるほどに十分であった。

俺はその光景に反射的に身を翻《ひるがえ》し、どこかへ逃げ出そうと画策する。しかしそんな俺の逃亡を阻止するように、笹川が俺の右手をがっちりと掴んだ。

「おい見ろよ東條！　怜香《れいか》嬢《じょう》のご登校だ」

「知らん。俺は知らん。興味がない」佐藤さん以外のインフォメーションは受け付けたくない。

しかしそんなことはお構いなしに笹川は俺の身体を無理矢理引っ張り、更には頭部を掴んで視線を人だかりの方へと誘導する。

半ば強制的に目の前に飛び込んできた光景は、俺を唖然とさせた。

「きゃあ！　怜香様のお車よ！」という誰かの歓声を皮切りに、他の生徒達もにわかに熱狂し始め視線が一点に集まる。彼女らの視線の先から現れたのは一台の車（黒のカローラ）。車は時速十キロにも満たないような腹立たしいほどの低速でやってくると、正門の前でピタリと停車する。

すると何度もリハーサルを繰り返しておいたような完璧なタイミングで、正門から昇降口へと続く道に鮮やかなレッドカーペットが敷かれる（数人の女子生徒が丸まっていたカーペットを猛ダッシュで広げていた）。

カローラの運転席からは長身の中年男性が降りてくる。パキッとしたスーツ姿で、髪は白髪交じりのオールバック。体型は細身で姿勢もよく、さながらホテルマンのような気品を感じさせた。男は優雅な動きで後部座席のドアへと向かうと、車をいたわるかのような丁寧《ていねい》な動作でドアを開く。

一段と歓声が大きくなった。開かれた後部ドアからはいよいよ群衆のお目当てと思《おぼ》しき一人の女性が降りてくる。女性は歓声を全身で浴びるように、あるいは観衆を焦らすような緩慢な動きで降車し、開口一番、奇抜なことを口にする。

「あなたたち少し静まりなさい。あまり騒がしくすると、剃毛するわよ」

　昨日の生徒会長だった。

♪主要キャラにランクアップしてんじゃねぇか!!」

　昨日廊下で遭遇したときはダッシュで逃げて事なきを得たと思っていたが、全然、撒けてねぇじゃん！　なんだこの盛大な登場シーンは！　ヒロインオーラがプンプンじゃねぇか！

「どうしたんだ東條？　お前、怜香嬢とお知り合いなのか？」と笹川が俺に尋ねる。

「知らねぇよ！　まったく知らねぇよ！　ていうか、何でさっきからお前はあいつのこと知っているふうなんだよ？　誰だよあいつ！」

「東條、まさかお前、怜香嬢の吸いつきたくなるような乳房を知らないってのか？」

「それは特に知らねぇよ!!　そして、お前の下品さはとどまるところを知らねぇなぁ！」

「まぁいいから聴け東條。怜香嬢はな、かの有名な御園生財閥のご令嬢なんだ」

「み、御園生財閥？　まるで聞いたこともない財閥なんだが……」

「まぁそうかもしれないな。何と言っても御園生財閥は、昨日誕生したばかりの財閥なんだ」

♪財閥って一日で完成するのか!?　そもそも、このご時世に財閥っていうのがピンと来ねぇよ。一体その『御園生財閥』とやらは、何で財を成したんだよ」

「主に佃煮だな」

「とにかく怜香嬢は昨日からえげつないほどの金持ちになってめちゃくちゃ天狗になってるんだ。そして今は成金《なりきん》らしくあらゆる問題を金で解決できる快感にバカみたいに酔いしれている」

〽死ぬほど不愉快な奴じゃねぇか!! なんでそんな奴にこんなに人が群がってるんだよ……」

「それは上手に怜香嬢をおだてると、一万円をくれることがあるからだよ」

〽なんて醜い世の中だ!」

「まぁまぁ、落ち着け東條。とにかく今は怜香嬢の時代なんだ。このムーブメントに乗り遅れちゃいけない。……怜香嬢は昨日の小テストでも満点を連発、頭脳の明晰さは折り紙つき。更に今日から導入した特注の制服も最高にエレガントに決まってる。そして強大な権力を誇る生徒会の会長ときた。昨日の放課後から、彼女こそが"Perfect Girl"だって噂で学校中持ちきりなんだ」

「そんな性格歪みまくったやつがどうしてパーフェクトと言えるのかはさておいて、金持ちの割に車は庶民的だな。カローラに乗ってるぞ」

「バカ野郎、東條。本当に違いがわかる一流の人間は決まってカローラに乗るんだよ」

〽そんなことねぇよ!!」

「もしそうでないなら、あれは特注のカローラに違いない。内装とエンジンだけはセルシオ仕様にしてあるんだ」

〝ならセルシオに乗れよ!!〟

そんな不毛な会話をしているとドッと歓声が上がる。何かと思えば、御園生怜香がただ髪を掻き上げただけであった。異常だ。異常すぎる世界だ。

御園生怜香は邪魔だと言わんばかりに群衆を疎《うと》ましげに睨みつける。なんとも挑発的な態度だ。あれがお金を持って変わってしまった人間の末路なのだろうか。……いや、違うか。フラッガーシステムによって性格が変わっているんだったな……（間接的には俺のせいだ）。

しばらくしないうちに、御園生怜香は当然の帰結のように、人だかりの中からさして特徴的でもない俺の姿を発見する。さも『あいつはたしか昨日の……』とでも言いたげな表情で。

まぁそうだ。そうなるわな。これだけのイベント臭をプンプン振りまいておきながら、俺（主人公）にノータッチというわけにもいかないだろう。御園生怜香はゆっくりと、しかし自信に満ちあふれた歩き方で俺のもとへと向かってくる。すると御園生怜香の通り道をつくるように群衆は捌《は》けていき、シルクロードよろしく俺と御園生怜香をつなぐ一本の道が完成した。

できることなら今すぐ逃げ出してしまいたかったが、いつの間にか俺の後ろにも人だかりができ、俺はすっかり籠の中の鳥と化していた。進退窮《きわ》まった俺はただ呆然と立ち尽くす。

ようやく俺の前へと到達した御園生怜香は、片足重心に腕組みというキメ顔ならぬ『キメ立ち』をかまし、やや顎《あご》を上げて俺のことを見下ろした。笹川の言っていたとおり、特注の制服が少しばかり派手だ。

「あなた、昨日の校則違反の男ね。名前は確か……江頭《えがしら》」

「東條です」

「そうだったわね、二年の東條」

するという横で見ていた笹川が何やら興奮し始める。

「と、東條、お前やっぱり怜香嬢とお知り合いなのか？　よくもしらばっくれやがって、羨《うらや》ましいぜ！　俺もできることなら嬢の耳たぶをペロペロしたいぜ！」

御園生怜香はアイスピックよりも尖った視線を笹川にぶつける。

「……誰？　この下品な生き物は？」

「気にしないであげてください。彼、ちょっと疲れてるんです。では失礼」

「ちょっとお待ちなさい」

でた、必殺『ちょっとお待ちなさい』攻撃。もっとも、今の俺は周囲を人垣に囲まれ身動き取れないので、どっちみち、ちょっとお待ちするしかないのだが。

「あなた、この私が誰かおわかり？」

「……財閥のご令嬢だそうで」

「その通り。私は御園生財閥の令嬢にして、学校の生徒会長も務める、いわゆる〝Perfect Girl〟」

「その言葉流行ってんの？」

「もともと見た目に関してはご覧のとおり麗しかったのだけれども、つい昨日から教師を買収したから、成績もうなぎのぼり」

「世間ではそれをうなぎのぼりとは認めないと思うけどな」

御園生怜香はわざとらしく髪を掻き上げる。すると再びため息にも似た歓声があがった。

「少し悩み事があったのだけれども、そうね、ちょうどいいわ。あなたにお願いすることにしましょう。今すぐ私について来なさい」

「えぇ……ちょっと用事があるんで勘弁してもらっていいですか？」

「あら？　見たところ暇そうだけれども、用事って何かしら？」

〽学校だよ!!」

「そうね、なら」御園生怜香は指をぱちんと弾いた。「今日は休校にしましょう」

〽お前は何様だ!!」

「何様って、あなた……。私は生徒会長よ？　学校を休校にするくらい、お手の物。ちょっと、米澤《よねざわ》！　米澤こっちに来なさい！」

すると、先ほどカローラの運転をしていた中年男性が御園生怜香のもとにやってくる。なるほど、どうやらこの米澤というおじさんは御園生怜香の執事《しつじ》のようだ。

執事はこちらまでやってくると、あからさまに不機嫌そうな顔をし、「チッ」と舌打ちをした。

「執事、えらく反抗的だな」

どうやら、お嬢様に対する忠誠心はあまり持ち合わせていないらしい。執事は御園生怜香の後頭部を睨みつけながら言う。

「この小娘が……」

〽くち悪いぞ執事!!　どうしたんだよ！」

「ボウズ、俺の気持ちになってみろ」執事は外見のジェントルマンな雰囲気とは裏腹に、生々しい言葉で俺に毒づく。「昨日から急に執事になれって言われてみろよ、腹立つだろう？　こんな十六、七の小娘に顎で使われてよぉ」

「……はぁ。ちなみに執事さんは、一昨日まではなにやってたんですか？」

「佃煮、煮てたよ。三十年間ずっと」

〽大抜擢《だいばってき》だな!!」

なんか、この人の性格にはあまりフラッガーシステムの効果が反映されていないようだ。ひょっとすると、この人は村田さんが言っていた『意志の強い人』であるため、システムの効果が薄くなってしまっているのかもしれない。

なににしても、随分と職人気質な反骨精神丸出しの執事に仕上がっている。

「米澤、ぐだぐだとつまらないことを吐《ぬ》かさないで」と、執事の苛立《いらだ》ちをよそに、御園生怜香の態度はブレない。「早く生徒会の権限を使って、休校を手配して頂戴」

執事は再び舌打ちをする。

「か……かしこ……かしこまり……かしこまし……クソォ！」

〽そんなにプライドが許さないの⁉」

「……かし、かし、かしこまりました、お嬢様」

執事は難産ながらようやく言葉を吐くと、携帯電話を取り出し、どこかに連絡する。

「お忙しいところ、失礼致します。本日の学校なのですが、お嬢様が機嫌を損ねてしまったため、生徒会の権限でお休みにしていただけますでしょうか？」

横暴がすぎるだろ……。

執事は二、三言葉をかわすと電話を切った。

「完了致しました」

〝マジかよ⁉〟と俺が言い切らないうちに、学校の方からアナウンスの音が聞こえてきた。ピンポンパンポンというおなじみの音を先導に、唐突に放送は始まる。

［本日の授業は、生徒会の判断によりすべて中止となりました。生徒の皆さんは速やかに下校してください］

「オイオイオイ、なんの権限があってこんな非道が許されてんだよ……」

御園生怜香は得意げに微笑んだ。

「なにって、私が生徒会長だからに決まってるじゃない。さすがに財力だけではどうにもならないことも、生徒会の権限があればおおよそ可能になるわ。生徒会の力は絶対なの」

「……なに、その生徒会の権力に対する全幅の信頼は」

「まぁいいわ。これで用事もなくなったでしょう？　さあ、今すぐ私の家に来なさい」

なんてむちゃくちゃな世界だ……。はしかの件でだいぶ身に染みていたはずだったんだが、やっぱりこの世界の条理に慣れることはできそうにない……。

「おいおい東條！」と笹川が人の気も知らずに鼻の穴をふくらませて言う。「お前、さては怜香嬢の家でにゃんにゃんする気だろ！　このド変態野郎が！」

〽こっちの台詞だ、ド変態野郎が!!」

あぁ、叫べば叫ぶほどに虚しくなる。そして佐藤さんが遠くなる。
昨日はまだよかったよ。なにせ一応佐藤さんの姿は拝めたのだからね。でも、今日のこの有様はなんだい？　なんだってんだい！　佐藤さんの『佐』の字も出てきやしないよ。

はぁ……。と、そんな俺のぐずぐずした態度がお気に召さなかったのか、御園生怜香は不意に舌打ちを放った。

「もう……早くして頂戴。あなたがそんなにも非協力的なら、無理矢理連れていくことにするわ。米澤！　羽交い締めにしてでもこの男をベンツに閉じ込めなさい！」

〽あれカローラだよ!?」

執事は可視化されそうなほどに強い殺意を込めて御園生怜香を背後から睨む。「……お前を羽交い締めにしてやろうか」

〽もはや執事の発言じゃねぇ」

しかし、そこは与えられた仕事はきっちりこなすという職人気質のなせる業《わざ》なのか、米澤さんは御園生の命令通り俺の首根っこを引っ掴んでカローラの方へと引きずっていった。

大衆の面前で晒し者の如き仕打ちを受けている最中、なるほど、なんかよくわからないけど、俺は割とギャグテイストな作品の主人公なんじゃないかなとようやく自覚した。

7

ナビすらついていない旧式のカローラの中では派手な制服を着ている御園生怜香と、スーツ姿の執事がいやに場違いに映る。俺はそれこそアルカトラズ島収監前のような絶望的な気分になり、思わずため息をついた。

「あの……つかぬ事をお訊きしますが、どうして俺に用があるんですか？」

すると御園生怜香はそれまでの余裕を少しばかり崩し「べ、別にあなたじゃなくてもよかったのよ！　あなたを選んだのなんて、た、たまたまなんだから！」と、なんだかリアクションの取りづらい反応を見せた。

執事は相変わらずのムスッとした表情で車を走らせる。実に殺伐とした空間だ。……早く帰りたい。

「ついたわ。ここが私のお屋敷よ」

「……お、お屋敷？」と、俺はあからさまに語尾に疑問符を付けて訊いてしまう。

カローラが停車したそこは、どうみても上流階級のそれではなく、平々凡々な民家が建ち並ぶ一般的な住宅街であった。というか割と俺の家の近くだった。何度か通《とお》ったこともある。

このあたりでは確かにぽつぽつと現代的な新築の家屋も見られるようにはなってきたが、まだまだ昔ながらの瓦屋根やコンクリートブロックの塀が幅をきかせている。そんな中、御園生怜香が自分のお屋敷だと豪語するそれも、どう見ても財閥御殿には見えない普通の民家だった。

もっとも、普通の民家と表現するのも若干語弊があるかもしれない。

というのも、一階部分が商店（おそらく佃煮屋だろう）になっているのだ。言われてみれば、確かに以前からこのあたりに小さな佃煮屋があったような気もする（利用したことはなかったけど）。その商店には冗談のように、それこそアップル製品の発売日の如き長蛇の列ができていて、主に主婦たちが何やら鬼の形相《ぎょうそう》で佃煮を買い求めていた。

御園生怜香はそんな大盛況の商店を尻目に店の裏手へと回り、二階に続く住居用の入り口に俺を招いた。

「米澤。私は今からお召し物を替えてくるから、お客様をリビングにお通ししておいて」

「かしこまりこ」

「かしこまりこ⁉」

「ボウズ……じゃねぇや。お客様、こちらへどうぞ」

そう言うと執事は商店の裏の外階段を指し示す。上れ、ということだろう。

商店の横にあった扉から御園生怜香はどこかに消えてしまい、俺は階段を上っていくと、そこには簡易の玄関があった。よくプレハブ小屋などに埋めこまれているようなちゃちいアルミサッシの引き戸で、横には音符マークのついた小さな押しボタン式のベルが設置されている。

後からやってきた執事は玄関をガラガラという庶民的な音と共に開放し「どうぞ」とハスキ

ーな声で言った。俺は状況が飲み込み切れないまま、財閥御殿に足を踏み入れる。

驚いた。

今まで、どこにも金持ちらしき証拠が見られなかったのだが、ここに来てようやく俺は御園生財閥の財力の一端《いったん》を目にする。

俺が案内されたこのリビング、無駄に金が掛かっている。

広さこそ十畳そこそこ程度だが、異様にフカフカする絨毯が隙間なく敷き詰められていて、どっかの巨匠が描いたのかもしれない風景画が三点壁に掛けられている。今、俺が座っているこのソファもエンジ色の本革張りでなかなかにお高そうだ。他にもシミの付いた掛け軸だとか、中国風の刀剣だとか、壺だとかが、時代、文化、国境を越えてアホみたいにギュウギュウに陳列されている。ちなみに、壺の一つには黄色のポストイットで『魯山人《ろさんじん》』という札がついていた。骨董品などまるで知らない俺に真贋《しんがん》を見極めるだけの眼力はないが、仮にあれが本物であったとして、ポストイットを貼りつけられてしまうとはなかなかに悲劇的な作品だ。

「待たせたわね」と奥のほうから御園生怜香が現れる。

宣言通り学校の制服を着替え、黒のセーターにグレーのスカートという格好になっていた。服装の色合いは決して派手ではなかったのだが、（本人の自負どおり）目鼻立ちがくっきりとして華やかなので決して地味な印象には陥らない。胸元の赤いブローチがきらりと光り、たわわな髪がいくらかバブリーな印象をもたらす。

御園生怜香は俺の向かいのソファに腰を下ろすと、何もないテーブルの上に視線を落とした。

「ちょっと、ひなた！　いるんでしょ、ひなた！」と御園生は不満そうな口調で言う。

……ひなたって誰だ？　とニューカマー登場の予感に辟易《へきえき》していると、奥から一人のメイドさんらしき人物が現れた。メイドさんらしき、というかきっとメイドさんなのだろう。絶対に作業がしにくそうな無駄にフリフリとしたメイド服を纏《まと》った女の子は、パタパタとした落ち着きのない動きで御園生のもとへとやってくる。

「な、なんでしょうか、お嬢様？」

「すぐにお紅茶とスイーツを持ってきて頂戴」と御園生はメイドさんの目を見ずに言う。

「か、かしこまりました。お紅茶はどのように？」

「クオリティシーズンのニルギリでミルクティーをお願い。もちろんミルクインファーストで」

「かしこまりました、そのように。スイーツにつきましては昨日《さくじつ》、三橋《みつはし》ディーゼル様より頂きました月影堂のどら焼きと羊羹がございますが、そちらでよろしいでしょうか？」

「ふざけないでちょうだい。私、そういう田舎くさい食べ物が大嫌いなの」

……佃煮屋の娘が何言ってんだよ。

「ひぃぃ、失礼致しました。すぐに洋菓子を手配致します」と言ってメイドさんは一礼をし、再び慌ただしそうに奥へと戻っていった。

執事のような反骨心は持ち合わせていないようで、随分と従順で、そして胸の大きいメイドさんだった。……いや、別に俺は出会う女の人全員の胸の大きさを逐一《ちくいち》評定している訳では断じてないぞ。ただ、あのメイドさんの衣装が不自然に胸を強調したデザインだったのだ。俺は悪くない。俺は笹川とは違う。

「さて、我がお屋敷はあなたのお気に召したかしら？」と御園生怜香はドヤ顔で言い、するりと足を組んだ。

「……あの、つかぬ事をお訊きしてもいいでしょうか？」

「何かしら？」

「佃煮屋さんなんですよね？　なら、一夜にしてどうやってこれだけ儲けたんですか？」

「ふふ、よくぞ訊いてくれたわね」と御園生怜香は微笑む。「実は、昨日パパが開発した、正真正銘のオリジナル商品『食べるラー油2《ツー》』が大ヒットしたの」

〽パクリ商品だぁ!!　しかも勝手に続編にしやがった!!」

「まったく……儲かりすぎちゃってつまらないわよ」

〽すぐに行政機関に怒られろ!!」

「ああ、役人なら昨日来たわよ。でも『これなら問題なさそうだ』ってにっこり微笑んで帰っていったわ。まったく、言いがかりもいいところだわ。最初はずっと文句を言っていたのだけれども、三億円ほど渡したら急におとなしくなっちゃって……」

〽ば、買収してる!!」

「というわけで、現在は御園生グループを挙げて『食べるラー油 of the END』を開発中よ」

〽おこがましくも勝手に完結させようとしてる!!」

「何にしても、お金がありすぎて困っているのよ」

「今からでも権利の勉強をしてこい。そして金は全額返還しろ」

「ああ、どうやって小金《こがね》を消費すればいいのか、迷ってしまうわね」

色々とツッコミどころ満載のご令嬢だが、なるほど、昨日から途端に金持ちになったものだから車や家は先月のままだというわけだ。そりゃぎこちないわけだ。

御園生怜香は足を反対に組み直す。

「いずれにしても御園生グループは今後、ますます事業拡大の一途をたどっていくでしょうね。確かに始まりは『佃煮』ではあったけど、そんなことまったく関係ないの。ヤマハだって最初はただのオルガンメーカーだったわけだし、私たちのグループだって徐々に事業の裾野を広げ、世界を席巻《せっけん》していくのよ」

なに、実業家気取ってるんだよ、こいつは……。

「まだ公にはなっていないけれど、来春には群馬のど真ん中に複合型アミューズメント施設『怜香ワールド』をオープンする予定なの」

〝なんて利己的なネーミングなんだ!!　そして立地条件が良好だとは思えない!!〟

「まぁ、仕事の話はこれくらいにして本題に入りましょうか」

御園生怜香はソファに座り直す。

「実は私、近々とある企業の御曹司《おんぞうし》と政略結婚をするように言われているの」

政略結婚て、また時代錯誤な（笑）。なんじゃそりゃ。

まぁいいや、よくわからないがとりあえずここは祝福しておこう。

「それはまた、おめでとうございます」

「はっ？　ぜ、全然おめでたくなんかないわよ！　私はパパの決めた結婚なんて断固反対なの」

「はぁ……そうでしたか。なら、断っちゃえばいいじゃないですか」

「そうはいかないのよ。相手のお父さんとうちのパパが異様なほどに意気投合しちゃって、意地でも結婚させる気なのよ」

「そりゃ災難で」

「私、あんな気持ち悪い男と絶対に結婚なんてしたくない!!　死んでも嫌なんだから！」

「……そ、そんなに気持ち悪いの？」

「いつも前歯に青のりがついてるのよ」

すげー気持ち悪《わり》ぃ!!」

「それに語尾に『ゲスッ』ってつけるし、暇を見つけては貯金箱の中の小銭の枚数を確認するのが趣味なの」

本当に御曹司なのか!?」

「そもそもそいつのお父さんが経営する会社だって、経営がボロボロで倒産寸前なのよ」

政略結婚する意味あるの!?」

「とにかく、私は絶対にあいつとだけは結婚したくない。……そこで、あなたに協力して欲しいの」と、御園生怜香は僅かに身を乗り出す。「私の恋人のフリをしてパパを一緒に説得して欲しいの。きっとパパも私に恋人がいるなら諦めてくれると思うのよ」

……なんというかまぁ、深夜アニメに限らずよくありそうなお話だ（と言ってもフィクションにおいて、の話ではあるが）。

「ちなみに、どうしてそれを俺に頼むんですかね？　別に他の誰でもいいじゃないですか」

「……そ、そ、そうよ。別に誰でもいいのよ。だ、だから、本当にたまたま、あ、あなたが目に留まったからあなたにしただけのことよ」と、御園生怜香は先程までの自信と余裕はどこへやらの赤面しどろもどろでたどたどしく答える。「とにかく、協力しなさい！」

はぁ……面倒くせぇ……主人公面倒くせぇ。

俺がそんなふうにしてちょっとばかり頭を抱えていると、不意に御園生怜香は立ち上がった。

「ちょっとお手洗いに行ってくるから、その間に考えておいて」

俺は御園生の姿が見えなくなると大きくため息をついた。ここで、この提案を引き受けてしまえば、俺は名実ともにこの金持ち生徒会長とのラブストーリーを堪能《たんのう》するはめになってしまうのであろう。それは避けたい……ぜひとも避けたい。

そんなことを考えていると奥から扉の開く音が聞こえた。御園生が早速戻ってきたのかと思ったのだが、部屋に入ってきたのはメイドさんだった。ティーセットの載ったワゴンを転がしてきたメイドさんは、俺しかいないリビングを見ると少し慌てたように目をパチクリとさせた。

「あ、あの、お嬢様はどちらに？」

「トイレだそうです」

「な、なるほど」と言って、メイドさんはテーブルの上にティーセットを置いていく。

しかし、そこでふと思い直したようにティーセットから手を離し、姿勢を正した。

「し、失礼致しました。私としたことが、お客様に対して自己紹介がまだでした。私はメイドのひなたです。ぜひとも『ひなちゃん』とお呼びください。宜《よろ》しくお願いいたします」

「ひなたさん」

「……できれば『ひなちゃん』……と」

「ひなたさんは、先月まで何をしてたんですか？」

「ひ、ひなちゃん……。わ、私はメイド喫茶でアルバイトをさせていただいておりました。まさか本物のメイドになれるとは、感無量にございます」

なるほど……。まぁ適任だな（少なくとも佃煮職人から執事に転職するよりは）。

メイドさんは自己紹介が終わると、再び一礼をしてからティーセットの配膳を再開する。ソーサーとティーカップが俺と御園生の席にそれぞれ置かれ、更にテーブルの上にはティーポット、ミルク、茶菓子としてお金持ち御用達《ごようたし》のマカロンが用意された。

「お客様も、ミルクティーでよろしいですか？」

「ああ、じゃあそれでお願いします」

「かしこまりました」と言って、メイドさんは何も入っていないカップにミルクを注ぐ。「では、ちょうどいいところで『ニャンニャン』と言ってくださいね」

「はっ？」

「ですから、ミルクの量がちょうどいいな、と思ったら『ニャンニャン』と言ってください。そうしたら、私がミルクを注ぐのを中止いたしますので……。ほら、お客様、早くしないとどんどんとミルクが濃くなってしまいますよ」

「い、いや……じゃあ、もう十分です。ミルクストップ！　ストップ！」

「……違いますよ、お客様。『ニャンニャン』が唯一のジャスティスです。ほらお客様！　早く、溢れてしまいますよ！」

「だから、もういいって！　ミルクストップ！　ストップ！」

「……お客様！　お客様！」

「ストップ！　ストップザミルク！」

「きゃあ！　溢れる！　溢れます！　お客様ぁ〜！」

溢れた。

「お、お客様……。けっこう強情なんですね」

〽お互い様だわ!!　勝手にいい塩梅《あんばい》でストップしろよ!!」

「で、でも……こうするように教育されてきたんで」

〽メイド喫茶でだろ!?　今までのことは一日忘れろよ！」

「……失礼致しました」と言って、メイドさんはこぼれたミルクをダスターで拭き取る。「どうしても以前の仕事との境界が曖昧で……」

「……以前の仕事とは似て非なるものだと思うので、まったく別の仕事だと思って取り組んだほうがいいと思いますよ」

「そうなんでしょうか……」と、メイドさんは少ししょげたような表情をする。相変わらず胸が大きい。「そうだ、ところでお客様は怜香お嬢様とどんなお話をされていたんですか？」

「なんか、政略結婚をする羽目になりそうだから、恋人役を演じて欲しいって言われましたよ」

「なるほど」と異様に物分かりのいいメイドさんは静かに頷いた。「少し僭越《せんえつ》なことを申し上げさせていただくならば、きっとお嬢様はお客様のことが好きなんだと思いますよ」

俺は少し固まる。「……どうしてそう思うんですか？」

「ほんの僅かな時間ではありましたが、先ほど拝見させていただいたお嬢様のお客様に対する視線は、恋する女性の視線そのものでした。ひなた的には申し分なく百パーセントと断言させていただきます」

はぁ……。俺はスタバでの村田さんの話を思い出す。

村田さんはフラッガーシステムの稼働中は『その人の好みとは裏腹にタイプでもない主人公のことを好きになってしまう傾向がある』と言っていた。なるほど、今がまさしくそれなのだろう……。

「俺、ほとんど御園生さんとお話ししたこともないんですけど、御園生さんはいつ俺に好意を持ってくれたんでしょう？」

「さあ、それはひなたにはわかりませんが、『気付いたら落ちている』それが『恋』だと、ひなたは思っております」

ごもっともかもしれない。

俺だって『いつ佐藤さんを好きになったのですか？』なんて質問をされたって、正確に答えることなどできない。恋とは気付いたら落ちているもの、その通りだ。

だが、これはあんまりだろう……。

昨日の俺が御園生怜香と交わした会話は、ほとんど十往復にも満たなかったはずだ。それなのに、いつの間にか恋に落ちる、だと？

村田さん。これはあまりにも胡散臭すぎて、素直に喜べねぇよ。一目惚れにしたって、もう少しもっともらしい距離感とシチュエーションというものがあるだろう。俺自身が一目惚れされるだけの容姿を誇っていないのは俺が一番よく知るところだが、そんな劣等感を差し引いてもこれはうそ臭すぎる。なんと不気味なほどにご都合主義な世界なことか。

と、そんな総合考察的なことを考えるのは後だ。今はとりあえずこの御園生怜香ルートからいち早く離脱し、佐藤さんとの素敵展開を目指そう。

そのためにもきっぱり、恋人役は断らなければ。

「あ、お嬢様、おかえりなさいませ」というメイドさんの声につられて視線を上げると、御園生怜香が部屋へと戻ってくるところであった。御園生怜香はトイレ帰りとは思えないような優雅さでソファの上に優しく着座する。

「ただ今ミルクティーをお持ちしました」

「ご苦労様」と御園生怜香はやはり目を見ずに言う。「それで、あなた、私の恋人役を引き受けてくれるかしら？」

俺は首を横に振った。「せっかくのお誘いですが、遠慮しておきます」

「ええ!?」と、御園生怜香は立ち上がって取り乱す。「な、何がいけないの？　お金なら、……謝礼金ならたっぷり払うから！」

「お、お金!?　いやいや、そういう問題じゃなくて」

「じゃ、じゃあなんだって言うの？　ひょっとして……」とそれまでの態度からは想像もできないほど弱気な表情を見せる。「わ、私の彼氏役が……嫌だ……ってことかしら？」

みるみるうちに御園生怜香の瞳が赤らんでいき、そこには無言のうちに落涙《らくるい》の予感が押し寄せる。おいおいおい、これはいけないぞ、これはいけません。泣かれたらまるでこちらが悪者のようになってしまうじゃないか。それは卑怯です。卑怯だと思います！

思わず、わかった引き受けるよという言葉が喉から飛び出してしまいそうになる。

曲りなりにもこの娘、俺のことを好いてくれてるんだもんな……。

って、何を血迷っているんだ東條涼一！　君の十七年に及ぶ人生において、一度でも女性に惚れられたことがありましたか？　否、否、否！　断じて否ですぞ！　これはフラッガーシステムという強力な装置が産み出した、泡沫《うたかた》の幻想にすぎないんだ！　目を覚ませ俺。

俺は自らの心に湧き上がる怒濤の邪念を振り払い、なかなか吐き出せない痰を力ずくで絞り出すように声を出す。

「……いや、決して御園生さんがどうこうという意味ではなく、やっぱり学校とか含めて俺も色々と忙しい身ですので」

「じゃ、じゃあ、教育委員会に頼んで教育カリキュラムを変えてもらうわ！」

「発想がぶっ飛んでやがる!!」

「いっそ文科相を代えてみせる！　私、生徒会長だもの！」

「国家機関舐めんなよ!!」

「文部科学大臣だって、厚生労働大臣だって、国土交通大臣だって代えてみせるから……それで、日本をあなたの過ごしやすい世の中に作り替えてあげるから……だから、お願い！」

「そこまでいったら総理大臣代えろよ!!　中途半端だよ、独裁が!!」という俺のツッコミが静寂に飲まれると、あろうことか御園生怜香は土下座を始めた。

「お願い……。もし、協力してくれるのならあなたの剃毛だって取りやめてあげるわ」

剃毛はするつもりだったのかよ。

「お願い！」

さっきまでの自信満々の態度や滲み出るプライド、成金臭プンプンの言動はどこへ行ったんだよ。トイレで他の誰かと入れ替わってきたのか？　ほぼ別人じゃねぇか。

「ひなたからもお願いします」

俺がたじろいでいると、メイドさんまでが急場の土下座大会に参加し始めた。二人して微動だにせず額をピタリとカーペットに擦りつけている。

「……ちょ、ちょっと頭を上げてくれよ」

しかし二人はピクリとも動かない。まるで生きたまま銅像になってしまったかのように、あるいはドラクエで言うなれば『へんじがない、ただのしかばねのようだ』というコメントが付きそうなほどの見事な静止っぷりだ。

「とりあえず、頭をあげて……ね？」

試しに肩を叩いてみるが、ふたりともそんなこと意にも介さない。まるで里長《さとおさ》を前にした百姓のような平身低頭《へいしんていとう》っぷり。おいおい、別に年貢の徴収に来たわけじゃねぇぞ！

「ちょっと、マジで一日顔あげよう」

しかし続く、無視。

なるほど……これは……。

「兵糧《ひょうろう》攻めか!!　望むところだよ!!」

俺が『うん、協力するよ！』と返事するまで、こいつらここに土下座し続ける気だ。座り込み戦術ならぬ、土下座戦術。金持ちのくせしてなかなかどうしてやることが泥くせぇぜ。

だが、負けねぇよ。俺、負けねぇよ。

手段なんて選んでいられない。俺はこの御園生ルートから離脱するためなら、心を捨てて鬼にだってなってみせる。だって佐藤さんと仲よくなりたいんだもん！

俺は思い切ってこの二人を部屋に放置したまま、外へと脱出してしまう作戦を企てた。俺はためらわずに元きた道を引き返し玄関へと向かう。そして玄関の引き戸の鍵を外し、扉を開けようとする——しかし、なぜか開かない。

今一度鍵を確認してみるが、やはり鍵は開いている——しかし、扉は開かない。

「ボウズ、外には出さねぇよ」

〽執事てめぇ!! 扉押さえてやがるな!」

「おうよ、ボウズ。佃煮ってのは根気よく、そして愛情を込めて煮てやんないと本当に求めている味にはならねぇんだ。だから俺はよ、佃煮にのめり込んだんだ。あれはよ、言うなれば人生なんだ」

〽その話、今する必要あるのか!?」

「とにかくここは通せねぇ、おとなしく小娘の言うことを聞いときな」

クソっ。俺は玄関からの脱出を断念し、室内をまわって手頃な窓を探してみる。しかしながら、人が通れそうな大きさでかつ地面に着地しても安全そうなスポットなど見つからない。二十分ほどかけて捜索してみたが、すべて徒労に終わった。

しかたなくリビングに引き返してみると、二人は先ほどの体勢のまま土下座を続けている。

「なんて……メンタリティだ」

サクセスモードで高校三年間を『メンタル練習』に費やしても、こうはなるまい。俺は思わず驚嘆の声を漏らし、ソファに座り込んだ。それから大きくため息をつく。なんでアニメの主人公が密室に閉じ込められなきゃいけないんだよ。

部屋の掛け時計を見ると、時刻は正午であった。さすがに腹も減ってきた。なにか食べたい……。と、俺は先ほどメイドさんがセレブのスイーツ『マカロン』を持ってきてくれていたことを思い出した。決して腹にたまるような代物ではないが、この際贅沢も言っていられない。

俺はおもむろにテーブルの上のバスケットに手を伸ばす。

しかし、マカロンがない。よく見れば、紅茶も減っている。

「こいつら……、土下座の合間に飲み食いしてやがる!!」

クソォ……。俺は、倒れこむように、勢いよくソファにもたれた。


「……協力します」

あれから二時間が経過し、俺の精神ゲージは完璧に底を突いていた。密室空間で過ごす二時間は何万年のようにも感じられ、俺の心を確実に蝕《むしば》んでいった。しかし、俺は途中でようやく理解したのだ。

これは二択に見せかけた一択問題。またもやドラクエにたとえさせて頂くならば、『ゼシカを仲間にしますか？　はい・いいえ』と同じ構図なのだ。はいと答えれば円滑にゼシカが仲間になり、いいえと答えればもう一度同じ質問を繰り返されるだけ。俺はゼシカと共に旅をするしかないのだ。

「……協力します」俺はもう一度、今度は先程よりも少し大きな声で言った。

「ほ、本当に！」と御園生怜香はようやく土下座状態を解除し頭を上げる。その明るい表情は、到底数時間も土下座を続けた人間のそれには見えなかった。「ありがとう！　ま、まぁ、私の彼氏役ができるんだから、ありがたく思いなさいよね」

「……チッ」

メイドさんもケロッと頭を上げる。「ありがとうございますお客様！　ひなたも嬉しい限りです！」

こんなふうにして、俺はフラッガーシステムの秩序に屈するように悪魔の契約を結んでしまう。雪崩《なだ》れるように、ドミノがカタカタと連鎖的に倒れていくように、俺はフラグとルートの輪廻《りんね》に巻き込まれていくのだった。

助けて佐藤さん！　君がどんどんと遠くなるよ！　何のためにフラッガーシステムの主人公になったのかワカラナクナッテキタヨ！

ソラが作った夕食は焼き鮭に煮物に味噌汁と、朝の宣言通り和食にシフトしていた。見た目に関しては申し分なく美しかったのだが、煮物は里芋の芯まで味が染みておらず、また味噌汁は出汁《だし》が薄く、百点はあげられない完成度であった。

それでも拷問を受けたすぐ後だったので、最高に美味かった。涙が出そうだ。

「おいしい？」とソラは身を乗り出して尋ねる。

俺は涙をこらえて「なかなか」とだけ答えた。「でも、煮物はもっとしっかり煮て、味噌汁はきちんと出汁を取ったほうがいいかもしれない」

「そうか」とソラは頷く。「確かに、ちょっといまいちだった。ソラもっと練習する」

俺の箸の勢いは止まらない。温かい食事が、日本の和の心が、自宅という空間が、こんなにも素敵なものであったとは……。軟禁されて初めてわかるシャバの素晴らしさ。ビバ自由と解放。

そんなくだらないことを考えていると、なんとなく点けていたテレビのバラエティ番組が唐突にぷつりと終了した。そして、画面は予告なしに報道フロアへと切り替わる。

「どうしたんだろう？」というソラの声は、俺の気持ちも代弁していた。

テレビ画面には少し慌てた様子の女性アナウンサーが登場し、バラエティの残り香を払うように真剣な表情で原稿を読み上げ始める。

「番組の途中ですが、臨時ニュースをお伝え致します。つい先ほど、文部科学大臣、厚生労働大臣、国土交通大臣が揃って辞任する意向を発表しました」

えっ……。

「理由など、事の詳細に関しては未だわかっておらず、『無責任だ』と内外からの批判が強まっています。……現在、会見場の吉野さんと中継がつながっております。吉野さん？

——はい、こちら吉野です。前代未聞の職務放棄劇に与野党だけではなく、国外からの批判も強まっています。いったい、辞任に至る経緯には何があったのでしょうか。なお、すでに各大臣には後任が指名されている模様です。詳しい情報が入り次第、追って報告させていただきたいと思います。以上、吉野でした」

俺は無言でテレビを消した。

「あの人達はなにか悪いことをしたから辞めさせられた？」とソラは煮物を口に運びながら尋ねる。

俺は答えあぐねてしばらく口をあぐあぐさせていたが、「たぶん、生徒会長に辞めさせられた」と答えておいた。

ソラは何に納得したのか「ふうん。生徒会長はすごい」とだけ言って、食事を続けた。

俺は静かに祈った。

少なくとも今月中に日本という国がなくなりませんように、と。

8

十二月三日。

フラッガーシステムが稼働してから早三日目を迎える。

幸いにして登校中にこれといったトラブルはなく、俺は無傷の状態で教室にまで到着する。

教室では相変わらず男子が壊滅状態ではあったが、そんなことは実際のところどうでもいい話で、大事なのはそこに佐藤さんがいるという事実、それだけであった。

すげー久しぶりな気がするぜ佐藤さん。相変わらず最高に可愛い。できることなら今すぐにでも佐藤さんのグループの談笑に割って入り、笑いの絶えない最高のトークを提供したい（生憎そんな話術と度胸は持ち合わせていないが）。

しかし俺はそんな平和の象徴とも思える光景に逆説的な不安を覚える。

なにせ、俺は昨日御園生怜香と悪魔の契約を交わしてしまったのだ。あの契約は間違いなく俺を御園生怜香ルートに乗せてしまっているはず。なのにそんな伏線を丸々放棄して、フラッガーシステムはこのような純度百パーセントの日常を提供してくれるものなのだろうか。

……怪しい。

だが、俺は最大限楽観的に、そしてポジティブに考えてみることにした。

いま与えられているこの平和が仮初《かりそめ》めのものであったとしても、そこに佐藤さんがいることは決して否定できない事実。ならば今、思い切って佐藤さんにアタックしてみるのも一興なのではないか。たとえ別の誰かにフラグが立っていても、無理矢理にでも佐藤さんにアピールを開始すればシステムも黙ってはいられないはず。『むむ、東條くん（主人公）はあの佐藤さんという女の子のことが好きなのだな』と、気を利かせてくれるに違いない……。

そんなことを考えているうちに授業が始まり、俺は佐藤さんの席とはほぼ対角線に位置する自分の席へとつくことになる。しかし席につくと同時に、俺は一つ決心した。

授業が終わり次第、佐藤さんをデートに誘ってみよう、と。

デートだなんて我ながら大それた表題を持ってきてしまい、少しばかり片腹痛いが、これだけ様々な事件が起きてしまった今、それくらい思い切ったことをしないと佐藤さんルートに乗ることはできそうにもない。ならばやるしかなかろう、青春をかけた一世一代のお誘いを。

しかしもちろん大方の予想通り、俺の思惑は宇宙の塵《ちり》となって消えていくことになる。

三時間目の授業が終了したときだった。俺が四時間目の現代文のテキストを机に広げると、なぜか現代文とは関係のないはずの担任の教師が教室に入ってくる。少しばかり怪訝な思いでいると担任は教卓の前に立ち、口を開いた。

「えぇ、では今日の日直、帰りの挨拶を」

「はぁ⁉ まだ三時間目じゃないですか……」

「まあ落ち着け東條」担任は俺をなだめる。「えぇ昨日就任した新しい文部科学大臣が、すべての学校における授業を大幅に短縮する『ゆったり教育』を提唱したため、今日はこれで授業終了だ」

〽ウォォイ‼ なんだよそれ！ 文科省は悲劇を繰り返すつもりなのか⁉」

「では、号令」

「いやいやいやいや！」

しかしながら国家権力に対する俺の抵抗はあまりに虚しく、日直は滞《とどこお》りなく「さようなら」の号令をかける。

すると号令とほぼ同時に外側から教室の扉が開けられ、長身の中年男性が登場する。

「ボウズ、迎えに来たぞ」執事だった。

「む、迎え!?」

「おうよ」

執事はそう言うと昨日と同じように俺の首根っこを摑み、そのまま教室の外へと引きずっていった。ああ、なんと情けない姿であろうか。昨日はまだ見ず知らずの生徒たちの前での醜態《しゅうたい》で済んだが、今日はクラスメイトの前での連行だ。恥ずかしい。かの佐藤さんもどことなく曇った（好意的に解釈すれば『心配してくれているような』、そうでないなら『ドン引きしているような』）表情で俺のことを見ている。

ああ、神様（フラッガーシステム）……どうして私にこんな試練を与えるのでしょうか？　どうして佐藤さんとお近づきになることを頑《かたく》なに阻止するのでしょうか……。

しかし嘆きが誰の耳に届くこともなく、俺は執事に引きずられ続けた。


「あなたにはこれから毎日、私とデートをしてもらいます」御園生怜香はカローラの中でそう宣言した。

「あの……御園生さんのお父さんに挨拶するときは協力するんで、それ以外のときは別に恋人を演じなくてもいいんじゃ……？」

御園生はため息をつく。「それじゃあ、パパと会ってもらったときに全然話が嚙み合わなくて、本当の彼氏じゃないってバレてしまうじゃない。だから、互いのことを理解するためにデートを重ねるの。……おわかり？」

「……はぁ」

「ひとまず映画を見に行くことにするけど、異存はないわよね？」と御園生怜香はうなだれる俺の顔を窺うと「……いやだ、違うわよ？　映画って言っても……あなたの期待してる、日活ロマンポルノじゃないわよ？」

「期待してねぇよ!!」

大声を出すと、俺は淀んだため息をついた。

そりゃあ当然、こうなることは予想できた。昨日の今日で華麗なレーンチェンジが行われるとも思えないし、俺はひとまず御園生怜香ルートを突っ走っていくしかないのだ。

執事の運転する車は失意の俺を乗せてとなり町の映画館へと向かう。

映画館の前に到着すると、御園生は執事に向かい「あなたは適当にその辺をふらついていなさい。いい？　決して私たちの邪魔をしないように。必要になったら電話で呼ぶわ」と言った。すると執事はヤンキーのメンチ切りを彷彿とさせるような表情で「かしこまりこ」と呟くと、車を走らせてどこかへと消えていった。

晴れて（特に望んでいるわけでもなく）、俺と御園生は二人きりになる。

「さぁ、さっそく映画を鑑賞しましょう」

そんな御園生の宣誓を皮切りに俺たちは映画館の中へと入り、上映中の映画が網羅されている看板を眺めた。御園生はそれらのタイトルとシーンカットをいかにも興味深げに観察する。

「ちなみに、あなたはどんなのが見たいのかしら？」

「……えっ、俺ですか？」

「まったく」と御園生はため息をつく。「あなた以外に誰がいるっていうのよ？……それと、時折敬語を使うのやめて貰えるかしら？　同い年なんだから遠慮は無用よ」

敬語を使ってしまうのは女性慣れしていないことによる弊害であるので許して欲しい。

「……まぁ、なんでもいいよ」と俺は言う。「御園生さんが見たいものを、どうぞ」

「……うん、だけど、あんまりめぼしい作品がないのよね」

「めぼしい作品って、例えばどんなのだ？」

「こう……なんていうのかしら。例えば、ものすごい科学者がいて、その科学者が車型のタイムマシーンを開発しちゃうのよ。それで、そのタイムマシーンを動かすにはものすごいエネルギーと、時速八十八マイルのスピードが必要なの」

「うん……聞いたことのある作品だな」

「それで、ひょんなことから知り合いの子どもが過去にタイムスリップしちゃうんだけど、そのタイムスリップ先で偶然にも自分の両親の出会いを邪魔しちゃうのよ」

「だから……聞いたことのある作品だな」

「それで、仕方がないからドクとマーティって言っちゃったよ!!」

〝ドクとマーティは――」

「ターターターッ。タタ、タータタター♪」

♪テーマソングまでバッチリじゃねぇか!!」

「あぁ……どこかにそんな作品ないかしら」

♪あるよ!! ツタヤにあるよ!!」

「まぁ、いいわ。庶民の道楽に高望みは禁物ね。適当に選ぶことにしましょう」

そうして御園生怜香は数ある作品の中から全米ナンバーワンという煽り文句が付いたスパイ映画をチョイスした。なんとなく御園生の雰囲気からは意外な選択ではあったが(もっともどの作品を選べば相応なのかもわからないが)俺は二つ返事で従うことにする。

チケットを購入し指定された席に着くと、御園生は左右両方の肘掛けを占有し、いつもながらのお嬢様気分でご鑑賞なさった。俺は仕方なく肩をすぼめて行儀よくスクリーンを眺める。

映画の内容は、なんというか、よくあるスパイ映画だなぁ、という感じだった。伝説的な名スパイである主人公のもとに、ちょっとばかり厄介な仕事が舞い込んでくる。奪わなければいけない書類にたどりつくためには何重にも敷かれたトラップを回避しなければいけないのだが、主人公はそれを冷静な判断力と技術を駆使し涼しい顔で乗り越えていくのだ。

なるほど、どこかの主人公とは大違いだ。

はて、この作品を御園生はどんな様子で鑑賞しているのだろうと、不意に横に目をやると、これはこれでなかなか真剣な表情で鑑賞をしていた。主人公がちょっとしたピンチに陥ると僅かに顔をしかめ、鮮やかな戦術でトラップを回避すれば少しだけ頬を吊り上げる。作品を楽しむだけの純粋な心が御園生に残っていることに、俺は少しだけ安心をした。

しかしまぁ、それはいいとして、なんとも不如意《ふにょい》な状況が形成されてしまったものだ。

もし仮に誰かに『君は今のこの時間がほんのこれっぽっちも、まったくもって楽しくないのかい？』と問われれば、『はい』とは答えられない。女の子とデートをしたのは初めてだし、(認めるのは癪《しゃく》だが) 綺麗な女性がこんな近くに座っているという状況は決して悪い気はしない。それがシステムの操作によるまやかしだとしても、女の子が俺のことを好いていてくれるのなら尚《なお》のこと。思わず緊張だってしてしまう。

だけれども、やっぱり違和感が拭えない。

誰がどう考えても、こんな女の子が絶対に俺のことを好きなるはずがないのだ。万に一つ、フラッガーシステム云々《うんぬん》関係なく、御園生のタイプがドンピシャで俺であったとしても、出会ってから恋に落ちるまでの時間が短すぎる……。どうしても心から楽しめない。

しかし『じゃあ、佐藤さんが君のことを好きになったら、君は納得いくのかい？』と質問をされると、これまた難しい問題だ。

佐藤さんが仮にシステムの上で俺を好きになってくれても、それは佐藤さんの真意とは程遠いものかもしれないし、あるいはそもそも俺の大好きだった佐藤さんの性格すら変わっているかもしれない。もっと言うのなら、そんなの佐藤さんではない、とさえ言えるかもしれない。

言われてみればその通りである。でも、そんなことを重々承知した上でも、俺は、佐藤さんと仲よくなりたいのだ。

事態が複雑になってきたが、ならばこういうことにしようじゃないか。今月の佐藤さんとの会話は仲よくなるための一つのきっかけ、いわば足掛かりである、と。とりあえず今月は、フラッガーシステム（酒の勢い）で言葉を交わす、距離を縮めていくのは来月から。こんなスタンスで行こうじゃないか。うん、これがいい。これが一番ジェントルマンなやり方だ。

と、初めてのデートの最中に別の女の子のことを考えるという大変不誠実なことをしでかした俺は、その反省からおとなしく映画に意識を傾ける。

大きな爆発音と共に悪者の車が砂漠のど真ん中で吹き飛んでいった。

「なかなか面白かったじゃない」御園生怜香は映画館を出ると小さく伸びをした。それから詳しい感想もそこそこに「ランチに行きましょう」と言って、電話で執事を呼び出した。五分も待てば執事のカローラはいざ鎌倉とばかりに駆けつけ、俺たちを拾い上げた。

はてさてお嬢様のランチとやらは、さぞ高級なコース料理なんでしょうねぇ、と思っていると、予想だにせず到着したのはチェーンのファミリーレストランであった。別に高級な料理を奢ってもらえるんじゃないかという邪《よこしま》な気持ちがあったわけではないが、ちょっとばかり拍子抜けだ。

「……なんていうか、意外に庶民派なんだな」

「バカねあなた」と御園生怜香は呆れたような顔をする。「私だってこんなところで食事なんてしたくないわよ。でも、デートで高級レストランに行ってたら、パパに『金持ちの御曹司と結婚すれば、もっと高級な店に行けるぞ』って言われちゃうじゃない。だから、パパ対策としてこういうお店を選んでるの。『私はこういうリーズナブルな食事で満足なの』っていうアピール……おわかり？」

「……なるほど、それは失礼しました」

「敬語！」

「すまなかった!!」

俺は御園生に先導される形で店に入る。

二人がけの禁煙席に案内されると、俺は早速メニューに目を通した。なかなかに腹は減っていたので、いやはや、どれも美味しそうに見えてしまう。

よし、このエビドリアにしようと俺がメニューから顔を上げると、御園生は何やら面白くなさそうな表情で携帯をいじっていた。ふむ、これはあまりいい感じではない。

それは、お嬢様にとってファミレスでの食事は意にそぐわないものなのかもしれないが、それにしたってこの退屈そうな態度はないだろう。食事を選ぶどころか、メニューすら広げようとしていない。

「あなた、どれにするか決めたの？」と御園生は携帯を見つめたまま俺に問う。

「……決めたよ」と俺は少しだけげんなりした気持ちで答える。

すると、御園生は無言でテーブルに備え付けられた呼び出し用のボタンを押し込んだ。間もなく店員さんがやってくる。

「おまたせいたしました。ご注文をお伺いいたします」

俺は御園生がムスッとしたままの態度でいるのを見て、先陣を切って注文をする。「えぇと、この『北海エビのクリーミードリア』を一つ」

「はい『北海エビのクリーミードリア』がお一つ」

御園生はまだ携帯をいじっている。まさかこいつ、注文すらしない気か……？

「おい、御園――」

「あった!!」と御園生は唐突に笑みを浮かべ、携帯の画面を店員さんに見せつけた。「このドリンクバークーポン使えますよね？」

「はい、ご利用いただけます」

「じゃあ、これでドリンクバーを二つ。それと『とろ～りチーズのハンバーグ』のスープセットを一つ、ソースは特製ドミグラスで。あっ、あとできれば付け合わせのグリーンピースは抜いてもらえますか？」

「かしこまりました」

めっちゃ慣れてる!! メニュー暗記してた。

店員さんは注文を繰り返して去っていく。

「ちなみにあなた」と御園生は俺の頼んだ『北海えびのクリーミードリア』の項目を指さした。

「これ、写真で見るより、結構小さいわよ」

〽だから、めっちゃ慣れてんじゃねぇか、って!!」

「まぁ、足りなかったら好きなだけ追加注文なさい。今日は私が奢ってあげるわ。実は私——」御園生は人差し指を唇にあてる。「……かなりTポイント貯まってるのよ」

〽だから、めっちゃ慣れてんじゃねぇか、って!!」

「さぁ、こんなことしてる場合じゃないわ、早くドリンクを取りに行きましょう。料理が来るまでに二杯飲んでおくのが鉄則よ」

〽だから、めっちゃ慣れてんじゃねぇか、って!!」

「……まぁ先月まではよく利用していたから、多少は勝手がわかるだけよ。ちなみにここだけの話よ」御園生は声を潜める。「……ドリンクバーは注文してないのに飲んでても、あんまりバレないわよ」

〽行いが最低だよ!!」

「まさか、私は実践しないわよ？　でも、一応の予備知識として提供したまでよ」

侮《あなど》れねぇぜ、御園生怜香。

料理を平らげると、御園生の提案により俺はカラオケに連行されることになった。歌はあまり得意ではないし取り立てて好きでもなかったが、とりあえず場を取り繕《つくろ》うために数曲を歌っておいた。

御園生はというと、財閥のお嬢様という肩書きはどこに行ったのか、華麗にタッチパネルを操作し次々と曲を機械にリクエストしていた。お嬢様になってからたったの二日ではさすがに隠し切れないパーソナリティがボロボロと露顕された一日であった。

一応、本日のデートはカラオケでお開きということになった。デートの閉幕が宣言され、車が俺の家の前に着くと、御園生は念を押すように言った。

「パパに会ってもらうのは、今月の七日だから、その日は空けておいて頂戴ね」

「……お、おう」

「それまでは、毎日デートだから、忘れないように」

車は現在の基準値より些か多めの排気を吐きながら、俺を残して走り去っていった。

……はぁ、七日まではあと四日もあるじゃないか。それまで毎日デートとは実に憂鬱だ。日常からどんどんと佐藤さんが排除され、御園生ルートへと向かうレールの上を快走させられているのが自分でもよくわかる。止めなければ……止めなければこの輪廻！

しかし、もちろん俺の意向を汲むことはなく、フラッガーシステムは不都合なご都合主義を提供し続ける。

9

約束の十二月七日がやってきた。

俺はあれから三日間、御園生怜香の公言通り地獄の連続デートに連れまわされる羽目になった。あるときはショッピングと称してとなり町のデパートに連れ出され、あるときはペット選びと称して動物園に駆りだされ、終いには自社ビルの土地探しという名のオフィス街散策まで決行された。とにかく、俺の人生においてこんなにも広域にわたって様々なところに出かけたのは初めてであった。

しかしその分（当然と言ってはなんだが）御園生怜香とは一応、敬語を挟まずに喋れるようにはなったし、それなりに親睦を深めることはできた（もっとも、御園生怜香に近づいた分きっちりと佐藤さんからは距離が離れたわけだが……）。

そんな訳でひとまず御園生の父親に何かしら御園生のことを訊かれても、そんなにマニアックなことでない限りは答えられるんじゃないかな、というレベルには到達することができた。

とうとう本日が親父さんへの挨拶だというのにそんなにも緊張しないでいられるのも、連日のデートの賜物と言えよう。

服装と心の準備を整え、自宅で待っていると午前十時。

「お兄ちゃん、カッコいい車が来た」というソラの声に俺はソファから腰を上げる。

「いや……カッコいいって言ってもカローラだろ……あら？」

リビングの窓から外を見ると、そこにはピカピカの高級車に乗った御園生怜香の姿があった。見慣れた旧世代のカローラではなくなっている。

俺はソラに「行ってくる」と声をかけ、外で待つ御園生のもとへと向かった。

後部座席の車窓から御園生怜香が顔を出した。

「待たせたわね、準備は大丈夫かしら？」

「ああ……それより、車替えたんだな」

「ああ、これのこと？」と御園生怜香はわざとらしく車の窓枠を叩いてみせる。「ようやく注文していたのが届いたのよ。前のベンツは——」

「カローラな」

「ベンツはだいぶ型が古くなっていたから、買い替えるのにちょうどよかったのよ……あっ、そうだわ」と御園生はゴソゴソと何かを鞄から取り出し、俺に差し出す。よくよく見てみると、それはトヨタのロゴが入った車の鍵であった。「どうせもう要らないし、古い方の車はあなたにあげるわ」

「……えぇ？」

「今回の協力に対する謝礼の一環ってところね」

「……いや、車をプレゼントって東京フレンドパーク以来だぞ」

「なに、あなた……。私のベンツがもらえないって言うの？」

「カローラだっつってんだろ!! どんだけ頑なだよ!! 何回も言わせんな」

「いいから受け取りなさい」そう言って御園生は俺の手に無理矢理車の鍵を握らせる。

正直、本当に要らない。

カローラがどうこうという訳ではなく（どころか財閥一家にとってはいざしらず、一般的な家庭からすればカローラは最高にユースフルでハイクオリティな車だといえる）ただ単に、父親は電車通勤だし母親は免許を持ってすらいないという家庭の事情があるだけだ。

まぁ、貰い物を頑なに拒み続けてお嬢様を不機嫌にしてしまうのも面白くないので、とりあえず形だけ貰っておこうか。

「あ、ありがとう……」

「あんなお古のカローラで満足とは、さすが庶民の家庭ね」

人の所有物になった途端にカローラ認めてんじゃねぇよ!!」

悪態をつきながらも俺は高級車に乗り込む（トヨタのセンチュリーであった）。

御園生の「出して」という一言で、車は御園生怜香の父が待つラー油御殿に向かって走り出す。

以前来たときと変わらず、自宅の一階部分である佃煮屋の前には長蛇の列ができ、主婦たちが血眼《ちまなこ》になってラー油の奪い合いをしていた。

俺たちはそんな光景を尻目に、裏口の玄関から御園生邸内部へと向かう。錆びついた階段を上り、玄関の前へ進み出ると、御園生は立ち止まって俺に言った。

「パパにはリビングで待ってもらっているから、油断しないで頂戴ね」

油断ってなんだよと思いながらも、俺はひとまず頷いておく。すると御園生はいつになく神妙な面持ちで玄関の引き戸を開けた。扉を開けば、そこには老舗《しにせ》佃煮屋の外観とは対照的な成金臭プンプンのゴージャス空間が広がっている。

そしてリビングの前まで到達すると、御園生は何かを決心するように一度小さく息を吐いてから、いよいよ扉を開け放った。

「パパ、約束通り連れてきたわよ」

その一言に、ソファに座っていた一人の男性がこちらを振り向く。男性は年の頃優に五十は超えたご様子で、実に貫禄ある雰囲気を放っていた。頭髪は薄く、おおよそ壊滅状態と言って差し支えなかったが、それを補うようにして口髭とも顎鬚ともとれないような潤沢《じゅんたく》な髭が顔の下半分を覆っていた。あろうことか時代錯誤甚《はなは》だしくも甚平を羽織っている。

そんな御園生の父親は俺をギロリと睨みつけると、予想通りの地を這《は》うような低音ボイスで言葉を紡《つむ》いだ。

「……ひとまずそこに座りなさい」

俺はそんな頑固親父風の御園生の父親の姿に少しばかり気後れした。俺は今からこの親父さんを説得しなければならないのか。これは心の底から憂鬱だ。

俺は一応の礼儀として親父さんに対し一礼をし、「東條涼一と申します」とだけ言った。

「なにっ!? 東條涼一だと!?」と親父さんは凄む。

「へっ……？ 俺のことご存じなんですか？」

「確かお前、上半身裸の黒タイツ姿でぎゃあぎゃあはしゃいで……あっ、あれは江頭か……」

「何で親子揃って俺を一度江頭と間違うんだよ!!」

「まぁいい、早く座り給《たま》え」

俺と御園生は揃って親父さんの正面のソファに腰掛ける。すると、奥からメイドのひなたさんが現れ、一礼をしてからそれぞれの席にお茶と茶菓子をセッティングしていった。俺と御園生には紅茶とエクレア、親父さんには日本茶と羊羹が差し出される。

「むっ」と不意に親父さんは唸る。「メイド！　メイドのひなちゃん！」

「は、はい、何でございましょうご主人様」

「私も怜香たちと同じエクレアが食べたい。和菓子はなんか、こう、蕁麻《じんま》疹《しん》がでそうになる」

どんだけ嫌いなんだよ。

「夢にも出てくるし」

うなされてる!?

メイドさんは従順に頷くと、親父さんの羊羹を下げ、代わりにエクレアを差し出した。すると、親父さんは満足そうに頷く。

「これは、いい夢が見られそうだ」しかし笑顔も束の間、親父さんは再び俺を射るように睨んだ。「だが、いくらエクレアが出てきたからといって、円滑に二人の交際を認めると思ったら……大間違いだぞぉ!!」

だいぶ温度差がある。

思いの外、親父さんもギャグテイストに仕上がっていることに安心しながらも、それでも俺は事態の面倒臭さにため息をつきそうになる。見るからに頑固一徹といった雰囲気で、そう簡単にこちらの意見が通りそうにもない。

これは面倒臭いぞ……。

と、そこまで考えたときだった。俺ははたと冷静になる。

どうして俺は協力しようとしているんだ？　そうだ、協力する必要なんてまるでない。どころか、御園生が政略結婚する羽目になれば、俺は晴れて自由の身になれる……。

今日まで何となくこの世界の常識に流されるままに過ごしてしまったがゆえ、正常な判断能力が麻痺していたようだ。そうだ、俺は一切、御園生に協力しなくたっていいのだ。それどころか、御園生の親父さんの意見のほうが正しいというような論調に切り替えたほうが、俺にとってプラスが多いじゃないか。

深い闇の中を歩いていた俺の前に一筋の光明が姿を見せる。

佐藤さん……佐藤さんの光だ……。まだ間に合う、まだ間に合うぞ東條涼一！

俺の静かな決心をよそに、御園生と親父さんは議論を始めている。

「二人は付き合いを始めてどれくらいになるというのだね？」

「だいたい、三年と五ヵ月ね」と御園生怜香は平気な顔で嘘をつく。

「なにぃ!?……ってことは、小学六年から付き合ってたっていうのか!?」

俺「計算間違ってますよ」

「ええ、そうよ」

「その間、ずっと黙っていたっていうのか⁉」

「だってもし喋ってたらパパ反対したでしょ？　だからパパには内緒にしていたの」

「むむむ……」と親父さんは唇を嚙む。「まぁ、期間についてはひとまずおいておこう、だが怜香よ、こんな軟弱そうなゲロゴミ男のどこがいいのだね？」

〽初対面の人間に向かってなんて物言いだ!!　オイ!!」

と俺の嚙み付きもよそに、御園生は髪を搔き上げ淡々と答える。

「パパはなにも知らないでしょうけど、東條さんはとっても優しくて素敵なお方よ。捨てられている子猫を見たら『かわいそう』って言うし、レジに置いてある募金箱を見ては『いっぱい貯まるといいなぁ』って言うし、電車の中で立ってるお年寄りの方には『頑張りましょう、頑張りましょう』っていつも熱いエールを送るのよ」

〽行動しろよ!!　俺!!」

「とにかく」と御園生は語調を強める。「パパの言うとおりの結婚なんて、絶対にしないから」

「むむむ……」と親父さんは再び唸る。「私はな、怜香。心からお前のことを想っているからこそ今回の結婚の話を持ってきたんだ。確かに、向こうの坊ちゃんは、食べ物はよくこぼすし、トイレのドアは閉めない。それに、足の爪の垢の臭いを嗅ぐのが何よりの楽しみであるという少し変わった坊ちゃんだ。だが、私は将来的なことを総合的に考えた上でこの結婚の話を持ってきたんだ。すべてはお前のためなんだよ怜香。私の気持ちを、どうかわかっておくれ」

そんな親父さんの言葉を最後に、リビングには沈黙が訪れた。親父さんはまっすぐに御園生の目を見て返答を待ち、しかし御園生はふてくされたようにそっぽを向いてやり過ごす。

今か？　親父さんに加勢するなら今か？

そう判断した俺は、勇気を出して口を開いた。

「素晴らしい……お父さんだ」

二人は驚いたような表情で俺のことを見つめた。俺は構わず続ける。

「いやぁ、こんなに娘さんのことを大切に考えているお父さんがいらっしゃるとは……、本当に感動しました。俺は怜香さんのことが好きですけれど、……うん、俺なんかじゃ怜香さんには釣り合わないと気付きました。怜香さん、あなたはお父さんが紹介してくださった男性と結婚するべきだ！　間違いない！」

御園生は俺の言葉に固まり、親父さんもまた固まり、柱の陰からこちらを見守っていたメイドさんも固まっていた。……どうだ？

何が起こる？　これで俺は解放されるんだろ？

すると次の瞬間、あろうことか親父さんがぽろりと涙をこぼした。そしてついには嗚咽《おえつ》を漏らし始め、両手で顔を覆った。

「うぅ……」親父さんは洟《はな》を啜ると、苦しそうに声を出した。「私がすべて間違っていたようだ。怜香の結婚は取りやめよう」

「何で!?」

「……東條くん。君の一言で目が覚めたよ。ありがとう」

えぇ⁉　俺の話ちゃんと聴いてました⁉」

「私はなんて無能な人間だったのだろう……」

「ど、どんだけ卑屈になってるんですか？　というより俺のどの一言で目が覚めたんですか？」

「『娘はあなたのオモチャじゃない！』のところだよ」

言った覚えがねぇ‼　どの幻と対峙《たいじ》してたんだよ‼」

確かに、主人公なら、そんなこと言いそうだけど。俺言ってねぇから。

「わかった。東條くんと怜香のお付き合いを認めよう」

「……えぇ？」

「そのかわり一発殴らせろ」

踏んだり蹴ったりか‼」

何がなんだかわからない超展開に巻き込まれ混乱する俺をよそに、御園生怜香はテーブルを迂回して親父さんのもとへと駆けより抱きついた。

「ありがとうパパ！　愛してるわ！」

親父さんも満面の笑みを見せる。「よしよし私の可愛い怜香。さぁ、キッチンに行ってホットチョコでも飲んできなさい」

なぜ急にアメリカンドラマな雰囲気になっているのかは皆目《かいもく》見当がつかないが、御園生怜香はメイドさんと共にリビングを出ていき、親父さんの言いつけ通り？上機嫌でキッチンに向かった。なんだこのハイテンポで意味のわからない展開は？

しかし誰も説明などしてくれるはずもなく、代わりに親父さんが俺に話しかけてきた。

「よし、怜香もいなくなったことだし、早速チョークスリーパーを掛けさせてもらおうか」

「なんで絞め技だよ!! 殴るって言ってただろ!?」

と、俺が言ったとほぼ同時に、親父さんの右ストレートが一閃。俺の頬を貫いた。ゴツンなどという可愛らしい音とは程遠い、重たい衝撃が頭部を揺さぶり、俺はソファに倒れこむ。

「すまないな東條くん。だが、これも父親としての使命なのだ。わかってくれたまえ」

わからねぇよ、と大声で返してやりたかったが、頬が痛すぎて何も言うことができなかった。涙をこぼさなかっただけで敢闘賞ものだよと自分で自分を慰め、俺は静かに目を閉じた。

執事に介抱され御園生の家を出た。

「ボウズの家まで運転してってやるよ」という投げやりな厚意に甘えることにし、駐車場に停まっているセンチュリーのもとへと向かう。

はぁ、実にノーリターンな一日であった。

しかしながら、あながちノーリターンでもないのかもしれない。というのも、なにせ御園生怜香との『政略結婚を阻止して欲しい』という約束は、今日をもって完璧に果たしたわけだ。

もう、(論理的には)俺と御園生が会う必要などない。これを機にうまいこと、御園生怜香ルートがエンディングを迎えてはくれないものだろうか……。

俺がそんなふうにして今日の総括をしていると、「待って！」という御園生の声が聞こえた。

御園生は慌てた様子で外階段を下り、俺のもとへと駆け寄ってくる。

頬の痛みに耐えかねて早く帰りたいという気持ちがはやっていたが、冷静に考えれば御園生に挨拶もなしにここを出てしまうのも少しばかり感じが悪い行いであったかもしれない。俺がそんな反省をしていると、御園生は軽く息を切らせながら、

「本当にありがとう。パパももう結婚なんて馬鹿な事は言わないって、約束してくれたわ」

「……そりゃなによりで」

「そ、そ、それでなんだけど……」と御園生は頬を赤らめ急にもじもじとし始める。

すると何を覚《さと》ったのか、執事は音もなく建物の陰へとフェイドアウトしていった。ラー油を求める主婦たちの喧騒もここまでは届かず、あたりには冬のしんみりとした静寂が訪れる。俺と御園生怜香はしばし無言で向き合った。

俺はそんな居心地の悪い沈黙に耐えかねた。

「それで、なんだ？」

御園生は一度唇を強く噛むと、意を決したように顔を上げた。

「こ、今回は、あなたに私の恋人『役』をやってもらったわけだけど、そ、その……もしよかったら……私と、本当に付き合ってみない？」

言い終わると、御園生はすましたように笑顔を作ってみせる。

愛の告白をされたのは生まれて初めての経験であった。嬉しい、嬉しくないの二元尺度で答えるのなら、しかし俺は、にわかには感想や感情をもてなかった。御園生は俺の知る女性の中では一二を争うかという美人だし、それは紛れもなく嬉しいことと言えた。（少々度が過ぎたお嬢様気質を差し引いても）こんな人から好意をもたれて嬉しくないはずがない。

だけれども、胃の奥から湧き上がるような感動はなかった。

そう、これはすべてフィクションなのだ。すべて胡散臭く、そして事実として嘘っこなのだ。

俺はそれがデリカシーのない質問だと重々承知しながらも、御園生に疑問をぶつけてみる。

「……どうして御園生は俺と付き合いたいんだろう？」

「ど、どうして……って」と御園生はたじろぐ。「それは……あなたが、す、す、好きだからに決まってるじゃない」

「ちなみに、いつから好きになったんだ？」

「えっ？」と御園生は恥ずかしそうに下を向く。「最初に廊下ですれ違ったときから、なんとなく気になって」

ふむ。「じゃあ、先月までは誰が好きだったんだ？」

「せ、先月？　そんなのあなたに関係ないでしょ？」

「いいから教えろって。誰が好きだったんだ？」

「さ、サッカー部の……」御園生は下を向いて恥ずかしそうに答える。「き、木下《きのした》くん」

ほれ来た、来たぞ！「その木下くんはどんなやつだった？」

「ディフェンダーだったんだけど、すぐにオフェンスに加わっちゃう攻撃的なプレイヤーで……でも体力がないから後半はいつもバテちゃってまるで石像みたいに自陣から動かなくなっちゃうの。そのことから付いたあだ名が『スマホのバッテリー』」

「……うん。プレースタイルは割とどうでもいいんだが、もっと性格的なところの情報をくれ」

「性格？……そうね。ちょっと突っ張ってて、キザな感じで、でもそれが様になってて、すごく格好いい人だったわ」

「じゃ、じゃあ、その木下くんと俺、似てるか？　きっとこれっぽっちも似てないだろ？」

「……確かに似てはいないわよ」

「だろ？」と俺は語気を強める。「なら、もう一度冷静になって考えてみてくれ。今の御園生は、なんていうか正常な判断ができなくなってるんだ。……だから俺のことを好きになっているのも、一種の気の迷いなんだよ」

「見くびらないでよ!!」

御園生は唐突に声を荒らげた。その声は俺が聞いた御園生の声の中でも最も大きく、また力が籠《こも》っていた。俺はたじろぎ、思わず口を噤《つぐ》む。

「私を馬鹿にしてるの!?　気の迷いで人を好きになる訳ないじゃない!!」

真に迫る台詞だった。もう少し俺が油断をしていれば、思わずその言葉に納得してしまったかもしれない。恥ずかしながら、どんどんと御園生のことが魅力的に見えてきているのも事実だ。

だが、俺は懸命に自分を律し、フィクションに呑まれる前にきっぱりと告げる。

「とにかく、悪いが御園生とは付き合えない。うまく説明できないが、今の御園生は錯乱状態にあるんだよ、だから——」

俺の台詞が句点を迎えないうちに、あろうことか御園生は俺の胸に飛び込んできた。御園生は俺の胸に顔を埋めると、表情を隠したまますれ声で叫ぶように訴える。

「いいかげんにして‼　私はあなたが好きなの‼　確かに先月までは木下くんが好きだったわ。見つめてるだけで胸が締め付けられそうになるほど好きだった。……でも、今はあなたが好きなのよ‼　仮に錯乱状態だったとしてもいい。今の私のこの気持ちは偽りようもない本物なの！　適当な言い訳ではぐらかすのはやめて頂戴」

御園生の髪からはほんのりとシャンプーの香りが立ち昇り、俺の身体には柔らかな女性の肌のぬくもりが衣服越しにもはっきりと伝わってくる。

やばい。この娘……とんでもなく可愛い。

俺は思わず、ここでYESと答えた世界を夢想してみる。それはどんな世界だろう。とても素敵で、とても幸福な世界なんじゃないだろうか。

おそらく（というか確実に）来月になれば御園生は俺のことを好きではなくなる。木下くんがどういう人なのかは今一つピンとこなかったが、きっと平生の御園生からすれば、俺は好みの男性ではないはずだ。よって、この素敵な幻想《フィクション》は村田さんの設定通り、今月いっぱいで感動のエンディングを迎えることとなる。

だが、今の俺にはそれでもいいように思えた。

どうせたったひと月の夢なんだ。ここで華麗に散らせてしまったって大いに結構じゃないか。おおよそ、どこぞのチャラチャラしたカップルはひと月や数週間というスパンで恋人を乗り換えていく。ならば、俺だってそういう遊び人的価値観でやってやろうじゃないか。

ここで、御園生の提案を受け入れる。

それで……それで……いいのだろうか？

「すまない」

俺は迷いながらも、しかしはっきりとした口調で言う。

「俺には好きな人がいる。だから、御園生とは付き合えない。錯乱してるだとか、さんざん酷いことを言ったのは詫びる。本当にすまなかった。でもとにかく、俺もこれだけは譲れないってことに気がついた。安っぽいことを言うのなら、自分の気持ちに嘘はつけないってやつだ」

御園生は胸に顔を埋めたまま動かない。

「こう言っちゃあ何だが、どうかひと月待ってみてくれ。きっと色々とどうでもよくなると思う。すまなかった」

すると御園生はゆっくりと俺の身体から離れ、うつむいたまま涙を拭うような仕草をみせた。大きく取り乱されたらどうしようかと思っていたのだが、「わかったわ」と言った御園生の声は想像よりずっと澄んでいて、顔を上げれば笑顔と呼んで差し支えないほど晴れやかな表情が明らかになる。「わかった。あなたがそこまで言うのなら、今は引いてあげる。でも必ず、何日、何ヵ月、何年かかってでも、あなたを振り向かせてやるんだから。首を洗って待ってなさい」

御園生は少し充血した目を細めてから、白い歯を見せた。

俺は主人公らしく格好いい台詞をかまそうと思ったのだが、残念ながら気の利いた言葉は何一つ浮かんで来なかった。どれもあまりにクサすぎるようで、幼稚すぎるようで、言葉にする価値があるようには思えなかった。それでも無言の時間が居心地悪かった俺は「首の毛でも剃られるのかな」とだけ口にしてみた。

御園生は顔をしかめ「どういう意味?」と訊いてくる。

ふむ、やはり俺はどうにもボケには向いていないらしい。

10

世間一般において男女の恋の駆け引きというものがどのようにして行われているのか、それは俺の与《あずか》り知るところではないが、果たしてフラれたばかりの女の子が直後にフッた当人の家に向かうという構図は『あるある』ものなのだろうか。

何故か俺の家に向かう車には御園生が同乗している。

「逃げたと思われたら不愉快だから、私もあなたの家までついて行かせてもらうわ」

感謝の気持ちを表すためにお見送りをすべきだという思いと、妙に高いプライドがせめぎ合った結果おかしな行動を働いてしまっているのだろう。あまり深くは考えまい。

車が家の前に到着すると、玄関の前には何かの作業をしているソラの姿があった。何やら、背伸びをしながら装飾品らしきものを玄関扉に取り付けようとしている。何やってんだ。

「妹がいたの？」と御園生が訊く。

「いや、妹じゃない」

不意に振り向いたソラが俺たちの乗る車を発見し、とたとたと駆け寄ってきた。

「お兄ちゃん、おかえり」

「やっぱり、妹じゃない」

俺がどう答えたものかと考えあぐねていると、ソラは快活に微笑んだ。

「ソラはお兄ちゃんと同居しているだけの赤の他人」

御園生は神妙な面持ちで頷く。

「よくわからないけど、複雑な家庭事情のようね」

十分物わかりいいよ、お前。

ソラは俺が降りたドアの隙間から車内の御園生のことを覗き見ると、俺の方を振り向いた。

「この人、えらい人？　すごい車に乗ってる」

「え、偉い人？　どうだろうか……」

「偉い人よ」と御園生怜香は力強く答える。「とても偉い人よ。なんといっても財閥の令嬢にして秀才の"Perfect Girl"ですもの。偉くて当然よ」

「どのくらいえらい？」

「そうね、例えば仮に森田三郎《もりたさぶろう》が『96』だとしましょう」

「うん」

俺「まずその森田三郎がわからねぇよ」

「すると私は大体『88』くらい、ということになるかしら」

「すごすぎる。神だ」

〃わかったのか!?」

ソラはハイハイのような格好で車に乗り込み、御園生に向きあう。

「ソラ、お願いがあるんですけど、きいてもらえないですか？」

そんなこんなで、なぜだか御園生が家に上がりこんできた。というよりソラが率先して御園生を俺の家に招き入れたという方が幾らか正しい。なぜだかソラは御園生に対し並々ならぬ関心があるようだ。

嫌がる素振りもなく家に上がった御園生はリビングのソファに座り、ソラはその正面に座った。俺もソラの隣に掛ける。

「それで、生徒会長であるこの私にお願いって何かしら」

「おぉ、生徒会長。どうりで、すごいえらい」とソラは唸ると、真面目な顔を作った。「実はソラ、学校に行きたい」

「へっ？」という間抜けな声を出したのはもちろん御園生ではなく、この俺である。確かに思い出してみれば村田さんから、『しばらくするとなぜか「女の子が学校に行きたい」と言い始めます』という説明があったが、それはこんなにも前兆のないものなのだろうか。何にしても一応は村田さんの予言が当たったことになる。伊達にアニメ好きをやっていないようだ。

「ソラ、学校に行ける？」とソラは御園生に尋ねる。

「そうねぇ……。叶えてあげたいお願いだけれども、どうかしらね……私の一存でどうこうなる問題でもないから」

〽楽勝だろうが!!　閣僚三人も辞任に追い込んでおいて何を渋ってんだよ!!」

「でも、高校は任意教育だから編入試験も受けなきゃいけないし、そもそも生徒に欠員がでないと補充もできないわ。それに入学金とか、制服とか、保護者とか、手続きも色々あるし」

〽なにリアルな話してんだよ!!　今までみたいに勢いで乗り越えちゃえよ!!」俺はソラへと視線を移す。「そもそも、ソラはどうして学校に行きたいんだよ？　初耳だぞ」

ソラは少しだけ寂しそうな顔をする。「ソラ、前までは高校に通ってたんだけど、色々あってやめちゃったから、今は『ちゅうそつ』あつかい。これからの学歴社会を生きるためには、やっぱり最低でも高校は出ておきたい。だから、ソラも高校に行って、できれば少しでもいい定職に就きたい」

……重てぇよ。軽はずみなツッコミで笑いに変えてはいけない何かを感じるよ。

「わかった、それなら最善を尽くしましょう」と御園生は手を叩いて言った。「ソラちゃんが滞りなく入学できるように、手続きは済ませておくわ。というわけでソラちゃんは明日から我が校の生徒よ」

「やった。すごく嬉しい」

「それであなた」と御園生は俺に向き直る。「とりあえず入学金として六十万ほど必要になるんだけど」

「えぇ？……それ俺から取り立てるの？」

「人の家のお金で学校に行ってもソラちゃんのためにならないじゃない」

「以前までの嫌味なお金持ちキャラはどこに行ったんだよ⁉　そしてソラにとっては俺の家こそ『人の家』だよ‼」

「はぁ……」と御園生はため息をつく。「わかったわよ。そのかわり、今回の協力に対する謝礼金から天引いておくわよ」

「謝礼金？」と俺が聞き慣れない単語に反応していると、御園生は鞄の中から領収書の束のようなものを取り出した。

それから素早い動きで万年筆を走らせ紙に何かを書き記していく。俺が何事かと戸惑っていると御園生は万年筆を置き、紙を束から切り離した。

「はい。しっかり六十万円、引かせてもらったわ」

俺はよくわからないまま紙を受け取る。しかし、受け取ってすぐにそれが小切手であることを理解した。なるほど、政略結婚を阻止するのに協力したその謝礼ということだろう。ドラマや映画の中では見たことがあるものの、実物を目にするのは生まれて初めてだ。

と、そんな呆《ほう》けたことを考えたのも束の間、俺はその金額に目が眩《くら》みそうになる。見間違えかと思ったが、何度見ても、それは揺るがない事実だった。一、十、百、千、万、十万、百万、千万……？

『¥19,400,000※』

センキュウヒャクヨンジュウマンエン？

それはうまい棒の本数にたとえるのも馬鹿馬鹿しく、また軽自動車の台数でたとえてもまだ申し訳ないと感じてしまう、ぶっ飛んだ金額であった。倹約を続けながら三十年ローンの家になんとか齧り付く家庭に生きる俺はその壮大さに震え始めた。

なんじゃこりゃ……。

「それじゃ、私はお暇《いとま》させていただくわ」御園生は俺の驚愕をよそに、そそくさと立ち上がる。

「また学校で会うこともあるでしょう。ごきげんよう」

「ありがとう！　ソラも学校で会うかもしれない」とソラは無邪気に礼を言う。

御園生はソラに対し優雅に手を振ると、俺たちをリビングに残したまま玄関から出ていった。

滅茶苦茶な額の大金を残して……。

俺は金額の大きさと、それをあざ笑うかのようにペラッペラの小切手のギャップに異様な居心地の悪さを覚えた。握っているだけで掌《てのひら》から際限なく汗がにじみ出てくる。

保管場所に迷ったが、ついぞ家中のすべての箇所が危険であるような気がしてきて、仕方なく自分の財布の札入れに仕舞っておくことにした。そして仕舞ってしまうと、今度はお金について考え続けるのがなんとなく怖くなってくる。仮に十万円貰えたのなら『あれも買えるなぁ、これも買えるなぁ』というワクワクな妄想も可能であったが、これだけに額が膨れ上がると、俺の一存で動かしてはいけないような感覚に襲われる。

俺は無理矢理に大金のことを頭から追い出した。

「そうだ。俺が車で来たとき、ソラは玄関で何やってたんだ?」と俺は気になっていたことを尋ねる。

するとソラは思い出したように目を見開いた。「飾り付けをしていた」

「飾り付け……って何の飾り付けだよ?」

「クリスマス」

「へっ?」

ソラはダイニングテーブルの上に置いてあったスーパーの袋を持ってきて中身を俺に見せつける。中にはクリスマスを彷彿とさせるようなリースやモール、大きな靴下にトナカイの人形などが勢ぞろいしていた。

なるほど、言われてみれば今月は十二月ではないか。飾り付けを開始するにあたって七日という日は些か早いような気もするが、欧米的な感覚で行くならばあながち間違った行いではないのかもしれない。なににしても、俺の脳内において『クリスマス』というイベントは果てしなく深い記憶の底に埃《ほこり》をいっぱいに被って忘れ去られていた。

クリスマスと言えば、まごうことなく男女における最重要イベントではないか。

それを忘れるとは、いやはや俺がいかに恋愛的な催しと程遠い学校生活を送っていたのかということが顕著《けんちょ》に窺える。本来ならば村田さんに『十二月の一ヵ月間主人公になれますよ』と言われた時点で『クリスマス』をメインイベントとして想定するべきではないか。

まぁ、今気付けたことをよしとしようか。

クリスマスを佐藤さんと一緒に過ごす。これを俺の新たなる目標と設定して精進《しょうじん》していこう。なんといってもうまい具合に御園生ルートは断ち切れたはずなのだから。

「それにしても、こんな飾りどうしたんだ？」

「へへへ」とソラはいたずらっぽく笑う。「勉のお金で買ってきちゃった」

説明をする機会を逃し続けてきてしまっていたのでスルーしていたが、実は数日前に両親から現金書留で生活費として十万円ほどが届いた。現在はそれをソラと共にやりくりして過ごしている。

「このくらいなら別にいいけど、あんまり無駄遣いするなよ。お金だってあんまり多くはないん——」とそこまで言って、俺はテーブルの上に置いた財布をちらりと見やり、邪念を振り払うように小さく首を振った。「にしても、どうしてこんな飾り付けをしようと思ったんだ？」

「こんなお知らせが届いた」とソラは一枚のチラシを俺に見せつける。

そこには大きな文字で『クリスマスパレードのお知らせ！』と書かれてあった。はて、この地域に住んで長いことになるが、クリスマスパレードとは寡聞《かぶん》にして存じず。俺はソラからチラシを受け取りおもむろに覗き込んだ。

今年から、本地域においてクリスマスパレードが開催されることになりました！　パレードにおいては華やかなイルミネーションをまとった数々の乗り物・人々が街中を美しく行進いたします。恋人との素敵な時間を、家族との感動の時間をどうぞお楽しみください！

日時：十二月二十四日、午後四時から午後六時まで

※　お願い　※

行進ルート（下記地図参照）に接している地域にお住まいの方は、ぜひともパレードを盛り上げるため、積極的にご自宅に装飾を行ってください！　きっとパレードが何倍にも素敵なものになるはずです！

注：当日は行進ルートにおいて交通規制が行われ、路線バスの運行などに一部変更があります。どうぞご了承下さい。

……なんというかまぁ、これもフラッガーシステムの影響なのだろう。この一ヵ月の物語を盛り上げるために、色々と小道具を用意してくれているわけだ。

だがどうだろう、これはなかなかどうして悪くないのではないか？

しんとした暗がりの中で浮かび上がるイルミネーションの数々、ライトアップされた近隣の家々、盛り上がる群衆に、佐藤さんと手を取り合う俺。高鳴る鼓動に、素敵な恋の予感。悪くない。悪くないぞこれ。

俺は先程更新したばかりの『クリスマスを佐藤さんと一緒に過ごす』という目標を『クリスマスパレードを佐藤さんと共に楽しむ』という目標に書き換え、決意も新たに拳《こぶし》を握りしめた。

よくよくチラシの下部に記載されている地図を見てみると、なるほど、確かに我が家の前も行進ルートとして設定されている。どうりでソラが装飾をしようと頑張っていたわけだ。

「お兄ちゃんも飾り付けする？」

物語は一ヵ月間。クリスマスは十二月後半。ラストの展開は涙こぼれる感動モノ。

なるほど、これはひょっとしてかなり期待していいんじゃないだろうか。そしてそれまでの下ごしらえと考えれば、これもなかなか悪くない作業かもしれない。

俺は家の塀に電飾を巻きつける。電飾がさも運命の赤い糸のごとく、俺と佐藤さんを引きあわせてくれないかな、だなんて少女漫画の主人公みたいなことを考えながら。

11

十二月八日。

フラッガーシステムが稼働してから一週間が過ぎ、俺の生活は目まぐるしく変化したが、本日また新たに『ソラの転入』というイベントが始まろうとしていた。

「ソラ、学校たのしみ」とソラは上機嫌に微笑む。「制服もお仕事以外で着るのは久しぶり」

俺は気まずい台詞は聞き流して、通い慣れた通学路を真っ直ぐに歩き続ける。

今日の朝のうちに、ソラが学校に通うことに関する相談や近況報告を兼ねて久しぶりに村田さんに電話をしてみた。

「はいもしもし、こちら『チュウ』村田です」

「そんな顔面陥没骨折をものともせず治療後僅か一ヵ月半で試合に復帰しそうな自己紹介してる場合じゃないですよ村田さん」

「どうしました東條さん？　今、ちょうど島耕作が課長に就任して盛り上がってきたところなんで、できれば後にしてもらっていいですか？」

「すごい序盤だ!!　ジャンプ漫画のときとは進み具合が明らかに違う！」

「いくら漫画とは言え、やっぱり働いている人間の姿を見るのは、少し胸が痛みますね」

ニートの鑑《かがみ》か!!」

「しかし東條さん。随分と久しぶりのお電話じゃないですか。かなり順調な毎日をお過ごしだった、という訳ですかね？」

「全然、順調じゃないですよ。散々な目にあってます」

「そうなんですか？　ならもっと電話していただければいいのに……」

あなたに電話すると、無駄に長いアニメの解説が始まるから嫌なんだよ……。「そもそも以前から疑問に思ってたんですけど、俺にフラッガーシステムのデバッグを頼んでおきながら、村田さんは観察も記録もなんにもしないで毎日漫画ばっかり読んでていいんですか？　俺、無駄骨じゃない？」

「ああ、それならご心配なく。私はあくまでフラッガーシステムのシナリオ編成を担当しているだけの人間ですから。今回のデバッグにおける東條さんの行動や発言、立てられたフラグ、などなどの一切の情報は、本部の研究員が詳《つまび》らかに記録、分析をしています。残念ながら私のところにそのデータは入ってきていませんが、きちんと東條さんの活躍は書き留められていますんで、あしからず」村田さんは一つ咳払いをした。「研究部隊の人間もこれまたなかなかにアニメ好きなんですが、いかんせん引きこもりがちで、人と会話をするのが苦手なんです。そこで奇《く》しくもプロジェクトの中で一番ソーシャルスキルの高かった私が、色々と外交ごとも務めることになった、というわけなんで、実質、今の私はやることがないんです。強いていうならば、今の私の仕事は東條さんの補佐役。それ以外はニートで大丈夫なんです」

「……そうでしたか」

「それはそうと、もう一週間も経過しましたし、少なからず素敵な展開はあったんじゃないですか？」

「……素敵な展開というか、一応、昨日は女の子に告白をされましたけど」

「ひゅう。この色男」

馬鹿にしてやがる。「でも、色々とあったんで断りましたよ。……ちなみに、きちんと交際をお断りしたにもかかわらず執拗に付きまとわれる、なんて展開はありえますかね？」

「その可能性は低いでしょうね」と村田さんは言う。「基本的に深夜アニメにおいて、昼のメロドラマのようなドロドロ展開はあまりなされません。一度断られたらあっさりと身を引きますし、ときには人格が入れ替わってしまったんじゃないかと思うほどに、別の女の子と主人公をくっつけようと暗躍したりもします。ので、『告白』をされたことに対して、きちんと『お断り』を入れたのなら、それは綺麗にフラグを折った、とみなしても問題ないかと思いますよ」

俺は一安心をする。これで本当に御園生ルートは断ち切ったというわけだ（少しばかりの罪悪感のようなものはあるが）。俺は本題を切り出す。

「それで今日から、うちに転がり込んできていた女の子が学校に行くことになったんですが」

「ああ、風俗嬢の？」

「……そ、そうです」

「やはり居候キャラは学校に行きたがるという王道のルートを快走しているようですね。この辺はやっぱりシナリオ通りですね……。それで、それがどうしたっていうんですか？」

「なにか、対策と言うか、『こういうことに気を付けたほうがいいぞ』的なアドバイスを頂ければ、と」

「そういうことですか……。それならば対策なんて考えないで、お気楽に構えてればいいと思いますよ」

「そ、そういうもんですか？」

「ええ、そういうもんです」と村田さんは自信を帯びた声で言う。「というのも、以前もお話ししたとおり、ボーイミーツガールからの居候展開は、本当にテンプレートがガチガチに固まってるんです。初めての登校は大体において『1．先生が転入生を紹介』→『2．生徒たちが「メッチャかわいい！」「彼氏はいますか⁉」などとぎゃあぎゃあ騒ぐ』→『3．転入生の女の子がうっかりと主人公と知り合いであるようなことを言ってしまう』→『4．「おい主人公！お前○○さんとどういう関係なんだよ！」と教室がにわかにざわつく』→『5．でもなんだかんだ羨ましがられるだけでハッピーな雰囲気』これが鉄板の流れです。おびえるどころか、このイベントは『ふふふん。俺、こんな可愛い女の子と同居してんだぜ』と、主人公がちょっとばかり優越感に浸《ひた》れるニヤニヤポイントですらあります。まぁ多くの主人公はそんな感情を表には出しませんがね……。ですからとにかく、本当にお気軽に登校しちゃってください。なんとかなるもんです」

ソラはスカートが風に揺れるのを楽しむように、無邪気にくるりと回転してみせる。薄くチェックの入ったスカートは、和傘を広げたように静かに、そして優しく円を描いてみせた。

「昨日、頑張って制服を作った甲斐がある」

「制服を作ったのは三越《みつこし》の人だけどな……」

昨日の夕方、突如御園生から電話が入り、制服の採寸のためにデパートに行くようにとの指示を受けた。それから俺とソラは大慌てで電車に乗って三越へと赴き、『御園生財閥VIP待遇』での超高速仕立て（所要時間僅かに一時間半）で制服を頂いた。

フラッガーシステムがデパートの人にまで迷惑をかけていると思うと大いに胸が痛んだ。

「ソラ、学校でちゃんとお勉強する」とソラは交差点にて抱負を述べた。

俺は頷いて「少なくとも、誰かみたいに教師を買収するような真似だけはするなよ」と答えておいた。

信号が青に変わる。

横断歩道にて一歩を踏み出すと、俺は一つ鼻から息を吐いて気合いを入れ直す。ソラが『勉強をする』と宣言したように、俺もまた『今度こそ佐藤さんと仲よくなってみせる』と宣言しようじゃないか。御園生ルートが途切れたことは村田さんからもきちんとお墨付きを頂いたのだ。これで俺は晴れてフラグのない世界（ソラのことは一旦忘れよう）に戻ることができたのではないだろうか。ならば、今度こそ、今度こそ佐藤さんとのラブロマンスを……。

俺の決意はメラメラと燃え上がり、歩幅すらも大きくさせる。

「というわけで、今日からこのクラスに転入することになったソラさんだ。ほれ挨拶を」と担任はソラの肩を叩く。

ソラは「へへへ」と笑ってからお辞儀をした。「ソラです。よろしく」

すると村田さんの言っていたような熱狂はないものの（なにせ男子がほとんどいない）、女性陣からの温かい拍手が沸き起こった。まぁ、傍《はた》から見ればソラは中学生にしか見えないような幼い女の子で、女子の『かわいい心』をくすぐるには違いない。俺は何となく居心地の悪い温かさの中で、周囲に合わせるようにして拍手をする。

「うひょぉ！　ヤバイ可愛い娘じゃねぇか！　すぐにでもお股を触らせて欲しいゼェ！」

「お前はいますぐに出家してこい」

前言を撤回しよう。一人だけ異様な盛り上がりを見せている変態（笹川）がいた。今月もまだはじめの頃は多少の可愛げがあったものの、日を追うごとに笹川の変態加減はブーストが掛かったように加速している。先月まではあんなにおとなしくて素敵な奴だったのに……。

笹川のとびっきりの変態発言に女子たちは嫌悪の視線を向け、集団で笹川を睨み殺そうと画策する。なかなかに背筋が凍りそうな光景だ。

一方、変態発言を浴びせかけられたソラはというと、特に感慨もなさそうな表情でまっすぐに笹川を見つめていた。それから視線を軽く上に向けて、何かを考えるような仕草をすると、再び笹川のことを見つめた。

「別に触ってもいいよ」

〽いいのかよ⁉　いや、よくねぇよ‼」

笹川はおもむろに自分の席を立ち上がり、ソラを見つめる。「ま、マジでいいのか？」

「うん」とソラはこともなげに頷く。「でも、指名料を込みにすると一万八千円になっちゃう」

「ん……まぁ、仕方ねぇな。必要経費だ」

「ご指名ありがとうございます。指定されたお部屋にてお待ちください」

「うひょー。こいつは楽しくなってきやがったぜ！」

奇跡的に会話が嚙み合ってやがる。

担任は場を整えるように一つ咳払いをした。「えー。くだらぬ妨害がはいったが、ソラさん改めて自己紹介を」

ソラは改めてお辞儀をする。「私はソラ、苗字はまだない」

そんな漱石みたいな設定だったのか？

「冗談。今はお兄ちゃん……東條涼一と同居しているから、東條ソラ。よろしく」

〽勝手に襲名してんじゃねぇよ‼　三遊亭か、貴様は⁉」

と俺のイマイチさえないツッコミが響いたところで、にわかに教室に不穏な空気が流れ始める。それこそ『ざわざわ』という表現がぴったり当てはまるような淀んだ空気が。

先ほどまで笹川に向けられていた視線に極めて近いものが、今度は俺のもとへと集まってきた。

「おい、東條……？」と笹川が動揺した目で俺を見る。「三遊亭って、どういうことだ？」

ゞ食いつくとこそこじゃねぇ!!　放っとけよ！　俺もあんまり面白くないとは思ったよ！」

しかし、そんなお馬鹿なやり取りで晴れるような暗雲ではない。女子たちはじっとりと俺に湿った視線を投げかけ、まるで痴漢を燻《いぶ》り出すように沈黙の攻撃を加え続ける。

『「5．でもなんだかんだ羨ましがられるだけでハッピーな雰囲気」これが鉄板の流れです』

鉄板の流れはどこに行ったんだよ！　村田さん！

ここはフラッガーシステムお得意のご都合主義で華麗にスルーだろ？　ドラえもんの作中において、誰もドラえもんに対し『なんだ、この不思議な生き物は！　バケモノだ！　逃げろぉ！』とは言わないのと同じように、そこは何となぁくの雰囲気で流してほしい。

ああ……あろうことか、かの佐藤さんまでが俺を落胆の眼差しで見つめているではないか。憐れむような、それでいて蔑《さげす》むような、『この間の水着泥棒の犯人。東條だったらしいよ？』

『え……そんなことする人だったんだ……東條くん』とでも言いたげな視線がガシガシと俺にぶつかってくる。ああ、佐藤さんやめてください……。俺は無実なんです。ただ単に、突然舞い込んできた見ず知らずの幼気な風俗嬢を自宅で預かってあげているだけなんです！

すると、俺の声が神に届いたのか、女子のうちの一人（長谷川《はせがわ》さん）が静かに立ち上がって優しい声でソラに尋ねた。

「ね、ねぇ？　ソラさんは何で東條くんの家に住んでいるのかしら？」

するとソラはにっこりと微笑む。「弘子と勉の粋《いき》な計らい」

「弘子と勉？」

「東條涼一のご両親」

「そ、そう……」と戸惑いながらも長谷川さんは頷く。「ま、まぁ皆。きっとソラさんも東條くんも色々な事情があって一緒に住んでるのよ。そんなに訝しがることないじゃない。誰にだって人に言えない秘密の一つや二つはあるわ。そうでしょ？　それに東條くんのご両親だって一緒に住んでいるんだから、何もやましいことはないはず。きっとそうよ」

すると教室には安堵のため息が漏れる。それから女子たちは口々に「それもそうよね」や「確かにそうだね」などといった疑念を解くような台詞をこぼし始める（佐藤さんも頷いて微笑んでいる）。

おぉ！　神（長谷川さん）が私を救い給《たも》うた！

今までそんなに話したこともなかった保健委員の長谷川さんが救世主になってくれるとは……。俺は心のなかで激しく感謝する。本当にありがとう長谷川さん。こんな法も情もないような冷たい世界で、俺は今初めて人の善意というものを全身で感じているよ。最高だ長谷川さん。佐藤さんの次に最高だ。

「弘子と勉は、一緒に住んでない」しかし、ソラのその一言に、教室は再び淀んだ静寂に包まれる。「今は二人だけで生活している」

沈黙。

ゆ、ユダ（ソラ）がおったで……。

とんだところに裏切り者が残っていた。教室中の視線は再び濁りに濁り、束になって俺のもとへと浴びせられる。鉾《ほこ》のように尖った視線は、俺の喉元を暴力的にかつ執拗につついた。

「ほ、本当なの？　東條くん」とゴッド長谷川さんが、代表して尋問を取り仕切る。

俺はしらばっくれようかとも思ったが、どうにも生やさしい嘘が通用しそうにもないし、そのすべてはすぐさまソラによって否定されてしまいそうな気がした。俺は言い淀む。

「ねぇ東條くん、誤魔化さないでよ。東條くんは、ソラさんと二人っきりで住んでるの？」

「……そうとも言えるような、違うような……でも、それは――」

「ちゃんと答えてよ。東條くん、もしも事態が事態だった場合には、これは重大な法律違反なのよ。民法第八百二十一条の居所の指定によって、未成年者は『親の定めた場所』に住まなくてはならないの。よって、これに違反した場合には――」

……な、なに、法的な話持ちだして冷静に分析してんだよ。だったらぜひとも『はしか大流行』と、未曾有《みぞう》の閣僚交代劇の方を分析してくれよ」

「話を逸らさないで東條くん。そもそも、東條くんのご両親はどこに行ってるの？」

「……あ、アフリカの、どっかの国」

「嘘つき」

「嘘じゃねぇよ!!　転勤で出ていったんだよ!!」

「じゃあ、東條くんのお父さんは何のお仕事をしてるのよ？」

「……ぷ、プロ野球のトレカを造ってるって」

「あきれた……どこまでも嘘をつくのね」

「だから、嘘じゃねぇって！」

「嘘に決まってるじゃない!!　だって、そんなものアフリカで需要があるわけないじゃない！　そんなところで商売が成り立つとは思えないわ！」

「俺もお前とまったく同じ意見だよ!!　さっきからお前だけ正論過ぎて心が折れそうだよ！」

「救いようがないわね……。これ以上嘘をつき続けるようなら、もう――」

「やめて!!」という大声は、ソラのものであった。

鬼気迫る一言に長谷川さんは一旦俺から視線を外し、ソラの方へと向き直る。

ソラは切実な思いを込めて（いるように見える表情で）教室全体に訴えた。

「お兄ちゃんは悪くない。お兄ちゃんは本当にいい人。だからそれ以上せめちゃダメ！」

先程、長谷川さんの活躍によってまとまりかけた空気をぐちゃぐちゃにした張本人でさえなければ素直に感動できたシーンではあるのだが、いかんせん簡単には割り切れないもので、なんとなく腑に落ちない感情がうごめく。

しかし、俺のどんよりとした気持ちはともかくとして、教室の女子たちの士気が僅かに低下しているのは確実だった。長谷川さんを筆頭に女子たちは反省したようにうつむき、なんとか事情を汲んでくれようとしている。

ふむ。ま、まぁ、これでいいとするか。

ソラは曲りなりにも皆の前で俺のことをかばってくれているわけだ。そもそも最初からソラは俺を陥れようとしていたわけではない。事実を伝えようとしたら、あらぬ誤解を生んでしまっただけの話なのだ。誰にでも間違いはある。そうだ、ソラは何一つ悪いことはしていない。お礼を言うべきことはあっても、ソラを罵倒する道理はどこにもない。ごめんね、そしてありがとうソラさん。君はユダなんかじゃないね。

「お兄ちゃんは本当に優しくしてくれる。だから心配はいらない」

　ソラは教室を見渡し、はっきりとした声で言う。

「いつも必ず……ゴムは付けてる」

〽お前なんか大嫌いだァァ!!」

　俺は走った。身体が空気との摩擦で燃え尽きてしまうんじゃないかと思えるほどの全力ダッシュで教室から逃げ出した。

　おそらくこのときのタイムが採用されていれば、体育祭のリレーメンバーに選ばれていたことだろう。俺はすべてから逃避するために走った。ただただ走った。

　去り際の教室からは容赦のない女性陣の罵倒の声が聞こえてきた。

女子生徒Ａ「死ね！　不潔男、今すぐ死ね！」

女子生徒Ｂ「サイテー！　今まで遭遇した全生物の中で最も下劣！」

女子生徒Ｃ「帰れ！　土に還れ！」

　気付けば俺の涙腺は全開。涙は輝く星のようにきらきらと弾けて消えていった。

村田さんの嘘つき！　大嘘つき！　なにが『お気軽に登校しちゃってください』だよ！　こ

んな濡れ衣《ぬ》着《ぎぬ》せられたの生まれて初めてだよ！　今月だけじゃなく、来月からの学校生活にも影響を及ぼしそうなほどに衝撃的なイベントだったじゃねぇか。

「こんな変態の濡れ衣を着せられるくらいないなら、いっそ、おっぱい研究会にでも入っておけばよかった！」

俺はある程度教室から離れたことを確認すると、廊下に倒れこむ。

……終わった。全部終わったんだよ。佐藤さんもきっと俺のことを全力で軽蔑しただろうし、そうでなくともソラと俺が睦《むつ》まじい仲だと判断したはずだ。

あぁ、怖くてついぞ見ることはできなかったが、ソラのゴム発言直後の佐藤さんは、一体どんな表情をしていたのだろう。きっとゴミ虫を見るような目で俺のことを見ていただろう。いや、ゴミ虫ならまだマシだ。佐藤さんほど純真で清らかな人にとって、先ほどのえげつない情報は俺のことをゴミ虫以下の……例えば……えぇ、ちょっとにわかには思いつかないが、とにかくそんな何かを見るような目で見ていたに違いない。

俺、童貞だよ？　風俗嬢と一緒に住んでるけど、ちゃんと童貞だよ？

佐藤さんとお近づきになれると思ったから参加したフラッガーシステムのデバッグで、今まで以上に佐藤さんと距離が生まれてしまうなんて本末転倒もいいところじゃないか。本末転倒すぎて、もう、あれだよ……。もうなんか、あれだよ……。

「大丈夫かい、君？」

誰かの声が聞こえた。いや……聞こえたような気がするだけだ。もう、大抵のことはどうでもいいように思えた。誰かが実際に俺に声をかけたのか、それとも俺の空耳なのか、そんなことは今の絶望に比べたら実に些細なこと。

「立てるかい？」

さすがに、二度もはっきりと声を聞いたのだから、これは幻聴ではないのだろう。つまり、誰かが実際に俺に向かって声をかけてきているということだ。まぁ、どうでもいいんだけどね。

突然ではあるが、俺の物語はここまで。なんといっても、メインヒロインになるはずの女の子に嫌われてしまったのだからね。えっ？　脈絡がなさすぎるだろって？　そんなの知ったこっちゃあないよ。そんなのは大体からしてフラッガーシステム、ひいては村田さん陣営のお仕事なんだよ。俺がそんなことに気を揉む必要なんて一切ない。一切ないのだ。

後は野となれ山となれ。

「少し、こっちの部屋で休憩していくといいよ」

俺は意識を身体から離れたどこか遠くに飛ばし、ふらふらと宙を彷徨《さまよ》う。まるで亡霊のように、まるで風船のように。ふらふらとふらふらと。彷徨う、彷徨う、彷徨う。

12

気付くと俺は小さな部屋の中にいた。広さは六畳くらいだろうか。正面には大きく切り開かれた窓があり、見慣れたホームタウンの景色が一望できた。どうやら学校の一室のようだ。

ああ……そうだ。さきほど、ソラの謎の妄言によって地獄に落とされたんだった。

俺はいっそ思い出さなかったほうがよかったんじゃないかという後悔の念にかられながらも、さらなる状況把握に努める。部屋の中央には会議室にあるような長机が置かれ、窓際にはパイプ椅子が一つ、俺が座っているものも数えれば計二つのパイプ椅子。それ以外には両端に扉付きの本棚、中には百科事典のような分厚い無機質なハードカバー本がズラリと並んでいる。背後を振り向いてみると、そこにはこの部屋唯一の扉があった。

と、俺が認識したと同時に扉は開かれる。

「おお、ようやく目が覚めたんだね？」

扉から部屋に入ってきた女子生徒は快活な笑顔を見せた。それから満足そうに「うん、うん」と二度ほど頷き、長机を迂回して窓際のパイプ椅子にかける。

「廊下に倒れてたから何事かと思ったよ。何度声をかけても返事もしてくれなかったしね」

俺は状況を把握しかねて、とりあえず頷いておく。

彼女の容姿はなかなかどうして清々しく爽やかであった。髪は耳元が僅かに見えるほどのさっぱりとしたショートカット。大きくかつ濁りのない健全な瞳に、健康的でハリのある肌。顕《あらわ》になった首元が清潔感と、そこはかとない背徳感を演出し、それでいてメリハリのついた表情は見る者にものの見事な好感を植えつける。

この学校にも、なかなかの快活美少女がいたものだ。

「あの……」と俺は口を開く。「俺、どうしてここにいるんでしょう？」

「ふむふむ」と女子生徒は頷く。「そのへんの記憶が、君にはないんだね？」

「ええ、まぁ、恥ずかしながら」

「なぜだか知らないけど君がひどく衰弱した状態で廊下に倒れていたから、私がこの部室まで誘導してきたんだよ。といっても君は終始放心状態だったけどね。まぁ、せいぜい感謝してくれたまえ。なぁんてね。はっはっは」と女子生徒はわざとらしく笑ってみせた。

俺は夢遊病の如くこの部屋にたどり着いていたというのか……。酔っぱらいもびっくりのおマヌケではないか。あな恐ろしや。「それは、どうもご迷惑をおかけしました」

「まぁまぁ、気にしない気にしない。情けは人の為ならず。すべてはギブ・アンド・テイクだからさ」女子生徒は目を細めて笑う。「自己紹介が遅れたね。私は一ノ瀬《いちのせ》真《まこと》、二年生だ。これからよろしくね」

……なんというか、あまり積極的に考えたいことではないが、言葉の端々に気になる点が散見される。

『情けは人の為ならず』『ギブ・アンド・テイク』『これからよろしくね』

俺は相手の反応を窺いながら、地雷原を歩くように慎重に言葉を置きに行く。「こ、これから？」と。

しかし一ノ瀬さんは何も聞こえなかったと言わんばかりに俺の言葉をスルーした。「いやね、この部活もいい加減私一人じゃ運営が難しくなってたところだったんだ。いやぁ、本当に助かるよ」

俺の中の危険信号が緑から黄色に変わる。

「つ、つかぬことをお訊きしてもいいでしょうか？」

「なんだい？」と一ノ瀬さんは笑顔で返す。

「この部活は……なんという部活ですか？」

「ほほほう……そうだったね。まだその説明をしてなかった。私としたことがとんだうっかりさんだね。えー、この部活は……というか正確には人数の関係で同好会扱いなんだけどね。まぁ、ずばり部活動の名前を言ってしまうならば……」

「……言ってしまうならば？」

一ノ瀬さんは口の両端を引っ張りニンマリと笑った。「魔術研究会だね」

やっちまったァァ!!

撒き餌じゃねぇかこれ！（おっぱい研究会じゃなかったのが、少しだけ残念だ）

久しぶり過ぎて油断しきっていたとはいえ、あぁ、なんと見事に足を掬われてしまったのだ……。思えば御園生との出会いもこんなふうに俺が油断している隙を狙ってやってきたではないか。

「というわけで私はこの魔術研究会の部長をやってるんだ。これから長い付き合いになると思うけど、よろしくね」

「……俺、入らないよ？　こんな部活」

「またぁ」

〽またぁ、じゃねぇよ!!　そもそもどうして入んなきゃいけないんだよ！」

「そこは空気を読んでよ」

〽こっちの台詞だよ!!」

　俺はこれ以上の問答は危険だと判断し、慌てて背後の扉から廊下に飛び出そうとする。パイプ椅子を弾くように立ち上がり、扉のノブに手を掛けた。

　しかし、開かない。ノブはガチャガチャと窮屈そうな音を立てて、一向に回る気配を見せないではないか。

「ちょっ、ちょっと！　いきなりどうしたんだい？」と一ノ瀬は困ったような表情を見せる。

「一時帰宅がしたいならきちんと部長の許可を取らなきゃダメじゃないか。あっ、それと、その扉はオートロックだから決して開かないよ」

「お、オートロック!?」

「そうさ。部の創設時に、顧問に土下座して設置してもらったんだ」

〽土下座してまでオートロックを!?」

「やっぱり掛けるところにはお金を掛けないとね」

〽掛けどころ間違ってるわ!!」

　クソォ……。無駄に周到だ。

　そもそも室内から外に出られなくなるオートロックってなんだよ。普通は鍵の閉め忘れを防止するために、外出時に鍵が掛かるものだろう？

「まぁ、とりあえず座って座って」と一ノ瀬は俺が座っていたパイプ椅子を笑顔で指し示す。

「今は落ち着いて、ひとまず入部届にサインしようじゃないか」

落ち着けばこそサインできねぇよ!!

御園生との騒動に巻き込まれてから俺は貴重な一週間を棒に振ったんだ。きっと、この魔術研究会たる謎の部活に入ってしまえば、再び一週間……いや、一週間で済めばいいさ。下手したらクリスマスまで丸々魔術漬けの日々を過ごすことになるやもしれない。それだけは避けなければ。

第一、魔術研究会って怪しすぎんだろ。オカルト研究会の類なんだろうか……。なにやら訳のわからない臭いがプンプンする。とにもかくにも今の俺に課せられた最大にして最重要の任務はこの場を無傷で逃げきること。ノーフラグでこの部屋の外に出ることだ。

ここはきちんと俺の意思を一ノ瀬に伝え、円満に解放してもらう以外に道はなさそうだ。俺は一度仰々しく咳払いをしてから、ジェントルマンのように断りの文句を告げる。

「悪いね、一ノ瀬さん。残念ながら俺は魔術研究会には興味がないんだ。申し訳ないんだけれど、この扉を開けてはくれないかい?」

「はっはっは。それなら安心してくれて大丈夫だ。興味なんてものは入部してから追い追い獲得していけばOKだよ。きっと君もこの部活が気に入るさ」

筋金入りの自分勝手か!?

「またぁ」

〽何に対しての『またぁ』だよ⁉　こっちはガチだよ‼」

俺は『糠に釘』という言葉を具現したような問答に困憊《こんぱい》し、膝をついて土下座一歩手前の体勢を整える。

「頼む……頼むから解放してくれませんか？　そもそも、まだ授業中だし一ノ瀬さんだって授業があるでしょ？　こんなところで油売ってていいの？」

「それなら大丈夫。私は優秀だから、先生から授業には出なくてもいいというお墨付きを頂いているのだよ」

「ほ、本当に？」

「うん。『授業に出なくてもいいですか？』って訊いたら、『もう好きにしろ』ってね」

〽見捨てられてる‼」

「とにかく、さぁ、一緒に最強の魔術師を目指そうじゃないか」

〽研究するんじゃないの⁉」

なんかわからないけど、吐血しそう……。こいつ、御園生の三倍くらい強い。そんな気がした。それでもあっさりと敗北を認める訳にはいかなかった。俺は最後の力を振り絞っての抵抗を試みる。

「俺は絶対に入部しない！　これは決定事項！　頼む！　頼むから理解してください！」

すると一ノ瀬は少し寂しそうな表情を見せてから、椅子に座ったまま窓の外を仰いだ。

「そうか……君には素質があると思ったんだけどなぁ……」とようやくしおらしく俺の意見を

聞き入れた。

素質というものが一体何であるのかという疑問はさておき、とにもかくにも一ノ瀬が俺の入部を諦めてくれたことを喜ぼう。儚《はかな》げな視線と、適度に潤《うるお》った唇がなんとも見事な青春の傷心《しょうしん》を演出し、心ばかりの罪悪感を俺に抱かせるが、いやいやそんなことを言ってもいられない。

俺には俺の任務があるのだ。

「それじゃあ、この扉の鍵を開けてもらってもいいですか？」

しかし一ノ瀬は郷愁的に外を眺め続ける。まるで外に出ることを夢見ている長期入院中の少女のように、色気のない田舎の景観を儚げに見つめる。快活な少女が見せるアンニュイな表情は図らずもこちらをドキリとさせるが、そんなことは今はどうでもいい。

俺は聞こえなかったのかなと思い、今一度声をかけてみる。

「あの……鍵を開けてもらえないですか？」

しかし、不動。まったくの不動。

「オイ！　俺はこの部屋を出るから鍵を開けてくれ！」

無言。

「オイ！」

無言。

「オーイ！」俺は外を眺める一ノ瀬の隣まで歩み寄る。「一ノ瀬さん？」

返事はない。……なるほど。俺は先ほどまで座っていたパイプ椅子に腰かけ、頭を抱えた。

〃兵糧攻めじゃねぇか!!　トラウマだよっ!!」

これ、流行ってんの？

俺は自身の置かれた状況に絶望する。なんということだろう。墨汁より真っ黒で、宇宙の果てのように光も希望もない。なんだよこれ……。どうしたらいいんだよ、これ。

俺は大きくため息をつくとしかし、頭を勢いよくブルンブルンと振り、力強く立ち上がった。諦めたらいかん！　そうだ、諦めたらそこで終わりではないか。希望を捨ててはいけない。絶対にここから脱出し、俺自身の青春を取り戻すのだ。

確かに先ほどのソラの発言で、佐藤さんには嫌われてしまったかもしれない。だけれども地道に努力をすればきっと誤解は解けるはずだ。そしたらまた一から佐藤さんと仲よくなる道もひらける。クリスマスパレードを一緒に見物することだってきっとできるはず。今立ち上がらずに、いつ立ち上がるのだ。……よし。やってやる。

俺を舐めたが運の尽き！　見てろよ一ノ瀬真！　俺はこの迷宮をきっと抜けだして佐藤さんとのラブロマンスを手に入れてみせるのだっ！


「……入部します」

あれから俺は、いの一番に窓からの脱出を試みた。おそらく正攻法だろう。というか、実質それくらいしか手がない。俺は雄叫《おたけ》びを上げながら猛々しく窓を全開に開き下を覗いた。するとそこには俺の意気込みをあざ笑うかのように、きっちり建物三階分の高さが存在していた。ここから飛び降りれば、まぁ、まず間違いなくジェット・リーでも骨折はするだろう。

うん、飛び降りはヤメだ。

そうして飛び降りを断念すると、事実上『ツミ』と言って差し支えない状況が完成した。扉のオートロックには、暗証番号を入力するようなアナログのボタンがついていたのだが、適当に押し込んでみてもうんともすんとも言わず、もちろん力ずくでどうにかなるようなやわな設計でもなかった。

俺は一時間ほど扉と格闘した後、再びパイプ椅子に戻る。

それから更に二時間が経過すると、今度は腹の虫が鳴き始めた。ぐうぐうぐうぐう品も恥じらいもない大合唱が始まる。とうとう疲れ果てた俺は椅子の上から動けなくなった。

もちろんこの間、一ノ瀬は一切微動だにしない。御園生のときとまったくもって同じだった。おそらくフラッガーシステムには人間の秘めたる精神力を向上させるような機能が備わっているのだろう。そうとしか思えない。そしてもしそうであるならば、その機能を俺にもお裾わけして欲しい。不公平極まりないではないか。

更に経過すること一時間。俺は限界まで頑張った。

東條は本当によく頑張ったと思う（東條談）。

しかし俺がいよいよもって一ノ瀬に屈服することを決意したのは、何を隠そう尿意の到来である。これればかりは空腹のように我慢で耐えしのげるそれではなかった。結局、人間いかに理性を研ぎ澄まそうと、押し寄せる生理現象には決して勝てないわけだ。

俺はもう一度、先程よりも少しだけ大きな声で言う。

「……入部します」

「そう言ってくれると思ったよ！」と一ノ瀬はそれまで何時間も無言だったとは思えないような快活な声で即座に答える。まるで一時停止中の映像を再生したような、そんな完璧なる静と動であった。敵《かな》わない……これには敵わないよね。

ああ、なんと慈悲なき世界であろうか……。佐藤さん……。俺はまだ君を諦められません。

フラッガーシステムが稼働してから、とうとうただの一回も会話できていないけど……。

「よしゃ、じゃあ早速部活の説明をさせてもらうね」と一ノ瀬は人の気も知らずイキイキとした声で言う。

「あの……申し訳ないんですけれど」と俺はかすれた細い声を出す。「ちょっとトイレに行ってきてもいいですか？　結構、限界なんで……」

「ん〜？　まったくしょうがないなぁ……じゃあ携帯と財布は置いていってね」

逃走防止だ……。頭が回りやがる。

しかし背に腹は替えられない。俺は仕方なく携帯と財布を机の上に置き、小走りでトイレへと向かった。尿意から解放されると、憂鬱がより鮮明になって俺のもとに舞い降りる。

このまま地の果てまで逃亡したい気持ちは山々であったが、いかんせん携帯と財布を失っての高校生活はなかなかに致命的だった。俺は仕方なく魔術研究会の部室へと戻ってしまう。

「おっかえりなさい」と一ノ瀬は疲労を微塵も感じさせない笑顔で俺を出迎えた。「さぁさぁ、待ちくたびれたよ。早速部活の説明をさせてもらうね」

「あの……」と俺はパイプ椅子に座ってから言う。「恐縮なんですが、ちょっと空腹が過ぎまして何か食べたいんですが」

「またぁ」

だめだ……元気にツッコむ気力がない。「あの……本当に空いてるんです。昼飯も食べてないんですから」

「まったく。とんだ食いしん坊バンザイだなぁ」

松岡修造は一向に関係がない。「なんでもいいんで、食べ物を……」

「しょうがないなぁ。ならとっておきのアレをあげちゃおう。そこの棚の奥に確か――」

俺は倒れこむようにして戸棚に向かい、一ノ瀬が指さす先をガサガサと漁る。すると出てきた。

「――蒲焼さん太郎が」

腹に溜まらねぇ……。

それでも俺は仕方なく、蒲焼さん太郎が数枚入ったプラスチックのケースを抱えてパイプ椅子に戻った。それから蒲焼さん太郎を一枚取り出し、はむはむと口に咥《くわ》える。

「トイレも済んだし、腹ごしらえもバッチリ。これでいよいよ本題に入れるね」一ノ瀬は親指を立ててみせた。

俺は構わず蒲焼さん太郎を食《は》む。

「そうだ、君の名前をまだ聞いていなかったね。自己紹介を一つ頼んじゃおうか」

「……ああ、東條涼一です」

「OK。なら、そうだなぁ……『涼いっちゃん』って呼ばせてもらおうかな？　どうだい東條くん？」

「……別に構わないですけど」

「よしゃ、なら今から東條くんは涼いっちゃんだ！　よろしく頼むよ、東條くん！」

絶対にあだ名が定着しないことを確信しながら、俺は蒲焼さん太郎の二枚目を取り出す。

「ええとね。東條くん。我が魔術研究会はその名の通り、古今東西、世にはびこるありとあらゆる魔術を研究している会なんだ。もっとも、発足したのはつい最近で、部員も私一人きりなんだけどね。まぁ、とにかくだよ。私は日々魔術を研究し、新たな世界の開拓に努めている訳だ。そして何を隠そう、また私自身も『一級魔術師《オーナーズウイザード》』として活躍をしているのさ」

「……はっ？　お、おーな？」

「一級魔術師《オーナーズウイザード》。まぁ平たく言っちゃうなら『一級の魔法使い』ってところだね」

「魔法使い？」

「そう、魔法使い」

「一ノ瀬さんが？」

「そう」

「一ノ瀬さんが魔法を使える？」

「そりゃあもう、じゃんじゃん使えるよ」

「へぇ……」

やばい。

空腹と疲労で正常な判断力が失われている今でも、それだけはしっかりと認識できた。これは相当危険な臭いがしやがる、と。しかし、ここで正面切って馬鹿にするのもなんだか無粋《ぶすい》な行為であるような気がしたので、俺は適当に相槌を打っておく。

「……それは、素敵なことですね」

「いやいや東條くん。現実はそうでもないんだ」と一ノ瀬は目を閉じて首を振る。「実際、魔術っていうものは場合によっては醜い闘争を生む火種ともなってしまうし、私利私欲《クピディタース》を満たすだけの不浄な道具とも化してしまう。またすべての闘争《プーグナ》が聖戦《クルセイド》であるわけでもなく、ときには禁術《バックスベル》に身を染め聖痕《スティグマ》に身を焼かれる者だっている。だから、決して魔術は素敵だなんて、楽観的なことを考えちゃいけないよ」

全体的によくわからなかったが、なんだか怒られたっぽい。謝っておこう。

「……すみませんでした」

「いやいや、いいのさ。最初は誰だって多かれ少なかれ魔術が使えるということに喜びと期待を隠せないからね。まぁ、なににしても東條くんも今日からは『三級魔術師《ターシャリーウィザード》』になるわけだから、自覚と誇りを持って活動してくれたまえよ」

「……た、たーしゃ？」

「三級魔術師《ターシャリーウィザード》。新米の三級魔術師《さんきゅうまじゅつし》ってことだよ」

「……えっ？　俺も魔術師になるんですか？」

「そりゃあそうだよ。東條くんは魔術も覚えずに反神聖組織《エイシェスタ》と闘うつもりだったのかい？」

「まず、闘うつもりがありませんでした」

「一にも二にも魔術師にならなきゃ始まらないんだから、頼むよぉ。あっ、それとも何かな？　私が一級なのに、自分が三級であるところが引っかかるのかな？　それなら安心してくれてOKだよ。きちんと実力と努力が認められたら、しかるべき手続きを経て昇級することもできるからさ」

「……特に階級は関係ないんですけど、とにかく魔術師にはならない方向でお願いできないでしょうか？」

「それは無理だねぇ。ひとまず魔術師にはなってもらわないと」

「強制ですか？」

「強制だねぇ」

「ああ……じゃあ、とりあえず名前だけなら」

「OK。そう言ってくれると思ったよ。まぁ、確かに三級魔術師《ターシャリーウィザード》は、二級以上の魔術師《ウィザード》たちからはまるで性犯罪者に向けられるような蔑みと嘲笑の目で見られることになると思うけど、そこは昇級するまでの辛抱だから、ちょっとだけ我慢してね」

「……嫌な縦社会ですね」

「まぁ、仕方ないよね。でも不思議なものでね、確かに一級魔術師《オーナーズウイザード》になってみると、三級魔術師《ターシャリーウイザード》がまるで洗い忘れたまま一年以上放置されたプール道具のように汚《けが》らわしくて下品なものに感じられることもまた事実なんだ。その辺は、東條くんも追い追いわかってくるさ」

「……あまりわかりたくないですね」

「おやおや、東條くん？　それはつまり昇級するつもりがないって意思表示かな？　イカン。イカンよ東條くん。期待のホープが、そんなスタンスじゃ悪魔《サタン》に心を持っていかれちゃうよ？」

「……悪魔《サタン》？」

「そうだよ。悪魔《サタン》はいつだって魔術師《ウイザード》の心の隙間を狙っているんだ。だから常に油断はしちゃいけないよ。一度、悪魔《サタン》に心を喰われると、色々と面倒な事になるからね」

「……へぇ」と俺はいよいよ不毛な会話に疲労がピークに達する。「あの……ものすごく申し訳ないんですけど、今日はこの辺で解散にしていただけないでしょうか？」

「ふむ」と一ノ瀬は唸ると、しばらく考えるような仕草をしてから頷いた。「そうだね。確かに初日から『契約洗礼の儀《バプテスマ》』や『詠唱《チャント》』の訓練をするのも詰め込み過ぎな気がするし、今日の魔術研究会の活動はここまでということにしようか。というわけで東條くん。明日は午前八時半にここの部室に集合ということでよろしく頼むよ」

「えっ？」

「ん？　どうしたんだい？」

「……いやぁ、明日も一応学校なんで、授業には出ようかなぁって思ってたんですけど。一ノ瀬さんは許可をもらっているからよしとしても、俺みたいな凡下《ぼんげ》は授業に出ないと……」

「東條くん」と言うと、一ノ瀬はそれまでのニコニコ顔を静かに封印し、目を閉じて神妙に首を横に振った。「そういう生半可《なまはんか》な精神が、最も悪魔《サタン》に狙われやすいんだ。やるからにはきちんと魔術師《ウィザード》に専念しないと後悔するよ」

「……でも——」

「わかったね？」一ノ瀬はまっすぐに俺を見つめる。「明日の午前八時半、この部室に集合」

一ノ瀬から放たれる墨色《すみいろ》の重圧に、磨耗《まもう》しきった俺の精神はまるでポッキーのように呆気なく折れさった。

「……はい」

「ＯＫ。そう言ってくれると思ったよ」はっはっはと、一ノ瀬は歯を見せて笑った。

フラッガーシステムが稼働してから一週間強。

果たして、お金持ちお嬢様のフラグを折った翌日に魔術師に任命されるというこんなにも脈絡のない展開というものが深夜アニメの世界には往々にして存在しているというのだろうか。

きっとそんなはずはない。

そうして、俺はようやくこの世界の仕組みというか、特徴というか、ぼんやりとした骨格を把握していく。村田さんは言った。

『フラッガーシステムによって構築されたストーリーはきちんと的確な伏線を張り、余すことなく美しく回収、更には求めるラストシーンに向けて、誰もが納得のいく一級の物語を作り上げてくれます』

信じた俺が馬鹿でした。俺は抜け殻のようになった身体を引きずるようにして自宅へと帰っていった。

13

十二月九日。起床。

ここ最近はほぼ毎日そうではあったのだが、いつにも増して身体の重たい朝だった。

昨日、疲れきった身体で家に帰ると、不思議なことに家にはソラの姿がなかった。どうしたのだろうなとは思いながらも、蒲焼さん太郎を三枚しか収容していない胃袋が悲鳴をあげていたため、とりあえずキッチンを漁り倒してカップラーメンを発掘。少しばかり腹が膨れると、今度は長時間軟禁されていた疲労感から猛烈な睡魔が襲ってきた。そんなこんなで、俺は自らの欲望に従うままベッドに入って泥のように深く眠りこんでしまった。

そうして迎えた本日の朝。

睡眠時間としてはいつもよりもいくらか長いはずなのに、こんなにも疲れが取れていないのは何故なのだろう。俺が限りなく原色に近いブルーな気持ちで階段を下りると、そこには朝食の準備をしているソラの姿があった。

ソラは俺の姿を確認すると少しばかり申し訳なさそうな表情で会釈をした。「おはようお兄ちゃん」

俺は「おはよう」とだけ返す。

昨日の夕方からどこに行ってたのかはわからないが、いつの間にかソラは帰ってきていたようだ。まぁ、ひとまずは無事に帰宅できていたようで何より。

と、思ったのも束の間。そういえば昨日、ソラには随分とひどい目に遭わされたではないか、という事実を思い出す。昨日のソラの謎発言により、俺は教室中の、もとい世の女性すべての敵であるかのような迫害を受ける羽目になり、教室を追い出された（というより逃げ出した）ではないか。そしてそんな傷心中に一ノ瀬にさらわれたのだから、実質今回の魔術展開も本を正せばソラに原因があると言えなくもない。

俺はソラに聞こえない程度のため息をつき、ダイニングテーブルにつく。

すると朝食を完成させたソラが、プレートをテーブルに並べ終えた。

「お兄ちゃん……昨日はごめんなさい」とソラは俺の向かいに座ると、いきなり頭を下げた。表情は終始引き締まったままで、まるで親に説教を食らっている小学生のようにしおらしい。

「ソラのせいで、お兄ちゃんがみんなにおこられちゃった。ソラ、本当に反省してる。ごめんなさい」

まさかソラの方からこんなふうに謝ってくるとは想像もしていなかった。ここまで下手に出られると、なんだか逆にこっちが申し訳ない気分になってくる。俺は思わず頭を掻いた。

「まぁ、反省してるんならそれでいいんだけど。そもそも、どうして皆の前で、ご……『ゴム』がどうだこうだなんて誤解を生むようなことを言ったんだ？」

「お兄ちゃんはとっても優しい人だって、アピールしようとしたら――」

アピールの仕方がアダルトなんだよ!!　やましいことはしてないだろ？　だったらそんなこと言わなくてよかったじゃないか」

「……男女が同居していながら性描写がないのは、少しうそくさいなと思った。ごめんなさい」ソラは反省したようにうつむき、しばらくしてから静かに顔を上げた。「でも、きちんと誤解は解いておいた」

「……ほ、本当に？」

「うん、大丈夫」

俺は静かに興奮を覚えたが、すぐに考えを改めた。ソラのことだ。どうせ『誤解は解いた』だなんて言っておきながら、てんでおかしな誤解の解き方をしているに違いない。まるで絡まった毛糸が更に強固に絡まるように、事態は悪化をしていること請け合いだ。

「……それで、どんなふうに皆に説明したんだ？」

「『お兄ちゃんとソラはエッチな事はしていない。ソラが家出中でかくまってもらっているだけ。お兄ちゃんは本当にやさしい』って言った」

「悪くないんじゃない？　常識的に考えれば、見ず知らずの女の子を自宅で預かっているだけでも十分に怪しい目で見られるはずではあるが、なんといっても今はフラッガーシステムが稼働している。ならば、多少の非常識は受け入れてもらえている可能性も大いにあるのではないか。

「ほ……ほう」

『ちょっと風変わりなホームステイ』程度に認識をしてくれているかもしれない。

「それで、皆はどんな反応をしてたんだ？」

「皆、『そうだったんだ』って言って、納得してた。お兄ちゃんは悪い人じゃないね、って言ってくれた」

「お、おう！」

ジメジメと淀んでいた俺の心に一筋の陽光が差し込んだ。これはもはやパーフェクトと言って差し支えない巻き返しようなんじゃないか？『今すぐ死ね』とまで罵《ののし》られたことを考えれば、劇的とまで表現できる復活劇だ。よかった……本当によかった。

「よくやったソラ。よくぞ誤解を解いてくれた。俺は猛烈に嬉しいぞ」

「へへへ」とソラは笑う。「ソラえらい？」

「やや偉い」元の原因が君にある分、差し引かせてもらったよ。

「よかった」

俺は不安を解消させると、ソラの用意した朝食を口に運んでいく。心の中の懸念が一つ減っただけで、随分と食事が美味しく感じられた。

「そうだ、ソラは昨日どこに行ってたんだ？」と俺はふと訊いてみる。

「遊びに行ってた」とソラは答えた。

「遊びにって、どこに？」

「スターバックスでチャイティーラテを飲んだ。おいしかった」

「へぇ。一人で行ったのか？」

「ううん。美智《みち》と佳子《よしこ》と沙也加《さやか》の四人」

その瞬間、俺の箸の動きはピタリと止まる。

「誰だって？」

「美智と佳子と沙也加」

「佳子？」

「そう、佳子」

「佳子っていうのは……佐藤佳子さん？」

ソラはもちろんというふうに頷く。「佐藤佳子」

俺は箸を置いて、僅かにテーブルの上に身を乗り出した。「さ、佐藤さんは、お家のお手伝いとかで忙しいと思うんだが、ど、どうして来られたんだ？」

「今日はお父さんが家のお手伝いをしてる、って言ってた」

ほ、ほう。まさかそんな日もあるだなんて……。「それで、ど、どんな話をしたんだ？」

「いろいろ」

「色々じゃダメだ！」と俺は自分の声の大きさに驚く。どうやら俺は猛烈に興奮しているようだ。「些細なことでもいいから、佐藤さんがどんなことを言ってたか教えてください！」

「ん〜……お話たくさんしたから、ちょっと思い出せない」

「じゃ、じゃあ、ちょっとでも俺について何か言ってたか？」

「ああ」とソラは思い出したように頷く。「ソラが、『お兄ちゃんはクリスマスの飾り付けも手伝ってくれるし、お料理の感想とアドバイスもたくさんしてくれるし、すごくやさしい』って話をしたら、『東條くんはいい人だね』って言ってくれた」

……おお。

……おおぉぉぉぉぉ!!

「ソラさん」

「なに？」

「あんた……」俺は思わず涙腺が緩みそうになる。「あんた神様だよ」

「へへ」とソラは笑った。「ソラは神様？」

「ああ、神様だよ」

まさかの……まさかの大逆転だ……。猛烈な東南の追い風が吹いておる。

今月に入って一度も会話を交わせていない佐藤さんと、想像すらしていなかった意外なところでパイプが誕生した。しかも、ソラが図らずも俺の好感度アップをしてくれるという、超ド級のおまけ付き。何が起こってやがる！　何が起こってやがる！

俺は今ほどソラを自宅に置いておいてよかったと思ったことはない。この娘は神様……いや、最高のキューピッドではないか。

俺は気持ちの高ぶりそのままに勢いよく朝食をかき込んでいく。今ならどんな障害も跳ね除《の》けられそうな気がしてきた。

魔術研究会？　一ノ瀬真？

ははは。とんだお笑いだよ。あんなの無視無視。今の俺はまさしくスターを手に入れたマリオの如き鉄壁の無双状態。そんな意味のわからないフラグなんぞシャー芯のようにポッキリとへし折ってくれるわい。待っててくれ佐藤さん。今まで散々心の中で宣言させてもらってきたが、今回ばかりはいつもより強く、確信を持って宣言させていただこうではないか。

俺はきっと君とお近づきになってみせる！

学校に着くと、俺は一ノ瀬との約束は忘れたことにして、まっすぐに自らの教室へと向かった。きっと、しれっとした顔で席についていれば魔術ルートはうやむやになってくれるに違いない。なんてったって今の俺はほぼ無敵であるのだから。

教室に入ると、昨日先頭に立って俺への尋問を取り仕切っていた長谷川さんが俺のもとにやってきた。

「昨日はおもいっきり疑っちゃってごめんね」と長谷川さんは少しだけ申し訳なさそうにはにかんで言う。「ソラさんから色々聞いて、大体のことはわかったわ。色々と法律には抵触《ていしょく》しているようだけど、今回は片目をつぶることにする」

「……両目はつぶってくれないんだな」

「うん。俗に言う『独眼竜』っていうやつね」

「……お、おう」

長谷川さんにも徐々にフラッガーシステムの影響が及んでいるようだ。昨日よりも少しばかりおかしくなっている。俺はそんな事実にまた胸を痛めながらも、なによりソラの言っていたとおり皆の誤解が解けていることに大いに安心をしていた。

「とか言いつつも」と絵に描いたような変態顔を引っさげて笹川がやってくる。「東條兄貴のことだから、ムッフッフなことしちゃってるんだろう？　グヘヘ」

「お前はもうたぶん無理だ。病院で去勢してもらってこい」

俺は変態は放置して、視線を佐藤さんへと向かわせた。

席についている佐藤さんの姿は、言及するまでもないが相変わらずの美しさを誇っている。佐藤さんの周りは蜃気楼が立ち込めているように爽やかに空気が躍り、まるでブラックホールのように俺の心を吸い寄せる。佐藤さんの頰にえくぼができれば世界のどこかで戦争が終わり、佐藤さんが頷けばすぐにでも日本のGDPは一兆円ほど上昇するに違いない。

そんな佐藤さんが、俺のことを『いい人だね』と言ってくれていたという。それはなんと……なんと誉れ高きことであろうか。佐藤さんという現人神《あらひとがみ》の姿を拝めるだけでこちらは幸せであるというのに、お褒めの言葉をいただけるとは至福の極み。

と、そんなことを考えているうちに担任がホームルームを始めるためにやってきた。俺は仕方なく佐藤さんとは択捉《えとろふ》と屋久島《やくしま》ほど離れた自らの席につく。

時刻は始業時間の八時四十分。

いつの間にか一ノ瀬との約束の時間であった八時半は過ぎていた。ふむ、なんだかんだ言っても何かが起こる気配もないではないか。よかったよかった。きっと俺の目の前にはすでに佐藤さんへと続く一本道しか用意されていないのだ。間違いない。

と、そんなハッピーな気持ちで不意に教室の扉に目をやると、廊下から誰かがこちらを覗いているのが見えた。死んだ魚のように生気のない濁った瞳がまっすぐにこちらに向けられ、扉の窓枠越しにも言外の重たいメッセージが放たれている。

無表情でこちらを睨むそれは、他ならぬ一ノ瀬真の瞳であった。

「あ……あっ……ああ……あ」と俺は思わずボロボロになった孫悟飯《そんごはん》のような声にならない声を上げてしまう。

一ノ瀬の表情は決して激怒だとか、鬼の形相だとか、そういったわかりやすい凄みのあるものではなかった。しかしながら、どこまでも無を貫いた一ノ瀬の表情は、逆説的にどんな顔よりも雄弁に怒りと憎しみを表現していた。

殺《と》られる……。殺《と》られてまう!!と、

「おい東條〜。いるなら返事しろぉ」という出席を取る担任の妙に平和ボケした声が、一周回ってこちらの恐怖心を煽る。

戦慄した俺が口をあぐあぐさせていると、とうとう一ノ瀬は扉をガラガラと開けて教室の中に入ってきた。まるで試験監督のようなゆったりとしたペースで歩き、担任のもとへと向かう(心なしかセルと同じ足音が聞こえた)。謎の侵入者として教室中の注目を一身に浴びながらも、怯《ひる》むことのない一ノ瀬は背筋をピンと伸ばしてから担任に一礼をした。

「失礼します」

「なんの用だい?」

「約束を破った罪深い三級魔術師《ターシャリーウィザード》を連れ戻しに来ました」

「ああ、東條のことか?」

〽なんでわかっちゃうんだよ!?」

一ノ瀬はからくり人形のようなぎこちない動きで首を動かし、俺のことを見つめる。

「東條くんは、魔術師という大事な職務を放棄して俗世の教育にうつつを抜かしているんです。ですのでちょっと借りますね。あっ、間違えた。狩りますね」

〽待て待て待て待て」

「おい東條」と担任が口を開いた。「先生は悲しいぞぉ。人間てのはな、皆それぞれ何かしらの使命を背負って生きてるんだ。それをまっとうしてこその人生。ひいては男。わかるか?」

〽俺の使命、魔術師だってのかよ!?」

一ノ瀬は教室後方の俺の席まで静かに歩み寄ってくる。「東條くん。君がなかなか部室に来てくれないものだから、苛立ち紛れの心の隙間をちょっとだけ悪魔《サタン》に喰われてしまったじゃないか」

悪魔《サタン》、怖《こえ》ぇな!! 昨日散々注意しろって言ってたのに！」

すると一ノ瀬は「うっ！」と唸ると苦しそうに胸を押さえた。「……グゥ……殺、コロス……コロ、……コロス」

「おお!? お前の中の悪魔《サタン》が喋ってるのか!?」

「……コ、コロ……コロ助」

コロ助!? 今『コロ助』って言わなかった？」

「……グゥ……イ、言ッテナイ」

受け答えできんの!? ていうか今、絶対『コロ助』って言ったよ!!」

「……キ、キテ、キテレツ斎サマ」

確実だよ!! キテレツ大百科好きなの、悪魔《サタン》!?」

「……サ、再放送シカ……見テナイ」

微妙なファンだった!!」

「はっ！」と言って、一ノ瀬は目が覚めたように強めの瞬きをしてから、軽く頭を振る。「とにかく、早く来るんだ東條くん。まだ契約洗礼《バプテスマ》の儀も済ませてないじゃないか」

「嫌だよ！ 行きたくねぇよ！ 俺、やっぱり入部したくないんだよ！」

「……イ……イイモノヤルカラ、来イ！」

〰悪魔《サタン》もそっち側なの⁉　そして誘い方が異様に下手だな‼」

「……ス、スゴク、コストパフォーマンスノ、イイモノガアル」

〰純粋に高級なものくれよ‼　貰う側的にコストは度外視だよ‼」

「はっ！」と一ノ瀬は再び目覚めたように首を振る。「まさか東條くんがこんなに頑固だとは思わなかったよ。仕方ない、無理矢理にでも連れていっていいですか先生？」

「責任をもって送り出そう」

〰味方はいねぇのか‼」

そうして一ノ瀬は俺の手を引いて部室へと連行していく。一ノ瀬の力自体は振り解《ほど》こうと思えばどうにかできる程度のものであったが、いかんせん一ノ瀬の放つ重たいプレッシャーが俺の逃亡を許しはしなかった。

「誰か！　誰か助けてください！　誰か助けてください！」と俺は情けなくもほとんど女子しかいない教室に向かって声を出す。しかしソラは何が可笑《おか》しいのか少し微笑みながらこちらを見つめるだけ、笹川は平常運行で一ノ瀬に対しスケベな視線を投げかけ、長谷川さんは戸惑い、佐藤さんも心配そうに眺めるだけ。

結局俺は、大人たち（フラッガーシステム）の敷いたレールの上を走らされるだけなんだな、と不良漫画の主人公のようなことを考えながら、部室へと連行されていった。

14

部室の扉が閉まると同時に、例のオートロックが作動する。しかしそれをわかっていながらも、俺は奇跡を信じノブに手を掛けカチャカチャとまわしてしまう。扉が開くはずなどありはしないのに。

「やっぱり便利でしょ、オートロック？」

〽お前にとってはな!!　こっちはいい迷惑だよ!!」

「またぁ」

〽またぁ、の使い所おかしいから!!　常に!!」

「まぁまぁ落ち着いてくれたまえ東條くん」一ノ瀬は昨日もかけていた窓際のパイプ椅子に座る。「私だって東條くんがなかなか部室に現れないものだから心配していたんだよ？」

「要らない心配だ」

「まぁ、何にしても東條くんが部室に来てくれてよかったよ。……というわけで早速契約洗礼《バプテスマ》の儀を済ませてしまおう。これを済まさないうちは魔術が使えないからね」

〽何したって使えねぇよ!!」と言ってから、俺はやはりどうにもこの魔術師展開に飛び込みたくないという強い思いを再確認する。何をするのか知らないが、下らない上に不毛すぎる。

しかしそんな俺の気持ちはお構いなしに一ノ瀬は立ち上がり、本棚からこれまた分厚い本を持ってくる。そしてパラパラと捲《めく》り、お目当てのページを見つけ出した。「あったあった。久しぶりの契約洗礼の儀《バプテスマ》だから、私も緊張しちゃうなぁ」

俺は今月に入ってから一体何回目になるのだろうかというため息をついた。ため息は一ノ瀬の耳にも確実に届いているだろうに、一ノ瀬はお構いなしに契約洗礼の儀《バプテスマ》とやらの準備を進めていく。

「よし、じゃあそこの椅子に座ってじっとしていてくれたまえ、東條くん」

俺は仕方なく言われるままに昨日と同じパイプ椅子に腰かける。俺が椅子に座ったことを確認すると、一ノ瀬は満足そうに頷いた。

「よし」と一ノ瀬は続ける。「まっ、実際のところ契約洗礼の儀《バプテスマ》の際、東條くんは特に何をする必要もないんだ。だからそんなに気を張る必要はないよ。ただ精神を一つにして集中することだけは怠らないで欲しいんだ。目を閉じて真っさらな空間を思い浮かべること。これが大事なんだ。……もし、それがうまくできないようなら、まぁ、好きなうまい棒の味でも考えていてくれ」

〝結構テキトーじゃねぇか!!〟

「よしゃ、じゃあ始めようか」

すると一ノ瀬は左手に本を開いたまま抱え、右の掌を俺の頭部にかざす。ちょうど頭をポンポンと叩き始めそうな格好だ。俺は訝しい気持ちから薄目で一ノ瀬の掌を覗いてみる。

「こらこら！　ちゃんと目を閉じてうまい棒について考えて！」

〽目、閉じるだけでいいでしょ⁉」

俺は仕方なく目を閉じる。何が始まるのかは知らないが、とりあえず一ノ瀬を怒らせると面倒くさそうだ。ここはしばらく『魔術ごっこ』に付き合っておこうか。

俺が目を閉じると、一ノ瀬は声を張り上げた。

「神聖不可侵なる八柱《やはしら》の神々、炎の神ブーマー、水の神デストラーデ、地の神ブライアント、風の神ウインタース、雷の神郭泰源《かくたいげん》、表裏明暗に、知略の魔術師。古《いにしえ》より伝えられし神聖なる魔術の力、今ここに甦《よみがえ》らん！　我が信仰の力を拠《よ》り所《どころ》にかの者に洗礼を与え給えぇ！」

…………。

沈黙。

一ノ瀬が黙り込むと、暖房のぼおぼおという音が際立《きわだ》って聞こえた。微かに廊下で喋る女子生徒の声も聞こえる。

言うまでもないが、もちろん俺の身体に変化はない。俺は『魔術ごっこ』に止《とど》めを刺された一ノ瀬に対し少しばかりいたたまれない気持ちになった。きっと一ノ瀬は『あれ、おかしいな』的なことを言い始めるのだろう。そんな傷心の一ノ瀬をフォローしてあげるのは、さぞ骨が折れそうだ。

「ふぅ……」と一ノ瀬は息を吐く。「うまくいったみたいだね」

〽えぇぇ⁉　嘘つくなよ！」

「またぁ」

〆金輪際『またぁ』禁止！」

「何はともあれこれで東條くんも、名実ともに聖なる力と契《ちぎり》を交わした正真正銘の魔術師《ウィザード》だね！　胸を張っていこうじゃないか」

「……いやいやいやいや」

「まぁ、まだ所詮は『三級』魔術師なんだけどね……ププッ」

「階級バカにされてもピンとこねぇから」

　こいつ、儀式が不発に終わってもまったくへこたれねぇどころか『うまくいった』とか吐かしやがった。思った以上の強敵だ。いったい何がどうなればこいつを常識的な世界に引き戻すことができるのだろう。にわかには名案も思い浮かばない。

　俺はぽりぽりと頭を掻いてから、一ノ瀬に尋ねてみる。

「あの……つかぬ事を訊くが、この部活の目的って何なんだ？」

「ああ、そうだった。まだ説明してなかったね……」と一ノ瀬は頷く。「私達の最大の目的は神聖なる魔術を世に広めることと同時に、神に背《そむ》いて魔術を使用する『反神聖組織《エイシエスタ》』という奴らを解体することにあるんだ」

「……はぁ」毎度、謎のカタカナ語が飛び出すが「つまり悪い奴らを倒すってことでいいのか？」

「んまぁ、そんなところだね。……でもね、彼らにもまた複雑な事情が絡んでいるから、彼らを『悪い奴ら』と表現してしまうのも、あまり正しいことではないんだ……それに」と一ノ瀬は少し遠い目をする。「これは私自身の贖罪《しょくざい》、過《あやま》ちの清算という意味合いも兼ねた闘いなんだ。

壮大なおままごとに付き合わされている気分だ。

「とにかく、だ。東條くん。早速、詠唱《チャント》の訓練に移ろうじゃないか」と一ノ瀬は実に楽しそうに微笑み、パイプ椅子に座った。「まずもって魔術というものは、それぞれの鍵となる『詠唱《チャント》』によって発動されるんだ。まぁつまり、魔術ごとにそれぞれ設定された規定のフレーズ、いわゆる合言葉を正しく読み上げることによって、はじめて任意の魔術が放たれる、ということだね。……よって魔術師《ウィザード》に求められる最大の資質は『呪文を噛まずに滑舌《かつぜつ》よく唱える能力』だ」

「そんなところにあるの!? 魔術師の資質!?」

「そうとも、滑舌+記憶力=魔力と言っても過言じゃないね」

　この調子だと世界がエミネムに征服される日も遠くなさそうだ……。

「次に魔術の種類について説明しよう。これは大きく八つに分類される。炎《ほのお》魔法、水《みず》魔法、土《つち》魔法、風《かぜ》魔法、雷《かみなり》魔法、白《しろ》魔法、黒《くろ》魔法、仰木《おおぎ》魔法」

「一つ関係ないマジックが交ざってるぞ!!」

「どの魔術もそれぞれ特徴があるんだけど、そうだなぁ……。東條くんにははじめに魔術の基本をマスターしてもらいたいから」一ノ瀬は頷いた。「まず、仰木魔法を覚えてもらおうかな」

「よりによって!? ゼッテー魔術関係ねぇから!!」

「んん、嫌なのかい? まったく東條くんも、とんだわがままボディだなぁ……」

「中肉中背だよ」

「じゃあ、雷魔法を覚えてもらおうかな?」

「……か、雷魔法？」

「そう、雷魔法」

「……つまりそれは、手とか足とかから、雷がビリビリと飛び出す、と？」

「もちろん」

「……実際に雷が飛び出す、と？」

「ちょっとちょっと、東條くんもしつこいなぁ。そんな美少女恋愛ゲームの発売日じゃあるまいし、延期や中止になったりするようなもんじゃないよ？　出るったら出るさ」

……ダメだこりゃ。

「さぁさ、東條くん。悩んでいたって何も始まらないよ。こうしている間にも『反神聖組織《エイシエスタ》』たちは力を増大させているんだ。早速、雷魔法の詠唱《チャント》を覚えなくっちゃね」

果たして、かつてこんなにも不毛で気の乗らない作業があっただろうか？『身体から雷を出す訓練』とは、これいかに。俺は頭を抱えて叫びだしたい気持ちだったが、目の前の教官がそれを許すはずもなく、仕方なく詠唱《チャント》とやらを一つ一つ音読していく。

「天空より降り来たりし先鋭の雷刃《らいじん》よ、邪《じゃ》の心を打ち滅ぼし給え。雷鳴の一閃《ライトニングランス》」

恥ずかしい！　超恥ずかしい！

俺は何をさせられているのだろう。

「まだまだ、こんな短い詠唱句の初期魔法じゃ、威力もたかが知れているよ。どんどん難しいのを覚えようじゃないか、東條くん！　はっはっは」

この分なら素直に仰木魔法《マジック》を教わっておくんだった……。俺はただひたすらに時間が過ぎていくのを待った。しかしそろそろ一時間くらい経ったかなと思ったころに時計を確認してみても、時間は五分ほどしか進んでいない。俺は涙をこらえながら音読を続ける。

「黄金の蹄を携えし古の天馬よ、我が詠唱に基づき今ここに甦らん。討ち滅ぼせ。空電の天馬《ストリーマペガスス》」

死にたい……。いっそ誰か、俺を殺してしまってくれ……。

しかし、地獄の時間は延々と続く。

15

それからの数日間は、魔術漬けの日々となった。

俺は登校早々に部室へと向かい、ロックの掛かった個室でみっちりと『雷魔法（笑）』とやらの訓練をさせられた。ちょっとした反骨精神から、いつかのように訓練をサボって教室に向かったこともあったが、まるでいたずらっ子を連行するようにすぐに一ノ瀬が迎えに来た。事実上、籍を『二年一組』から『魔術研究会』に移されてしまったようなものだ。俺はフラッガーシステムの貴重な……あるいは青春の貴重な日々を、『身体から雷を放つ』ために費やすという大暴挙に出ることになってしまった。

しかしもちろん、一向に雷が身体から出る気配はない。非常に残念なことだ（棒読み）。

一度、少し意地悪な気持ちで『どうしてまだ雷が出ないんでしょうか？』と一ノ瀬に尋ねてみたが、一ノ瀬は『今は訓練中だから東條くんの身体に制限《プロテクション》を掛けているんだよ。むやみに魔術が発動したら危険だからね。もし実戦になったときには、東條くんに掛かっている制限《プロテクション》を外すと誓うよ。それまではとにかく詠唱《チャント》の暗記だ』と、もっともらしくもスゲー馬鹿馬鹿しい言い訳をのたまった。


十二月十四日。人生が深夜アニメチックに、そしてドラマチックに、『感動』のラストシーンに向けて驀進《ばくしん》するはずの俺の貴重な十二月は、とうとう半分近くを消化してしまった。

いやはや、さすがに数日間も小《こ》っ恥《ぱ》ずかしい呪文を読み上げ続けていると、(喜ばしいことではないが)恥の概念というものが少しずつ薄れてきた。なにせ、部室では基本的に一ノ瀬と二人きりだし、謎の儀式を誰に覗かれる心配もない。

俺は心を無にして、魔術の特訓に励んだ。悪の組織との闘いに備えて。


「よし、今日はここまでにしよう」

午後六時。何の決まりなのかは知らないが、一ノ瀬は毎日午後六時になると俺を解放した。

「さぁさぁ、帰ろう東條くん」

一ノ瀬には疲労という概念自体がないのか、疲れた顔というものを一瞬たりとも見せない。何時間部室にこもっていようとも、まるで風呂上がりのような爽やかな笑顔をキープし続ける。

「本日の訓練もご苦労であった。しかしながら自宅に到着するまでが訓練だからね。気を抜かずに頑張ろう」

「……了解です」

俺と一ノ瀬は下校を共にするようになっていた。もっとも同時に学校を出るというのに別々に帰宅するのも少しばかり感じが悪いわけで、一緒に下校するのもごく自然なことといえばそれもそうなのかもしれない。

時間が時間だということもあって、校内は照明も落ちてだいぶ薄暗い。おまけに生徒もほとんど帰宅しているので、非常に深閑としている。

「ところで、東條くん」と一ノ瀬は言う。「東條くんは、夕飯はいつもどうしているんだい？」

「夕飯？」

「そうさ夕飯だよ。大きく源力《アルケー》を消費した部活の後なら、食欲も湧いちゃって湧いちゃって仕方ないんじゃない？」

「……源力《アルケー》は知らんが、いつも自宅で食べてるよ」

「そうか……親御さんが作ってくれているということかな？」

「……いや、あー」と俺は一瞬なんと答えようか口ごもる。「まぁ、親御さんではないけど、人に作ってもらってはいる」

「じゃあ今日も自宅に夕食のあてがある訳だね」

「まぁ、そうだな」

「……そっか」と一ノ瀬は柄《がら》にもなく少し残念そうな顔をした後、おどけるようにわざとらしく顔をしかめた。「もし夕飯のあてがないのなら一緒に、とでも思ったが。これは失敬失敬。人様に作っていただいた夕飯を無駄にさせることはできないね。気にしないでくれ給え」

一ノ瀬は両手をぐっと突き上げ伸びをする。

「まぁ、何にしても夜は反神聖組織《エイシエスタ》の襲撃があるやもしれない。食事中に気を抜くようなことはないようにしておくれよ、東條くん」

せめてアフターシックスは魔術を忘れたいものだ。

そもそも敵の襲撃などある訳なかろう。一ノ瀬と出会ってからは魔術的なあれやこれやをさんざん耳にしてきたが、すべては一ノ瀬の口からこぼれたものであり、俺は一ノ瀬以外の何かから魔術的な要素を垣間《かいま》見《み》たことがただの一度もない。どう考えても、これらすべての魔術展開は一ノ瀬一人の妄想でしかない。

下駄箱で靴を履き替えると、俺たちは昇降口からグラウンドに出る。グラウンドの周囲にはポツポツと等間隔に外灯が並び、頼りなげな明かりを提供していた。

「クックックック」

不意に不気味な声が聞こえた。もちろんそれは俺の声でもなければ一ノ瀬のものでも（また一ノ瀬の中の悪魔《サタン》のものでも）なかった。少し細めではあるが間違いなく男性の声。

俺たちは立ち止まって、薄暗がりの中、声の主を探す。

「待ちくたびれたぞ……『我儘な白黒少女《エゴイスティック・マコ・バンド》』よ」

すると、声の主と思しき男が外灯の陰から現れた。暗くて見難《みにく》くはあるが、細身で長身の男は他校の制服を着ているようだった。

「き、君は!!」

男性の姿が顕わになると、一ノ瀬が驚いたような声を上げる。

『音速の旋風《ダイソン》!!』な、なぜ君がここに!?」

「クックック。少し調べさせてもらったよ『我儘な白黒少女《エゴイスティック・マコ・バンド》』よ。裏切り者のお前がこんなところにいるとは、少々驚いたがね」

「裏切り者はそっちじゃないか!! 反神聖組織《エイシエスタ》め!!」

あぁ……。目眩《めまい》がしてきそうだ……。

俺は面倒くさそうな事態に一歩後退する。

しかし、鬱々《うつうつ》としてきた俺に止めを刺すように、物陰から更に二人の男が現れた。

二人とも「クックック」と冗談のような笑い方をしながら、校門へと続く道を塞ぐようにして立ちはだかる。

「東條くん。少しまずいことになった。思ったより早く『反神聖組織《エイシエスタ》』たちが嗅ぎつけてきたみたいだ」

「……本当にいたんだな。悪の組織」

そんな俺の驚きもよそに、長身の男は続ける。

「はじめに言っておくが、リーダーは相当にお怒りだ。勝手に組織を抜け出し独立したお前を決して許しはしない」

「世迷い言はやめて欲しいね。君たちこそが諸悪の根源じゃないか。私はもう騙されないよ」

「クックック。君は相も変わらずのじゃじゃ馬だなぁ……。どうやら、天下御免の自分勝手にして、白、黒魔法の達人『我儘な白黒少女《エゴイスティック・マコ・バンド》』はまだ死んでいないらしい。安心したよ」

「私が誰だかわかっていながら、勝負を挑もうという勇気だけは褒めてあげるよ」

「クックック。一応、訊いておくが『我儘な白黒少女《エゴイスティック・マコ・バンド》』よ。組織に戻ってくる気はないか？今ならまだリーダーに口利きしてやらないこともない」

「愚問だね。真実を知った私が君たちに力を貸すと思うかい？」

「そうか、それは残念だ。ならば実力行使と行こうじゃないか……」

「望むところさ。でも、実際のところ君は私の力を恐れている、違うかい？」

「なにを馬鹿なことを……。そんな訳がなかろう」

「いや恐れているね。その証拠に『流水の裁断師《レーザー・レーサー》』と『轟電《オキシライド》』まで連れてきているじゃないか。一人でここに現れないことが君が恐れている何よりの証拠だよ」

「クッ……。すぐに今の台詞を後悔させてやる」

「いいから掛かってきなって。私は組織を抜けてからも日々の鍛錬は怠っていないよ。弱体化した組織の中で温々《ぬくぬく》と過ごしてきた君たちに勝ち目はないと思うけどね」

「な、何だと!!　今、なんと言った!?」

「反神聖組織《エイシエスタ》はぬるま湯の弱小組織だって言ったんだよ」

「貴様ァ……よくぞそんなことが言えたなぁ。この裏切り者が!!　しかし、その前に今一度だけ訊いておこう。組織に戻ってくる気はないか？」

「愚問だね」

早く闘えよ!!　会話パートが無駄に長《なげ》ぇんだよ!!」

思わずツッコまずにはいられなくなってしまった。

「悪かったね東條くん」と一ノ瀬が言う。「私としたことが、少しお喋りが過ぎたようだ」

すると、先ほどまで無駄に長い問答をしていた長身の男が俺のことを訝しそうに凝視《ぎょうし》した。

「『我儘な白黒少女《エゴイスティック・マコ・バンド》』よ。先程からそこにいるそやつはどこの誰かな？」

へへんと一ノ瀬はなぜか得意げに笑った。「彼は私の仲間にして優秀な魔術師《ウィザード》だよ」

「魔術師《ウィザード》？」と首を傾げると、男は「ハッハッハッハ」と大声で笑った。「そいつが魔術師《ウィザード》だと？　笑わせてくれる。して、階級《クラス》は？」

「まだ三級《ターシャリー》だ。でも、ゆくゆくは特級魔術師《エクシードウィザード》にだってなれると、私は信じてる」

「……た、三級《ターシャリー》だと？」と男は顔をしかめる。「……気持ち悪っ」

リアクション、ムカつくなオイ!!　さして思い入れもないけど不愉快じゃねぇか!!　さっきみたいに大声で笑えよ!!」

「いやちょっと……笑えないわ……」

ガチか!?　ガチでどん引いてんのか!?」

「まぁいい。そいつも交えての戦闘ということでいいんだろう？『我儘な白黒少女《エゴイスティック・マコ・バンド》』よ」

「もちろんさ」

〃もちろんじゃねぇよ!!　俺、闘わねぇよ!?」

「東條くん。自分の力を信じるんだ。勇気さえ持てば、きっと闘える」

〃勇気の問題じゃねぇよ!!」

「そうだ……うっかりしてたよ」

一ノ瀬はそう言うと、俺の顔の前に手をつきだした。

「偉大なる雷の最高神郭泰源よ。秩序と均衡のために縛られしこの男の源力《アルケー》。今こそ解放させたまえ！」もちろん何も起こらない。「よし。今、君に掛かっていた制限《プロテクション》を解除しておいた。これで晴れて東條くんも、実際に魔法が使えるはずだ」

「……お、おう。実際に雷が飛び出す？」

「そうさ。思う存分やっちゃってくれ、東條くん！」

俺は何か呪文を唱え『ほら、やっぱり雷出ねぇじゃん』とからかってやろうかと思ったのだが、いかんせん日々の特訓はテキトーにこなしていたので呪文は一つとて思い出せなかった。

「もう一つ」と一ノ瀬は言うと、先ほどと同じポーズで俺に向かって更に呪文のようなものを唱える。「自死《アポトーシス》、他死《ネクローシス》を司《つかさど》りし白の神インカビリアよ。その清廉なる天の衣を振りかざし、この者に大いなる安寧《あんねい》と恒久なる生を与え給え！」

説明するまでもないが、何も起こらない。

「……な、何をしたんだ？」と俺は一応、訊いてみる。

「東條くんにもしものことがあったらいけないから、高等の白魔法を施させてもらったよ。これで防御力が上がったはずだ。間違いなく向こう一年は無病息災でいられる」

「期間長ぇなぁ!! しかも闘いによる負傷とかじゃなくて病気まで予防してくれてるってのか!?」

「それこそが私の白魔法の最大の特徴だからね」

実際的な効き目に関してはこれっぽっちも期待してないけどな。

「クックック。そちらから来ないのなら、こちらから行かせてもらおうか」と長身の男が笑う。

「あんたらも根っからの悪党ならこっちがウダウダやってる間に攻撃しちゃえよ」

しかし男は動じない。

「焦《あせ》らなくともすぐに料理してあげるさ」

無駄に自信過剰だ。

と……ツッコミどころが満載すぎて俺の思考もにわかには追いついて行かないのだが、個人的には『彼らはどのようにして闘うのだろう』という点が一番興味深かった。いくらフラッガーシステムが稼働しているからといって、雷や炎の魔法というものが生まれるわけではないし、かといってガチガチの肉弾戦を繰り広げられるのもだいぶ『魔法』とはかけ離れる。一応、今のところ魔法だ、悪の組織だ、神聖な力だ、と様々なそれっぽい設定を並べているのだから、それなりに魔法っぽい何かの提示を期待したい。

さて、どうなるのだろう……。そして俺はどうすればいいのだろう?

そんなことを考えていると、一ノ瀬がサッと両手を天にかざした。

「私の本気を見せてあげるよ！　一撃で決めるからね!!」

一撃で決めるのなら、なぜ俺の制限《プロテクション》とやらを外したのだろうか。

一ノ瀬はお構いなしに続ける。

「君たち二級魔術師《セカンダリーウイザード》三人がかりでも、一級魔術師《私》には勝てないってことを証明してあげるよ！」

「ほざけ！　裏切り者がぁ！」

一ノ瀬は叫ぶようにして唱える。「漆黒《しっこく》の闇より出《いで》し、煉獄《れんごく》の番人ファルケンボーグよ！　炭より金剛石《ダイヤ》より真鍮《オリハルコン》より硬き最硬結晶《ロンズデーライト》の錠を我が手に授け給え。そして不浄、不肖、不届きの肉体を、黒の力をもって拘束せよっ！　駆け抜けろ、『無限縄縛《エル・バインド》』!!」

一ノ瀬が両手を振り下ろした、その瞬間！　驚くべきことに空から一筋の光が降り注ぎィッ！

……………。

なんてことはまるでない。もうびっくりするくらい、何も起きない。

十二月半ばの寒空のもと、一ノ瀬の声は静かに闇に吸い込まれていった。俺を含めたグラウンド上の五人は、ただただ緩やかな風の中に身を任せる。ああ、なんということだろう。目も当てられないではないか。

俺は、誰にもこの一連の出来事を見られていないこと、そして仮に見られていたとしても俺がこの集団の一員だとは思われていないことを願い、静かに立ち尽くしていた。

と、ここで……まさかの異変が起こる。

「グアァァァ」と三人の悪者たちが同時に叫び声を上げ始めたのだ。

俺は突然の咆哮《ほうこう》に目を点にしてたじろぐ。なんだ？　何が起こってるんだ？

すると、次々に悪者たちが地面に倒れていく。まるで身体の自由が利かないとでもいいたげに（両手両足を縛られているような格好で）バタバタと地面に吸い込まれ、水揚げされた魚のようにピチピチと身体をくねらせている。そして叫ぶ。

「クソォ……身動きがとれないぃぃ！　これが、これが一級魔術師《オーナーズウイザード》……『我儘な白黒少女《エゴイスティック・マコ・バンド》』の黒魔法だってのか⁉　敵わねぇ……強すぎる！　クソォ！」

……………。

説明するまでもないと思うが、一応補足しておくと、少なくとも俺の肉眼からは彼らの身体を拘束しているような『物質的な何か（例えば縄だとか、手錠だとか）』は見えない。そしてもちろん、それに準ずるような『神秘的な何か』も見えはしない。つまり……異変はなにもない。

そこにあるのは『彼らが苦しそうにしている』という事実だけ。

一ノ瀬は地面をのたうち回るそんな三人に対し、高らかに勝利宣言をした。

「はっはっは。口程にもないね」まったくもってその通りだ。「一刻も早くここから立ち去るんだ。そして二度と私の前に現れるんじゃないよ。もし次、同じようなことがあったら拘束魔法だけじゃ済ませないからね」

すると男たちは苦しそうにしながらも器用に立ち上がる。「クソォ……覚えてろよ！」

男たちは両手両足を縛られている（設定の）ためか、足を揃えたままピョンピョンと跳ねて校門の方へと敗走していった。その姿はどう見ても体育祭でたまに取り入れられる、麻袋に両足を突っ込んで跳ねていくあれにしか見えない。ああ……。そしてついぞ長身以外の二人は『クックック』しか台詞がなかった。

悲しい……。俺は本当に悲しかった。

なんだい、この茶番は？　酷い八百長バトルだ。

「ふぅ……なんとか倒せた」と一ノ瀬は汗を拭う。「でも、私の居所を『反神聖組織《エイシエスタ》』のやつらに嗅ぎつけられたとあっては油断してられないね……。これからは一層の注意が必要だ。東條くんも気をつけるんだよ」

「……あの」

「なにかな？」

「……訊くのも非常に申し訳ないんだが、さっきの奴らはどうして倒れちゃったんだ？」

「ん？　私の放った『無限縄縛《エル・バインド》』が命中したんだけど？」

……お、おぉ。

あろうことか『それがどうかした？』的トーンで返してきやがった。

こう開き直られてしまうと常識を語るのが馬鹿馬鹿しくなってくる。俺は仕方なく「……そ、そうか。すごいなぁ」とだけ震える声で答えておいた。

「大丈夫。東條くんも訓練さえ積めば、きっと『二級魔術師《セカンダリーウィザード》』にも『一級魔術師《オーナーズウィザード》』にもなれるから。それはそうと、今日は家まで送るよ。襲撃があったばかりだし、すでに自宅を張られていないとも限らない。警戒するに越したことはないからね」

自宅の前まで辿り着くと、一ノ瀬はいつになく真面目な表情をして言った。

「特訓を経た今の東條くんは正直強い」

「……そ、そうですか」とだけ俺は答えた。何をもって俺は強いと言い切れるのだろう。

「でも繰り返し言うようだけど油断は大敵だ。敵の襲撃がないか、警戒は怠らないようにしてくれ。特に家の戸締まりとガス栓はよく確認しておいて」

〝ガス栓関係あるのか⁉」

一ノ瀬は「じゃあまた明日」と言って去って行く。

俺は本日の出来事を経てますますこの魔術の世界に嫌気がさしたのだが、いやはや、一向にフラグを折るチャンスが現れそうにない。俺はすっかり架空の生物のように遠い存在になってしまった佐藤さんのことを思い出し、少ししんみりした気持ちで家に入る。そこには「おかえりお兄ちゃん」と声をかけてくるソラの姿。

ああ、佐藤さん。

風俗嬢を自宅で預かり、金持ちお嬢様とデートを繰り返し、そして現在は魔法を使う訓練をしている……そんな俺を、まだ『いい人だね』と言ってくれるでしょうか。

今の俺にはただただそれだけが気がかりです。

16

「お兄ちゃん。なんかこんなのが郵便受けに入ってた」

十二月十五日の朝は、ソラのそんな一言で幕を開けた。

俺は寝間着姿の寝ぼけ眼でソラの差し出した見覚えのないスマートフォンを受け取る。どこにでもありそうな黒いボディのスマートフォンだ。

「……これが、入ってたのか？」

ソラは「うん」と頷く。「ソラのじゃない」

自宅の郵便受けに誰のものとも知らないスマートフォンが入っているというシチュエーションは冷静になるまでもなくとんでもなく奇妙である。一体何がどうなれば、こんな大事なものを他人の郵便受けに入れてしまうというのだろう。

と、そんなことを考えていると突如スマートフォンがバイブレーションを始めるではないか。

「持ち主の人が、かけてきたのかもしれない」とソラが言う。

なるほど、その可能性は高そうだ。ならば電話口に出てあげるのが親切というものだろう。

「もしもし？　どちら様でしょう？」と俺は通話ボタンをタップして尋ねる。

しかし、返事はない。

「もしもし？」と俺はもう一度尋ねてみた。

すると、ようやく向こう側から声が返ってくる。

「クックック」

その笑い声を聞いた瞬間、俺はものすごく不愉快かつ、七面倒な気持ちになった。

ああ、かつて世の中にこんな笑い方をする連中がいただろうか。俺はいっそこのまま電話を切ってしまおうかとも思ったが、もはやそれさえも面倒であった。

「クックック。ようやく電話に出たようだな……。『我儘な白黒少女《エゴイスティック・マコ・バンド》』の部下よ」

いつの間にか俺は一ノ瀬の部下ということになっていたらしい。至極不本意だ。

「先程から五分おきに掛けていたのだが、なかなか出てもらえないので心が折れかけていたぞ」

涙ぐましいやつだ。「……どちら様ですか？」と俺はわかりきった質問をする。

「クックック」

異様にストレスの溜まる反応だ。もっとチャキチャキしゃべりやがれ。

男はいっそカップラーメンが作れるのではないかと思うほどたっぷり笑い尽くすと、俺の質問には答えない上に、すごく聞きたくない情報を口にしやがった。

「我々は今、『我儘な白黒少女《エゴイスティック・マコ・バンド》』を拘束している」

「……へっ？」

「嘘ではない。……ほら、お前の部下だぞ、電話に出て今の状況を報告するんだな」

するとまもなく電話口からは別の声が聞こえてきた。

「と……東條くんかい？」

その声は間違いなく一ノ瀬のものであった。しかしながらその声は実に弱々しく、多分に衰弱していることを窺わせた。

「だ、大丈夫なのか一ノ瀬？　捕まっちゃったのか？」

「うっ……う、迂闊だった。私としたことが……本当に迂闊だった」

「怪我してるのか？」

「……迂闊だったんだ」

「迂闊だったのは十分わかったから、質問に答えてくれないか？」

「大丈夫、この程度は怪我のうちになんて入らないよ。それよりも、傷ついているのは私のプライドの方だね……。昨日さんざん東條くんに対して『油断は大敵だ』と言っていたのに……これじゃ合わせる顔がないね……。とにかく、私は大丈夫。自力でどうにでもできる。だから東條くんが無理に首を突っ込む必要はないよ。私のことは気にせず――」

唐突に『ドンッ』という鈍い音が響く。

「――ウッ、ゲホッゲホッ」一ノ瀬の咳き込む声、そして男の怒声《どせい》。「余計なことは言わなくていいんだ『我儘な白黒少女《エゴイスティック・マコ・バンド》』よ！」

「だ、大丈夫か一ノ瀬!?」

しかし一ノ瀬の返事はない。どうやら電話は男の手に渡ってしまったようだ。男は言う。

「ふん……。気にする必要はない。ちょっとお仕置きをしたまでだ」

「おい……いくら何でもお前……一ノ瀬は女の子だぞ？」

「クックック。知ったことか。裏切り者には等しく罰を……それが我々のモットーだ。今後も生意気な口を利くようなら、我々は容赦なくこいつの顔面にコショウを振りかける」

〽心配して損したよ!!　罰が手緩《てぬる》くて何よりだ！」

「まぁ、そんなことはどうでもいい。貴様もこいつの置かれている状況がわかっただろう？」

男は再びクックックと笑う。「我々の組織も、少しばかりイッてしまっている連中の集まりだ。うら若き『我儘な白黒少女《エゴイスティック・マコ・バンド》』の肉体にあらぬリビドーが刺激されてしまい……クックック。パンツを覗いてしまわないとも限らない」

〽中学生か!!　なんなら割と可愛げがある方だよ」

「もし、それが嫌ならば……クックック。一人で我々のアジトに乗り込んでくるんだな」

「えぇ……」マジかよ……。なんだよこの展開。死ぬほど面倒臭ぇ。「行かなきゃダメですか？」

「もちろんさ」

「……強制ですか？」

「強制だねぇ」

俺は口をあんぐり開けて呆然と立ちすくむ。そんな俺の様子をソラは不思議そうに見上げた。

「クックック。とにかく早く来るんだな。アジトの地図はちょっと大きかったから、日本郵便のレターパックライトで送っておいた」

「いやに親切だな」

「それと、わかりにくそうだったからアジトの位置は蛍光ペンでハイライトしておいたぞ」

「……クックック。それとお前が今使っているエクスペリア。それは私のだから、後で返してくれると嬉しい」

「なんで郵便受けに入れちゃったんだよ!?　普通に俺の携帯にかけてくりゃいいのに」

「クックック。ちょっと格好つけちゃった……」

「変な方向に頑張るなよ!!　何も格好ついてねぇよ!」

「まぁ落ち着け『我儘な白黒少女《エゴイスティック・マコ・バンド》』の部下よ」

「落ち着いていられるか!!」

「とにかく貴様は我がアジトに来るしかないんだ。クックック。アスファルトに、霜が降りてるかもしれないから、油断しないようにな」

「だから親切か、って!!」

そんな俺のツッコミを最後に、電話はぷつりと切れた。「ツーツー」という終話音がまるで俺のことを小馬鹿にするように挑発的に響いている。

俺は大きくため息をつくと、床に膝をついて倒れ込んだ。

「お兄ちゃん。どうした？」とソラは心配そうに言う。

俺は「よくわかんないけど、来いって言われた」と答えた。

「……指名が入った」

「……そう、指名が入った」

俺は朝っぱらからのヘビィなイベントに心を深海の奥底へと沈めていく。ああ……なんで俺がこんな面倒な目に遭わなきゃならないんだ……。難儀すぎるだろ……主人公。

俺はどうにか立ち上がって重たい身体をソファまで運ぶと、まるで撃墜されたヘリコプターのようにドカリと座り込んだ。それから『行くべきか行かざるべきか、それが問題だ』とばかりに頭を抱えて悩みに悩む。

こんなときに相談できる相手は、実際のところ村田さんしかいない。

しかし村田さんには前科があった。ソラが学校に通うことになったとき、『同居人が学校へ行く展開はあるあるなので、まったく問題はない』的なことを堂々とのたまい、間接的に俺を魔術地獄に陥れたという前科である。微妙に信用ならない。

ならないのだが、じゃあ他に誰に相談できるのかという話である。

「はいもしもし、こちらムラタセイサク君」

「そんな日本屈指の技術力で器用に自転車を漕ぐことができる高性能ロボットみたいな自己紹介してる場合じゃないですよ村田さん」

「どうしました東條さん？　今、ちょうど美鈴はんの横暴に対しオバコブラはん率いるオバモン会が立ち上がって盛り上がってきたところなんで、できれば後にして欲しいんですけど」

「もはや何の漫画読んでるのかわからねぇ!!」

と、おきまりのやり取りが一段落したところで、俺は村田さんに今日までの魔術師展開をざっくりと説明してみる。

「おお！　いつの間にかファンタジー魔法バトル展開に突入されてたんですね」と村田さんは歓喜にも似た声をあげる。「これは……羨ましい」

〽羨ましくなんかないわ!!　求めてもいないのに小サブい魔術だ魔法だとか色々押し寄せてきて、こっちはヘトヘトなんですよ!!」

「回復魔法で回復すればいいじゃないですか」

〽馬鹿にしてんのか、オイ!!　そんなことはどうでもいいんで、何かアドバイスをくださいよ……。敵のアジトに行くべきなのか、行かざるべきなのか」

「まぁ、行くしかないでしょうねぇ」と村田さんは言う。「仮に行かなかったとすれば、それは『行動』よりも強力な『非行動』としてフラグとなってしまうんです。普通の物語であれば、どう考えても助けに行くシーン。しかしそれを放棄するということは、それこそが最も意外で不自然な行動となってしまうわけです。私の言っていることが、何となくおわかりになりますか？」

「……行かないほうが、まずいことになる、と？」

「まぁ、身も蓋もない言い方をしてしまえばそういうことですね。というわけで頑張ってください。『魔法使い』東條さん」

〽やっぱ馬鹿にしてんだろ!!　俺だってやりたくてやってる訳じゃないんですよ！」

「おや？　東條さんは魔法展開がお嫌いですか？」

「……好きになれるわけないでしょ。こんな不毛な展開のどこに楽しみを見いだせるっていうんですか？」

「すべてが楽しいじゃないですか。だって魔法ですよ？　誰でも一度は憧れるものじゃないですか」村田さんは心底楽しそうに言う。「私がこのフラッガーシステムに登録させていただいたシナリオを『ラブコメ作品のシナリオ』ではなく『深夜アニメのシナリオ』と言い続けてきたのも、何を隠そうラブコメ以外にもこのような『魔法』はたまた『異能力』バトル作品が含まれていたからです。深夜アニメにおける『ラブコメ』と『異能力』は二大巨塔と言っても過言ではないですね。以前にもお話しさせて頂きましたが、『深夜アニメ』の本質は良質の自己投影です。ですので、作風には自《おの》ずと人々の願望、ニーズが滲み出てくるわけですよ」

「その辺のアニメ談義は本当にどうでもいいんで」と俺は長くなりそうな話に釘を刺す。「俺はどのような対策をしてアジトに行けばいいんですか？」

「まぁ、なんとかなると思いますよ」

出た！　村田さんの『なんとかなる』発言。前回はこれで痛い目に遭ったのだ。

途端に警戒心がマックスになった俺は携帯を握ったまま押し黙る。

「どうしました東條さん？……なにか引っかかる点があるんですか？」

「……本当に、なんとかなるんですか？」

「ええ。そりゃあもちろん」と電話口でもわかる自信満々の表情で村田さんは言う。「バトル物の緒戦は大体にして楽勝というのが定番です。まして人質を取られた主人公が負ける、だなんて展開は私もアニメを見て長いですがかつて見たことがありません。こういう展開の大まかな流れは『主人公がアジトに突撃』→『敵、偉そうなことを言う』よくぞノコノコとやってきたなぁ、この愚か者が。みたいな感じの台詞が王道です。その後『戦闘開始』→『主人公勝利』ちなみに敗北した敵の決め台詞は『こ、こいつバケモノか⁉』が一番オーソドックスなのです。こうして主人公の名が世界に知れ渡っていくわけですね」

「……どうしてそう言い切れるんですか？　根拠が欲しいです」

「あらあら、今日は随分と疑り深いじゃないですか。どうしたんですか東條さん？」

「前回、大変な目に遭いましたんで」

「おや、そうでしたか」と村田さんは意外そうな声を出した。「まぁ、どうして緒戦が比較的楽勝で済むのかといえば、それはズバリ言って『初っ端から死闘じゃ物語の起伏に欠けるから』ですかね。最初っから右腕が吹っ飛ぶような死闘を演じていては、その後の展開が難しくなってしまうでしょう？」

「ま……まぁ確かに」

「東條さんのこれまでの口ぶりですと、深夜アニメには疎《うと》いものの、漫画はそれなりにご覧になっているようですよね？」

「まぁ、人並みには」

「バトル展開に関して言えば深夜アニメも少年漫画も似たようなものです。どうです？　悟空も最初の頃の敵は比較的ポンポンと倒してたでしょ？」

「……言われてみれば」

「物語のはじめの方で主人公が苦戦していると、視聴者あるいは読者に『あれ、この主人公弱いんじゃね？』と思われてしまうわけですよ。どうです東條さん。どうせなら弱い正義より、強い正義を応援したいでしょ？」

「……なるほど」

「よって最初は比較的楽勝な戦闘しか行われません。これで納得していただけましたか？」

悔しいが、村田さんの言うことは一理ある気がしてきた。

「まぁ確かに、ただの一つのピンチもないと言ってしまえば嘘になるかもしれません。しかしながら、この緒戦ばかりは本当にどうにかなってしまうものなんです。ですからどうぞご安心の上、アジトに向かってください。……マジックマスター東條」

〝やっぱ馬鹿にしてんだろ⁉」

「聖なる加護があらんことを」

〝ゼッテー馬鹿にしてんだろ⁉」

「まぁ、また疑問があったらいつでも電話してみてください。可能な限りお答えしますから」

……色々と言いくるめられただけのような気もしなくはないが、何にしてもアジトに向かう他に選択肢はないようだ。俺は仕方なく準備を始める。

電話口の男が言っていたように、確かに郵便物に交じってレターパックが届いていた。気乗りしないながらも早速開封してみると、そこには地図と小さなメモが律儀《りちぎ》にもクリアファイルに挟まって入っていた。

　おもむろに地図を広げてみると、確かにピンクの蛍光ペンでチェックがついている箇所がある。そこには更に矢印が書いてあって、『ここの五階に来い（エレベーターを使うと便利だ）』と添え書きがしてあった。いまいち緊張感に欠ける悪者たちである。

　敵のアジトは、俺の家からは少しばかり離れた位置にあった。徒歩では無論のこと、自転車ではほいほい行けるような距離でもない。かと言って駅も近くにないものだから、はてどうしたものかと悩んでいると『お前の家からならバスが便利だ（片道３５０円だ。お釣りが出ないので、小銭を用意しておくと運転手さんにも迷惑がかからない）』というメモが見つかった。俺はツッコミをいれるべき相手が目の前にいないことにヤキモキしながら、忠告に従いバスを用いることにする。

　いかんせん本日は平日であるので、ソラは制服に着替え着々と学校へと向かう準備を進めていた。一方の俺は図らずも学校をサボる形になってしまう。なんとも不愉快な状況だ。

　いったいアジトに何を持って行くべきなのかわかりかねたが、荷造りが面倒だったのでいつも学校に持って行っている鞄にアジトの地図と敵のエクスペリアを詰めて家を出た。

「お兄ちゃん。指名してくれたお客さんにはサービスをたくさんしてあげないといけない」と出発間際のソラのアドバイスは意味不明であったが（まぁ正直、何となく意味はわかったが）、俺は行ってくるとだけ言い残して最寄りのバス停へと向かった。

バスに揺られること三十分。

アジトだと謳われたそこは、あろうことか大きな総合病院であった。階数にして十以上はあろうかという、この田舎地区においてはなかなかに高層の建物。言われてみれば、俺も小学生くらいのときに何かの検査でここに来たことがあるような気がする。

はて、どうしてここが悪者たちのアジトだというのであろう。

疑問に思いながら中に入ると、驚いた。中には受付の事務員さんもいないし、順番待ちをしている患者さんの姿もない。どころか、まるで室内に台風でも吹き荒れたのかと思うほどに荒廃し、廃墟さながらの様相を呈していた。照明も点いておらず薄暗い。

まるで世界の終末を描いたような廃《すた》れ具合だった。

いったい何があったというのだろう。

俺は荒れた院内を注意しながら進み、エレベーターへと向かう。これだけの荒廃具合なのだからエレベーターも使えないのではないかと思ったのだが、きっちりと電力は通っているようで滞りなく扉は開かれた。五階のボタンを押し込む。

エレベーターの階数表示はゆっくりと、しかし確実に上がっていった。

二階……三階……四階……。

そして五階。

「チン」という音と共に、エレベーターは滑《なめ》らかに扉を開け放った。俺は唾を一つゴクリと飲み込んでからエレベーターを出る。五階も、おおよそ一階と同じ様な散らかり具合であった。

周囲をキョロキョロと見回しながらゆっくりと歩いていると、廊下の奥にほのかな明かりが灯っていることに気がついた。

……あそこに誰かいそうだ。

俺はいよいよ気分が悪くなってきたが、ここまで来て帰るのも馬鹿らしい。毒を食らわば皿まで。大股で勢いよく明かりを目指して歩いた。

「ヒッヒッヒ！　ようやく来たか東條涼一。待ちくたびれたぞ！」

辿り着いたのは、少し広めの待合室のような空間であった。と言ってももちろん全体的に汚れ、壊れ、ぼんやりとしか病院時代の名残《なごり》を垣間見ることはできない。空間一面に設置されていたであろうベンチたちはぐちゃぐちゃになって左右に寄せられ、中央にはだだ広いスペースが誕生している。そしてその空間のど真ん中にはドデンと革張りのソファが置かれていて、一人の男性が深く腰かけていた。

今『ヒッヒッヒ』と笑いながら俺に話しかけてきた男だ。座っているので正確な身長はわからないが、おそらく立ち上がれば百八十センチ以上はありそうである。体型は横にも太く『大好物はペパロニピッツァなんだ！』とでも言いそうな肥満体型。服装は原形がわからないほどに改造の加えられた学ランで、無駄としか思えない装飾物がゴテゴテとくっついている。

ソファは男の体重に悲鳴を上げ、思い切りよく陥没していた。

「ヒッヒッヒ。何にしても、一人で来た勇気だけは褒めてやろう！　ヒッヒッヒ！」

そしてそんな男の後ろには、鎖で壁に磔《はりつけ》にされている一ノ瀬の姿があった。両手に手錠をはめられ、だらんとした操り人形のような格好をしていた。

そんな様子を見ていると、俺は柄にもなく少しムカムカした気持ちになる。

一ノ瀬は俺を魔術の世界に引き込んだ張本人であり、彼女の自分勝手さはとどまることを知らないことで(俺の中では)有名である。しかし！　しかし、だ。どう考えてもあんなことをされるいわれはないだろう。

なるほど、これが深夜アニメの世界において使い古されたイベントであったとして、確かに主人公に不快感を与えるには十分な演出のようだ。

「一ノ瀬！　大丈夫か？」

すると、一ノ瀬はむっくりと顔を上げ、こちらを見た。

「……東條くん。来てしまったんだね……」

「なんか空気的に来ちゃったよ。大丈夫か？」

「安心してくれてOKだよ。今はこうして鎖に繋がれているけど、ほんの数分前まではホットヨガを楽しめるくらい自由にさせてもらっていたんだ」

〝心配して損したよ!!　敵も敵だがヨガを楽しめるお前の神経も見上げたものだよ!!〟

「……心配させて申し訳なかったね、東條くん。私が迂闊だったのがいけないのに……まさかこいつら、よりにもよって私の家の靴箱の中に隠れているなんて……」

〝どんだけトリッキーだよ!!　そんなことされたら、迂闊じゃなくても拿捕《だほ》されるよ!!〟

「ヒーッヒッヒ！」と無視され続けたのが寂しかったのか、大男が少し大きな声を上げた。

「お喋りはそこまでだぁ！　ゲスッ!!」

〽ゲスッ!?」

「ヒッヒッヒ。どうだ『我儘な白黒少女《エゴイスティック・マコ・バンド》』の無残な姿に、声もねぇだろ？　ゲスッ!!」

〽だからゲスッってなんだよ!?　それと、声は出てるけどな」

「ふん。屁理屈を……ゲスッ!!」

すげー『ゲスゲス』うるせぇ。

どこの地方で育ったらあんな語尾が身につくというのだろう。

「昨日俺の学校に襲撃しに来た三人はどうしたんだ？」と俺は話題を変えて訊いてみる。

「ん？……ああ、あいつらか。あいつらなら買い出しに行っている最中だ。コンビニにプレミアムロールケーキを買いに行っている」

〽女子か!?　なんで大事なときにスイーツ買いに行っちゃうんだよ!!」

一ノ瀬「すまない東條くん。私が食べたかったんだ」

〽お前はどういう待遇受けてんだよ!?　助けが必要なのかどうかわかんなくなってきたよ!!」

よくも悪くもだいぶシリアスな空気が払拭《ふっしょく》されてきた。俺は深呼吸をして気持ちを落ち着けてからゲス男に尋《お》ねる。

「それだけ偉そうにしてるってことは、あんたがリーダーなのか？」

ゲス男は頷く。「ヒッヒッヒ、いかにも。俺様がリーダーだ」

「質問いいか？」

「答えられる範囲で答えよう。ゲスッ！」

「どうして一ノ瀬を人質に取ってまで、わざわざ俺をここに呼んだんだ？」

「ゲスッ？」

「いやいやいや、なんだよその疑問形は。……だから、どうして一ノ瀬を捕まえてまで俺をおびき寄せたのか、って訊いてるんだよ」

「そ、それは……その……。裏切り者の『我儘な白黒少女《エゴイスティック・マコ・バンド》』の部下を打ちのめすことにより、新たな力の誕生を防ぐ、というか、『我儘な白黒少女《エゴイスティック・マコ・バンド》』に対し、自らの部下が苦しんでいくところを見せつけることにより……己の無力さを痛感させ、それで無力な裏切りを、く、苦しんでいく姿のためだ!!」

グダグダか!? オイ!!　よくわからないが、あまり明確な理由はないらしい。「それとここ、この間まで病院だっただろ？　どうしてお前らのアジトになっちゃったんだよ？」

「ヒッヒッヒ、よくぞ訊いてくれた」となぜだかゲス男は上機嫌に笑う。「お前の言うとおり、この建物は確かに先月までは地域最大の立派な総合病院であった。しかし、我らが『反神聖組織《エイシエスタ》』がアジト欲しさに、多額の資金を投じて今月の頭にこの建物を買い取ったのだ!!」

「なんで病院買っちゃうんだよ。マンションでも借りりゃあいいだろ」

「潰れた病院のほうが、雰囲気出るだろう？」

なんでいちいち雰囲気大事にすんだよ!?

「もちろん、買い取ってすぐは綺麗な総合病院だ。これじゃあ雰囲気は出ない。よって、俺と部下の四人がかりで病院内を暴れまわって滅茶苦茶にして、廃墟っぽい演出を施したのだ」

「……なんて、無駄な努力なんだ」

「ちなみに五階までぐちゃぐちゃにしたところで皆疲れてしまったため、六階より上は元通り綺麗な病院のままだ」

「薄志弱行《はくしじゃっこう》だ!! 何にしてもお前らのよくわからない価値観のために、ここを追い出された入院患者さんたちが心配だよ」

「安心しろ。入院患者さんたちは詳らかに症状を調べ上げ、適切な医療施設に転院できるように取り計らっておいた」

「お前らが妙に親切で心底よかったよ!!」

「まぁ、御託《ごたく》もこのくらいで十分だろう……。ゲスッ!!」と言うとゲス男は立ち上がり、投擲《とうてき》前の砲丸投げ選手のようにぐるぐると肩のストレッチを開始した。立ち上がると、なかなかに威圧感のある風体だ。「魔術師《ウィザード》に馴《な》れ合いは不要! 互いの魔力で勝敗をつけようじゃないか! ゲスッ!」

さっきまでさんざんお喋りをしておいて、突如『馴れ合いは不要』とは、なんと矛盾したやつだろう。

「いざ尋常に勝負! ちなみに俺は炎魔法を操る魔術師《ウィザード》だ。気を付けるがいい」

「……手の内、明かしちゃうんだな?」

「ああ、このくらいハンデをやらんとな。……ちなみに炎っていうのは結構熱いんだぞ」

熟知してるよ!!　馬鹿にすんな!」

「ふん」と何やらゲス男は不満そうに表情をゆがめる。「その態度。お前どうやら、俺の恐ろしさを理解していないようだな?」

……そりゃあ、そうだろ。

炎が熱いのは熟知しているが、お前の身体から実際に炎が飛び出さないことも熟知している。さすがにガチの殴り合いになったら、体格的に負けは必至《ひっし》だが、おそらく肉弾戦にはならないだろう。これからヒーローショーのごとき茶番劇が始まるというのに、さて、なにをどう恐れればいいというのだろう。

するとそんな俺の慢心を諭《さと》すように、礫状態の一ノ瀬が声を上げた。

「東條くん、侮ってはいけないよ!　彼は魔術界においてはエリート中のエリートなんだ!」

「……そうなのか?」

「うん。この男は何と言っても先月まで『アナウンス研究会』の部長を務めていたんだ!」

それが、どうエリートなんだよ!?」

「強力な長文魔法を難なく滑らかに唱える力に関しては、誰よりも長《た》けている!」

かっこよさそうでダサいな!!」

「それにこの男は君よりも二階級も上の『一級魔術師《オーナーズウイザード》』。侮っちゃいけないよ!」

そんなこと言われてもなぁ……。と、俺が相変わらずの油断丸出しのままでいると、不満を顔いっぱいに広げたゲス男が俺を睨んだ。

「やっぱり俺の恐ろしさを理解していないようだなぁ……。油断している敵を倒しても面白くはない。ならばここは一つ余興として、俺の十八番《おはこ》『地獄の業火《ヘルズ・フレイム》』を披露してやろうじゃないか。ゲスッ！」と言うと、ゲス男は眉間《みけん》にシワが寄るほど力強く目を閉じ、拳を掲げ、昨日の一ノ瀬のようになにやら呪文を唱え始めた。「烈火のごとく燃えたぎる溶岩の神グライシンガーよ。ここに灼熱の業火を撒き散らし、すべてを混沌のうちに溶岩へと変え給え。聖火燃え成果なきまま聖歌響く聖界の生家。精神と聖心をもってして聖人の心を黒く焦がし、積年石棺を清々精製し赤竜を今に蘇らせん！　ゲスッ！　あっヤベ〜なんか、余計なこと言っちゃったぽい!!」

「ええい、構うものかゲスッ！　放てぇぇ！　地獄の業火《ヘルズ・フレイム》ッ！」

言い終わるとゲス男は、思い切りよく『何か』を壁に投げつけるような動作を開始する。ちょうど野茂英雄のワインドアップのようだ。身体が大きいおかげもあって、そのフォームはなかなかに迫力満点。俺は何の気なしにそんな投球動作を眺める。なににしても、元アナ研らしく実に滑らかな発声であった。魔法とは、何の関係もないだろうに。

腕がぐわん、と、勢いよく振り下ろされた。

すると……、
異変が起こった。

起こらないはずの異変が起こった。

驚くべきことに、薄暗かった室内が一気に明るくなったのだ。

まるで大きなマグネシウムリボンが目の前で発火したように、室内は痛いほどの光に包まれる。眩しさに慌てて目を細めると、今度は異様な熱を感じた。

耐えられぬほどではないが、瞬間的に身体を仰《の》け反《ぞ》らせたくなるような強い熱が俺の身体を襲う。俺は目を閉じた上に更に身体を縮こまらせ、床に倒れる。

すべては一瞬のうちであった。

眩しい、熱い、危ない。

俺は予想もしなかった事態に意表を突かれ、しばらく尻餅をついたまま硬直する。それから眩しさが去ったことがわかると、ゆっくりと目を開き何が起こったのかを確認する。

「ヒーッヒッヒ！　恐れいったか！　これが八大魔法の中でも最も攻撃に特化した炎魔法の威力！　どうだ、腰が抜けて立てまい？」

衝撃的だった。

なんと、ゲス男が『何か』を投げつけた壁が焼け焦げているではないか。確かに先程から薄汚れてはいた壁であったが、それでもこんなにも悲惨な姿ではなかった。炭の固まりを投げつけたように表面は黒焦げになり、辺りには燃やしてはいけないものを燃やしてしまったときの異様な不快臭が漂う。床に散らばるは細かな火の粉。

……簡単に信じられることではない。

なにせ俺はすべてをこの目で見たわけではない。途中から目をつぶってしまっていたのだ。

しかしながら……、しかしながら、これは……。

「……て、手から、炎を出したのか？」

「ゲスッ？　おいおい勘弁してくれよ。なに寝ぼけたこと言ってんだ東條涼一よ。あんまり俺をがっかりさせないでくれ。ゲスッ！」すると、ゲス男は再び呪文を唱え始める。「漆黒の闇より出《いで》し清廉なる炎よ、我が詠唱をもってすべてを焼き尽くせ！」

ゲス男はまるで指に付いた水滴を払うように、人差し指を立てた左手を軽く振ってみせる。

今度は見逃さなかった。

あろうことか、間違いないくゲス男の人差し指から小ぶりの炎が『ボオゥ』という音を立てて飛び出したのだ。そして瞬く間に壁の一点に衝突し、黒いシミの一つとなった。

俺は声が上《うわ》ずらないように注意しながらゲス男に向かって言う。

「あ、あの……ちょっと時間もらえますか？」

「ゲスッ？　まぁ、ちょっとだけだぞ」

「あ、ありがとうございます」

俺は持ってきた学校鞄の中から自分の携帯電話を取り出し、電話帳の中から村田さんの名前を探しだす。それから通話ボタンをタップすると、元来た通路の方へと一歩後退した。

「オイ、どうしたんだゲスッ？」とゲス男はこちらに一歩にじり寄ってくる。

俺はゲス男が近づいてきた分、更に一歩後退。

にじり寄るゲス男。

俺は更に一歩後退し……逃げた。

全力で逃げた。

「オイ!! どこに行くゲスッ!? 待てぇ!!」とゲス男はすぐに後を追いかけてくる。

待つもんですか。

振り向くのだってごめんだ。

できればエレベーターに飛び込んでそのままお暇したかったが、いかんせんエレベーターを待っている時間がない。俺は仕方なく電話を耳に当てたまま散らかり放題の院内を駆け、できるだけゲス男から遠くに離れられるように廊下を走り続ける。

すぐに電話は繋がった。

「はいもしもし、こちら村田清風《せいふう》です」

「そんな毛利《もうり》敬親《たかちか》に登用された江戸後期の長州藩士みたいな自己紹介してる場合じゃないですよ村田さん！」

「どうしました東條さん？ 今、ちょうど――」

「す、すみません村田さん!! 今回ばっかりは、そんなお決まりのやり取りをしている暇がないんで勘弁して下さい!!」

「おや、どうしたんですか東條さん？」

「ほ、炎が出たんですよ!! 魔法が……炎が、ボワッって、手から出たんですよ!!」

「どういうことですか？」

〰こっちの台詞だよ!!……だ、だから、ガチで敵のリーダーの手から炎が飛び出したんですよ。何なんですか、あれは!?」

「炎なんだから……『炎魔法』なんじゃないですか？」

〰張り倒すぞオイ!! 欲しいのはそんな説明じゃねぇんだよ!! 魔法という存在自体がおかしいだろうが!!」

「東條さん何を言ってるんですか？ 最初、デバッグをお願いするときに説明したじゃないですか。フラッガーシステムとは『物理学、気象学、流体力学などを始めとするあらゆる物理現象の研究などを集大成した、実に科学的なシステム』であると。お忘れですか？」

「……な、何が言いたいんですか？」

「つまりフラッガーシステムにかかれば、空気中に炎を噴射させることくらい朝飯前だ、ということです。正直なところ、人の行動を操作するほうがよっぽど難しい技術ですね」

「つまりこの世界では魔法もアリだと？」

「大アリですよ」

「……き、聞いてないですよ。危険過ぎるじゃないですか」俺は手頃なところで左に曲がり、会議室らしき部屋に飛び込んだ。

さすがに巨体のためかゲス男の機動力は俺よりも劣るようで、少しずつだが確実に距離は開いている。しかしながら、もちろんセーフティリードとは言いがたい。俺は机の陰に隠れると、呼吸を整える。

「どこへ隠れた!! 隠れても無駄だぞぉ、ゲスッ!!」

威圧的ではあったが、声の響きから察するに割と距離はあるようだ。俺は少しだけ安心をし、先程よりも声を落として村田さんに話しかける。

「昨日、一ノ瀬ってやつが呪文を唱えたときはなんにも起こらなかったんですよ。敵が演技臭く倒れるだけの茶番劇だったんですけど、あれはどうしてなんですか?」

「まぁ、きっとそれは『目に見えないタイプの魔法』という設定だったんでしょうね」

「……何ですか、それ」

「さぁ、知りませんよ。でも、ありそうじゃないですか? そんな設定」

俺はため息をついた。やはり俺には到底この世界の理屈は理解できそうにない。

「それよりも東條さん」と村田さんは言う。「東條さんも魔法の訓練はしていたんでしょう? ならば魔法で対抗すればいいじゃないですか。なかなか気持ちいいもんですよ。なにせ、本当に意のままに魔法が飛び出すんですからね」

「あの……」と俺は申し訳ない気持ちで答える。「実は俺、確かに訓練はしてたんですけど、全然真面目にやってなかったんで呪文みたいなのを何も覚えてないんですよね……」

「ははは。何か、学校の勉強に通じるものがありますね」

「うるせーな!! こっちはガチでピンチなの!!」

するとどこからか大きな破壊音が聞こえた。まるですぐそこで花火を打ち上げたのかと思うほどに強烈な音だ。俺の鼓膜はキーンと鳴り、その機能を一時的に停止させる。

「どこでゲス⁉　隠れても無駄でゲスよ‼　こうやって全部の部屋を破壊してしまえばいいわけでゲスでゲスからね‼」

うっすらと耳鳴りが残る中、ゲス男の声が聞こえた。

はぁ……どうしてこんな目に遭わなきゃならねぇんだよ。

「東條さん？」と電話口の村田さんが言う。「東條さんは白熱の異能力バトルはお嫌いですか？」

「……今、訊《い》くことですかそれ？」と俺は少し呆れながら答える。「見るぶんには嫌いじゃないですよ。見るぶんにはね。でも、いざこんな境遇になってみてくださいよ？　一つも面白くなんかないです」

「そうですかぁ……残念だなぁ。私なんかは最高に心躍りますけどね」

「なんでもいいんで、助けて下さいよ‼　こっちはアドバイスが欲しいんです‼」

またも爆音。今度は先ほどのものよりもよっぽど近くで聞こえた。嫌な予感に身体を震わせながら恐る恐る後ろを振り返ってみると、そこにあったはずの会議室の壁がぽっかりと消失していた。

「ヒーッヒッヒ。見つけたぞ東條涼一！　かくれんぼは終わりにしようか！」

俺は慌てて立ち上がり隣の部屋へと飛び移る。ゲス男はまるで狩りを楽しむように、すぐには追ってこない。俺はそんな時間を最大限に利用してまた別の部屋に移り、身を隠せる場所を探した。

「東條さん」と電話口の村田さんが腹立たしいほどに落ち着き払った声で言う。「大丈夫ですか？」

「大丈夫なわけあるか!!　辺りは火の海だよ!!」

「まぁまぁ落ち着いてください、東條さん」

「落ち着いてられるか!!　またも村田さんの『なんとかなる』発言で俺は致命的なピンチを背負ってるんですよ!?　少しは反省してください!!」

「いやいや落ち着いてください東條さん。……東條さんはまだ、この世界の仕組みを理解していらっしゃらないだけなんです」

「その通りですよ!!　俺にはどうしたらお嬢様とのデートから魔術バトルに発展するのかまるで理解できないよ!!　とにかくアドバイスを！」

「東條さん。あなたは誰ですか？」

「はぁっ!?　喧嘩売ってるんですか？」

「あなたは主人公なんですよ？　東條さん」

「……な、何が言いたいんですか？」

「物語は言わずもがな主人公を中心に展開するんです。以前も説明させていただいたとおり、あなたの『発言』と『行動』がこの世界のフラグとなり、それらに沿ったストーリーが創り上げられていくわけですよ。つまり、『発言』と『行動』さえコントロールすれば、実質的に世界は東條さんの思い通りに動かせるわけです。まるで明晰夢《めいせきむ》のようにね」

「……じゃ、じゃあどうすればいいっていうんですか？　俺は呪文だって一つも覚えてないし、帰宅部生活でなまりになまった身体は悲鳴を上げっぱなし。これじゃ、どうにもできやしないじゃないですか!!」

「違いますよ東條さん。発想が逆です」と村田さんは少し自信を帯びた声で言う。「東條さんは『魔法も使えない』『腕力もない』『しかもヘトヘト』こんな状態なのに……なのに！　炎の魔法を使うという強力な敵が、あなたを仕留めきれていない！　それはなぜ？　それはどうしてだと思いますか？」

「お、俺が……」

「東條さんが？」

「……主人公だから？」

「その通りです。主人公はこんなつまらない戦闘で敗れたりはしませんし、怪我を負うこともありません。それこそが私が先程お話しさせていただいた『なんとかなる』の答えなわけです」

村田さんは仰々しく咳払いをする。「確認ですが、東條さんは魔術的ストーリーがお好きではないんですね？」

「そうですよ。懲《こ》り懲《ご》りです」

「了解です。では、人質に取られている一ノ瀬さんという女の子のことがお好きですか？」

「全然」可愛いとは思うけどね。

「では、そんな東條さんの思いの丈を、声高らかに宣言してやればいいんです。傲慢に、自分勝手に、自信過剰に、自意識過剰に、テキトーに、しかし一応それっぽく聞こえるように、都合のいい事をべらべらと宣言してしまえばいいんです。それだけで十分。それだけで東條さんは最強です。なにせ東條さんは主人公なんですから」

俺は黙って村田さんの話に聞き入る。

「東條さんの自分勝手が、すべて真実になる。それが最高のご都合主義、フラッガーシステムの世界なんです！　だから胸を張ってどんと行きましょう！　行けそうですか？」

俺は黙りこむ。

「大丈夫です。その気になったら意外に楽勝ですって」

「……頑張ってみます」

「ほい来た！　さぁ頑張ってくださいミスター主人公、東條涼一！　まずは目の前の敵を華麗に倒してしまうことです」

俺は電話を切ると、大きく深呼吸をした。これまた色々と言いくるめられてしまったような気もしなくはないが、しかしこの話に乗るしかない。

俺は主人公。よって無敵。ならば傲慢に、自分勝手に、自信過剰に、自意識過剰に、いかにも強そうな主人公を演じる。やるしかなかろう。俺はもう一度だけ深呼吸をしてから立ち上がり、敢えてこの身をゲス男の前に晒してみせた。

すると俺の姿を隠すように舞っていた煙が妙に晴れていき、俺の逆襲を粋に演出する。辺りは各所が燃え散らかり、廃墟然とした雰囲気はいかにもなバトルシーン風である。

俺は足の震えを悟られないように、一歩一歩ゆっくりと進んで行く。ゲス男は俺の姿を見ると、やはりヒーッヒッヒと笑い出した。

「ようやく観念したか、東條涼一よ。潔《いさぎよ》いのはいいことだ。ゲスッ！」

なるほど……。確かによくよく考えてみれば、こいつが口にする台詞はすべてどこかで聞いたことがあるようなものばかりだ。更に言うなら、なかなかの高確率で敗北を予感させる台詞の数々である。

よしっ。俺は思い切って高笑いを上げてみた。よくわからないが、なんとなく『俺は余裕だぜ』的なアピールになるような気がした。

「はーっはっはっは」

「……な、な、な、何が可笑しいっ!?」

おお、マジか!?

たったこれだけの高笑いで、ゲス男が滑稽なほどに動揺しているではないか。俺は少しいい気持ちになって更に笑いのボリュームを上げてみる。

「ぐわぁーはっはっはっは」

「……お、おい！　やめろ！　笑うのをやめろ！　何が可笑しいんだ!?」

おお!!　これはどうやら『こうかはばつぐん』のようだ！

なるほど……何となくだが、やるべきことがわかってきた。とにかく自信過剰に振舞っていれば敗北はないのだ。この調子で畳み掛けてみよう。

「はっはっは。観念するのは君の方なんじゃないかな？　ゲス男くん？」

「ゲスッ？　ゲス男って誰のことでゲスっ？」

〽確実にお前だろ⁉」いけね……。ツッコミは自重せねば。「オホン。貴様がいったいどれだけの魔法を使うのかと思ってしばらく眺めていたが……とんだ子どもだましではないか！」

「……な、何を貴様ァ‼」

「事実を言ったまでだよ。君のお粗末な魔術では、俺を倒すことなど到底できはしないよ」

「……な、何を貴様ァ‼」

「君があまりにも弱すぎて、弱すぎて、途中から涙が出てきそうになったよ」

「……な、何を貴様ァ‼」

〽返答のバリエーション少ねぇな‼」だめだ……ツッコミが身体に染み付いている。「オホン。とにかく、君じゃダメダメだ。ダメダメすぎて……もう、あれだ。あれだよ」

「何だとぉ……。たかが『我儘な白黒少女《エゴイスティック・マコ・バンド》』の部下に何ができる⁉」

「はっはっは。俺が一ノ瀬の部下だとぉ？　それは俺の仮の姿に過ぎない。君は俺が誰だと思ってるんだね？」

「何っ⁉　ま……まさか‼　お前はアイツなのか⁉」

えっ？　なんか心当たりがあるの？

逆にびっくりだ。テキトーに喋っていたら口をついて出てしまった出任せだというのに……。

まっいいか、考える手間が省けるのは幸いだ。

「そう……そのまさかだよ！」

「……ほ、本当なのか？」

「そう……それだよ」

「……いや……あり得ない。そんなはずあり得ないゲスッ！」

「いやいやいや。それがあり得るのだよゲス男くん」

「……ってことは……お前は、本当にアイツなのか？」

「その通り。私は……それだよ」

「……ウソだろ」ゲス男はゴクリと唾を飲み込んでから「……やっぱ違うか」

早く言えよ!!　別に間違っててもペナルティねぇから!!

「ノーペナ？」

「ノーペナだよ!!　ノーペナ!!」

「じゃああれか？　あの……異様にちょこまかと動きまわり、股間のところでこう『ドゥーン』って――」

江頭じゃねぇよ!!　久々に来たな、このパターン!!　ここまでいろんな人から指摘されると、俺も不安になってきたよ!!　どこよ？　俺の江頭要素どこよ？」

「……江頭じゃないとなると、俺の中に候補はもうないでゲスッ」

えぇ……。もうちょっと粘って、伝説の魔術師的なものと混同してくれたらいいのに……。

こうなってしまっては自分で、自分の真の姿を考える他にないではないか。

「ひょっとしてお前。実はただの三級魔術師《ターシャリーウィザード》なんじゃねぇのか？ゲスッ！」

「そ、そんな訳あるかバカッ！　いいかよく聞け！　俺の真の名前は……」

……頑張って考えろ俺！　すごい魔術師。メッチャ強い魔法使い。何か……何か。

「俺は……ハリー・ポッターだ!!」

「は、ハリー・ポッター!?」

やべぇ……碌《ろく》なのが思いつかなかった……。さすがにこれは無理がある。

「……確かに言われてみれば、どことなくハリー・ポッターの面影が」

ド級の馬鹿で助かった。

「だろう？　東條涼一というのは俗世で暮らすための仮の名前に過ぎないのだ。俺の本当の名前はハリー・ポッター。本気になったらすごく強い魔術師だ」

「……だ、だがハリー・ポッターはメガネを掛けていたはずだ！　メガネはどうしたんだ？」

「レーシックをしたんだ！」

「れ……レーシックだと!?　バケモノかコイツ!?」

〽ここで使う台詞なのそれ!?」

「いけないいけない。ちょっと気を抜くとすぐにギャグテイストな展開になってしまう。場が俺のペースになっているうちに、ビシッと手際よくゲス男を退治してしまおうじゃないか。

「悪いが茶番はここまでだ！　早速、俺の特別な魔法を受けてもらうぞ」

「何っ!?」

「えー」どうしよ。「俺が今から繰り出す魔法は呪文とかも必要ない画期的なやつなんだが……えーと、こう、なんて言うんだろ。昨日一ノ瀬が使ってた、敵の身体をものすごい力で縛り付けるような、そんな技で……そうだなぁ……見えない強力なロープで敵をグルグルに縛りあげちゃう、百発百中の、まぁ、そんな技なんだが……その名も……えーその名も」

……何にしよう。

「えーい!! 喰らえ『ぐるぐるロープ』!!」

「グアァァ!! 苦しい!!」

効いた!! 犯罪級にダサい技名で心配だったが、効いたぞ!!

ゲス男は昨日の悪者三人衆の如く、両手両足が縛られているみたいな体勢で地面に倒れ込んだ。それから心底悔しそうな表情を浮かべて、地面をのたうち回る。

「クソォ……何だこの魔法は!? こんな魔法は初めて見たぞ!?」

「それもそのはずだ! この魔法は俺がハーマイオニーから直々《じきじき》に教えてもらった秘密の魔法だ! 君なんぞが知るはずもない! ちなみに……確認だが、本当に動けないんだな?」

「ああ、まったく動けそうにない。ゲスッ! 三日三晩もがき続けても取れそうにない」

ふぅ……よかった。

なにせ目視《もくし》する限りただ苦しんでいる演技をしているようにしか見えないので、こちらとしてはいつゲス男が起き上がらないか心配なのだ。自己申告ではあるが、俺のオリジナル魔術の効力をひとまず信用しよう。

「こんな屈辱初めてだ。完璧に、徹頭徹尾俺の負けだ。よって、今日で『反神聖組織《エイシエスタ》』は解体、それとこのアジトも全部お前にやる」

「引き際がいいな!! 心折れすぎだろ!! それと、アジトいらねぇから」

「こ、これが『誰かを守ろうとする強い力』というやつか……」

「勝手にテーマ設定すんじゃねぇよ!! 俺、そんなこと一言も言ってねぇよ!!」

こいつがあっさりと負けを認めてくれたのは非常に嬉しいことではあるのだが、しかしこれで終わりにしてはいけない。おそらくここで高らかに勝利宣言を行えば、俺はこれからも魔法使いとしての十二月を過ごすことになってしまう。よって、俺は村田さんのアドバイス通り、『魔術』自体を根絶させるような発言をしなければいけないのだ。さて、どうしたものだろう……。

俺は何かハッタリに使えそうなものはないかと周囲を見回し、それから自分の鞄の中を漁ってみる。すると……ほう。これでも使ってみるかと、あることを思いついた。

「敗北の悔しさを噛み締めているところ申し訳ないが、ゲス男くん。ちょっといいかな?」

ゲス男は倒れこんだまま俺を見上げる。「なんだ? ゲスッ」

「この本が何か……君にはもちろんわかるよね?」

「……それはまさか!?」

おお、こいつもなかなかどうしてノリがいいじゃないか。

「そう、そのまさかだよ」と言って、俺は右手に握った本を左手で叩いた。「この本は魔術が生まれるきっかけとなったすべての原点にして今後の世界を生きていくための聖書《バイブル》でもある……いわば現代の死海文書《しかいぶんしょ》。村田静山著『フラッガーの方程式』であるっ!!」

ゲス男は目を見開いた。俺は構わず続ける。

「この本には世間の誰もが御存じの通り、混沌とした現世を生き抜いていくためのありとあらゆる方略《ほうりやく》が記されているが、この本の重要性はもちろんそれだけではない。この本がすべての魔術師にとっての魔力の供給源であることはあまりにも有名な話である。だよね？」

「……その通りだ」とゲス男はどこまでもノリがいい。

「つまり……この本が燃えるなどして消失してしまえば……？」

「……ま、まさかお前!!」

「そう……そのまさかだよ」と俺は笑う。「この本が燃えてしまえば、この世から魔術はなくなってしまうのだ。それ以降は、どんなことをしても、絶対に、絶対に、絶対に魔術は復活しない。だよね？」

「くぅ……悔しいがその通りだ」

「という訳で、この諸悪の根源『フラッガーの方程式』は燃やしてしまう！」

俺は宣言すると、カーテンの炎に『フラッガーの方程式』を近づける。炎はまるで惹かれるようにして本へと向かい、ちりちりとハードカバーの隅を焦がした。

「あっ！　ちなみに、この本を燃やしても今掛かっている魔法の効力は持続したままだからな？　だから、お前のその『ぐるぐるロープ』も向こう二、三時間は掛かりっぱなしだ。ＯＫ？」

「くそぉ……そうだったのか……ゲスッ！」

危ない危ない。こういう些細なところにもきちんと釘を刺しておかないと、いつ足を掬われるかわからない。俺はいよいよ『フラッガーの方程式』を先程よりも深く炎の中へと沈み込ませ、メラメラと燃え上がらせる。そうしてある程度燃えたことを確認すると手を離した。

「よしっ！　これで完璧だ」

「くそぉ！　魔術が使えなくなっちまった！　ゲスッ！　最近不運続きだぜ！　早く家に帰って貯金箱の中身を確認したい！」

「これで世の中から魔法も魔術も消え去った！　そんな訳だから、これからは争いのない素敵な時代が到来するに違いない。とりわけ平々凡々な男子高校生がおかしなフラグに惑わされることなく、意中の女の子と正面からお付き合いできる。そんな世の中になるはずだ！　これからは素晴らしき愛と感動のストーリーが俺を待ち受けていることだろう！」

これがもしアニメ作品なら、きっとこのシーンは何話目かのエンディングになるはずだ。そして俺の高らかな平和宣言がスタッフロールと共に美しく放送されることだろう。

ふむ、決まった。と、初めて主人公らしいことをした余韻を寸刻噛み締めると、俺はゲス男をその場に放置したまま一ノ瀬のもとへと向かった。

「大丈夫だったかい、東條くん？」と一ノ瀬は開口一番俺の心配をした。

俺は「まぁ、なんとか」とだけ答えて一ノ瀬の手に付けられていた手錠を外す。意外に単純な構造で、鍵もなく簡単に外すことができた。

「助かったよ……東條くん。まさか君に助けられることになるとはね。それで『完全燃焼《ガスパッチョ》』はどうなったんだい？」

「……が、ガスパッチョ？」

「さっきまで闘っていたんだろう？　あいつの二つ名だ」

……ああ、ゲス男のことか。なんかいちいち腑に落ちねぇネーミングしてやがるなぁ。

「……一応、倒してきたぞ」と俺は答えた。

「ほ、本当かい？」と一ノ瀬は驚いたような表情を浮かべ、それから嬉しそうに頬を綻ばせた。

「やっぱり君は私が見込んだ通りの逸材だったようだね。きっとすごい魔術師《ウイザード》になれるよ」

「いや」と俺は首を振る。「魔術は今さっきなくなったんだ。だから一ノ瀬よ、俺は魔術師じゃないし、一ノ瀬ももう魔術師じゃない」

「またぁ」

「ところがどっこい本当になくなったんだな、これが。試しに何か魔術とやらを使ってみ？」

すると一ノ瀬は微塵も疑う様子なく何かの呪文を唱え始めるのだが、しかし何も起こらない（もっとも今までも俺の目には何も起こっているようには見えなかったのだが）。一ノ瀬は目を丸くして首を傾げる。

「本当だ……使えなくなっている。一体どうしちゃったんだい？」

「色々あったんだが、説明すると長いんで勘弁してくれ」と言うと、俺はきっちりと清算を始める。「というわけで、申し訳ないが俺は魔術研究会を退部する。なにせ魔術自体がなくなっちゃったわけだからな。よって俺は只今をもって帰宅部に逆戻りだ。それでいいな？」

するとーノ瀬はあからさまに表情を曇らせた。「……や、やめる必要はないんじゃないかな？　追い追い新しい活動も見つけていけばいいわけだし、ひょっとしたら魔術自体が再び使えるようになるかもしれないじゃないか」

「いいや。もう魔術は復活しない。それは絶対なんだ」これからはまず間違いなく『ラブアンドピース』の時代が到来する。よって一ノ瀬もいつまでも魔術だ魔術だと言ってないで、恋の一つでもしておくことだ。命短し恋せよ乙女ってやつだな」

と俺は口にした瞬間後悔した。なんて軽率な発言をしてしまったのだろう、と。

「そ、それならさ……」

一ノ瀬は俺の予想通りの言葉を口にする。

「……私と付き合ってみてはくれないかな？」

俺は唇を嚙み、しばらく沈黙をつくる。

それは無論、俺の人生において二度目の告白であった。しかしもちろん前回同様、諸手《もろて》を挙げて喜べるようなそれではない。なにせ俺がこんなふうにモテてしまっているのは、俺の容姿が良好だからでも、性格が素晴らしいからでも、頼り甲斐があるからでも、包容力があるからでもない。ただひとえに、俺が主人公であるからだ。

しかし理由がどうあれ、こうなっては仕方ない。返事をうやむやにすることは何よりも不誠実であり、また今後のストーリーにも悪影響を及ぼしかねない。

俺は少しばかり胸を痛めながらも、しかしはっきりと言う。

「悪いけど……一ノ瀬とは付き合えない」

一ノ瀬は表情筋を緩ませ、にわかに儚げな顔をつくる。それから俺の発した言葉を咀嚼《そしやく》するように、瞬きを三度繰り返した。

「……それはまた、どうしてかな？」

「一応……他に好きな人がいるんだ。すまない」

「またぁ」と言うと、一ノ瀬は罰が悪そうに笑った。「ははは……なんてね」

俺はそんな一ノ瀬の様子を見ていると、随分と心が沈んだ。よっぽど、いままでのように『自分勝手上等』とばかりにグイグイと来てくれたほうが気も楽だった。いつも元気で溌剌としている人間が、こんなふうに気を落としている姿を見るのは（たとえそれがフィクションの産物であったとしても）あまり楽しいものではない。

これだったら、御園生のときのほうが幾分マシだ。

こう言っては何だが、おそらく御園生は比較的恋愛経験が豊富な女の子であったと思う。あの煌《きら》びやかな雰囲気から察するに、フラッガーシステムなど関係なく、少なくとも一般的な高校生並みの恋愛体験は経ているように思える（現にデートの際も実に要領を得ていた）。そういう意味においては、このフラッガーシステムによる印象操作に巻き込まれても、比較的、俺の罪悪感は少なめに済んだ。勝手な見解ではあるが、俺のようなこれといった長所のない人間を好きになってしまったのも『一時の気の迷い。五十あった恋のうちの一つにすぎないわ』と思ってくれそうなそんな気がするからだ。

しかし、一ノ瀬は違う。

一ノ瀬は明らかに擦れていないのだ。もっとも俺の目利きが果たしてどれほどのものかと言われれば、正直そこまでの自信はない。こう見えて一ノ瀬は、実は学校中の男子生徒と浮き名を流しに流したとんでもない尻軽女であった、なんて言われた日には俺は自らの見る目のなさを世間に詫びる他ない。だけれども、おそらくそんなことはないのだ。一ノ瀬はまず間違いなく、色恋沙汰に明るい人間ではない。容姿、体型、雰囲気、何をとっても文句のつけようがなく、当然ながら可愛い。かなり可愛い。

だけれども一ノ瀬にはこなれた所がないのだ。

だからこそ俺は、一ノ瀬に不本意な告白をさせてしまったことに非常な罪悪感を覚える。

俺はそんなせめてもの贖罪の気持ちからなるべく誠実に言葉を紡ぐ。

「決して悪意的に解釈しないで欲しいんだが、今の一ノ瀬はちょっとばかり冷静に物事が見えてないだけなんだ。……ちなみに、先月まで誰か好きな人はいたか？」

「え？」と一ノ瀬は口ごもる。「具体的にはいなかったけど、好きなタイプなら……」

「おお。どんなタイプだ？」

「やっぱり……福澤朗《ふくざわあきら》かな」

なんてとこ突いてきやがるんだ‼

「実は先月まで、私もアナ研に所属していたんだ。だからどうしてもああいうしゃべりの達者な人には憧れてしまうんだよね。東條くんも、プロレス実況をしていた頃の全盛期の福澤さんを見てみるといいよ。きっと気に入るはずさ」

「おっ……おう。もし機会があったら見ておこう。……いやいや、じゃなくて！　俺と福澤朗じゃ、似ても似つかないだろ？　そういうわけだ。きっとすぐに福澤朗ばりの滑舌のいい男性を好きになるはずだ。間違いない」

「……うん」と一ノ瀬は自分に言い聞かせるように頷いた。

ああ……これだから心が痛む。もっと上機嫌に悪態をついて欲しいものだ。

しかしここで俺が黙ってしまうと、ますます沈黙が大きくなってしまうものだから、俺は仕方なく場を取り繕うための言葉を探した。

「えー……とにかく、あれだ。これからは魔術も忘れ、授業をちゃんと受けて、それで学業に精進しようじゃないか、な？」

「……うん」と一ノ瀬は気のない返事をしたかと思ったら、不意に顔をあげて尋ねる。「……ところで、東條くんの好きな人っていうのは、東條くんのことを好いているのかな？」

俺は絶望的な質問に呆然とする。なんて痛いところを『ジャストミート』してくるのだろう。

「さ……さぁ、それはわからんな。はっはっは」

「なら、私にもまだ目はあるってことだね？」と一ノ瀬はいたずらっぽく笑う。「そうだろう東條くん？　だって君の好きな人が、君を好きとは限らないんだもんね？」

その通りすぎて腹立たしい。というか確実に、佐藤さんは俺のことをどうとも思っていない。

俺は心の最も痛む部分に突きつけられた質問に対し、しかし救われたような気持ちになる。

「……まぁ、一理あるかもしれない」

「その通りだ東條くん。ならば私は東條くんがフラれボロボロになるその日を虎視眈々《こしたんたん》と待とうじゃないか。はっはっは」

不愉快なやつだ。

「そして、傷心の心をかっさらうとしよう。うん、それがいい」と一ノ瀬は大いに笑顔になった。満開の向日葵とでも形容しておこうか。とにかく、素敵な笑顔だった。

俺は「なら、来月まで待ってくれ」とだけ付け加える。きっと来月になればフラッガーシステムの効力が失効し、俺に告白する気など失《う》せてしまうだろうから。

しかし俺のそんな真意を知る由もなく一ノ瀬は快活に頷き「任せておいてくれ東條くん。きっと東條くんも、明日から来月が待ち遠しくなる」と高らかに宣言した。

俺は小さく胸を撫で下ろす。

「よし……。じゃあゲス男……『完全燃焼《ガスパッチヨ》』がまき散らした火の粉の消火活動にあたるとしよう。大した火じゃないが、ほっといたら火事になるかもしれないしな」

一ノ瀬は「よしゃ」と返し、部屋の隅にあった消火器を担いだ。「魔術研究会の最後の活動と行こうじゃないか」

そんな訳で、俺と一ノ瀬は二人して悪者のアジト改め総合病院の五階を隈《くま》なく点検した。勢いよくソファが燃えているところが一箇所だけあって、そのときは大いに騒ぎながら消火をしたのだが、以降は目立った炎は上がっていなかった。

そうして俺と一ノ瀬は最後の魔術研究会の活動をたたえ合ったのだが、いかんせん。俺たちの最後の活動は、悪者の手下たちが買ってきたプレミアムロールケーキを平らげるという、女子的なイベントに落ち着いた（エクスペリアはきっちり返しておいた。大変感謝された）。

かくして混乱と混沌を世に撒き散らした魔術は音もなく滅ぶ。伝説の魔術師、俺《ハリー・ポッター》は巧みなご都合主義発言で見事に悪者を退治し、人質を救い出した。魔術の終止符にふさわしいイベントを経て、世界は愛と佐藤さんの時代へと突入していく（はず）。

来たれラブアンドピース！

17

「ズバリ言って、今の東條さんはマグロです」

十二月十六日、午後一時。ソラの淹れた紅茶を一口飲むと、村田さんはそう言った。

「それじゃあむざむざとフラッガーシステムに解体されても何の文句も言えません」

「……マグロ？」

「はい、マグロです」

昨日の一ノ瀬救出大作戦が終わった後、俺はすぐに村田さんに電話をした。これこれこういうようなことを宣言したのだけれども、果たして俺は魔術ルートから脱却できたでしょうか？と（村田さんの本を燃やしてしまったことは伏せておいた）。

するとと村田さんは、それなら問題なく魔術世界とは決別できたのではなかろうかと太鼓判を押してくれた。俺は上手《うま》いこと主人公として世界をコントロールできたらしい。

それは大いによかったのだが、このままでは今後もまた『魔術』だの『超能力』だの『格闘技』だのといった、まったく望んでもいないルートに吸収されるとも限らない。俺はどうしたらそういう訳のわからない展開を排除できるのか、また、どうしてそんな訳のわからない展開に巻き込まれてしまうのか、ということを相談してみた。

すると村田さんは、「明日、東條さんのお家に伺いましょう」と言ってきた。「そこで詳しくお話しさせて頂きます」と。


そんな訳で村田さんがうちにやってきた。

村田さんが現れると、ソラは俺と村田さんの分の紅茶を用意し、買い物へと出かけていった。別にソラがいてもそこまで大きな問題はなかったのだが、村田さんとの話題が込みいってくるとひょっとしたらソラには聞かれたくない話題が出てくるかもしれない。そんな訳だから、図らずもソラが買い物に出てくれたのは少しばかり助かった。

電話でのやりとりが多かったせいで村田さんとは何度も会っているような錯覚をしてしまうが、実際に会うのはスターバックス以来で二回目。一応、オフィシャルな面会ということとなのか、村田さんはスーツを着ていたが、相変わらずのイケてないシルエットであった。スーツに折り目は一つも見当たらないし、ネクタイの柄に関してはやはり目も当てられない。

「自らフラグも立てずにぷらぷらしているから、システム側で随所に撒き餌を設け、東條さんの行動を軸に些細なフラグを拾い、ストーリーを仕立ててくれているんですよ」村田さんは紅茶を口に運んだ。「優柔不断な主人公のために」

「……だからって、展開に脈絡がなさすぎじゃないですか？」

「いいや。きちんと主人公がフラグを立てれば、ストーリーはいつだって綺麗な一本道を辿《たど》ってくれるんです。本システムのなによりの特徴は『的確な伏線を張り、余すことなく美しく回収、更には求めるラストシーンに向けて、誰もが納得のいく一級の物語を用意する』ということなのですから。……それなのに東條さんがあっち行ったりこっち行ったりと安定しないからこんな混沌としたストーリーが広がっているんです。ちなみに東條さん。私の著書は読んでいただけましたか？」

「……えっ？」

「『フラッガーの方程式』ですよ。お忘れですか？」

「……いやぁ、ちょっと色々あって、あんまり読んでないんですよねぇ……」

「なんと……」と村田さんは眉間にシワを寄せる。「どうしてですか？　あれほど熟読をお勧めしたというのに。あっ……挿絵の量が足りませんでしたか？」

M小学生か俺は!!……なんか村田さんの仲間内での評判がすこぶる悪かったらしいからです」

「いやいや東條さん。評判が悪かったのは前半の『二〇〇〇《ゼロ》年代アニメの系譜』の箇所であって、後編は絶賛の嵐ですよ。ぜひとも今からでも読んでください。きっと役に立ちますから」

「あの……」と俺は恐縮ですと言わんばかりに頭を掻く。「本当に申し訳ないんですけど、よかったらもう一冊ほどいただけないですかね？　前回いただいたのはちょっと汚れちゃって見難くなっちゃったんですよねぇ……」

「えぇ？」と村田さんは驚いたように目を見開いた。「読んでないのに汚すって何事ですか？……あっ、まさか……そ、そういう使い方を？」

どんな使い方だよ!!

「しょうがないですねぇ」と言って、村田さんは新たな『フラッガーの方程式』を鞄から取り出し、プレゼントしてくれた。「とにかく東條さん。自ら行動し、発言しなければ、望むような展開は切り開けません。昨日の魔法バトルでそれはご理解していただけたでしょう？」

「……まぁ」

「フラッガーシステムだって、困っているんです。なにせ、東條さんがどんな展開に巻き込まれても一向に楽しそうじゃないんですから。普通の主人公だったら、どこかで誰かと恋に落ちてくれるはずだというのに……。初めはソラさんを同居人としてこの家に招き、その後は素敵な生徒会長とのデート展開を用意し、更には胸たぎるような魔法ファンタジーまで導入したというのに……東條さんは驚くほどの不感症」

「……不感症て」

「東條さん。私に言わせてもらえば、逆にどこがご不満なんですか？　異性との同居生活、お嬢様とのツンデレラブコメ、学園魔術ファンタジー、これだけフラッガーシステムが至れり尽くせりしてくれているというのに、これ以上何を求めようというのですか？」

「これ以上もなにも、全然意中の女の子とお近づきになれないんですけど……」

「おや？」と村田さんは意外そうな顔をする。「好きな人がいらっしゃったんですか？」

「いるよ!!　再三言ってるじゃないですか!!」

「いいえ、初耳です」

「えぇ……？　本当ですか？」

「はい、初耳です」

マジでか。

なんだか常に心の中は佐藤さんでいっぱいだったゆえに、てっきり村田さんにも好きな人がいることを伝えたような気がしていたが、とんだ勘違いだったらしい。いやいや、これはなかなかに致命的なうっかりミスだ。確かに『佐藤さん』が好きだ、ということを人生で誰かに口外したことはないが、それでも村田さんには『好きな人がいるんです』程度には伝えておくべきだった。そうすれば、もっと円滑に佐藤さんとのお近づき作戦が成功していたかもしれない。

と、落胆する俺に村田さんは努めて明るい声で言う。

「大丈夫ですよ東條さん。そういう事ならお任せ下さい。もし意中の方がいらっしゃるというのなら、その方に照準を合わせた『フラグマネジメント』を行えばいいだけのことです。目標が明確ならやることは簡単。至ってシンプルです」

「……ほ、ほぅ」

「以前もお話しさせて頂きましたが、自分の目指すストーリー展開へと巧みにシステムを誘導していく資質。それこそが『フラグマネジメントシップ』。主人公に最も必要とされる資質です。これは一朝一夕《いっちょういっせき》で身につくものではありませんが、私はすでにマスタークラスと言っても差し支えないフラグマネジメントシップを保持しています。すべて私にお任せして頂けるのなら、まず間違いなく意中の方とのルートに乗せてみせましょう」

おお！　なんだこの頼もしさは！　俺には村田さんに後光が射しているようにさえ見える。

佐藤さん……。佐藤さんの時代がすぐそこまでやって来ている！

「それでは、東條さんの意中の方のプロフィールを教えていただけますか？　まずはフルネームをどうぞ」

俺は緊張から唾を飲み込んだ。

とうとう俺の身体から佐藤さんという秘密が排出される。言葉が俺の口から解き放たれたその瞬間、俺の思いは秘めたるものではなく、公にされたこととなるのだ。俺はもう一度唾を飲み込む。

「いやぁ……緊張しますね。人に話すの初めてなんですよ」

「そういうのいらないんで」

〽少しは同調しろよ!!　こっちはウブなんだよ!!」

「いいから早く」

とことん、冷たい。「同じクラスの女の子で、名前は……佐藤。佐藤佳子さん」

「なるほど……サトウヨシコさん？」

「……そ、そうです」

「サトウヨシコさんかぁ……。東條さん」

「はい？」

「諦めましょう」

〽ウォオイ!!　なに、吐かしとんのじゃ!!」

「いやね……東條さん。深夜アニメに限らず、ヒロインに最も必要とされる資質はルックスもさることながら、なにより個性的な『名前』なんですよ。少なくとも苗字、名前のどちらかは、オンリーワンとも言えるようなイカしたネーミングじゃないといけないんです。それが鉄則。涼宮ハルヒ、綾波レイ、戦場ヶ原ひたぎ、逢坂大河、竜宮レナ、朝倉音夢。……ええ、それで、東條さんが好きな人はなんて名前でしたっけ？」

「……さ、佐藤」

「佐藤？」

「……佐藤佳子さん」

「ヒロイン舐めてんのかよ」

〽お前、今なんつった!?　コラ!!」

「……佐藤って……B作じゃないんだから」

〽何でB作が佐藤の代表格みたいになってんだよ!! もっとたくさんいるよ、苗字が佐藤の有名人!! それよりオイ!! それ以上佐藤さん馬鹿にすんじゃねぇぞ!!」

「すみませんでした……あまりにもアニメ界を冒瀆した名前だったので、少し殺意が湧いただけです」

〽オイてめぇ村田ァ!! やんのか!? 帰宅部の俺だってやるときゃやるんだぞ!?」

「まぁまぁ落ち着いてください東條さん」

〽誰が、俺を激昂させてると思ってるんだオイ!!」

「なら東條さん。その佐藤さんの『属性』を教えてください」

「ぞ……属性?」

「そうですよ。例えばお金持ちだとか、生徒会長だとか、ツンデレだとか、ボクっ娘だとか、メガネっ娘だとか、貧乳だとか、そういうことですよ。何かあるでしょ?」

「えぇ? そんなこと言われてもなぁ……。少し大人しめで、成績はたぶんそこそこ優秀で、学校は比較的休みがちで、上品に笑って、それで優しくて……」

「……やる気あんのかよ、佐藤」

〽てめぇコラ!! やっぱりやんのかコラ!! 急に強気になりやがって」

「いやぁ、だってどれもアニメのヒロインとしては些かパワー不足なんですよ……。もっとインパクトのある情報はないんですか?」

「……えぇと。強いて言うのならお家はあんまりお金持ちじゃなくて、弟妹が多くて……」

「なるほど……。両親は性行為好き、っと」

「口を慎《つつし》め!!　やっぱオメー佐藤さんディスってんだろ!!　あーっ!?　やるぜ、やってやんぜ!!　好きな人のためなら俺は修羅にだってなれるんだぜ!?」

「まぁ、とにかく佐藤さんルートに乗れるように、うまくマネジメントしてみましょう」

「ほっ?」と俺は意外な返答に間抜けな声をあげる。「なんだかんだ散々文句を言いながらも、協力してくれるんですか?」

「まぁ、それが仕事ですからね。どんな相手でも最善を尽くす、それがフラグマスターというものです、では」と村田さんは前傾姿勢をつくる。「佐藤佳子さんについての情報を収集しましょうか、効果的なフラグマネジメントは情報集めからです」

かくして、村田さんの『佐藤さんルートに乗ろう』大作戦が始まる。俺は強力な助っ人の登場に胸を震わせ、明日への期待を膨らませた。

佐藤さん、ああ佐藤さん。俺はテーブルの下で拳を強く握りしめた。

どこからか「りん」と青春の音が聞こえる。

18

「俺は東條涼一。十七歳の現役男子高校生だ」

勘違いされた方がいたら申し訳ないのできちんと明言しておくが、今のは心の声でも、はたまた回想シーンの一コマでもない。俺の『独り言』である。

十二月十七日の朝。目覚まし時計の音を合図にベッドから起き上がり、誰もいない部屋の中で寝間着姿のまま高らかに宣言したそれは、やはりどう取り繕おうとも『独り言』である。

昨日。

村田さんが女神佐藤さんをディスりにディスり倒した後。俺は村田さんに佐藤さんという素晴らしき女性のプロフィールを、俺の知るかぎり事細かに話した。すると村田さんは何度か頷き、とある作戦を完成させた。

「いいですか東條さん。そこまでお相手のことがわかっているなら上出来です。あとは、佐藤さんに対する想い、あるいはそんな佐藤さんに対する東條さんのスタンスを、フラッガーシステムに汲み取ってもらえばいいんです」

「汲み取ってもらう……と言いますと?」

「ナレーションです」と村田さんは人差し指を立てて言った。「主人公の現状、願望、今後の展開、そんなことを上手に滲ませ、暗示させるのに最適なツールがナレーションなんです。例えば何かのアニメの第一話を想像してみてください。仮に主人公が『遅刻だァ!!』だとか叫びながらダッシュで登校するシーンということにしましょう。そんなとき、走っている主人公とは別に、ナレーションとして主人公の心の声が入るでしょう? なんとなく想像できませんか

『俺の名前は○○。○○高校に通う高校一年生。平凡な毎日を生きているんだぜ。しかし今日は遅刻しそうで大ピンチなんだ!!』と、そんな感じのことを言っているでしょう?」

「……確かに、あるような気がします」

「漫画ならナレーションではなく、台詞用とは別の四角い吹出しにて語られたりしますし、小説なら括弧《かっこ》のついていない地《じ》の文で語られます。……とにもかくにも、東條さんのスタンスを明示するには、このナレーションが最適なんです」

「なるほど……でも、どうやって俺のスタンスをナレーションするんです?」

「それです」とまたも村田さんは人差し指を立ててみせた。「ご存じの通り、本フラッガーシステムは深夜アニメのシナリオを軸に動いてはいますが、これは『アニメ』でも『漫画』でも『小説』でもない、実際に起こっている『現実』です。となると、必然的にアニメのような『天の声』的ナレーションは使えません。そこで――」

「そこで?」

「ナレーションの代替品として『独り言』を用います」

「へっ?」と俺は素《す》っ頓狂《とんきょう》な声を上げた。

「ですから、お天道様、もといフラッガーシステムに向かって、大きな声ではっきりと、今後の展開を暗示させるような独り言を呟くんです」

　そんな訳で、俺は先程『俺は東條涼一。十七歳の現役男子高校生だ』なんて独り言を言わされてしまったわけだ。もちろん村田さんが作成した佐藤さん攻略のための独り言はこれだけではない。俺は昨日必死になって暗記した独り言をそのまま唱える。全体的に棒読みなのは言うまでもない。

「実に平和で平凡な毎日を送っている。しかしそんな俺も、最近はちょっとばかり気になる女の子がいるんだ。そしてその子のことを考えると、思わず胸がキュンキュンしちゃうんだ」

俺は村田さんの台詞のセンスのなさに腹立たしさを覚えた。しかしながら、一字一句間違えずに言うようにとのお達しなのでどうしようもない。俺は少しだけ濁った表情で続ける。

「その名も佐藤佳子さん。同じクラスの女の子なんだ。ちょっとだけ貧乏で、ちょっとだけ病弱で、そしてちょっとだけ弟妹が多いのが特徴なんだけれども、なにせ笑顔は可愛いし、誰にでも親切、それに控えめなところも最高に可愛いんだ」

確認しておくが俺は今、寝間着姿で自分の部屋にいる。もちろん俺以外に人はいない。いかに俺が行っているそれが変態的な作業かということを認識していただけたのなら幸いだ。

「稀に、通学途中に遭遇することがあるんだけど、そんな日は最高にハッピーで思わずスキップをしちゃうんだ。佐藤さんとお近づきになろうだなんて、僕の分際ではおこがましい願いだとは思うけれども、ああ、どうにかならないかなぁ？」

よし！　言い切った。よくやった俺。

ちなみに、通学途中に佐藤さんと遭遇することがある、という件《くだり》があったが、あれはまったくの嘘である。実際は通学路で佐藤さんを見かけたことすらない。というのもそもそも家の方向が違うのだ。というわけで不審に思った俺は、台本を渡されたとき、『こんな事実ないですよ』と指摘したのだが、村田さんは『これでいいんです』と取り合ってくれなかった。

まぁ、何か考えがあってのことなのだろう……と前向きに捉えておく。

しかしながらはてさて、本当にこれで何かが変わるのだろうか。俺は半信半疑どころか、無信全疑に近い心でため息をつく。

深く考えることはよそう。やることはやったのだ。村田さんに対する文句は後でいくらでも言わせてもらうことにしよう。

俺はすべての台詞を言い終えた解放感そのままに、ソラの待つ一階へと下りていった。

準備を終えると、ソラと共に学校へ向かう。冬も深まってきたことを証明するように気温はなかなかに低く、コートのポケットから手を取り出せないような状況ではあったが、空は雲ひとつなくカラリと晴れ渡っていた。白い息も日差しに浄化されるように瞬く間に霧散していく。

ソラはクマさんのミトンを装着した両手をパンパンと叩き、その響きを楽しんでいる。目的はよくわからないが、何にしても平和な光景だ。

ソラはやれ「猫がいた」だとか、「あの車大きい」だとか、わざわざ声に出さなくてもいいようなことを指摘し、いちいち俺に対して注意を促した。俺はそんなソラに対し適当に「そうだな」だとか、「本当だ」などといった気のない返事をし続ける。

すると、あろうことか事件が起きた。

「佳子だ」

俺は振り向くこともせず先ほどまでのように気もなく「そうだな」と返したのだが、すぐに簡単にスルーすべき発言ではないことに気付いた。

慌てて振り向くと、そこには……

そこには、俺が今まで何度夢に見てきたであろうか、登校途中の佐藤さんがいるではないか！　見間違えるはずもない。そこにいるのは（通学路を考えれば）本来いるはずのない佐藤さん。しかし事実として佐藤さんは道路を挟んだ反対の歩道を優雅に歩いている。佐藤さんの歩いた軌跡はパステルブルーの風となって空気に溶けていく。ああなんて爽やかで、美しく、清廉で、完璧な存在なのだろう。

と、俺が佐藤さんの歩き姿に心を奪われていると、唐突にソラが叫んだ。

「佳子！　ソラだよ！」

あろうことか、ソラは車道を挟んだ佐藤さんに向かって大きく手を振るではないか。なんと、なんと、大胆なことを平然とやってのける奴だろう！

幸いにして車も通っていなかったので佐藤さんはソラの声にすぐさま気付き、こちらを振り向く。それからソラに向かって（いや、俺に向かってかもしれない！）笑顔を見せた。

骨が溶け出してしまうのではないかと思うほどに魅力的な笑顔だった。遠目であっても、佐藤さんの人となりが滲み出るような柔らかな笑みは十分に俺の理性を破壊する。

ソラに先導される形で俺は歩道橋を渡って佐藤さんのもとに向かう。渡る途中、なにやら歩道橋が揺れているような気がしたが、揺れていたのが歩道橋ではなく、俺の足であったことは明白である。

「おはよう、東條くん。ソラちゃん」

佐藤さんが俺の名前を呼んでくれた……。

まるで小鳥がさえずるような、あるいは風鈴が鳴るような、もしくは川のせせらぎのような、しかしどんな言葉で形容しようとも表現しきれない美しすぎる、清らかなる佐藤さんの声が、俺の名前を呼ぶ。しかも、——東條くん、ソラちゃん——ソラより先に！

ひょっとすると俺の寿命は今日までかもしれない。

しかし、うっとりとしている場合ではない……。

挨拶を返さなくては礼儀知らずだと思われてしまう。

「お……おは、おはよう、さ、佐藤さん」

俺の動揺が可笑しかったのか、佐藤さんはまた控えめに笑った。もちろん右の頰にはえくぼが出現する。駄目だ……。このままでは死んでしまう。

今まで神のように崇《あが》めていた存在である佐藤さんが目の前にいると考えただけで、俺はもはや何もできる気がしない。会話はもちろん、歩行も、呼吸も、すべてがウルトラC難度の荒業に思えてくる。俺は大いに口ごもり、そしてキョドリにキョドった。

そんなこんな、俺たちは三人で学校を目指す。しばらくは佐藤さんとソラが並んで談笑を続け、その二人の後ろを俺が黙って歩いた。先ほどの懸念どおり、時折ステップが乱れ歩き方を忘れそうになったが、前に進むことだけに集中して、何とか正常な歩き方を保った。

思っていたよりも佐藤さんとソラは親しげだった。共にスタバに行ったという話を聞いていたので、ある程度打ち解けたのであろうとは思っていたのだが、俺の想像以上に二人はフランクに話す。

いやはや、何にしてもこれは村田さんの作戦が成功したということなのだろう。『稀に、通学途中に遭遇することがあるんだけど、そんな日は最高にハッピーで思わずスキップをしちゃうんだ』という嘘八百の独り言は、なるほどこの展開に持ち込むためのフラグマネジメントだったというわけか……。侮れん、アニメオタク村田。

「お兄ちゃん」

俺はソラの声にピクリと身体を震わせる。「ど、どうした？」

「ソラ、今日用事があったことを思い出した」とソラは少しのっぺりとした表情で言った。「だから、早く学校に行かなきゃいけない」

「ほう」

「だから、先に行ってる」

「おう、気をつけて」

「うん」

ソラは言うと、とたとたとほんのりおぼつかない足取りで学校へと駆けて行った。はて、用事とは何なのであろう。日直というわけでもないだろうし、転校したてのソラには委員会活動などもない。

「ソラちゃん。どうしたんだろうね」

佐藤さんはソラの後ろ姿を見つめながら、心底不思議そうな表情で言う。俺はそんな佐藤さんの横顔を見ていると、口から魂が飛び出しそうになった。た……大変だ。

ふ、二人っきりになっておる。

ソラが抜けた穴を埋めるように、佐藤さんの隣には今まで後列を守っていた俺が繰り上がり、佐藤さんとの距離は必然的にぐっと縮まった。

駄目だぞ俺。あんまり動揺し過ぎてはいけないぞ……。

理由はよくわからないが、これはソラが俺にプレゼントしてくれた千載一遇のチャンスなのだ。この機を逃す手はない。ここは冷静に、かつ紳士的に、佐藤さんの気に入る男性、御園生の言葉を借りるならば〝Perfect Boy〟を目指すのだ。

俺は横隔膜辺りから押し上がる震えを喉で嚙み殺し、平静を装って声を出す。

「ど、どうしたんだろうね……。ははは」

なんとも中身のない台詞しか返せない自らの機転の利かなさを恨む。しかし佐藤さんはそんな俺の不安をかき消すように笑顔を見せてくれた。

「ところで東條くんは、期末試験の準備はしてる？」

「き、期末試験？」と俺は緊張もさることながら、頭の片隅にすら保管されていなかった予想外の単語に戸惑う。

「うん」と佐藤さんは頷いた。「もう四日後に迫ってるし、そろそろ私も焦ってきちゃって」

そう言って少しはにかんだ佐藤さんの顔は俺の心を髄《ずい》から揺さぶるほどに魅力的だったのだが……今回ばかりは注目すべきはそこではない。

期末が四日後？

今月に入ってから毎日、居候だ、政略結婚だ、魔術だと、ぶっ飛んだ世界に揉まれ続けていたせいで、『期末試験』という実に一般的で高校生臭あふれるイベントをすっかり忘却していた。もちろん準備らしい準備は何もできていない。

御園生のワガママのせいで授業カリキュラムは短くなってしまうし、一ノ瀬の特訓のせいで俺は授業にさえ出られなくなってしまっていた。これはなかなかにまずい気がする。

「……す、すっかり忘れてたよ。ははは。今日から勉強頑張らなくっちゃ」

「それなら、東條くん。一緒に勉強する？」

「……は、はい？」

「だって、東條くん授業にもあんまり来られてなかったし、一人で勉強するの大変そうだから一緒に勉強でもどうかなって？」

………………。

……例えば、
例えば、サッカーワールドカップに向けた日本代表選手の発表をテレビで見ていたとしよう。

無数のフラッシュが焚かれる会見場に、代表監督（おそらく外国人だろう）が颯爽と入場してくるのだ。それから椅子に座ると、なにやら一言二言《ひとことふたこと》挨拶をしてから、いよいよ代表選手が書かれたリストを読み上げに掛かる。俺はそんなシーンを何気なく、それこそポテトチップスでもパクつきながらソファに座って見ているわけだ。誰が選ばれるんだろうなぁ、と漠然とした予想をしながら。

するといよいよ選手発表が始まる。欧州で活躍するようなバリバリのスター選手から、メディアに取り上げられる回数こそ少ないもののJリーグで地道に活躍しているいぶし銀な選手や、実力よりもキャプテンシーを買われて抜擢されるサプライズ選手まで、とにかく代表に選ばれる選手は実に様々だ。そしていよいよ、発表も終盤。めぼしい選手はおおかた指名され、果たして残りの椅子は誰の手に？　俺は相変わらずテレビの前でポテトチップスを食べている。

監督は淡々と、しかし一人一人の名前を噛み締めるように後半の選手を読みあげていった。

［タマダ――ヤナギサワ――オオグロ――］

そして……。

［――トウジョウリョウイチ］

俺は驚きから立ち上がってポテチを床にバラバラと零《こぼ》す。それから声にならない声をあげて、テレビの前で呆然と立ち尽くす。

説明が随分と長くなったが、今の俺はつまりそんな気持ちだった。

かの佐藤さんが、俺を勉強に誘っている……。

さ、佐藤さんと……べ、勉強できる？

俺は身体が更に熱くなり、コートの内側で激しく発汗しているのを感じた。俺は今もって、初めてフラッガーシステムのありがたみを、そしてフラグマスター村田さんの力というものを全身で感じる。

「嫌かな？」

「ま、まさか!! お、お願いします！ 一緒に勉強してください!!」

少し不安そうな表情で俺の顔色を窺う佐藤さんに対し、俺は首をブルンブルンと振って大きな声で答えた。すると佐藤さんはまた控えめに笑って、えくぼをつくる。

これはもう、断言してもいいのではないだろうか？

序盤は御園生怜香ルートに乗っていたように、中盤は一ノ瀬真ルートに乗っていたように、今は……今は佐藤さんルートに乗っている！ そう、断言できるんじゃないだろうか？

俺はあまりに長すぎた自らの苦労を振り返る。ソラを自宅に招き入れ、御園生と望まないデートを繰り返し、一ノ瀬と魔法の特訓を繰り返したあの日々を、振り返る。

ああ……。俺はなんて遠回りをしてきたんだろう。

初めから村田さんの力を借りていれば、こんなにもスムーズに、より濃厚な佐藤さんとの十二月を過ごせていたかもしれないのに。余計なヒロインたちを登場させる間もなく、ちゃきちゃきと佐藤さんとお近づきになれていたかもしれないのに……。

いや、しかしながらそれは少しばかり的外れな後悔かもしれない。というのも、今日という一日がより感動的に思えるのは、なにより多くの苦労と苦痛とドタバタがあったからではないか。

ならば感謝しよう……。今日までのドタバタに。

「じゃあ、放課後に私の家でいいかな？」

「……へっ？」

「私の勝手で申し訳ないんだけれど、どうしても弟たちの世話があるし、できれば私の家でお願いしたいなって」

佐藤さんの家？

佐藤さんのお家でお勉強？

おいおい。おいおいおいおいおい！

一体、何が起こってやがるんだよ!?　もはや神様が俺を個人的に贔屓《ひいき》しているようにしか思えねぇ!!　最高だ。最高すぎる。こんなにもポンポンとすべてが急ピッチにテンポよく進んでいくなんて、都合がよすぎる気もするが、それこそが何と言ってもご都合主義なわけだ。

「……よ、喜んで、佐藤さんの家に、お、おじゃまさせて頂きます！」

こうして、感動のラストシーンに向けて、俺の求めた真の深夜アニメ的日常が幕を開ける。

19

授業は滞りなく進み、新文部科学大臣が制定した『ゆったり教育』カリキュラムに則り三時間目にて終業を迎える。しかしながら俺にとっては永遠にも思えるような三時間であった。なにせ、放課後には佐藤さんのお家にお邪魔するというビッグ過ぎるイベントが控えているのだ。誰が落ち着いて授業など聞いていられよう。

いやはや、何にしても夢のような登校時間であった。どんな人間のどんな種類の幸福であっても、佐藤さんとの登校に勝る幸福など存在し得ないだろう。俺は授業中も終始ほくほく顔で過ごした。

そしてなにより俺にとって嬉しかったのは、佐藤さんが、フラッガーシステムが稼働しているこの世界の中でも今までと同じ雰囲気でいてくれたことだ。ご存じの通り笹川は随分とダークサイドに引きこまれてしまったし、御園生は（元の性格は知らないが）金持ちを鼻に掛けたお嬢様になっていたし、一ノ瀬は（こちらも元は知らないが）魔術を信奉する電波少女と化していた。

そんな訳で俺には一抹《いちまつ》の不安があったわけだ。ひょっとすると佐藤さんも、どこかとんでもないような性格に仕立て上げられてしまっているのではないか、と。しかし、今朝の佐藤さんの姿を見て、俺の不安は風速三十メートルで吹っ飛んでいった。

佐藤さんは変わっていない。もっとも俺を勉強会に誘ってくれた積極性に関しては、多少の変化を認めざるを得ないが、喋り方、物腰、身のこなし、笑い方、などなど根本としての佐藤さんは何一つ変わっていなかった。

村田さんは言った。

『「意志の強い人」、あるいは「強い信念を持っている人」は、（フラッガーシステムが稼働していても）若干性格の変更がなされにくい傾向にあることも事実です』

つまり……つまりだ！

佐藤さんは根っからの清廉さと、芯の強さを持っていることが証明されたのだ。俺はそれがなにより嬉しい。俺の目に狂いはなかった。佐藤さんは優しくて真面目で親切で思いやりもあって素敵で清純で完璧な……いわば現代の"Perfect Girl"だったのだ。

ああ、嬉しい。今日はなんと幸せな一日なのだろう。


「それじゃあ、行こうか東條くん」

俺は不意に舞い降りた天使の声に顔を上げる。そこには、本来なら俺に声などかけてくれるはずもない佐藤さんの姿があった。

ああ……。なんて幸せなんだろう。こりゃあ、今日殺されても本当に文句は言えないな。

するとそこへ、呼んでもいないのに笹川の野郎がやってくる。

「おいおい東條！　お前、佐藤とどこのラブホテルに行くつもりだ？」

俺は手刀《しゅとう》をつくると、全力で笹川の右すねを叩いた。笹川はブレイクダンスの技の一種でも演じるように、地面をくるくるとのたうちまわる。

なるほど、これが殺意というものなのだろう。字義的には理解していたものの、今はじめて身をもって体感する。神聖なものを冒瀆した罪はあまりに重いぞ、笹川よ。そのまま地獄の果てまで苦しみ続けるがいい。

俺はソラに「ちょっと佐藤さんの家に行って来る」とだけ伝え、ルンルン気分で佐藤さんと共に学校を出た。


校門を出ると、佐藤さんは自らの家へ向けての進路を取る。しかしながら、佐藤さんの進む方向はやはり俺の知る限り、佐藤さんの家がある方向ではない。今日の朝、通学路で見かけたことも不可解であったのだが、果たしてこれはどういうことだろう。

「……あの、佐藤さん？」

「なに？」と佐藤さんは目を開いて、小さく首を傾げる。

はぁ、駄目だ……こんな些細な仕草なのに、ただそれだけでどうしようもないほどに可愛い。どうにかなってしまいそうだ……。それでも俺は何とか自分を律し、質問をしてみる。

「佐藤さんのお家って、こっちの方向なんだっけ？」

すると佐藤さんはほんの少しだけ表情を曇らせ「う、うん」と遠慮がちに頷いた。「色々あって、最近引っ越したの」

「……引っ越し？」

「……うん。今月の頭にね」

俺はこの議題に佐藤さんのテンションが如実にしぼんでしまっていることを感じ、「へぇ」とだけ返して、話を流した。

佐藤さんが立ち止まった。

そこは土手を下った河原の一角であり、なんとも荒涼とした雰囲気漂う場所であった。幸いにして異臭はしないものの決して清潔とは言えない濁った川がすぐ脇を流れ、その川に沿うようにして一軒のボロ小屋が建っている。万が一川が増水した日には、瞬く間にぺろりと飲み込まれてしまいそうなほどに脆弱《ぜいじゃく》な小屋だ。と、そんなボロ小屋の他には取り立てて目立った建物、置物、障害物はなく、一面ただただ雑草の生え散らかった寒々しい地面が広がっている。

俺は過去の恥ずかしい思い出を必死で忘れようと努力するように、自分の中に芽生える最悪の予感を頭から追い出す。

そんな訳ないじゃないか、東條涼一くん。そんなはずないよ。

俺は知っているんだぞ。立派でこそないが、佐藤さんは先月まで学校の近くのマンションに住んでいたのだ。さすがに間取りまでは知らないが、外観の雰囲気からして３ＬＤＫといったところだろう。まぁ、佐藤さんの家は四人姉弟であるから、広々悠々スペースとはいかないだろうが、それでも人並みの生活は問題なく送れていたはずだ。そこから引っ越したのだというのだから、まぁ……同程度のマンション、もしくはマイホームを手に入れたと考えるのが相場というものだろう。

よってこのボロ小屋は、何の意味も持たないただのオブジェに違いない。何となく気になって、佐藤さんが足を運んだだけの、そんな虚無的なオブジェだ。

うん。間違いない。

「ここが、私の家なの」

最悪だよっ!!

さっき『今月の頭に引っ越した』と言っていた時点から嫌な予感はビンビンにしていたが、この惨状はあまりにひどすぎるだろ!!

なんだよこれは!? ほぼ『星飛雄馬』の家じゃないか!!

『木造建築』と言うよりも、『木で組み立てられたお家』と表現する方がしっくり来るほどのボロボロ感。きっと童話のオオカミさんなら一息に吹き飛ばしてしまうに違いない。

ああ……なんて残酷なことをするんだフラッガーシステムよ。佐藤さんの性格が変更できなかったからって、こんなところでキャラクタの個性を発揮させなくてもよかろうが……。間接的に佐藤さんをこんな家に追い込んでしまった罪悪感が半端ではない。

「ご、ごめんね東條くん。やっぱり、びっくりするよね？」と佐藤さんは実に申し訳なさそうな表情でうつむきながら言う。「実はこの間、お父さんが会社をクビになっちゃって、社宅を追い出されちゃったの……。それで……こんな家になっちゃって……」

「いや、まったく問題ないよ！」と俺は気を落としている佐藤さんの姿に、たまらず大きな声を出す。「全く問題がなさすぎることが逆に問題なくらい、問題ないよ！」

「ありがとう」と佐藤さんは少し元気を回復したように笑ってくれた。「一応、お父さんも『経営コンサルタント関係』の新しいお仕事が決まったから、すぐにまた引っ越せるとは思うの。心配させちゃってごめんね」

俺は今一度何も問題がないことをアピールした上で、佐藤家父の再就職を祝った。しかしながら佐藤さんのお父さんも、まずは家庭の経営状態をコンサルタントして欲しいものだ。この家の惨状にはちょっとばかり目を覆いたくなるものがある。

ま、まぁ、ひょっとすると内装は綺麗なのかもしれないな（御園生の家みたいに）。

そんな淡い期待を胸に、佐藤さんの後に続いて俺はいよいよちゃちな造りの引き戸の玄関へと進み出る。

もちろん、内装だけはデザイナーズマンションばりのスタイリッシュさを誇っている、なんてことはなかった。外見も中身も、名実ともにここは『星飛雄馬』の家だった。間取りは堂々の『ＬＫ』。リビング（と呼んでいいのかどうか甚だ疑わしいが）は、六畳程度の広さで、併設されたキッチン（まるで戦後間もない頃のような、非常に簡素なものである）がだいたい四畳半といったところだろうか。

床はすべて茶色く焦げた畳敷きで、壁は今にも崩れ落ちそうな土壁。この季節には凍え死にそうなこと請け合いなのだが、リビングとキッチンの境に設置された石油ストーブが唯一の防波堤として氷河期を防いでいる。部屋自体が狭いお陰で、小さな暖房器具でも十分家中が暖まるようだ。

「あっ……オネエチャンお帰り」

「お帰り」

「お帰り」

まるで餌に飛びつく熱帯魚たちのように、弟二人と妹一人が佐藤さんへと群がってきた。見た目で判断するに、上から小学校中学年（弟）、小学校低学年（弟）、小学校低学年（妹）といった感じだろうか。きっと小学校も『ゆったり教育』の弊害で半ドンなのだろう。家庭の収入事情を反映してなのか、子どもたちの着ている服は一様にくたびれていて、頰や掌などが少なからず汚れている。コレはガチで戦後間もない……いや、もはや戦時中だ。さんざん『星飛雄馬』の家だと言い続けてみたが、どうやらここは『左門豊作』の家であったようだ。あぁ……なんてことだろう。

「はい、ただいま」と佐藤さんは皆に対し温かい笑顔を見せた。それは子どもたちだけでなく、なぜだか俺さえも安心したくなるような、そんな素敵な笑顔だった。

一番上と思しき、丸刈り頭の長男が佐藤さんの袖を摑んで言う。

「オネエチャン……ドロップ舐めたい」

おお……。まさか二十一世紀の現代において、かの名作の台詞を実際に耳にするとは思わなかった。なんと真に迫る一言だろう。俺は思わず自らの涙腺が緩むのを感じた。どこかの金持ちお嬢様に見せてやりたい。

「……オネエチャン」

「はいはい、ちょっと待っててね。昨日友達にもらった黒飴があるからね」

「やだよぉ……。チェルシー以外はうまく喉を通らないよぉ」

無駄に舌が肥えてやがる!!

佐藤さんのご厚意を素直に受け取らないとは、この俺が温厚なオネエチャンに代わってお仕置きしてやろうか。しかしそんなことをしては佐藤さんに嫌われかねないので、ここはグッと堪えて唇を噛む。

すると長男が不思議そうな顔で俺を見上げる。

「なぁなぁ、オネエチャン？　この貧相な男はだれ？」

あーん？　俺は危うく舌打ちを放ちかける。

「こら利《とし》くん。どうしてそういうこと言うの？　ごめんね東條くん」

俺は佐藤さんの謝罪にすべての悪感情を浄化させた。いやはや本当に天使だ。俺は問題ないことをアピールすると、下の子たちをあやす佐藤さんの姿にしばし見とれる。

「今からお姉ちゃんと東條くんはお勉強をするから、少しの間静かにしておいてね」

「はぁい」

ああ……。学校では決して見ることのできなかった佐藤さんの素敵な一面がどんどんと明らかになっていくではないか。弟たちを笑顔で諭すその神々しいまでのお姿は、素敵なお母さん、いや……すてきな奥さんを予感させてやまない。

「それじゃあ、始めようか」と佐藤さんは妄想まっただ中の俺を夢から覚ますように言う。

俺は慌てて「はい」と答えて、佐藤さんに案内されるままリビングの隅に設置されたテーブルについた。


『勉強会』などと謳われるそれは、実質的には試験期間中に友人と遊ぶための大義名分に過ぎない。最初こそ必死にペンを走らせてみるものの、気付けばお喋りに花が咲き始める。『勉強をした』という有名無実な概念だけが残り、有りもしない充足感に酔い、いざ試験を受けてみればものの見事に撃沈を果たす。それが定番というものであろう。

しかしながら、佐藤さんは違った。

佐藤さんはじっと教科書と手元のノートだけを見つめ、時折適度にペンを走らせる。そしてすべてを理解したことを確認すると、静かに頷いて次のページをめくる。その間、ため息をついたり、冷蔵庫を覗きに行ったり、シャーペンの芯で遊んでみたりするような余計な動きは一切ない。

教科書、ノート、メモ、たまに消しゴム、またメモ、次のページ。

俺は今日をもって、なるほど、成績のいい人というのは『頭のいい人』であるということもさることながら、それ以上に『集中して勉強ができる人』であるのだと悟った。

もちろん佐藤さんの一挙手一投足を細かに観察していることからも察していただける通り、俺はほとんど勉強が進んでいない。勘違いしてしまう人がいたら申し訳ないので断っておくが、これは別に佐藤さんが悪いわけではないのだ。俺は一人だって複数人だって、どうしても勉強に対する集中力が持続しない。いつのまにやら余計な活動を始めてしまい、気付けばまるでワープしたのかと思うほどに時計の針が吹っ飛んでいて、一日が終わっている。

そんな訳で今日も今日とて、勉強など手に付かない不毛な時間を過ごすのだなぁ、と一人内省的なことを考えていたのだが、いやはや、俺は佐藤さんの実力を完全に見くびっていた。

「東條くん、進んでる？」

あろうことか佐藤さんは自分の勉強に集中し続けているようにしか見えないのだが、その実、俺の勉強の進み具合も横目で確認してくれているのだ。

俺の手が止まっていると、佐藤さんは少しからかうような笑みを浮かべながら俺に勉強を促す。そして更に、俺がわかっていない箇所を見極めると、自分の勉強を一時中断して懇切丁寧に指導を授けてくれるのだ。それが、また上手いのなんの……。

俺は今日はじめて、『勉強会』というものの存在意義とその有用性を認識した。なるほど、勉強会も行う相手次第でどうにでも有効なイベントに変貌するのだ。

あとはもう少し佐藤さんに対する耐性をつけて胸のドキドキを抑えることができたのなら、学習効率は更に飛躍的な上昇を遂げることだろう。

佐藤さんに静かにしているよう言いつけられていた弟たちも、お腹が空いてくるとにわかに騒がしくなり始めた。

「オネエチャン。お腹減った」

佐藤さんは顔を上げると、壁の掛け時計を見上げた。「もうこんな時間か……ごめんねすぐに何か用意するね」

そう言って佐藤さんは立ち上がり、いそいそとキッチンの方へと向かっていった。

佐藤さんというよき講師を得たおかげで勉強に集中していたが、確かに冷静になってみれば俺も少しばかりお腹が減っていた。

「あら……お米も麵もないか」という佐藤さんの声がキッチンから聞こえてきた。「買ってこないと」

すると利くんと呼ばれていた長男がキッチンに向かって文句を垂れる。「えぇ？　もう我慢できないよ。すぐに食べたいよぉ」

「ごめんね利くん。すぐに材料買ってくるから、少しだけ待っててね」

「無理だよぉ……。子どもは待つのが苦手なんだよぉ……」

この糞ガキが。佐藤さんと血縁関係になかったら今すぐにでもハッ倒してやりたいところだ。素敵過ぎるお姉さんに感謝をするんだな、ボウズ。

「東條くんもごめんね、すぐに買ってくるから」

「えっ？」と俺は思わず声をあげてしまう。「……お、俺にもご馳走してくれるつもりだったの？」

佐藤さんは爽やかな笑みを浮かべた。「それは、東條くんは大事なお客様だもん。ちゃんとおもてなししなくっちゃね」

あぁ……。俺はなんて幸せ者なのだろう……。

しかしそんな素敵な感慨も束の間、俺はすぐに冷静になる。

いやはや、これは大変に失礼極まりない想像であるということは重々承知しているのだが、きっとおそらく（というか確実に）現在の佐藤さんのお家は裕福ではない。

どころか、極貧《ごくひん》だ。

そんな人のお家で、食べざかり育ちざかりの高校生男子が『ウメー佐藤さんの手料理超ウメー』とばかりに穀潰《ごくつぶ》し行為に及んでもいいものだろうか？　否、否、断じて否である。

本日の勉強会は佐藤さんがホストである限り、確かに佐藤さんが俺にご馳走をするという形が一般的なあり方なのかもしれない。しかしながら、今このような状況で、そんな社会通例を通す必要がどれだけあるというのだろう。俺は一つ心を決める。

「もし材料がないなら、俺がその辺のコンビニで適当にお弁当買ってこようか？」

「いやいや、悪いよ東條くん。せっかく来てもらったのに、お遣いみたいなことさせられないよ」

俺は首を振った。緊張しながらも紳士然とした態度を意識して、「お、俺の方こそ佐藤さんに勉強見てもらって随分助かったから、少しお礼をさせて欲しいんだ」

すると「それなら頼む」となぜだか長男が答えた。「坂井宏行《さかいひろゆき》がプロデュースした弁当を頼む」

「……お、おぅ」具体的な指示まで出してきやがった。

「じゃ、じゃあ僕は……」と次男も続く。「六厘舎《ろくりんしゃ》がプロデュースしたつけ麺が食べたい」

「……おう」

「ハナは……」と末っ子の女の子も負けない。「ハナは米村《よねむら》でんじろうがプロデュースしたパスタサラダ」

〽そんなのあるの⁉ すごい不味《まず》そうなんだけど⁉」

「ちょっと皆」と佐藤さんは少しばかり頰をふくらませる。「勝手なこと言わないの。東條くんに迷惑でしょ？」

「だって、この馬の骨が買ってくるって言うから」

口の悪さがとどまるところを知らない。

「こら利くん！　東條くんに謝りなさい」

「すまん。そいでさぁ――」

すげーおざなりだ!!

「つまるところ、この男は誰なの？　オネエチャンの彼氏なの？」

おお……？　な、なんて質問をぶつけるんだ利くんとやら……。

「オネエチャンの彼氏なら、多少のワガママも許されるでしょ？」

小学生にしてそんな理論をお持ちだとはなかなかどうして将来が不安だが、何にしてもえげつないほどドギマギする展開に持ち込んでくれたものだ利くん。

ひょんなことから今日一のドキドキポイントが発生してしまったではないか。この質問に果たして佐藤さんがなんと答えるのか、フラッガーシステムがどれほどの効果を発揮しているのか、俺は思わず佐藤さんの反応を注視する。

「彼氏じゃないよ、利くん」

俺はなぜだかそんな返答にとてつもないほどの落胆を覚えたのだが、いやしかし、佐藤さんがそう答えるのも当然というものだろう。なにせ、事実として俺と佐藤さんは恋仲ではないのだ。佐藤さんは真実を口にしたまで。別に俺のことを嫌いだと言っているわけじゃないんだ、落ち込む必要はない。

「利くん、それにね」と佐藤さんは続けた。「私は、高校生なのに『付き合う』だとか『彼氏』だとか言うのは早すぎるんじゃないかな、って思ってるの。だから、まだ小学生の利くんがそんな簡単に『彼氏』だなんて言うんじゃありません。わかった？」

「……はぁい」

おや……おやおや。

いま、さりげなくものすごく重大な事実が発表されたような気がするぞ。

『私は、高校生なのに「付き合う」だとか「彼氏」だとか言うのは早すぎるんじゃないかな、って思ってるの』

なんてこった……。

こりゃ、脈なしなんてもんじゃねぇ。

ものすごい合格率を誇る予備校に通い、懸命な受験勉強を続けてきたというのに、第一志望の大学が学生の募集をしていないことが判明した。

あ……あら？

俺のこの半月はまるで無駄な日々だったというのか？

御園生や一ノ瀬のように、出会って数日で『好きだ』と伝えてきた女子たちとは住んでいる次元が違う。お堅いなんてものじゃない。鉄壁じゃないか……。

これだけ意志が強くっちゃ、この十二月、どれだけフラグを立てようとも……いや、それどころか高校を卒業するまでは、絶対に佐藤さんと恋仲になることなどできないではないか。

順風満帆に思えた佐藤さんルートも、ここにきて思わぬ暗礁に乗り上げた。

俺は動揺を悟られないよう取り繕うのも忘れて、茫然自失で壁の一点を見つめる。

「……東條くん？」

微かに聞こえた佐藤さんの一言に俺はなんとか正気を取り戻す。「……な、なにかな？」

「やっぱり、私スーパーに買い物に行って来るね」

「えぇ……？」とあからさまに不本意そうな声を上げたのは長男であった。「もう完璧に口の中はムッシュ坂井だよぉ……ムッシュが食べたいよぉ」

その言い方だと、少し意味合いが変わってくる。

「……ほ、ほら弟さんもああ言っているみたいだし、やっぱり俺がコンビニで買ってくるよ。佐藤さんもお家で待っててよ、ね？」

「でも……」

「オネエチャン。お言葉に甘えようよぉ……」と利くんが遠慮のなさを存分に発揮する。「今から別の食べ物なんて喉を通らないよぉ」

俺は佐藤さんがこれ以上の難色を示す前に鞄を摑んで立ち上がった。

「と、とにかく、俺が買ってくるよ。えーと坂井宏行と……」

「六厘舎」

「……六厘舎と」

「でんじろう」

「……でんじろう」俺はでんじろうパスタを想像してみようと努力してみるが徒労に終わった。まるで想像できない。時間の経過とともに化学反応で色が変わったりするのだろうか。「……そ、それで佐藤さんは何が食べたい？」

「ごめんね……」と佐藤さんは心底申し訳なさそうに言う。「それじゃあお言葉に甘えて……私は幕の内弁当が食べたいな」

「わかった」

俺は逃げるようにして佐藤家を飛び出した。

最初に『俺がお弁当を買ってくるよ』と提案したのは、『佐藤家に迷惑は掛けられない』という高邁《こうまい》な精神に基づいたものであったが、しかし今の俺は先程とは少しばかり違う理由に基づいてお遣いを申し出ている。原因はもちろん先ほど不意に零れた佐藤さんの衝撃発言だ。

『私は、高校生なのに「付き合う」だとか「彼氏」だとか言うのは早すぎるんじゃないかな、って思ってるの』

これじゃあ今後、十二月が深まっていったとしてもあまり素敵な展開は望めないではないか……。毎日お手手をつないで共に登下校するという夢も、毎週のようにデートをするという夢も、クリスマスパレードを共に見物するという夢も、すべてはかくも無残にご破算と相成った。

もっとも、この情報は俺をいくらか落胆させたが、しかしそれと同時に佐藤さんの評価をぐいぐいと二段階ほど更に上昇させることとなった。お堅いがゆえに素敵ではないか……。チャラチャラとした不埒な女子高生とは質が違う。素敵だ……素敵過ぎる。

しかし、お付き合いは決してできない。

ああ……どうすりゃいいんだ……。

俺はそんなこんなショックを和《やわ》らげるために少しばかり一人になる時間が欲しかったのだ。よってコンビニに向かうという名目のもと、一人佐藤家を飛び出した。

いやはや、本当に困った……。何かよき作戦はないだろうか……。

……作戦。俺はそんな単語に、ふとあることを思い出す。

『フラッガーの方程式』だ。

これまでなら困ったことが発生した時点ですぐさま村田さんに電話というスタイルが定着していたが、せっかく二冊目を貰ったのだからちょっとくらい読んでみてもいいような気がしてきた。それに今朝からの一連の展開を考えれば、なるほど村田さんもただのアニメオタクではなく、フラグの流れを巧みに操ることができる一流のフラグ職人であることが窺える。

そんな村田さんが書いた本だ。割に信用できるかもしれない。

俺は鞄の中から真新しい『フラッガーの方程式』を取り出し、二宮尊徳の如くコンビニへと向かいながら本を開く。一応、書いた人への礼儀として最初のページから。

アニメ——アニメーション。
その歴史の根は実に深い。元来、『アニメーション』とはラテン語の『anima（アニマ）』を語源とする言葉であり、この『anima（アニマ）』とは魂を意味する単語である。つまりアニメというものは静止画である『無生物』に『魂』を与えるという——

前言撤回。

申し訳ないが序盤が冗長すぎるので、少しばかり飛ばさせていただく。悪いのは俺じゃない。本の構成だ。俺は右手でページを二、三十枚ほど摑み、一気に本をめくってみる。

——このように、新世紀エヴァンゲリオン以前と、以後においてアニメーションというものは大きな転換を迎えることとなった。再三示させていただいたとおり、本書は『二〇〇〇《ゼロ》年代アニメの系譜』を中心に据えて論じる書籍ではあるが、このエヴァンゲリオンの出現を無視して二〇〇〇年代を語ることなど到底不可能である。当時のアニメーションというものは、いわゆる『鉄腕アトム』から端を発した——

どうやら、この辺はまだスタッフから大不評を買った前半パート『二〇〇〇《ゼロ》年代アニメの系譜』のようだ。

俺は仕方なく、今度は全ページの五分の四ほどの分量を右手で掴み、勢いよくめくった。

——例えば、『まほろまてぃっく』や『ストライクウィッチーズ』のような一見して接点のなさそうな作品にも、エヴァンゲリオンの影響は色濃く見える。

まだエヴァの話してる!!

俺は仕方なく、ペラペラとめくって更にページを進める。すると、『フラグの立て方ハウトゥー』と大きく書かれた扉ページに辿り着いた。割合としては巻末付録程度の扱いにしか見えないが、本自体の厚さがそれなりにある分、実際の分量としては申し分なさそうだ。

すると後編の目次にて『気になる女性をオトす方程式』というなんとも魅力的な章があることを発見した。俺は飛びつくようにページを捲り、指定された箇所を開く。

〜気になる女性をオトす方程式〜

本項目ではフラッガーシステムにおいて気になる女性と恋愛関係になるための方程式を紹介する。

実のところ、フラッガーシステムにおいて気になる女性と恋愛関係になることは存外難易度の低い作業である。なにせ、フラッガーシステム自体がもともと恋愛に特化した装置であるからである。ほとんどのアニメ作品は男女の恋愛なしでは語り得ないものであり、恋愛描写が一切ない作品など僅かにしか存在しない。多くの作品において恋愛描写が存在しているのであるから、自ずとその傾向というものも顕著に現れてくる。必然的にフラッガーシステムと恋愛描写は切っても切れない関係となってくるわけだ。

よって、正しい手順と方程式を踏まえれば、誰でも簡単に意中の女性と恋愛関係になることができる。

はじめに、アニメ作品における『好意のしるし』というものを定義しておきたい。この『好意のしるし』とは、端的に言ってしまえば『あなたのことが好きですよ』という、異性から送られる合図のことである。まずもって気になる女性を恋愛関係に引きずり込むためにはこの『好意のしるし』を発現させることが肝心である。

では、この『好意のしるし』とは何であるのか？

それは僅かな例外を含むものの、大きく二つが挙げられる。

一つ目は『口ごもり』、二つ目は『頬の紅潮』である。

アニメ作品において、主人公と会話しているときの女性が『口ごもる』か、もしくは『頬を紅潮』させるようなことがあれば、これはまず間違いなく主人公に好意を抱いていると判断して間違いない。

よってフラッガーシステムにヒロインを認識してもらうためには（気になる女性をオトすためには）、この『好意のしるし』を人工的に発現させてしまえばいい。

そこで紹介させていただくのが以下の『方程式』だ。

1．気になる女性と会話をする。
会話の内容にこれといった制約はないが、できるならロマンティックなものであることが望ましい。

2．決め台詞として、とっておきの一言。
多少クサくても問題はない。どころかこの台詞に関してはクサければクサいほどいいとさえ言える。ぜひ、主人公精神を全開にして素敵な台詞をかまして欲しい。以下に例を挙げる。

・君が頑張っていることは、僕が一番よく知ってるよ。
・もっと肩の力を抜けよ。気ぃ張り詰めすぎてんだよ、お前はさ。
・俺はどんなことがあっても絶対にお前の味方だ。

3．最後に止めの一言。『顔赤いけど、大丈夫？』と言う。
これで完成である。この時点で、相手の顔が本当に赤いかどうか、ということはこの際問題ではない。重要なのは『顔が赤いよ』と言ってしまうこと、そしてそれをフラッガーシステムに認識してもらうことである。

もしこのシーンがアニメのひとコマであるとしたら、これはまず間違いなく、女性が主人公に好意を寄せていることが露呈してしまうシーンである。この方程式の味噌は、発言しているのは主人公なのに、主張をしているのは女性の方になってしまうという点だ。非常に画期的で、効果の割に実践がお手軽な方程式なのでぜひともご活用を。

完璧だよ……完璧すぎるよ村田さん……。
俺が求めていたのはこういう情報だったんだよ。
きっとこの『方程式』とやらを用いてみれば、一本凛と筋の通った佐藤さんも『まぁ高校生で恋愛もアリかな』と思ってくれるに違いない。そうでなくとも、今まで恋焦がれ憧れ続けてきた佐藤さんとの距離がグッと五百マイル程縮まること請け合いだ。

俺は佐藤さんとの素敵展開に向けて、頭の中でロマンティックな議題と、最高に格好いい決め台詞を模索しながら、テンポを上げてコンビニへと向かった。

「ただ今戻りました」

俺は五人分のお弁当を抱えて河原の佐藤邸へと帰還した。竹取物語の如き無理難題に思えた子どもたちの注文であったが、ご要望の品をコンビニはあまねく取り揃えていたので奇跡的に俺は目的を達成する。

「迷惑かけちゃってごめんね、東條くん」と佐藤さんは上目遣いのお礼をプレゼントしてくれる。もちろん瞬間的に俺の身体から疲労は霧散していった。そして真面目一途な佐藤さんが放つどこか妖艶なその表情に、言い得ぬ背徳感を覚えてまごつく。

「……き、気にしないでよ。俺も好きで買いに行ったんだから」

「私たちの分、いくらだった？」

俺はとっさに『お金なんていらないよ』と言おうかと思ったのだが、それだと佐藤さんに逆に気を遣わせてしまうような気がしたので「千二百円だったよ」と答えておいた。

佐藤さんは疑う様子もなく財布から千二百円を取り出し、「本当にありがとうね」と念を押してからそれを俺に手渡した。

本当は、二千円だったのだが（ムッシュのお弁当が最高額商品だった）、佐藤家の家計に負担を掛けまいと少しディスカウントさせてもらった。と言っても、佐藤さんが勉強を教えてくれた授業料だと思えば、安すぎて申し訳なくなるほどだ。

昼食を終えると、勉強会午後の部が開会した。

佐藤さんと俺は再びめくるめく勉強の世界へと身を投じていく。子どもたちも佐藤さんの言いつけを守り、静かにそれぞれの一人遊びに興じていた。静かな空間だ。

しかしながら俺の胸は張り裂けんばかりにドコドコと太鼓を打っている。というのも、先程『フラッガーの方程式』にて確認した『気になる女性をオトす方程式』という項目をどのように実践したらいいのかを頭の中でシミュレートしていたからだ。

1．気になる女性と会話をする。

2．決め台詞として、とっておきの一言。

3．最後に止めの一言。『顔赤いけど、大丈夫？』と言う。

1に関してはそれなりにスムースに行えたとして、はて、どんな決め台詞を言えばいいのだろうか。本には『クサくても構わない。それどころかクサい方がいい』などと書いてあったが、果たしてどんな言葉を告げればいいのだろう。俺はそんなことを考えていると、まるで今から直接的な愛の告白を実行しようとしているような気分になって、とてもではないが平静を保てなくなってきていた。

「東條くん？」

俺がペンも持たずに壁の一点を凝視していたものだから、佐藤さんは不可解そうに俺のことを見つめた。

「大丈夫？　何か気になるところでもあった？」

「い、いやいや、大丈夫だよ」と俺は両手を振ってアピールすると、ふと、この勢いで方程式の流れに持って行ってしまおうかという考えに至った。

些か無計画ではあるものの、せっかく張り詰めた勉強会という空気に一点の風穴が空いたのだ。この機を逃す手はない。

今現在、二言《ふたこと》、三言《みこと》ではあるが、実質会話は成立しているとみなしていいだろう。よって『1. 気になる女性と会話をする』はクリアしている。問題は2以降だ。ここは本に書いてあった例文を参考にしつつ、適当なセリフを見繕おうじゃないか。

「あ、あの佐藤さん？」

「なに？」

「……お、お、俺は、さ、さぁ」人生で一番声が上ずった。これじゃあ一流の魔術師にはなれそうにないなどと下らないことを考えながら、懸命に動揺を押し殺して続ける。「さ、佐藤さんの、べ、勉強して、してい、している姿を見ると、俺も頑張らなくっちゃって思うんだ」

聞きとるのがやっとというようなたどたどしい言葉で、言うほどクサくもないしょうもない台詞だったが、これを『2. 決め台詞として、とっておきの一言』と判断していいだろう。

佐藤さんは俺をまっすぐに見つめていた。

俺はすかさず、『3』で止めを刺しに掛かる。

「……さ、さ、佐藤さん。か、顔色悪いけど大丈夫？」

あっ、盛大に間違えた。

「じゃ、じゃなくて!! か、顔赤いけど大丈夫？」

佐藤さんは不安そうな表情をつくる。「私、顔色悪いかな？」

「いやいやいや、とんでもない！ ぜんぜん問題ないけど、少し赤いかなぁって思って……」

「……ありがとう。ちょっと鏡見てくるね」

そう言うと、佐藤さんは立ち上がって鏡のあるキッチンへと向かっていった。

ああ……完璧に外してしまった。

『顔赤いよ』を、『顔色悪いよ』と言ってしまうとは、俺いったい何事？ おとぼけキャラ的なつまらないミスを、主人公の俺がしてしまうとは……。自分が自分で情けなさすぎる。

恥ずかしい失敗は早々に忘れてしまおうと柄にもなく勉強に集中していると、時刻はいつの間にか午後六時を過ぎていた。それもこれもすべては優秀過ぎる講師佐藤さんのおかげだ。

俺はあんまり長い時間お邪魔しても悪いと思った（夕飯をお世話になるようなことになってもよくない）ので、小さく身体を伸ばすと勉強道具を整理し始めた。

「あ、あんまり遅くなっても悪いし、そろそろお暇させていただくね」

「そっか、もうそんな時間か……」と佐藤さんは時計を見ると驚いたように呟いた。「ごめんね東條くん。おもてなしもできないどころか、お昼ごはんも買ってきてもらっちゃったし、迷惑かけてばかりで……」

「な、何を何を！　佐藤さんがいたから、俺はこんなに勉強できたわけで、お礼を言っても言い足りないのは俺の方だよ。ま、また……」俺は少しだけ緊張しながら尋ねる。「勉強しに来てもいいかな？」

「もちろん」と佐藤さんはお月様のように皓々《こうこう》と光る笑顔を見せて頷く。「東條くんさえよければ、明日もやろうよ」

ああ……。

『幸せすぎて、あたし怖い』なんてアホ丸出しの台詞を何かのドラマだったかで見たことがあったが、なるほど、それはこういう感情のことを言うのかもしれない。佐藤さんと連日勉強会ができるだなんて、それは悪者に拳銃で胸を撃たれたものの、内ポケットに入れていたジッポーが弾丸を受け止めていて助かった級の幸運だ。それはそんな幸運続きだったら、不安になるのも頷ける。

「じゃ、じゃあ、また明日もお願いしてもいいかな？」

「うん」

俺は佐藤さんの笑顔を瞳孔に焼き付けたまま、佐藤邸を後にする。帰り際に佐藤さんの弟たちが「またな」と手を振ってくれたのもなかなかにハッピーだった。今日はいい夢が見られそうだ。

確かに、先ほどの『気になる女性をオトす方程式』とやらは失敗してしまった感満載ではあったが、今日という日は、今までの半月すべてを足してもなお優に勝るほど有意義であった。佐藤さんと今月に入って初めて会話ができただけでなく、共に登校もでき、なおかつ勉強会と称して自宅にまでお呼ばれされた。

ああ……幸せ過ぎる。幸せすぎて、あたし怖い。

「そこの少年。君は何者だね？」

俺が土手を上がって佐藤邸から離れて行こうとしたとき、突然謎の男が現れた。そして俺の前に仁王立ちするとこちらの顔をまじまじと見つめてくる。男はほっそりとした体型で黒のロングコートを着ている。年の頃、四、五十歳といったところだろうか。コートの下はスーツのようだ。

「おい、無視かね少年。名を名乗り給え」

「……東條です」

「ふむ、東條くんか」と男は唸った。「それじゃあ東條くん。今、君はそこの家で何をしていたのだね？」

男は左門豊作邸、もとい佐藤邸を指さした。

「べ、勉強を教えてもらってました」と俺は素直に答える。

「ほう。誰にだね？」

「あそこに住んでいる友人に……」

「むむむ。君はひょっとすると佳子の友達だったのかな？」

佳子？　佐藤さんのことではないか。

するとなるとこの人は……。

「なんだ、これは失礼をしたね東條くん。てっきり悪漢が我が家周辺をうろついているのかと早合点してしまったよ。はっはっは。申し訳ないね」

「もしかして、佐藤さんのお父さん……ですか？」

「いかにも！　私は佳子の父。佐藤孝雄《たかお》だ！」

「おお！」

これはまさか、両親への挨拶イベントの前倒しか……？　結婚とはフラッガーシステムもなかなかに気が早い。

と冗談はさておき、せっかく偶然にも出会えたのだから、ここでお父様に好印象を与えておくというのは決して無駄ではないはずだ。佐藤さんの弟、妹、ときて、次はお父様と仲よくなる。なかなか悪くない地盤の固め方なんじゃなかろうか。

「お仕事の帰りですか？」と俺は好青年っぷりを発揮するべく、爽やかに質問をしてみた。

「……いやいや、仕事じゃないよ」とお父様は言う。「というか、仕事はこの間クビになっちゃったから、今は無職だよ。はっはっはっは」

「え、えっ？　佐藤さん……佳子さんは、お父さんは新しい仕事が見つかったって言ってたんですけど。確か、経営コンサルタント関係だって」

「ああ、それ？　それはね、何ていうか純度百パーセントの嘘だよ」

〽ウオオィ!?　家族に嘘ついちゃダメじゃないですか!!」

「こういうのを『人を傷つけないための嘘』って言うんだよ。親がサンタクロースを演じるのに、どこか似ているね」

〽似てねぇよ!!　そんなこと言ってないで、早く仕事見つけたほうがいいんじゃないですか？」

「その心配は無用なんだよ東條くん。実はね、収入の見込みはきちんとあるんだ」

「あっ、そうなんですか……よかったぁ。少しの間だけでも嘘つきの甲斐性なし野郎だと思ってしまってすみませんでした。……それで、収入の見込みってなんですか？」

「君は……『競馬』って知ってるかい？」

〽ギャンブルじゃねぇか!!　一刻も早くやめろよ!!」

「いやいや東條くん。こう見えておじさん結構競馬は詳しいんだ。すごーく速く走るお馬さんを、知ってるんだよ」

〽すごく詳しくなさそうだ!!　なんだよ『速く走るお馬さん』て!?」

「オグリキャップって言うんだけどね」

〽いつの競馬の話してんだ!!　とっくに引退してるよ!!」

「そうか……そりゃ盲点だった」

「いやいや、そんな程度の知識なら絶対やめたほうがいいですって」

「でもね、東條くん。君も家族を持てばわかると思うが、男ってのは意地でも家族を養わなきゃいけないんだよ」

「なら働いてくださいよ。ギャンブルは最低です」

「東條くん。おじさんにはもう、これしかないんだよ。給料は決して高くはなかったけれども、それなりに忠誠を誓っていた会社に突如クビを告げられてね。本当に突然だったんだ……。先月までは何の問題もなく働かせてくれていたのに、今月の頭になったら『君はクビだ、社宅も出てくれ』って言われて、もう……頭が真っ白だったんだよ」

今月の頭……。俺は内臓をきゅっと掴まれるような居心地の悪さを覚えた。

「クビを告げられた日の帰りは本当に憂鬱だった。ああ、これから俺はどうしたらいいんだろう？　妻も娘も息子もいるのに俺はこんなことになってどんな顔をすればいいんだろう、ってね。そんな会社帰り、ふと目をやった駅の掲示板に焼肉屋のポスターが貼ってあったんだ。美味しそうな馬刺しのフェアの告知でね。綺麗な赤色した艶のあるお肉が写っていたんだ……。それでね、そのとき思ったんだ。『そうだ競馬をやろう』ってね」

〽動機おかしいだろ!!」

「とにかく、やれるだけのことはやってみるさ。愛する家族を養うためだからね。佳子はもう高校生だが、下の子たちはまだ小学生だ。競馬で言うなら……まだ五百万以下条件いや未勝利……というよりデビュー前だ。そんな新馬たちを立派なオープン馬にしていくためには、やはり優秀なジョッキーとしての親と、それに伴う食事……つまりカイバを――」

〽無理くり競馬にたとえなくてもいいよ!!　なに、根っからの競馬好きを演出しようとしているんですか!?」

「とにかく、東條くん。たぎる私の競馬魂を止めようとしないでくれ給え。私には聞こえるんだ……ターフを力強く駆け抜けるレガシーワールド、マーベラスクラウン、トウカイポイントたち、熱き競走馬の蹄鉄音《ていてつおん》が!!」

〽なぜか全部『せん馬』だ!!
※『せん馬』――去勢されたオス馬
「今日も一日中ブランコを漕ぎながら有馬記念の作戦を練ってたんだ」

「……画《え》が悲しすぎる」

「まぁ、とにかく達者でな東條くん。これからも佳子と仲よくしてあげてくれ」

「あっ……はい、もちろん!」と俺は唐突な真面目モードに動揺しながらも頷いた。そんな頼みなら願ってもない。言われなくったって仲よくしようとしていたのに、お父様からのお墨付きをいただけるのなら一層に心強い。

「あくまで友達として、佳子を支えてあげてくれ」

釘を刺された。「……は、はい」

「では、さらばだ東條くん。もし会えたなら府中で会おう!」

〽競馬場には行かねぇよ!!」

佐藤家父はそう言い残すと、はっはっはと笑いながら小屋の中へと消えていった。

20

それからは夢の日々だった。

何回か登校途中に佐藤さんを見かけ、その度《たび》に「奇遇だね」などと言い合って合流し、帰りは佐藤さんの家で勉強を共にした。相変わらず佐藤さんの弟たちの傍若無人《ぼうじゃくぶじん》ぶりは健在で、俺は幾度かコンビニにパシリとして派遣された。しかしながらなによりも佐藤さんと過ごす時間が幸せすぎて、どんな雑用も苦にはならなかった。

佐藤さんとの勉強会の最中は、手垢《てあか》のついた台詞だが『時間が止まればいい』と本気でそう思った。成人しても、おじさんになっても、還暦を迎えても、永遠に佐藤さんと共に期末試験に向けた勉強をしていたいなと、そんなすっとぼけたことさえ考えた。

しかしもちろん時間というものは止まることなく一秒間に一秒ずつ、二十四時間に二十四時間ずつ均一に進んでいく。勉強会は閉幕へと近づき、期末試験がやってくる。

そんな訳で、本日期末試験。

はて、『はしか』というものはこんなに長引く病気なのであろうか、未だに男子生徒は俺と笹川以外一人も現れない。しかしそんなことは一向にお構いなしに試験の火蓋は切られた。

『ゆったり教育』などとなにやら柔和な響きのスローガンを掲げているものの、なかなかどうして学校というものも病欠者にシビアである。

　と、そんな感傷的なことを考えるのも束の間。試験が始まってしまえば、目の前のことで手一杯である。俺は試験開始の合図と共に勢いよく答案用紙を表に返し、炎ほとばしる眼で問題用紙を睨みつけた。すると驚くべきことに、あぁ、まるでどこかの通信教育の販促漫画ではないが、『これ、佐藤さんとの勉強会でやったところだ！』とばかりに次々に問題が解けるではないか。

　いつもならリミットに追われるように経過していく試験時間も、今回ばかりは実に優雅なペースで終えることができた。しかも、手応え十分。

　一時間目のリーディングも、二時間目の現代文も、三時間目の日本史も、次々と完璧な答案を作成していく。それはもちろん、クラスにはびこる秀才君たちからすれば、『君、なにそんな程度のでき栄えで完璧とかほざいちゃってるわけ？』と罵られてしまうこと請け合いの答案だろうが、いやいや、この凡才東條涼一からすれば大いに納得のいく結果だ。

　ありがとう佐藤さん。俺は今、恋心と勉学という相反する二つを見事に両立できているんじゃないかな……。そんな気がするよ。

　すべての試験が終わると、生徒たちは不出来を嘆く遣る方ない思いと、試験から解放された安堵が入り混じった複雑なため息をついた。

　いやはや、長いようで短いようで、苦しいようで楽しいような、そんな試験であった。俺は言い得ぬ満足感に一人静かに頷き小さく拳を握りしめた。

「おい東條」と声をかけてきたのはド変態笹川である。試験結果がどうであったのかはわからないが、いやにニヤニヤしていた。「せっかく試験も終わったことだし、ちょっと遊びに行かねぇか？」

「どこにだ？」

「どこってそりゃあ、プールでしょう」

「なんで定番みたいな言い方しているのかはわからないが、少なくとも冬至も間近のこの時期にプールに行くやつなんかいねぇだろ」

「いやいや、冬だからこそプールに行って、水着美女を見て身体を温めるわけだよ」

「お前は樹海にでも行って来い。そして永遠に帰ってくるな」

俺は笹川の提案を一蹴《いっしゅう》するとしかし、この後佐藤さんの家に行く予定があるわけでもないことに思い当たる。あの夢のような勉強期間は泡沫のように消えてしまったのだ。

これは御園生の『お父さんを説得する』、一ノ瀬の『悪の組織を倒す』と同じように、佐藤さんのルートも『試験をクリアする』という一つの目標が達成（つまり終了）してしまったのではないかと解釈することもできそうだ。

「プールは温かい？」

突然笹川にそう尋ねたのはソラだった。余談ではあるが、驚くべきことと言うかなんと言うか、意外にもソラは中途編入という大きなハンディキャップを背負っていながらも、それをものともしないくらいの才女だった。授業中の課題は難なくこなすし、どんな問題も手際よく答える。きっと期末試験も上々の結果を収めていることだろう。

「そりゃあ温かいさ。なんてったって温水プールだかんね」と笹川は陽気に答えた。「まさか……ソラちゃん来てくれるの？」

ソラはコクリと頷いた。「お兄ちゃんが行くなら、ソラも行きたい」

勝手に行ってはくれないんだな。

「よっしゃあ！　ソラちゃんが参加してくれるなら百人力だ。ソラちゃんの水着姿が拝めるとはこりゃツイてる！　うっひょひょい！」

「ソラも、泳ぐために水着を着るのは久しぶり」

変態とプロの会話は一般人の斜め上を行くものだから敵わない。俺がそんなやり取りに閉口しているとソラは笹川に提案をする。

「友達を呼んでも構わない？」

「おお？」と笹川は食いついた。「女の子？」

「うん」

「だったら大歓迎さ!!　何人《なんにん》でも何人《なにじん》でも呼んでくれよ！」

「じゃあ佳子を呼ぶ」

俺は思わず瞬間的にソラを見た。

……こ、こやつは、な、なんという提案をしてくれるんだ。

ささ、佐藤さんとプール？　おいおいおい。そんなイベントが発生した日には俺はもう本当に何かがどうにかなっちまうぜ……。

や、やはり俺は、まだまだ佐藤さんルートのど真ん中に立っているようだ。これは興奮が興奮を呼んで興奮が収まりそうにない。しかしそんな俺のドキドキなどお構いなしに、ソラは思い立ったが吉日《きちじつ》とばかりにすぐさま佐藤さんのもとへと歩み寄る。

「佳子、今日ひま？」

「うん」と佐藤さんは笑顔で頷いた。「今日はお父さんがお仕事お休みだから、お家にいなくても大丈夫」

……いい加減ブランコは漕ぎ疲れたか、あの親父。

「なら、ソラたちとプールに行こう」

「プール？」

「そう」とソラは頷いた。「とても温かいプールらしい。そして楽しいらしい」

「プールかぁ……」と佐藤さんは視線を落として考える。

それもそうだろう、常識人ならこの季節のプールには抵抗があるに違いない。

「うーん。行ってみようかな」

何っ!?

ソラは笑顔で大いに手を叩き、佐藤さんのプール参加を歓迎した。

俺は佐藤さんの意外な返答と、これからプールに現れるであろう水着姿の佐藤さんを想像し、思わず固まる。ああ……なんということになってしまったのだ……。

嬉しいやら緊張するやら戸惑うやら、どう反応していいのかわからない。

「よっしゃ！　じゃあ一旦帰宅した後、午後一時映画館前の温水プールに集合だ！」

笹川のそんな一言に、ソラは律儀に「おぉ！」と返す。

はてさて、一体、何がどうなってこうなってしまったのだろう。そんな複雑な思いと、ほんのりとした期待が渦巻く中、真冬のプールイベントはファンファーレもなく開会を迎えた。


ソラと共に一時帰宅。

俺の自宅の周辺も、いよいよもってクリスマスパレードとやらに向けて華やかな様相を呈してきた。あちこちの家に電飾が巻きつけられ、サンタやらトナカイやらのオブジェが乱立する。

果たしてこれだけ地域住民が一致団結して自宅に装飾をするというのは、フラッガーシステムのなせる業なのだろうか。あるいはシステムなど関係なく、平生であっても住民たちは意気込んで飾り付けに精を出すのだろうか。その辺は、俺にもちょっとわからない。

何にしても、これだけクリスマス色を前面に出されてしまうと、あまり催し事には明るくない俺であっても意識せざるを得ない。

佐藤さんと眺めるクリスマスパレード。

それは俺が孫の代まで語り継ぐことになるであろう、素晴らしいイベントになるに違いない。

きっと佐藤さんをクリスマスパレードに誘ってみようじゃないか。

ひょっとすると『高校生で恋人をつくるなんて早過ぎる』という佐藤さんの強固な信念を折り曲げることは、フラッガーシステムの力を最大限に発揮させても不可能なことであるのかもしれない。だがしかし、佐藤さんとクリスマスパレードを見るだけなら、それは別に『恋人関係』でなくったって可能であるはずだ。なにせ、真冬のプールにも参加してくれるくらいなのだ。その辺は大いに期待していいだろう。

そしてそんなこんなでイイ雰囲気になっておきさえすれば、フラッガーシステムの十二月が終わったとしても、二人で遊んだという事実は残る。そうすれば距離もグッと縮まり、あるいは高校卒業後にでも……。

俺は自宅に到着するなり『フラッガーの方程式』を紐解《ひもと》いた。それからあまり期待はしないで『プール』に関する項目があるかどうかを調べてみる。すると驚くべきことに『プールイベントについて』という項目があるではないか。

俺は慌てて指定のページを開いてみた。

〜プール（海水浴）イベントについて〜

ある程度ストーリーが進行すると必ずといっていいほど遭遇するのが、このプール（海水浴）イベントである。プールイベントが発生する理由は実に単純で、『女性キャラクタに水着を着せることができるから』これにつきる。そんな訳で、このプールイベントは古くからアニメの世界において愛されてきた設定である（なお、類似イベントに『温泉宿に宿泊』というものもあるが、こちらは別項（四七二ページ）を参照されたい）。

しかし、このプールイベントには必ず（百パーセントと断言してもいい）『トラブル』がつきものである。
ト、トラブル？　なにやら穏やかではないじゃないか……。
俺は緊張の面持ちで続きを読み進める。

しかし、身構えすぎる必要は一向にない。『トラブル』と表記させていただいたものの、その実、これはただ単に男性がウハウハと楽しむために発生するご都合主義を体現したイベントにほかならない。よって、心から恐るるには足りない。

代表的なトラブルの例を以下に列挙させていただこう。

1．女性の水着がはだけてしまう。
最もオーソドックスなトラブル（ハプニングと表記したほうがいくらか適切かもしれない）といっていいであろう。詳細は言わずもがな。

2．女性がナンパされてしまう。

こちらもあるある展開だ。かき氷や飲み物を買いに行っている間に、女性がナンパに遭遇してしまい戸惑うというのが一般的。そこに主人公が現れ、「俺の彼女に手を出すな」的な発言をかますことにより事態が収束《しゅうそく》するというのがお決まりだ。とっさの台詞とはいえ刺激的な発言にヒロインが主人公に対する好意を再確認するシーンでもある。

3．誰かが溺れ、人工呼吸をすることになる。

医療的な常識からはかけ離れた展開ではあるが、これも見逃せないトラブルである。心停止状態という絶体絶命の危機であるにもかかわらず、『キスの延長』程度の扱いで人工呼吸が登場するのは甚だ恐ろしいことである。

しかしながら、これも『合法キス』ツールとして古くから愛されている。

以上簡単に三つのトラブルを紹介したが、他にも人ごみで迷子になる、一人だけスクール水着でやってくる、海の場合は遠泳で逸《はぐ》れる、サメに襲われる、など様々なトラブルが存在している。

しかし何度も強調するが、いずれも誰かが致命的な重傷を負うようなことはない。決してトラブルの存在に気を揉みすぎないようにし、プール自体を楽しむことが肝心であろう。

ふむ……。

村田さん本人の口から聞くと少し疑わしい気持ちにもなるのだが、こうやって文章として提示されると不思議と納得してしまう。これが文字の力というものなのだろうか。

要約してしまえば、『トラブルが起きる、しかし案ずることはない』ということだろう。

俺は本を閉じると立ち上がってプールの準備を開始する。さて、水着はどこにしまってあったかな……スイムキャップは必要なのかな……などと考えていると、ドタドタと二階からソラが駆け降りてきた。

「お兄ちゃん。これ似合う？」

俺の前に姿を現したソラは、あろうことかスクール水着姿であった。なるほど……。『フラッガーの方程式』は伊達じゃない。

俺は失神してしまうのではないかと不安になった。

なにせ、今俺の目の前には泣く子も惚れるかの佐藤佳子さんが水着姿を披露しているのだ。

ああ、あまりに神々しく美しい。

笹川から仕入れた情報だが、どうやら佐藤さんが着ている水着は『タンクトップビキニ』なる代物であり、なかなかに佐藤さんの魅力を引き出すことに成功していた。というのも、決して過度に肌の露出が高いような水着ではないのだ。その名の通り、上半身が『タンクトップ』のようになっており一見普通の洋服のようにしか見えない。下もブルマさながらのプリップリ仕様ではなく、少し短めのズボン（ショートパンツと言うのだろうか）であって、佐藤さんから溢れる品位を損なうことがない。

ああ……それにしても激しく可愛い。

淡い水色の花柄があしらわれた水着から伸びる、細くやわらかな腕、その上に輝く雫《しずく》の玉。後ろで一本に縛られたつややかな黒い髪、顕になった小さな耳。ベージュのパンツが僅かに掛かる白い太もも、ふくらはぎ、くるぶし、つま先……。

そして恥じらう目付き、表情。髪を撫でる仕草、細い指。

どうしたら、世の中にこんな素敵な存在を誕生させられるのだろう。俺は佐藤さんがいるという事実に神々の大いなる意図を感じずにはいられない。

と、佐藤さんのことばかりを描写し続けてしまった反省からソラにも触れておくが、ソラはピンク色の実にフェミニンなワンピース風の水着を着用している（スクール水着はやめさせた）。笹川曰く正確にはAラインワンピースなる代物らしいのだが、要所に細やかなフリルがあしらわれていて、幼さの残るソラの雰囲気にマッチしている。なかなかどうして自分の特徴に合わせた水着を選んだものじゃないか。おかげで笹川の鼻息が過呼吸の域にまで達しようとしている。

「フハァ、フハァ……よ……よぉし……じゃ、じゃあこれから何しようかぁ？」

「泳げよ」

そんな訳で俺たちはプールへと突入した。

俺たちがやってきたのは市営のチンケな室内温水プールなので、季節的なことも相まってそんなに混んでいるようなこともないし、強烈に面白い変わり種のプールがあるわけでもない。それでも俺たちは程々に楽しむことができた。

皆で流れるプールに飛び込み何周か回るとスライダーへと赴き、ジェットプールでジャバジャバと遊ぶ。

まだ数時間程度しか遊んではいないが、なかなかの充実感だ。というのも、ひとえに佐藤さんがいるという一点に尽きるのかもしれない。仮に佐藤さんの『人生』という映画があり、佐藤さんの生誕から永眠までノーカットで上映されたとしても、俺は瞬きを惜しんでスクリーンに食いつき続けることであろう。佐藤さんを見ていられるのなら、ここがプールであっても、ゲレンデであっても、あるいは刑務所であっても、大きな違いではないのかもしれない。

そんなこんなでしばらく時間が過ぎると、徐々に皆が別行動を取り始める。ソラは単純な形状ながらウォータースライダーが甚く《いた》気に入ったようで何度も滑っては、「へへへ」と笑って取り憑かれたように再び階段を上るという作業に勤しんでいた。

笹川はソラと佐藤さんの水着姿を堪能しつくしたのか、今度はプール中をうろうろと歩きまわって新たなる水着女性の開拓に奔走している。あれはあれでバイタリティのあるやつだ。

そして銀河のアイドル佐藤さんはというと、俺と共に休憩所のベンチに座っている。濡れた肌と髪は佐藤さんという完成された存在を適度に崩し、ほぐし、奇妙なまでに艶やかな魅力を付与した。あまりに素敵過ぎるので、何かの条例違反で逮捕されてしまうんじゃないかとヒヤヒヤする。

「プールに来たのなんて随分と久しぶり」

俺はたじろぎながらも「……た、楽しい？」とだけ訊いてみた。

すると佐藤さんは大いに「うん」と頷き、氷河さえも溶かしそうな笑顔を見せた。「今まであんまり友達と遊ぶ機会なんてなかったから、とっても」

「……それはよかった」

なんだかんだ雪崩れるようにして佐藤さんはプールに連れてこられてしまったわけだから、ひょっとすると乗り気じゃないのかな、などとも思っていたので一安心だ。俺は別にプールイベントの発起人でもないのだが、一応この世界の『主人公』として佐藤さんが楽しめているかということに責任を感じていた訳だ。

「私、もう少し泳いでこようかな」と佐藤さんは両手を天高く伸ばして言う。顕になったつるりとした脇に目を奪われた。「東條くんも泳ぐでしょ？」

「もちろん」俺は佐藤さんが向かうというのなら平壌《ピョンヤン》に行くのだってやぶさかではない。「じゃ、俺ゴミ捨ててくるね。佐藤さんは先に行っててよ」

俺は飲み物の空コップを佐藤さんの分と二つ重ねて、ゴミ箱へと向かった。佐藤さんは申し訳なさそうに「ごめんね」と言ってから、それでも泳ぎたいという欲望に従うように流れるプールの方へと向かっていった。

いやはや、それにしても実に平和な時間が流れているが油断は禁物だ。なにせ『気にしすぎるな』と言われているものの、『トラブルが起こる』ということが既定事項として存在しているのだ。それなりに心構えというものが必要だろう。

『1．女性の水着がはだけてしまう』

……ふむ。

いやいやいや！　何を考えているんだ健全な高校生！

佐藤さんという神聖不可侵な存在に対し、貴様『ポロリ』を考えるとはこれいかに！　いくらそれが自分自身であっても、とてもではないが許すことのできない狼藉だ。

すると、なぜだか急にプールの奥のほうから「ドッ」という悲鳴とも怒号ともつかない声が上がった。そしてにわかに人々がこちらに向かって逃げてくるではないか。

こ、これは……間違いなく『トラブル』ではないか。一体、何が起こったというんだ？

誰かの水着がはだけただけでこんな騒ぎになるわけがないだろうし、誰かが溺れたとしても皆が逃げ惑う必要は一向にない。何が起きた？　何が起きたんだ？

俺の目の前を走り抜けていった男性が叫ぶ。

「な、流れるプールに……サメがでたぁ!!」

〝まさかのサメパターン来たぁ!!〟

想定外すぎるわ！　どうやったら室内プールにサメが紛れ込むんだよ！

と、俺が心の中でそんなツッコミをかましていると、どこからともなく私服姿のおじさんが現れた。よくよく胸のプレートを見てみるとそこにはこのプールの館長であることが記されている。

「なんてこった……。まさかこんなことになるなんて……」

まったくもってその通りだ。誰がこんな異例のトラブルを想定できよう。館長もたまったものじゃない。

「粋な計らいのつもりでプールに放したホオジロザメが、まさかこんな悲劇を生むなんて……」

〽百パーお前の責任じゃねぇか!! どんな計らいだよ!!」

「そうかサメは……人を襲うのか……」

〽無知か!? 無知なのか!?」

「となり町の水族館から輸送してくるのに三百万円もかかったというのに……こんなことなら、ウォータースライダー改修工事の方に予算を回しておくべきだった……」

究極のバカだ！

「くそぉ……どうしたらいいんだ？ このままでは私の進退に関わる！」

〽政治家みたいなこと言ってる!! ここに来て保身かよ!!」

しかしそんな馬鹿なやり取りをしていると、俺はふと重大な事実に思い当たる。

……佐藤さん。

佐藤さんはもう少し泳ぐと宣言し、確か流れるプールの方へと向かって行った。

俺は身体から血の気が引いていくのを感じる。俺は弾かれるようにして走り出した。

……佐藤さん、佐藤さん、佐藤さん。

佐藤さんを捜してプールサイドを駆ける。逃げてくる人たちと時折肩をぶつけながら、人ごみを縫うようにして逆走した。

「あっ、東條くん」

俺は女神の声に慌てて足を止め、振り返る。

そこには……そこには、平穏無事。まったくの無傷でプールサイドに立ち尽くす佐藤さんの姿があった。俺は安堵の息を吐くより先に佐藤さんに声をかける。

「な、なんかサメが出たらしいんだけど、大丈夫だった？」

「うん。管理の人が急に来てね『プールの水を海水に換えるんで、しばらくプールに入らないでください』って言いに来たから、入ろうにも入れなかったの」

「……な、なるほど」

ふとプールに視線をやると、そこにはジョーズさながら背びれをチラチラさせて泳ぎまわるホオジロザメさんの姿。誰もいなくなったプールを我が物顔で楽しそうに泳いでいる。

……なんと、異様なまでに冴えないトラブルであろうか。

その後、逃げ惑う人たちを凝視していた笹川（走ると胸が揺れるんだ、と言っていた）を確保。残るソラはと言うと、まるで店頭で流れている販促映像の如く無限ループで「へへへ」と笑いながら相変わらずウォータースライダーを楽しんでいた。これはこれで一種の狂気を感じる。

そんなこんなで無事に全員を確保すると、キリもいいし、なかなか楽しめたということもあって、本日はお開きという形になった。俺たちは男女に分かれて更衣室へと向かう。

女性陣よりも早くに着替えを終えたのでしばらく二人でくっちゃべっていたのだが、笹川が何やら『この立地なら女子更衣室が覗けそうだ』という独自の分析に基づいた犯罪行為に従事し始めたので、俺は暇つぶしに『フラッガーの方程式』を読むことにした。

すると、何の気なしに開いたページに気になる項目を見つける。

その名も『クリスマスの方程式』。


〜クリスマスの方程式〜


恋人たちにとって、最も重要なイベントの一つがクリスマスである。おそらくアニメに限らず、現実の世界でもクリスマスにおいては数多くの恋模様が展開されてきたことであろう。

もちろんフラッガーシステムの世界においても、クリスマスは決して無視できない。

しかし残念ながら、私がクリスマスというイベントを踏まえた上で提供できる巧妙かつ芸術的な方程式というものは存在しない。というのも、クリスマスというものは存在それ自体が反則的に強力なのだ。よって方程式など踏まえるまでもなく、意中の相手とクリスマスを共に過ごすことができたのなら、それは実質的な『勝利』と表現して差し支えない。

しかしどうしても、方程式を挙げろと言われるのなら、私はクリスマスの方程式をこう定義しよう。

1．笑顔で『〇〇（相手の名前）、メリークリスマス』と言う。

以上だ。

物足りない、不安だと思われる読者もいるかもしれない。しかしながら、どんな状況であっても、相手とどんな関係性であっても、主人公が振りかざす『メリークリスマス』の前にはすべてがひれ伏すのだ。

デートの約束を取り付けたものの大遅刻。しかしダッシュで駆けつけ、息も絶え絶えに告げる『メリークリスマス』。

ロマンティックな夜景を眺めながら、優しく告げる『メリークリスマス』。

大喧嘩、修羅場の果てに不意に告げる『メリークリスマス』。

すべてが必勝である。

こんなにも容易に、かつ強力に相手との距離を縮められるイベントは、クリスマスをおいて他にないと言って問題ないであろう。フラッガーシステムの稼働期間とクリスマスがバッティングした場合には、使わない手はない。

ほ、ほう。これはなんと……。

つまりは、女性と共にクリスマスを過ごし『メリークリスマス』と言うだけでいいというのか。そんな『ブランチ見ました』的なお手軽な殺し文句で、距離が縮められるとはにわかに信じがたい。

しかしながら、試してみる価値は十分にある。

というより、どちらにしても佐藤さんをクリスマスパレードに誘う気は満々だったのだ。とすれば、必然的に『メリークリスマス』の一言くらい発する事になるだろう。それによって佐藤さんとの距離が縮められるというのなら、願ったり叶ったりじゃないか。

そんなことを考えていると、佐藤さんとソラが更衣室から出てくる。

「とても楽しかった」とソラは笑顔で言った。表情から察するに言葉に嘘はないようだ。

佐藤さんもどことなく充実したような笑みを浮かべている。いやはや、サメと遭遇する想定外のトラブルはあったものの、一応のところプールイベントが無事故で収束してよかったよかった。万が一、華の佐藤さんに傷の一つでもつこうものなら、俺は世界中のサメを乱獲、虐殺し、シーシェパードとの抗争を繰り広げる日々を送らなければいけなかったに違いない。

「お兄ちゃん」とソラが言う。「ソラは夕飯のお買い物をしなくちゃいけない」

「ほう」

「だからスーパーに寄ってから帰る。お兄ちゃんは先に家に帰っていい」

そう言うと、ソラは挨拶もそこそこにとてとてとスーパーの方に向かっていった。家に腹を空かせた誰かが待っているわけでもないのだから、そんなに慌てて行かなくてもいいだろうに。

なににしても、またしてもソラの奇行によって俺は佐藤さんとの二人きりを勝ち取る（どこかへ行ってしまった笹川の存在は忘れることにしよう）。グッジョブ、ソラ。それでこそ東條の家に住む人間というものだ。

俺は（笹川のことは完っ璧に忘れて）佐藤さんに「帰ろうか？」と提案をしてみた。

すると佐藤さんはどうでもいいはずの笹川のことが頭をよぎったのだろうか、躊躇するように辺りを見回す。しかしどこにも笹川の姿がないことを確認すると「笹川くんは？」と訊いてきた。さすがは誰にでも等しく優しい佐藤さんだ。頭が下がる。

俺が『笹川は一人で帰ったよ』なんて嘘八百をぶっこいてでも、佐藤さんとの二人きりを死守しようと考えていると、不意に俺の携帯がバイブを始めた。メールの送り主はあろうことか笹川であった。

『いい場所を見つけた。先に帰ってもらって構わない』

果たして『いい場所』とは何であるのかあまり考えたくはなかったが、なににしてもこれで俺は公式に佐藤さんとの二人きりを確保できたこととなった。実にご都合主義である。

俺たちは夕暮れの田舎町を二人でゆっくりと歩く。

若干途切れ途切れではあったが、それでも決定的な沈黙が訪れるようなことはなく、俺たちは細かな会話を積み重ね続けた。佐藤さんは自分の弟、妹、父親、母親、友達、など、様々な人の話をしてくれ、俺も先月までのことを中心（今月の出来事は脈絡がなさすぎて説明しにくい）に話をする。時折笑い、時折頷き、時折驚く。

素敵な時間だった。

願わくは来月以降も、このようなささやかな時間が永遠に続くことを信じたい。フラッガーシステムなど関係なしに恒久的な友好関係が続いて欲しい。

我ながら随分と乙女チックである。

と、俺はそんな乙女チックついでに、今こそ佐藤さんを例のクリスマスパレードへと誘うべきなのではないかと思い始めた。二人きりの帰り道ということもあり、おそらくムードとしては申し分ないはず。ならばここで誘ってみるのも一興というものだろう。

「あの……佐藤さん――」

「ごめん東條くん……」

まだ誘ってもいないのに断られたのかというショックが一瞬だけ脳裏をかすめたが、もちろんそういう訳ではなく、佐藤さんはまったく別のことについて口を開いた。

「なんだか、少し疲れちゃったみたいで……。少し座れるところを探してもいいかな？」

おや……。

俺は「もちろん」と頷き、道中にあったバス停のベンチに佐藤さんを座らせた。バスに乗る気もないのにベンチに座るとは、運転手さんから見たら紛らわしいことこの上ないはずではあるが、そんなことに構ってなどいられない。なにせ佐藤さんがお疲れなのだ。運転手ごときは黙っているといい。

と、そんな冗談はいいとして、俺は少しばかり自分が恥ずかしかった。なにせ佐藤さんと一緒に歩いていながらにして、佐藤さんの疲労に気付いてあげられなかったのだ。一生の不覚と言っても過言ではない。

なにが『素敵な時間』であろうか。そんな戯言《ざれごと》を抜かしている暇があったら、佐藤さんというレディに対する気遣いというものを心得なければならなかったのだ。心から恥ずかしい。

「大丈夫？」と俺は訊いてみた。

すると佐藤さんは「……たぶん」とだけ答えて、少し眠そうな目をする。眠そう……というのも少し違うか。直感ではあるが、その表情は疲労の延長にあるそれではないように思えた。倦怠的というか、あるいは『衰弱』しているというか……。

うっすらとした嫌な予感が、俺の胸を這っていった。でもそれはまだぼんやりとした『何か』でしかなく、俺の心を全力で揺さぶるようなそれではない。なにせ、さっきまで佐藤さんはあんなに楽しそうに泳ぎ回っていたではないか。そんな佐藤さんが、こんな数時間と経たないうちに、そんなことになるわけがない。

この一ヵ月間ずっとくだらないイベントの連続であったではないか。やれ政略結婚だ、ラー油のパクリ商品だ、魔術師だ、悪の組織だ。そんなアホ丸出しがこの世界の売りだったというのに、なぁにいっちょ前にシリアスな展開を持ちだそうとしているのだ。あるわけない、あるわけない。

まったく、俺は何を考えているんだ馬鹿馬鹿しい。よもや、漫画じゃあるまいし。

フィクションじゃあるまいし。

俺はなんとなく佐藤さんを見つめ続けているのが不安になって、バスの時刻表を眺めてみる。どうやら次のバスの到着までは三十分以上あるようだ。さすがに田舎だ。

「もし、あれだったらタクシーでも呼ぼうか？」

「大丈夫……だと思う」

「でも万が一体調を崩したらいけないし、バスも当分来そうにはないし……やっぱり呼ぼうよ」

しかし、佐藤さんの返事はなかった。

俺は恐る恐る佐藤さんの方を振り向く。

「顔……真っ赤だ」

佐藤さんは倒れるようにしてベンチに横たわっていた。息も絶え絶え。目をきつく閉じ、頬を紅潮させている。見ればプールから出たばかりなのかと見紛うほどに額から多量の汗が噴き出している。

意味がわからなかった。

何が起こっているのか、どこにオチがあるのか、俺は必死になって考えた。でも、それは何のひねりもどんでん返しもなく、純粋に見たまんまが現状のすべてであった。

そこからの俺の行動は客観的に見れば随分と滑稽であったと思う。まず肩を叩いて、佐藤さんの名前を呼んだ。だけれども佐藤さんは苦しそうに呼吸を続けるだけで、返事すらできない。刻一刻と、瞬間的に佐藤さんの症状は悪化しているようだった。みるみる呼吸は激しさを増し、汗は額だけでなく首筋や掌をもぐっしょりと濡らす。

俺は事態のただならなさを理解すると、再び時刻表に飛びついた。そして大いにまごつきながら、やはりバスは当分来ないということを理解すると、今度は携帯電話を片手にタクシーを呼ぼうとした。しかし、タクシー会社の番号などわからない。

佐藤さんは見たこともないような表情で苦しみにもだえている。

どうしていざというときのためにタクシー会社の番号を電話帳に登録しておかなかったのだろう。俺は本気でそう後悔した。

しかたなく、時刻表の隅に書かれていたバス会社の番号に電話をかける。同じ交通関連の会社なら、間接的にタクシー会社とも連絡が取れるかもしれない。

俺は震える指で何度も打ち間違えながら番号を入力していく。2をタップしようとすれば3をタップし、8をタップしようとすれば0をタップした。その度に訂正をするのだが、震えのせいで訂正すらままならない。間違っている箇所だけでなく、正しい箇所までクリアしてしまい、俺はその度に舌打ちを放つ。

どうしよう、大変だ、急げ、早く。

焦りの気持ちだけがはやっていく中、俺はようやく、呼ぶべきはタクシーではなく救急車であり、タップすべき番号はバス会社のものでなく一一九番であることに気がついた。

本当に情けない主人公だ。

21

救急車は間もなく駆けつけた。もちろん、俺も付き添いとして同乗し、救急車の中で状況を詳しく説明した。

救急隊員の人が佐藤さんの症状を、あるいは俺の証言を不自然だと思ったかどうかはわからなかったが、ひとまず「わかりました」と言って処置にあたってくれた。

俺は色々なことが頭をかけめぐっていたようで、実際は何も考えられなかった。ただ流されるように呆然と事態を傍観していた。今になって考えてみると、そんな気がする。

救急車が向かったのは二階建ての小さな診療所だった。入り口にて『篠崎クリニック』という看板を見かけたような気がする。うろ覚えだが遠からずそんな名前だろう。

佐藤さんを乗せたストレッチャーはすぐさま診察室の中に吸い込まれ、俺は外の待合室に押し出された。

薄暗い待合室には俺の他にも四人ほどの人が座っていた。俺は空いている一角に腰をかけて、頭を抱える。何が起こっているのだろう、どうしてこんなことになったのだろう？

しかし、俺がお嬢様とのデートに巻き込まれたことや、魔術師として魔術の訓練を強いられることになった理由がわからないのと同じように、俺には佐藤さんが倒れてしまった理由がわからなかった。

佐藤さんは今までも比較的学校は休みがちだったし、身体が丈夫な方ではなかった。ならばやはり水泳が直接的な原因なのだろうか？

一人になると、今まで頭の中で硬直していた様々な考えが、渋滞が解消したように勢いよく流れだした。あれやこれやと、色んな後悔や、疑問が湯水のように溢れ出す。考えがまとまるわけもなく、もちろん解決法が導き出せるはずもない。

しかしながら一つだけ確実に言えそうなことがあった。

それは、少なからずフラッガーシステムが関わっているということだ。俺は徐々に吐き気を覚える。

その吐き気の直接的な原因が、フラッガーシステムのデバッグに参加してしまったことに対する後悔からくるものなのか、気付かぬ所で不用意な行動、発言をしてしまったのではないかという罪悪感からくるものなのか、もっと早くに佐藤さんの異変に気付けたのではないかという悔恨からくるものなのかは、俺にはよくわからなかった。

おそらくそれらがない混ぜになった吐き気なのであろう。

しかし俺の中での最も大きな吐き気の要因は、『佐藤さんにもしものことがあったらどうしよう』という恐怖であった。

佐藤さんが倒れた……。あの苦しみ方は、風邪の延長だとか、そんな生やさしいものではないように思えた。なら、一体何の病気だというのだろう。

「東條さん」

俺の内省を阻害するように、名前を呼ぶ受付の看護師さんの声が聞こえた。俺は慌てて受付へと向かう。

「佐藤さんのご家族と連絡がとれましたので、もう大丈夫です」

「大丈夫……って何がですか？」

看護師さんは視線を下に落とす。「ですから、東條さんにはもうお帰りいただいても構わない……ということです」

「え、えっ？　俺も詳しい病状だとか、色々聞きたいんですけど」

「申し訳ありません。ご家族の許可なく、そういったことを部外の方に話すわけには」

「ちょ、ちょっと待ってくださいよ!!」

俺の声が想像以上に室内に響いたことを受けて、待合室の人間たちが迷惑そうに俺のことを睨んだ。俺は気を取り直すように咳払いをした。

「少しくらい、教えてくれてもいいじゃないですか？　佐藤さんは、と、友達なんですよ」

「申し訳ありません。それに当診療所は院長と私を含めた二人の看護師で回しているので、時間的な制約からも説明はできません」

「で、でも、少しくらい、教えてくれたっていいじゃないですか？」

俺はこの世界の主人公なんですよ？

「とにかく申し訳ありません。佐藤さんはしばらくこの診療所で預かることになると思いますが、それ以上のことはなにも」

「預かる……って、入院ってことですか!?」

その時、誰かが俺の肩を叩く。振り向くと、そこには松葉杖を突きながらこちらを睨む三十代くらいの男性の姿があった。

「迷惑だから帰ってくんねぇかな？　あんたが騒ぐことで、病院の回転が落ちるんだわ」

射るように向けられた待合室内全員の視線が、俺に有無を言わせなかった。


掃き出されるようにして診療所を後にする。

診療所で預かるってどういうことだよ……。まるで意味がわからない。今まで散々馬鹿馬鹿しいおふざけ的な展開を繰り返してきたのに、ここに来て『佐藤さんが病に倒れる』だって？　なんだこの超展開は？　誰がこんな展開に納得がいくというのだろう。誰か、俺が納得いくまで懇切丁寧に一から十を説明して欲しい。どうして、こんなことになっているのか。どうして、佐藤さんが脈絡もなくあんな目に遭わなければいけないのか。しかしもちろん、誰も俺の問いに答えてなどくれなかった。

それからは何となくの方向感覚を頼りに、とぼとぼ自宅を目指して歩いた。一歩一歩が重たかった。まるで見えない鉛の玉をずるずると引きずりながら歩いているようだ。帰りたくもないし、一人でいたくもなかった。

それでも帰巣本能というのだろうか、俺はいつの間にか自分の家に到着する。たぶん、時間にして二、三時間は歩いていたんじゃないだろうか。重たい玄関扉を開けると、ソラは俺の心象とのコントラストを演出するように、快活な笑顔で出迎えてみせた。

「お兄ちゃん、おかえり」

俺は小さな声で「ただいま」とだけ答えると、そのまま自分の部屋に入り、扉を締め切る。

そしてベッドに横たわった。

明らかに元気のない俺の様子を見てソラは怪訝そうな顔をしていたが、理由を――つまり佐藤さんが倒れたという事実を説明する気にはなれなかった。ソラだって佐藤さんの友達だ、きっと心配するに違いない。常識的に考えれば、いち早くソラには教えてやるべきだろう。

でも、俺は教えなかった。いや、教えられなかった。

というのも俺の中には、佐藤さんは倒れたのではなく俺の『発言』もしくは『行動』によって、病気にされてしまったのではないかという予感があったからだ。ひょっとすると、佐藤さんの突然の病気は、俺が不用意に立ててしまったフラグのせいなのかもしれない。

となれば俺は、佐藤さんという憧れの人を病にさせられてしまった被害者でもなければ、倒れた佐藤さんを診療所まで連れて行ってあげた恩人でもない。

俺は佐藤さんを病気に追い込んだ加害者《主人公》だ。

そんな加害者が、どのツラを下げてソラに『佐藤さんが倒れちゃって大変だったんだよ』なんて言えるのだろう？　そんな恥知らずな真似、俺にはできない。

俺はいっそ眠ってしまおうと、目を閉じた。しかし俺の目論見とは裏腹に、目を閉じていればいるほどに目は冴えていき、先程の絶望がリフレインした。

俺はどうすればいいのだろう。どうすれば……。

するとそこで俺はいつもの答えに思い当たる。困ったときは村田さん……『フラッガーの方程式』じゃないか。この世界が深夜アニメの条理で成り立っているのなら、それに対抗するにはフラグを立てるしかない。

俺は慌てて飛び上がり、鞄の中から『フラッガーの方程式』を取り出すと、すぐさま目次を睨む。しかし『好きな女の子が倒れてしまったら』だなんて、おあつらえ向きの項目があるはずもなかった。俺が仕方なく本を閉じようとしたそのとき、目次の後半に『困ったときに使える方程式』という項目があることに気付いた。

俺は藁にもすがる思いでページをめくる。


～困ったときに使える方程式～


アニメの世界はトラブルに満ちている。ということは必然的にフラッガーシステムの世界もトラブルに満ち溢れている。もとい、トラブルで構成されていると言っても過言ではない。

そんな数々のトラブルの中には、あらゆるテンプレートを網羅したこの本においてもカバーできていないものが存在することだろう。

そこで、この項目では『比較的どんな場面でも応用が可能な方程式』というものを紹介させていただこうと思う。汎用性《はんようせい》があるということはその分、自ずと内容自体も簡単なものになってくる。方程式はこうだ。

1. 自信に満ちた表情で『それなら、心当たりがあります』と言う。

以上である。

アニメ作品における主人公というものは、多かれ少なかれそれなりの説得力を持っている。何かのトラブルに巻き込まれ、苦しみに苦しみ、絶望の淵に立たされる。しかしながら、そこから挽回するときに主人公が発するのがこの『心当たりがある』発言なのだ。

例えば、文化祭イベントにおいて出し物に必要な機材や材料が届いていない。あるいは主役が到着していない。そんな時に主人公が『それなら、心当たりがある』と言えば、おそらくそれは何らかの解決策があるということなのだ。

このように、作中における主人公の『心当たりがある』という台詞は、多くのトラブルに応用できる汎用性のある方程式なのだ。

なおフラッガーシステムの世界においてこの台詞を口にする際、なにも実際の解決策を準備しておく必要はない。主人公が『心当たりがある』と言えば、それが何よりの答えなのだ。あとはフラッガーシステムが自動的に、もっともらしい答えと解決策を見つけ出してきてくれる。

しかしながら、あくまでこの方程式は『汎用性がある』だけであって、『万能である』わけではない。よって、なんでもかんでも、この台詞一言によって解決できるわけでは——

そこまで読むと、俺は本を閉じた。

「俺には、佐藤さんが実は大した病気ではない心当たりがある!! もしくは仮に入院が必要な病気だったとしても、全快する心当たりがある!!」

天井に向かって叫んでみるが、まるで意味のわからない台詞であった。

しばらくベッドの上で思案に暮れていたが、やはりなにかしらの行動をせずにはいられない。俺はこの世界の主人公なのだ。ならば、この世界で起こってしまったことに関しては少なからずの責任がある。まずは佐藤さんの病状、病名（あるいは実はただの貧血だった、なんてことがあるかもしれない）を知り、今後の展開を牽引《けんいん》していかなければならない。

俺はリビングの電話台にしまってあった学校の連絡網を引っ張り出すと、佐藤さんの家に電話をかけてみた。先程、看護師が『ご家族の方と連絡が取れた』と言っていたのだから、佐藤さんが倒れてしまったという事実を家族は知っているはずだ。しかし電話は繋がらなかった。

それもそうかもしれない。なにせ、この番号は佐藤さんが引っ越す前——つまり先月まで使っていた番号だ。よって今佐藤さんが住んでいる川沿いの家の番号を俺は知らない。というかそもそも、あの家に電話があるのかどうかも疑わしい。

出てもらえるはずもないと理解しながらも、一応、佐藤さんの携帯電話にも連絡を入れてみた(番号は二度目の勉強会のときに教えてもらった)。しかしもちろん、電話には誰も出ない。時刻は午後九時を過ぎていたが、俺は佐藤さんの家に直接向かうことにした。家に行けばきっと誰かがいるに違いない。

俺は慌てていつものコートを羽織り、出かけるための身支度を整えた。

「お兄ちゃん、出かける?」とソラが心配そうな表情で尋ねてきた。先程から俺は眉間にシワが寄りっぱなしだったし、夕飯も食べずにどことなく殺伐《さつばつ》とした雰囲気を振りまいていた。

俺は不安と焦りの中、せめてもの気遣いとしてやせ我慢の笑みを浮かべ「ちょっとだけ、出かけてくる。帰ってきてからご飯は食べるよ。先に寝ちゃってて構わない」と伝え、家を出た。

十二月も後半に入ってくると、空気はだいぶ冷え込む。まして今は陽もない夜だ。吐く息だけが白く、それ以外は一面闇に包まれている。俺は寒さに背を丸めながら、冬の闇の中を進んでいった。

佐藤さんの家には誰もいなかった。

土手の上に立った時点で家に明かりがついていないことに気付いたので予感はしていたのだが、いざ玄関の引き戸をノックしてみても誰の返事もなかった。やはり佐藤さんは入院することになったのだろうか。だとすると、家族全員で診療所に行っているのかもしれない。

携帯電話で時刻を確認してみると十時を回っていた。俺はそれでも諦めきれず、しばらく佐藤さんの家の前で人が帰ってくるのを待ってみる。歩いているのならいざしらず、一所《ひとところ》に座ってじっとしていると、冬の寒さはいよいよ身に染みた。両手をこすって息を吐きかけ、コートを首元までもちあげ腕を組む。

しかしそれから数時間待ってみても、誰も佐藤さんの家に帰ってくることはなかった。

俺は仕方なく、自宅へと戻ることにした。寒さによる凍《こご》えと、消沈した気持ちから、往路よりもゆっくりと、とぼとぼと。


翌日は終業式だった。

登校前に一度佐藤さんの家に寄ろうかとも思ったが、佐藤さんは学校に来るのではないかと信じ、俺はソラと共に学校へと向かった。

しかし、教室に佐藤さんの姿はなかった。

ホームルームが始まっても、体育館にて式が始まっても、佐藤さんは現れなかった。佐藤さんは今までも比較的欠席の多い生徒だったためか、クラスの誰も取り立てて佐藤さんの欠席を訝しんでいる様子はなかった。皆、『あぁ、今日は具合の悪い日なんだろうな』くらいにしか思っていないのだろう。

俺の心はいよいよ不安で一杯になる。

やはり佐藤さんは入院してしまったのだろうか。だとすれば、どんな病気なのだろうか。重いのか、軽いのか、すぐに治るのか、それとも……。

帰りのホームルームが終わると、俺はそのままの足で昨日の診療所に向かうことにした。道はうろ覚えだが、それでも辿りつけないことはないだろう。なにせ、昨日はあの診療所から歩いて帰ってくることができたのだ。今は僅かであっても佐藤さんに関する情報が欲しい。昨日の今日ですんなりと事情を説明してもらえるとも思いにくいが、それでも行くだけ行ってみよう。話はそれからだ。

ソラには「用事があるから、先に帰ってて」とだけ伝えておいた。すると、ソラはあからさまに不可解そうな顔をしたが、理由を説明してなどいられなかった。

俺は道順を思い出しながら、バスを駆使して診療所を目指す。

すると、一時間半ほどの移動で例の『篠崎クリニック』に到着した。よかった。ひとまず辿りつけたことに対して安心しながらも、いざ入り口の前に立つと昨日の出来事が鮮明に思い出された。

俺は喉の奥にかすかな酸味を感じる。どうにも気分が悪くなってきた。

しかしながらここまで来てとんぼ返りもない。俺は意を決して、診療所の扉を奥へと押しこむ。すると、医療関係の施設から共通して発せられる独特の乾いた刺激臭が鼻をさした。臭いもまた、俺の記憶を深く掘り起こす。

「こんにちは」

看護師は扉を開いた人間が誰であるのか見もせずに、形式的な、間延びした挨拶をした。俺がゆっくりと受付へと近づいていくと、ようやく看護師は顔を上げ、俺が昨日の『厄介者』であることを認識する。

「どのようなご用ですか？」

そんなの訊かずともわかるだろう。「昨日、ここに搬送された佐藤佳子さんに関することで訊きたいことがあります」

すると、看護師はあからさまに嫌な顔をした。「ですから……昨日も説明させていただいたとおり、部外の方に病状などの細かなことをお話しするわけにはいきません。申し訳ありませんが、お引き取りを」

「ここに入院しているんですよね？」

「ですから……何もお話しすることはありません」

「でも、入院しているかどうかくらいは教えてくれてもいいんじゃないですか？」

看護師はため息をついた。「そうですね……佐藤佳子さんはここに入院されています。ですが、病状に関してはお話しできません」

「話せないってことは、『重い』ってことですか？」

「ですから、それに関しても説明はできません」

看護師の頑なな態度を見ていると、俺はだんだんと訳がわからなくなってきた。果たして、平生でもこの看護師はこういう性格で規則一辺倒な人間なのか、あるいはこの看護師に限らずほとんどの病院にて同じような対応がなされるのか、それとも、フラッガーシステムのせいで俺に意地悪をしているのか。

俺は何とか佐藤さんのためになる何かをしたかった。

大いに予想されたとおり、佐藤さんは『入院』をしていた。ならば佐藤さんがいち早く快方に向かうようフラグを立てるのが俺の仕事ではないか。最低限の責任は取らなければならない。

俺はとある作戦を一つ思いつくと「静かにしているんで、待合室を少し借りてもいいですか?」と訊いてみた。

看護師は少しだけ疑わしそうに顔をしかめたが、すぐに「どうぞ」と言って、待合室を指し示す。俺は一礼をしてから待合室へと進み、空いていた椅子に腰かけた。

それからA4のレポート用紙と筆記用具を取り出し、厚手の教科書をクリップボードがわりにして一筆認《したた》めた。手紙を書くことにしたのだ。

俺にはまだこの世界の『方程式』がよく理解できてはいないが、それでも『手紙を書く』という発想はなかなか悪くないように思えた。村田さんの著書によれば、主人公は多かれ少なかれ『説得力』を持っているそうだ。そんな俺が病気の佐藤さんに手紙を書けば『きっと大丈夫だよ』という説得力を伴って、いい方向にフラグが立つに違いない。

俺はしばらく頭の中で文章を整理してから拙《つたな》い筆運びで文章を記していく。

※　※

佐藤さんへ

僕は佐藤さんの具合がきっとすぐによくなるものと確信しています。というのも僕には佐藤さんの病状が悪化しない『心当たり』のようなものがあるのです（内容は秘密です）。

今の僕はプールの帰り道、もっと早くに佐藤さんの異変に気付けていれば、と反省をしています。その辺りの気配りができていない点、僕は男として未熟であるようです。今後は佐藤さんからも頼られるような、強い人間を目指してがんばります。

余談ですが、来る十二月二十四日、佐藤さんもご存じ（だと思いますが）、クリスマスパレードなる行事が開催されます。もし、佐藤さんがお暇なら、僕と一緒にパレードを見物していただけないでしょうか。よろしくお願いします。

佐藤さんの退院と、パレードに対するお返事、お待ちしております。

十二月某日　東條　涼一

※　　※

俺は文章を都合、七度見直した。すると細かいながら修正したくなる箇所がいくつか見つかったのだが、思い切ってこれで完成ということにした。下手に着飾って言いたいことがぼやけてしまうくらいなら、少々無骨でもありのままの文章のほうがいい。

そもそも文章の骨子自体は悪くないのではないか。病気は確実に治るものだと、『主人公』として太鼓判を押し、なおかつ話をクリスマスパレードの方へとずらす。すると不思議なことに、この文章自体が快方を願うものと言うより、一種のラブレターとして機能し始める。

これは、きっといいフラグを立てられたに違いない。

……そう信じたい。

俺は手紙を綺麗に三つに折ると、唇を強く噛んで、自分を鼓舞した。東條よ、お前のやったことは完璧だ、これで佐藤さんは救われる。よくやったな。と、根拠もなく。

俺は今一度受付へと向かうと、手紙を看護師に手渡した。

「もし機会があったら、佐藤さんに渡しておいていただけないでしょうか？」

看護師は顔をしかめた。「こういった申し出はお断りさせていただいていますので……」

「そこを何とか、お願いします！」俺はそう言うと、頭を下げた。「これさえ受け取っていただけたなら、もうここに無理にお邪魔することもありません。だから、お願いします！」

すると、看護師は渋々俺の手紙を受け取った。「わかりました。では、一応預からせていただきます」

俺は今一度深く頭を下げると、診療所を後にした。

間接的ではあるが佐藤さんに手紙を渡すという一つの『行動』を終えると、俺は少しばかりの安心感に包まれ……などということは一切なく、変わらず俺の心はどんよりとした暗雲に支配されていた。

ずっと俺にとっての憧れだった佐藤さん。

決して『高嶺の花』や『孤高のマドンナ』的な存在ではなかったが、それでも俺にとってはきっと近づくことすらできないだろうな、という遠い存在であった。

そんな佐藤さんと、俺はフラッガーシステムという反則的なツールを使って仲よくなった。

共に勉強ができたのも、お家にお呼ばれしたのも、プールに行けたのも、すべてはフラッガーシステムが陰ながら影響を及ぼしていたおかげだろう。

よって逆に言えば、フラッガーシステムさえなければ佐藤さんは俺と関わらずに済んだわけだ。もっと言うのなら、俺と関わらなければ病気にならずに済んだかもしれない。

俺は、どうすればいいのだろう？

俺が佐藤さんにできる最大の贖罪は、何なのであろう？

俺はそんなことを考えていると、唐突に歩くことができなくなった。進むのも怖いし、かと言って戻るのも怖い。仕方なく道端にあった適当な高さの塀に腰掛けた。それから頭をグシャグシャとかき乱してみる。何か名案がポロリと頭の隅から零れるのではないか、と。

すると今まで当たり前に行ってきた一番単純な解決策を思い出した。

村田さんに相談するべきだ、と。

22

村田さんが俺の家に来るのは二回目のことであった。

村田さんは初めこそいつもどおり陽気に振舞っていたが、俺の様子がおかしいことを察するとすぐに真面目な態度に切り替えた。

ソラもやはり、昨日から俺の様子がおかしいことを察してなのか、村田さんがやってくると二人分の紅茶だけを淹れ、いつかのように「買い物に行く」と出ていった。ソラもソラなりに色々と気を遣ってくれているようだ。

俺は村田さんに対しここ数日の出来事を事細かに説明した。思い出せる限りのことはすべて。

村田さんは序盤こそ大いに頷いていたが、佐藤さんが倒れたことを伝えた辺りから眉間に深いシワを寄せ、途端に険しい表情になった。更に話が進むと、いよいよまぶたを閉じて頭を抱えた。それから時折、何かを嘆くように首を小さく横に振った。

一時間ほど掛けて俺が話し終えると、部屋には重たい沈黙が訪れる。まるで水槽の中にいるような閉塞感だった。息苦しいし、身動きも取れないし、声もでない。

しばらくして村田さんが絞り出すようにして口にした言葉は、

「東條さん。あまりこんなことを言いたくはありませんが……事態は最悪です」村田さんは今一度きつく目を閉じる。「おそらく今のフラッガーシステムは、考えうる限り最悪のシナリオを描こうとしています」

「……最悪のシナリオ」と俺は消え入りそうな声で聞き返す。

村田さんは自分自身にも言い聞かせるように、ゆっくりと頷いた。

「すべての展開が、見事に最悪の方向に動いています。おそらく、……『死亡フラグ』が立っていますね」

意味を問う必要もないほど、無骨で簡潔な言葉だった。村田さんは一つ一つの単語を吟味《ぎんみ》するように、慎重に言葉を重ねていく。

「失礼ですが……東條さんが描いてきた今日までの――つまり今月の頭から今日までのストーリーは、決して綺麗なストーリーではありませんでした。普通のアニメなら1《ワン》クールも持たないような、あるいは漫画であれば十週打ち切りレベルの酷い作品です。女の子と同居生活が始まり、ツンデレお嬢様との恋愛模様が描かれ、魔法バトルに突入し、最終的には純愛展開。これじゃあ滅茶苦茶もいいところです。一貫性などまるでないし、主人公の行動指針も曖昧……。これではフラッガーシステムが掲げる『美しいラストシーン』を創造することなど、およそ不可能な話です。一本筋の通った伏線の回収もできるわけがない」

村田さんは紅茶を一口だけすすった。

「そこで、フラッガーシステムは伏線の回収を放棄したんです」

「放棄……」

「ええ、どんなごちゃごちゃした駄作であっても、人の一人や二人を殺《あや》めれば、それなりの終末と完結が簡単に得られます。困ったら登場キャラクタの誰かを殺す。昔から使い古されてきた手段です」

「で、でも……」

「東條さん。先月、あなたが選択した『ラストの展開』はなんでしたか？」

ラストの展開。思い出すのは、実に簡単だった。「……『感動』」

「そうです。東條さんが選択したのは『1．勝利』でもなく、『2．幸福』でもなく、3番の『感動』でした。そして、一番お手軽に感動を誘えるツールが人の『死』なんです。これだけほうぼうに散らかったストーリーのラストを『感動』にしようとするのなら、自ずと選択肢は限られてくる。なにせ、ヒロインである佐藤さんは『彼氏をつくる気はない』と明言しているのですから、恋愛展開は望めません。そうなると……ヒロインを殺すくらいしかなくなってくる。それまでのストーリーはどこかにうっちゃって、一人の人間の死に焦点を当てる。作品としてみればあまりにお粗末ですが、感動を目的とするのなら十分です」

俺は言葉を失った。

「もちろん、フラッガーシステムも端から佐藤さんを死に追いやろうとしていたわけではないと思います。途中までは、なんとか整合性のあるラストを描こうと演算を繰り返していたはずです。そういうプログラムですから……。だけれども、フラッガーシステムは伏線の回収を放棄し、佐藤さんを病に陥れることに決めた。……東條さん。言い難いかもしれませんが、佐藤さんの具合が悪くなるようなフラグを立ててしまった心当たりはありませんか？　例えば佐藤さんに対し『体調が悪そうだね？』とか、『具合が悪いの？』とか言ってみたり……」

「そ、そんなのありませ——」と言ってすぐ、俺は決定的な一言を思い出した。よかれと思って、佐藤さんとの距離が縮められるんじゃないかと踏んで口にした、あの一言を。

『佐藤さん。顔色悪いけど大丈夫？』

本当はフラッガーの方程式に則って『顔が赤いよ』と言おうとしたのだ。それで佐藤さんと恋仲になれると信じて。だから悪気はない……。そんな言い訳をしても仕方がないのはわかっているが。だけれども、自分自身に言い訳をしなければ、正気を保っていられなかった。

なにせ露呈してしまったのだ。佐藤さんが病に倒れる原因を作ってしまったのは他ならぬ俺であった、という事実が。

「更に追い打ちを掛けているのは、先程、看護師に渡してきたという『手紙』です」

俺は驚いて顔を上げた。

「失礼ですが、それこそが最大の死亡フラグです。……ヒロインが病に倒れたことにより、激しく狼狽する主人公。何度も病院に赴き、病状を尋ねるが突き返される。それでも無理を通し、手紙を渡す。病床のヒロインのもとに手紙が届き、ヒロインは懸命の治療を続ける、しかし……」村田さんは何かを確認するように、一つ頷く。「ヒロインを殺す意味合いが強まります。無論、フラッガーシステムにとって人間の体調その他をコントロールすることは造作もありません。もっとも末期のがん患者を完璧に回復させるような、現代の医学レベルを大きく超えたものは行えませんが……」

俺はもはや何も考えられなくなっていた。自分の行ってきたことがすべて裏目に出ていた。すべて佐藤さんを苦しめる方向へと作用していた。俺は自分の無能さと、空気の読めなさを極限まで恨み、呪った。

「……ど、どうにかなるんですよね？」と俺はかすれた声で訊いた。「佐藤さんを助ける方法はあるんですよね？」

村田さんはたっぷりと沈黙を作ってから口を開いた。

「フラッガーシステムそれ自体を強制停止できるのなら、それがもっとも有効な手段なのですが……以前にも少しだけお話しさせていただいたとおり、フラッガーシステムの強制停止というものは現状できません。というのも、フラッガーシステムが張り巡らせた伏線を放置したまま途中でシステムを停止させてしまうと、後になって主人公周辺に何らかの障害が発生することが考えられるからです。よってどんなことをしてもフラッガーシステムは期間終了まで停止できないようになっています。つまり、我々はフラッガーシステムが稼働した状態のままで佐藤さんを救う手立てを考えなければなりません」村田さんはティーカップを見つめ、それからまた俺の目を見る。「解決策として第一に挙げられるのは、このままストーリーを進行させながらも、最後には佐藤さんが生き残れるように『生存フラグ』を立て続けていくことです……が、これはかなりのテクニックとフラグマネジメントシップが求められますので、あまり現実的とは言えません……。お恥ずかしい話ですが仮に私が主人公であったとしても、ヒロインを確実に生存させる自信はありません。……すると方法として最も確実で手っ取り早いのは

――」

俺は唾を飲み込み、村田さんの一言を待った。村田さんは神妙な面持ちで言葉を紡ぐ。

「佐藤さんをヒロインから外してしまうことです」

「ヒロインから外す？」

「ええ。おそらく……というか確実に、佐藤さんの病気というものはフラッガーシステムに端を発しているものです。よって、佐藤さんをフラッガーシステムの影響の及ばない……つまり、まったくの『モブキャラ』に仕立て上げてしまえばいいんです。モブキャラを死の病にしておく必要もありませんから、おそらく必然的に病気は治り、体調は回復へと向かうでしょう」

「じゃ、じゃあ……ど、どうすればいいんですか!? 佐藤さんをヒロインから外すために、具体的に何をすればいいんですか!?」

「フラッガーシステムに佐藤佳子さんは『ヒロインではないんだな』と認識させるんです……。そのために一番効率的なのは……」村田さんは一度口を閉じてから、ゆっくりと開く。「佐藤さんに暴言を吐くことです」

「……暴言」

「ええ。いっそこのまま『佐藤さんを無視し続ける』というのもひとつの手ですが、この場合、失敗した際のリスクが大き過ぎます。東條さんがもし佐藤さんのことなど端《たん》から気にしていなかったように振舞えば、おそらくフラッガーシステムは佐藤さんの『ヒロイン認定』を解除することでしょう。『病を患って入院しているというのに、主人公がこんなにも興味を示していないのだから、彼女はヒロインではないのだな』と。しかしながら、十二月も後半に入り、物語も残り僅か。……もしこの『無視作戦』が失敗し、『ヒロイン認定』が解除されなかった場合、我々には死亡フラグから挽回する時間の猶予がありません。よって、もっと即効性があって、なおかつ確実にヒロインとしての息の根を止めておく作戦が必要なんです。……それこそが『暴言』」

「……佐藤さんに暴言を吐く」と俺は言葉の意味を確かめるように呟いた。

「一口に暴言といっても、そんなに簡単なものではないです。きちんとフラグを断ち切るような暴言を吐かないと、それが間接的な好意表現に受け取られてしまう可能性だってあるんです。例えば、『お前なんか学校に来なくったって、別に気にもならないんだからな』と言ったとして、これが直接的な『嫌悪』の表現だとは、フラッガーシステムに受け取ってもらえない可能性があります。というのも、これは『ツンデレ』の派生でしかないんです。好きで、本当は心配なんだけれども、素直に口に出せない。こうなってしまっては、佐藤さんがヒロインから外れるどころか、より克明な『死亡フラグ』を立ててしまうことになりかねません。よって東條さんが佐藤さんに言うべきことは、『無関心』を体現した暴言です。どう解釈しても好意には受け取れないような、そんな暴言」

　俺は佐藤さんに対し、暴言を吐く自分の姿を想像してみた。しかしそれは容易な作業ではなかった。なにせこの数日間ようやっとの思いで、佐藤さんとの距離を縮めることができたのだ。それを自らの手でふいにするような、そんな行いを、どうして俺ができるというのだろう。

そしてなによりなんなのだ、このふざけた解決策は？

佐藤さんが生命の危機に瀕しているという逼迫《ひっぱく》した状況において、最も有効な手立てが、暴言を吐く？　馬鹿馬鹿しい。本当にこの世界は馬鹿馬鹿しい。

馬鹿馬鹿しいが……他に有効な手立てもない。

「本当に……」俺は村田さんに訊く。「それで佐藤さんが助かるんですか？」

村田さんは憔悴《しょうすい》した俺を励ますように頷いた。「フラッガーの条理に基づくのなら、確実と言って申し分ありません。しかし、もう一つダメ押しをしておかなければなりません。佐藤さんをヒロインから除外するのですから、ストーリーを成立させるためには、新たに別のヒロインを仕立てる必要があります。この物語を一応のところ完結させるために」

「……代わりのヒロイン？」

「ええ。一応、別のヒロインと感動のラストを迎えないと、フラッガーシステムがまた佐藤さんをストーリーに引っ張り出さないともかぎりません」

「……誰を代わりのヒロインにすればいいっていうんですか？　また一から誰か、それこそクラスの女子でも引っ張ってきて新しいルートに乗らなきゃいけないってことですか？」

「いいえ、東條さん。この点、東條さんは幸運です。まだ一人だけ一度も告白もされていないし、なおかつ物語に深く関与し、関係性としては恋に落ちてもおかしくない存在がいるじゃないですか。たった一人だけ」

俺は少しだけ考えたが、すぐに思い当たる。「……ソラ」

「そうです。幸いにもこれだけの期間を共に過ごしながら、ソラさんとは具体的なイベントが発生してはいません。こんな格好の人物を新しいメインヒロインに抜擢しない手はありません。フラッガーシステムには、こう認識させるんです。『佐藤さんのことなど全《まった》く好きではなかった。俺の本命は共に生活をしてきたソラなのだ』と。そうすることによって、佐藤さんの死亡という最悪の展開は回避できますし、なおかつ、一つの恋が実る、という点においてストーリーのラストに『感動』を付加することができます」

「もし……俺が佐藤さんに暴言を吐いたとして」と俺は言う。「佐藤さんは俺とのやり取りを、来月以降も——つまりフラッガーシステムが停止してからも覚えているわけですよね？」

村田さんは言い淀んだ。「……そう、ですね」

「そして俺が吐くべき暴言は、生半可な暴言ではいけない」

「……はい」

「そしたらきっと俺は、来月以降も佐藤さんには嫌われて……」と、そこまで言って俺はなんて馬鹿なことを考えているのだろうと思った。ここまで来て自己保身。これじゃ、プールの館長と同じだ。なに我が身可愛いようなことを吐かしているのだろうか。佐藤さんの生命を脅《おびや》かしているのは、他ならぬ俺自身なのだぞ？　それなのにこの期《ご》に及んでまだ佐藤さんと良好な関係を保っておきたいだなんて、虫がよすぎる。我ながら反吐《へど》が出そうだ。「——なんでもありません」俺はそう言って、話を切った。

「お気持ちはわかりますが、今はこれしか——」

「いや、いいんです。俺が身勝手でした……すみませんでした」

村田さんは何も言わずに頭を下げた。

「では……まずは入院中の佐藤さんに会いに行くための作戦を練りましょうか」

俺は頷くと、打ち合わせを開始した。

23

打ち合わせ翌日、午後二時。

俺は村田さんの運転するプリウスの助手席にいた。

「昨日も確認させて頂きましたが、東條さんの『発言』と『行動』は立派なフラグとなって処理されます。ですので本来、『病院に向かう』という行為自体が『佐藤さんを気にかけている』というこの上ない『意思表示』になってしまいます」

俺は黙って頷いた。村田さんは続ける。

「よって『佐藤さんのもとを訪れる』という行為自体を、なるべく『もののついで』というようなスタンスでこなす必要があります。『別に来る気はなかった。でも、たまたま病院が近くにあったので寄った』そんな態度を取るんです。ここまでは大丈夫ですね」

「大丈夫です」

「仮に作戦がうまく終了したとしても油断しないでください。システム設定時に入力したように、私はフラッガーシステムにおける『ストーリー除外対象者』ですから、東條さんにとっては、私との会話だけが唯一自由に意思を吐露《とろ》できるものであり、それ以外の人とはどんな些細な会話であっても、あるいは行動であってもそれは『フラグ』と認識されます。よってどこかで不意に佐藤さんに対する『想い』の一端のようなものを匂わせてしまえば、たちまち佐藤さんは『ヒロイン』に逆戻りです。この点も昨日、再三確認しましたが、大丈夫ですね」

俺は先程よりもしっかりと頷いた。村田さんの車は一直線に『篠崎クリニック』へと向かう。

診療所の前に着くと、俺は車を降りる。

失敗が許されないことを考えると、俺は緊張を隠せなかった。もっともこの緊張感は、罪悪感と表裏一体であるのかもしれない。俺は今から佐藤さんを深く傷つけることとなるのだ。たとえ病気が快方に向かったとしても、佐藤さんが嫌な気分に陥ることは間違いない。そう考えると俺はつくづく、佐藤さんを巻き込んでしまったことに心苦しさを覚えた。

打ち合わせ通り村田さんが先に診療所に入っていくと、俺はしばらく外で待機した。時間にして三分。そろそろ頃合いだと踏み、俺は意を決して診療所の扉を開く。

「だから、私は急いでるんですよ！　見てくださいよほら、他の人はいかにも健康そうじゃないですか？　だから私から診察してくださいよ！」

「なんですって？　あなたこそどこが悪いっていうのよ？　私は三十分も前からずっとここで

待っていたのよ?」

村田さんは受付の看護師に対し、迷惑甚だしい大声でクレームをつけていた。そして理不尽すぎる村田さんの発言に業を煮やした四、五人の患者たちが村田さんを取り囲んで問答を続けている。収拾がつかなくなって、看護師はてんやわんやだ。

俺は村田さんが作戦通りに皆の注意を惹きつけてくれていることを横目で確認すると、無関心を装って受付を素通りし、待合室の奥にある階段を上った。外から見ても、実に狭い診療所だ。仮に入院設備があるとすれば、二階だとしか考えられない。

俺は二階に上がると、なるべく表情を殺したまま佐藤さんがいる病室を探してみる。すると、廊下を僅かに進んだところに『佐藤佳子様』という手書きのネームプレートが掛けられた病室を発見した。俺はそれでも達成感をおくびにも出さず、おざなりな手つきで病室の扉をノックする。コン、コンと二回。

「どうぞ」

微かにくぐもっているものの、扉の向こうからは紛れもない佐藤さんの声が聞こえた。ほんの少し離れていただけなのに、俺にとっては随分と懐かしい響きに思えた。清涼感があって、透明感があって、それでいて温かみと親しみが感じられる、素敵な声。

俺は緩んでしまいそうになった表情を慌てて整え、扉を開いた。

「……と、東條くん?」

佐藤さんは俺の顔を見ると、驚いたように目を丸くする。

佐藤さんは少しだけ頭部が持ち上がったリクライニングベッドの上に寝かされていた。いくらか顔色が悪いような気もするが、それでも俺が心から尊敬し、憧れ、想い続けてきた佐藤さんそのものだった。入院患者がよく着ているようなピンク色をした薄い生地《きじ》の服を着ていて、厚めの布団を腰のあたりまで掛けている。ベッドの脇には小説と思しき文庫が数冊。唯一の窓からは閑散とした街並みが窺えた。

俺はそのすべてに大いに取り乱しそうになったが、なんとか自分を律する。なんのためにここまで来たのか、誰のせいで佐藤さんがこうなってしまっているのか、忘れてはいけない。

俺は平静を装い、ベッドの脇にあった丸椅子に腰掛ける。

「わざわざ来てくれたんだ……ごめんね」佐藤さんは少しこわばった笑みを見せた。ひょっとすると、顔の筋肉を動かすことすら苦しいのかもしれない。俺は胸が締め付けられた。

「別に、いいよ。たまたま寄っただけだから。じゃなけりゃ来ないよ。わざわざこんな遠くに」それでも、俺は用意してきた台詞を事務的に口にする。

佐藤さんは少し動揺したように目を大きくすると、真意を探るようにしばらく間を取った。

いざ口に出すと、言葉のもつ凶暴性は何倍にも強大に感じられた。しかし、躊躇して手を緩めてはいけない。佐藤さんを『ヒロイン』から除外しなければいけないのだ。

「ていうか、身体弱いんならそう言ってよ。わかってたならプールなんかに連れて行かないし。無理についてきてあんなふうに倒れられちゃ、こっちとしても迷惑だからさ」

佐藤さんは戸惑っていたようだが、それでもなんとか俺の台詞を好意的に解釈しようと情けなさそうに笑った。

「ごめんね。心配かけちゃって」

「心配はしてないよ。迷惑だなって、思っただけ」

佐藤さんは少し反省したような顔をすると、くるりと窓の方を向いてしまった。おかげで表情は見えなくなってしまう。

「ごめんね……」と佐藤さんは独り言のように言った。しかしそこには怒っているようなニュアンスは何一つとして含まれていない。声は心から反省しているように、実にか細い。「……そうだよね。なんだかいつも東條くんには迷惑かけちゃってるね」

……いつも？

もう少し油断していたら、俺は素《す》になって聞き返してしまっていたかもしれない。『いつもってどういうこと？　迷惑をかけちゃってるのは俺の方なのに』と。しかし俺はもう少しのところで何とか言葉を押し殺した。

佐藤さんは変わらず窓の方を向いたまま話した。

「東條くんは忘れちゃったかもしれないけど……去年の秋ぐらいだったかな？　私が美化委員会の仕事で放課後にゴミ拾いをしなくちゃいけなかったとき、東條くんが代わってくれたよね。『佐藤さん、忙しいなら代わろうか』って。私が『大丈夫だよ』って断っても東條くんなかなか譲らなくて、結局代わってもらっちゃって……。本当はね、あの日も弟たちのご飯を作らなきゃいけなかったから、早く帰りたかったの。『誰かに、代わりを頼めたらな』ってずっと考えてて、でも、誰にも頼めなくって……。そんな時、東條くんが声をかけてくれたから、私本当に嬉しくて……」

俺は声が出なかった。

すぐにでも残酷な一言で佐藤さんの口を塞がなければいけないというのに、俺はあまりの衝撃に聞き入ってしまう。

忘れるはずがない。

なにせ、俺の高校生活における数少ない佐藤さんとの交流だ。

忘れられるはずがない。

あの出来事の発端は委員会決めに遡《さかのぼ》る。不定期ながら、放課後に地域のゴミ拾いをさせられることがある美化委員会の仕事は、学校内でも圧倒的な不人気を誇っていた。他にいくらでも楽な委員会があるのだ。誰も美化委員の仕事に就きたがりなどしない。そんな訳で『美化委員が決まるまで、終われません』という抑揚のない学級委員の声が、ホームルーム中の教室に何度も響いた。

しかしそんなとき、救世主のごとく美化委員に立候補したのが佐藤さんだった。しかも、このときすでに佐藤さんは図書委員に内定していたのに、それを蹴ってまで、苦行と評される美化委員に立候補したのだ。

俺はこの光景に感動と、しかし不安を覚えた。

なにせ、佐藤さんは弟妹の世話のため家に早く帰らなければいけないという任務があるのだ。

そんな佐藤さんが果たして、放課後のゴミ拾いに参加できるのだろうか、と。

本当に身勝手な心配だ。お節介を通り越して、ストーキングの部類に入ってくる。

それでも分不相応を重々承知で俺は勝手に神様にお願いをしておいた。どうか佐藤さんの任期中に放課後ゴミ拾いが実施されませんように、と。しかし残酷なことに、佐藤さんの任期中に放課後ゴミ拾いが実施される運びとなった。

担任が『今日はゴミ拾いの日だから、美化委員よろしく』と言うと、一瞬だけだが佐藤さんの表情は明らかに曇った。しかしそこは天性のいい人気質がそうさせるのか、佐藤さんは優しい笑顔で『わかりました』と言って仕事を受け入れてしまった。

そんな訳で、俺は少しばかり強引だとはわかりながらも佐藤さんから仕事を強奪した。

もっとも、佐藤さんを仕事から解放してあげたいという良心は動機の五十パーセント程度に過ぎない。残りの半分は、こういう些細なきっかけを足掛かりに佐藤さんとお話がしたいなという下心。決して言うほどの美談ではない。俺のチキンっぷりがなせる業だ。

そんな訳で俺にとっては貴重過ぎる佐藤さんとの対話記録。しかし、佐藤さんからすればきっと些細な、それこそ記憶するほどの価値もない出来事であったのだと、そう思っていた。

それを佐藤さんが覚えてくれていた……。

「それと、私がお弁当を忘れちゃったときも、東條くんがメロンパンを一つ分けてくれたよね……。それなのに、何のお返しもできないで……。日本史の資料を一緒に運んでくれたこともあった……。覚えてないかもしれないけど、あのときはありがとう。この間だって、コンビニにお弁当を買いに行って貰っちゃったし、今回も、倒れた私を病院まで連れてきてくれたみたいだし……。東條くんは根が優しいんだと思うけど、本当に……いつもごめんね」

全部……覚えていてくれている。

本当にくだらない、お礼を言うのも馬鹿らしい、覚えているのも馬鹿らしいそんな出来事の数々を、佐藤さんは覚えていた。

『いつもごめん』

長い学校生活を考えたら、俺のしたことなんて本当につまらないお節介じゃないか。それを、そんなあらたまって、かしこまって……。

『東條くんは根が優しい』

馬鹿を言わないで欲しい。俺はあなただから――佐藤さんだからお手伝いをしたのだ。佐藤さん以外の誰に俺が親切をしようというのだろう。

俺は涙腺が激しく緩むのを感じる。意識的に涙を零さないように努めるのだが、それでも瞬きのたびに視界は確実に曇っていく。

いけない。決して泣いてはいけない。

佐藤さんの台詞にこの上ない感動を覚えたのは事実であるが、俺はこうも感じていた。

村田さんの言った通りだ、と。

こんなことを言うなんて、まるで自分の『死』を予期して、人生の清算を始めているようじゃないか。

俺はここに来て自分の使命を改めて認識させられた。佐藤さんに嫌われることによって佐藤さんを救えるのならば、そんなのは実にお安い御用だと。

このままだと佐藤さんは確実に、『死』に向かい続けてしまう。ならばこそ、俺は涙を殺し、表情も殺し、感情も殺し、佐藤さんをくだらないフラッガーシステムの条理から解き放つべきなのだ。

俺は頬の内側を血がにじむほど強く嚙み締める。痛みにかまけて、言うべきことをすべて言ってしまえ、と。

「よくもまぁ、そんなくだらないこと覚えてるね。いやぁ、ちょっとヒクよ」

どことなく笑えるような暴言のほうがいい。

村田さんはそうも言っていた。『決して格好いい暴言を吐くんじゃない、格好いい暴言は、「ツンデレ」の一環として処理されてしまう可能性がある。適度に嘲笑的で挑発的な暴言が、最も効果的』だと。

「佐藤さんは、そういうこといちいち記憶するタイプなの？　暇だねぇ。ていうか暗いね。あれでしょ？　俺にとっては社交辞令だったんだけど、この間の手紙とかも結構真《ま》に受けちゃった感じでしょ？」

「……手紙？」

あれ？　どうやらあの無愛想看護師が手紙をプールしているらしい。まぁ、渡していないのなら好都合だ。俺は続ける。

「前から思ってたんだけど、基本的に佐藤さんて暗いよね。それもこうなんて言うの、周りも巻き込むような暗さっていうのかな？　うん、そんな感じ。……あっ、待てよそうか、だから身体弱いんじゃないの？　明るくて元気にしてれば、普通は病気もしないでしょ？　やっぱちょっとおかしいんじゃないの佐藤さん。ソラなんていつも笑顔で明るくしてるから、最っ高に元気だよ。仕草も笑顔も可愛らしいし、佐藤さんもああいう女の子を目指しなよ」

「……東條くんは」と佐藤さんは乾いた声で言う。「ソラちゃんのことが好きなの、かな？」

俺は先程とは反対の頰を更に強く嚙んだ。口の中に血の味が充満する。

「まぁ、恥ずかしいけど……そうかもしれないなぁ、だってやっぱ可愛いじゃん？　なんて言うかテディベア的な可愛さがあるよね、ソラは。佐藤さんにはない可愛さっていうのかな……うん。あっ、こう言っちゃ失礼だよね。ごめんごめん。ま、まぁでも佐藤さんも努力次第だと思うし、せいぜい少しは女の子らしくしてみなよ。ひょっとしたら化けるかもしれないよ」

しばらくの沈黙。

窓の外には、冬の空が広がっていた。風が強いのか、分厚い雲が形を変えながらみるみる移動している。俺は見るともなく、そんな景色を眺めた。

「……私」

佐藤さんはそれだけ言うと、また黙ってしまった。しかしよくよく見てみると、佐藤さんの背中が小刻みに揺れているのが確認できた。それだけではない、小さな音も聞こえる。

それは初めこそ原因不明の小さな音でしかなかったが、徐々に大きくなり、ついには俺の耳を確実に揺さぶるようになる。

「……私」

佐藤さんがすすり泣いている声だった。

「東條くんに……嫌われるようなこと……しちゃったかな？」

俺は口の中の痛みだけを意識した。ざらざらとして濃厚な、溶けた鉄のように残酷な味を、ただただ噛み締めた。

ここでひるんではいけない。止めを刺さなければいけない。

俺はごくりと血を飲み込むと、あくまでひょうきんな声で言った。

「なに言ってんのさ？　嫌いになるっていうのは、好きな人に対する感情であって、端からどうとも思ってない人間に対して嫌いになるもなにもないでしょ？」

もちろん、気のせいだとは思う。だけれども、世界のどこかに存在するであろうフラッガーシステムの装置本体が、ガタンと音を立てたような気がした。ルートが変更された音だ。

「……ごめん、東條くん」

佐藤さんは嗚咽の隙間を通すようにして、言葉を絞り出した。

「……今日はもう……帰ってもらっても……いいかな？」

終わった。

本来ならばもう一言、辛辣《しんらつ》な言葉を浴びせかけたほうが確実だったのだろうが、俺はこれ以上の負担に耐えられなかった。人生で、こんなに長く、そして苦しい時間を、俺はかつて経験したことがなかった。

俺は何も言わずに病室を後にし、そのままの足取りで一階へと向かう。

待合室に下りると、村田さんは順番待ちの患者さんに交じり椅子に座っていた。あくまでポーズとして雑誌を両手に広げ、階段から下りてきた俺の姿をちらりと見る。

俺は村田さんのもとまで歩み寄り「終わりました」とだけ伝えた。

すると村田さんはぱたりと雑誌を閉じ、棚に戻す。

「……帰りましょう」

俺は頷き、村田さんとともに診療所を後にした。

診療所の入り口を通るとき、看護師が順番待ちをしていたはずの村田さんを引きとめようとし、更には知った顔である俺の存在に驚いたような顔をしたが、俺たちは気に留めることもなく歩き続けた。

プリウスに乗り込むと、車は音もなく発進する。

「……東條さん。言うまでもありませんが『泣く』ということもまた、佐藤さんへの想いを表現する立派な『行動』です。ですから、家に到着しても、独りきりになっても、決して──」

「わかってます」

俺は村田さんの言葉を遮り、流れ行く窓外の風景を眺め続けた。

まだ、やらなければならないことがある。

24

「今からデートしないか？」

俺はあっけらかんと、そう言った。

きっと、これまでの俺であったのなら仮にそれが演技であったとしても簡単には口にできないような台詞であったであろう。しかし、今後の人生において体験するであろういかなる苦痛よりも何倍も苦しい時間を経た今の俺にとっては造作もない作業だった。

ソファに座ってテレビを見ていたソラは、俺の台詞にぽかんとした表情を浮かべた。それからおもむろにテレビのスイッチを切り、リビングに沈黙を呼び込む。

静かになると、なぜだか俺は途端に気まずい気持ちになった。

まるで暗黙のうちに、『もう一度言ってください。今度はテレビの雑音が入らない状況で聞きますから』とでも言われているようだ。中途半端にごまかすんじゃない、と。

ならば言ってやろうじゃないか。

「これから、どっかにデートしに行こう」

しかしソラは要領を得ないといった表情で、相変わらずのぽかん顔を決め込む。

その表情はなんだってんだ。

今までの御園生や一ノ瀬が密かに俺に恋心を抱いてくれていたように、主人公である俺がソラをデートに誘えば、二つ返事でそれを了承してくれる。そして、瞬く間にソラといい感じの空気になって、盤石《ばんじゃく》たるソラルートへと乗っかる。流れるままに感動のエンディングを迎える。

勝手に、そんなトントン拍子を思い描いていたが、どうやらそうもいかないらしい。

ソラはぽかんとした顔をようやくやめたかと思うと、今度は湿り気の多いジトッとした目付きで俺を見つめた。半月以上一緒に過ごしてきたが、初めて見るソラの表情だった。まるで何かを疑っているような、あるいは俺を軽蔑しているような、そんな表情だった。

「お兄ちゃんは……」とソラはようやく口を開く。「ソラとデートがしたい？」

俺は間髪を容れずに頷いた。「も、もちろん」

「お兄ちゃんは、ソラのことが好き？」

俺は核心をつくような質問に、しかし大きく頷いた。こうしなければヒロインの交代が完成しない。佐藤さんをヒロインから外せない。そのためならどんなポーズでも取ってみせよう。

「本当に？」

「もちろん。俺はソラが大好きだ」

「へへ」とソラは邪気なく笑った。ようやく見せてくれた気持ちのいい笑顔だ。「それはとてもうれしい。ソラもお兄ちゃんが大好き」

よかった……。俺が楽天的にそう思ったとき、しかしソラは静かに首を横に振った。落ち着き払った表情で、すべてを悟ったようにゆっくりと。

「お兄ちゃん、うそはいくない、いくない」

「えっ？」

「お兄ちゃんは、本当にソラのことが好き？」

「……もちろん」

「それは、恋人にしたいっていう『好き』？」

「……あ、当たり前だ」

ソラはやはり首を振る。「ならお兄ちゃんはうそつき」

俺は心の中をあまりに巧《たく》みに見透かされたような気持ちになり面食らう。しかしすぐに気を取り直し、負けじと落ち着き払った声で言った。

「どうして俺が嘘をついてるって……そう思うんだ？」

「ソラは風俗嬢をやっていた」

「えっ？」

俺はなぜ今さらそんなことを言うのかと、少し動揺した声をあげてしまう。

それともなにか。『風俗嬢をやっていた私を、あなたが好きになるわけないでしょ？』という自虐的なニュアンスが含まれた発言だったのだろうか。ならば、ここは力強く否定しなければならない。俺はソラが以前、どんなことをやっていたのかなど関係なく、純粋に今のソラが好きなのだ、と。

しかし俺の予想は外れていた。

「ソラは誰よりもたくさんの男の人の目を見てきた。五十を過ぎたおじさんの目も、二十代前半のお兄さんの目も、いろんな人の目を見てきた。……嫌なこともあったけど、皆がソラにいろんなお話をしてくれるから、仕事はとても楽しかった。でもお仕事の中でも、とても嫌なことが一つあった。それは『うそをつかれる』こと」

俺は言葉を失う。

「ソラは、マヌケじゃない」ソラの声には未だかってない力がこもっていた。「その人が本当にソラのことを好きなのかどうか見抜けないほど、ソラはマヌケじゃない」

ソラは俺の目を見たまま離さない。

「ソラがお客さんと一緒にいる時間は、六十分くらい。だけども、それだけあれば十分、ソラは男の人が本当のことを言っているのか、うそをついているのかわかった。お兄ちゃんとは、半月以上も一緒に過ごした。一緒のお家で過ごしたし、一緒に学校にも行った。お兄ちゃんのうそなら、ソラは簡単にわかる。お兄ちゃんは、本当は……」

「……いや、俺は――」

「佳子が好き」

俺は唇を噛み、表情をつくらないように努める。俺の頭の中では、つい先程盛大に傷つけてきた入院着の佐藤さんの背中が思い出された。小さくうずくまり、かすかに震えていた、佐藤さんの背中が。

俺はソラの真っ直ぐな眼差しに耐えきれなくなり、ついに下を向いてしまう。

どうしてソラはこんなことを言うのだ。

あと少しで、佐藤さんを救済するためのシナリオが完成するというのに。佐藤さんをヒロインの舞台から背景へと追いやり、佐藤さんが病に陥る必要のない世界がやってくるというのに。今、ソラにこんなことを言われたら、気持ちが揺らいでしまうではないか。

しかしソラは容赦を知らない。

「この間の朝、ぐうぜん佳子と出会ったときの態度でわかった。お兄ちゃんは目が泳いでいたし、顔も真っ赤にして、ものすごく口ごもってた。お兄ちゃんは佳子が好きなんだ、って気付いた。だからソラは、なるべくお兄ちゃんのじゃまにならないように、佳子とお兄ちゃんの時間をたくさん作ることにした。きっと佳子も——恋愛対象とまではいかないと思うけど——お兄ちゃんのことは嫌いじゃない。お兄ちゃんといるときの佳子はすごく楽しそうだった。だから、ソラはとてもうれしかった。お兄ちゃんも佳子も、ソラにとって大事な人だから、二人が仲よくなったらいいなって、すごく思った。……お兄ちゃん」ソラは立ち上がって、俺ににじり寄る。「お兄ちゃんは本当に、ソラのことが好き？　本当に、佳子よりもソラが好き？」

最後の防波堤が崩れ落ち、俺の中の何かが倒壊した。

「お兄ちゃん……」とソラは最後の念を押す。「うそはいくない、ない、ない」

言葉の応酬に押し負けるようにして、俺は一歩後退する。

すると、フローリングに小さなシミが付いているのが見えた。他のところよりも一段濃い焦げ茶の、一円玉くらいの大きさのシミ。なんだろうな、と思って凝視していると、いつの間にかシミは二つになっている。更に三つ、四つと増え続けた。

そしてシミが六つになったとき、俺はようやく気付く。

ああ、俺は涙をこぼしてしまったのだな、と。

『「泣く」ということもまた、佐藤さんへの想いを表現する立派な「行動」です』

人生最大の苦痛の後に、人生最大のヘマをやらかした。

こう本格的に涙を流したのなんて一体いつ以来だろうか。何にしても中学生になってからは泣いていなかった気がする。となると小学生以来か。なるほど、涙が溜まりに溜まっていたことは認めようじゃなか。五年間とは、これ随分と溜めこんだもんだ。感心感心。

だけれども……。

だけれども、なにも『今』溢れることもないじゃないか……。

来月になったら毎週セカチューを見て号泣《ごうきゅう》したって構わなかったし、玉葱のみじん切り職人になって涙を涸《か》らしたって構わなかった。涙を集めている怪しい団体に毎日一リットル寄付したってよかった。

でも、今だけは泣いてはいけなかったのだ。この一瞬だけは、絶対に泣いてはいけなかった。

俺は涙をこぼしてしまったことが悔しくて、更に涙をこぼした。そうして一度涙がこぼれると、まるでドミノが勢いよく倒れていくように連鎖的に涙はこぼれ落ちる。涙が涙を呼び、次の涙が次の涙を呼んだ。

俺はいよいよ立っていることに耐えられなくなり、引きずり込まれるようにして床にうずくまる。ずっと抑えこみ、無視し続けてきたあらゆる感情が洪水となって溢れ出した。

俺は佐藤さんになんてことを言ってしまったのだろう。果たして佐藤さんはどれほど傷ついてしまっただろうか。理不尽に、何の前触れもなく、いわれもない暴言を浴びせかけられた佐藤さんは、いったいどんな気持ちだっただろうか。そんなの想像すらできない。計り知れるようなものではない。入院してからは、きっと孤独な時間が長かったに違いない。終業式にも出られないで、狭い診療所の狭い個室で小説を何冊も読みふけり、一人の時間を懸命に紛らわしていたのだ。そんな中にやっとやって来た一人の知り合い。

佐藤さんにとって俺という人間がどのようなポジションに位置しているのかはわからない。でも少なくとも、友人、クラスメイトくらいには認識してもらえていたはずだ。『お見舞いかな？』とは思ってもらえていたと思う。それなのに俺は唐突に、意味のわからないことを。いや……違うな。問題はそんなところじゃない。佐藤さんを酷く傷つけてしまうことも、二度と佐藤さんと友人として接することができないだろうことも、覚悟はできていたはずなんだ。佐藤さんの命を救えるならば、佐藤さんを助けられるなら、どんなものでも犠牲にする覚悟はできていたはずなんだ。

……でも泣いてしまったら、ダメじゃないか。

このままじゃ、佐藤さんはヒロインのまま。

俺の意味不明な暴言がフラッガーシステムにどのように認識されたかはわからないが、ソラとの会話の文脈を察すれば俺が佐藤さんに未練タラタラなのは明白であるはずだ。

佐藤さんに死亡フラグは立ったまま。

「お兄ちゃん……」

ソラは優しい声でそう囁くと、むせび泣く俺の肩に手を置いた。まったく……こいつは初めて学校に来たときもそうだったが、肝心なところで見事に事態をかき回す。しかし、不思議と怒りのようなものは湧いて来なかった。ソラはソラなりに、正論を述べたのだ。

「佳子と何かあった？」

俺は答えられなかった。

きっとソラは、俺と佐藤さんの間に喧嘩めいたものがあったのだと早合点しているのだろう。あるいはそのせいで佐藤さんが学校を休んでいるとさえ踏んでいるのかもしれない。何にしても、俺は何も言えずに固まった。

「ソラはお兄ちゃんと佳子の間になにがあったかわからない。でも、もしなにか問題があったなら、お兄ちゃんが動かないかぎり何も変わらない。お兄ちゃんが動かなくちゃいけない」

俺は年下にしか見えない幼気なソラの口から発せられたその台詞に、なんだか不思議な気分に包まれた。子どもに諭されているような、あるいは小学生くらいに戻ったような。

『お兄ちゃんが動かないかぎり何も変わらない』

なるほど……。なかなか核心を突いたことを言いやがる。

佐藤さんに暴言を吐いてしまったことを嘆いても始まらない。うっかり涙をこぼしてしまったことを嘆いても始まらない。嘆きにかまけてフローリングにシミを増やし続けても何も変わらない。俺の『発言』と『行動』がなければ、世界は動かない。なぜなら……俺は主人公であるのだから。

村田さんは佐藤さんを救うための作戦を立てるとき、こうも言っていた。

第一に作戦として考えられるのは『このままストーリーを進行させながらも、最後には佐藤さんが生き残れるように「生存フラグ」を立て続けていくことです……が、これはかなりのテクニックとフラグマネジメントシップが求められますので、あまり現実的とは言えません』

現実的ではない……しかし不可能ではないのだ。

ならば俺は、佐藤さんが生き残れるような展開を構築すればいい。あくまで主人公として、佐藤さんはヒロインとして。このままの関係を維持したまま佐藤さんを救う。

やってやろうじゃないか。

俺は涙を服の袖で乱暴に拭うと、力強く立ち上がった。

「ありがとう……その通りだソラ。俺は佐藤さんが好きだ。すまなかった」

「うん。知ってる」とソラは冗談ぽく笑ってみせた。

「ちょっと出かけてくる。夕飯は家で食うと思うから、いつもどおりよろしく」

「わかった」ソラは歯を見せてニーッと微笑んだ。「今日はソラの『さいこうけっさく』をつくって待ってる。腕によりをかける」

「楽しみにしてる」

俺はコートを羽織ると、勢いよく外に飛び出した。外は相変わらずの曇り空で、陽のないぶん気温も低い。『どんより』とはこのことだ。なかなかどうして気分もよくない。

俺は門の外に出ると大きく深呼吸をした。それこそ日本中の酸素濃度がグッと下がり、代わりに環境省が青ざめるくらいのCO^2を吐き出すほど豪快に。

それから、曇り空に向かって力の限り叫んだ。

「よく聴けフラッガーシステム!! 今から俺は佐藤さんを華麗に救ってみせるから、両目おっ開《ぴら》いてよぉく見とけバカ野郎!!」厚い雲が静かに割れた。「佐藤さん、さっきは本当にごめん!! あれは全部真っ赤な嘘で、俺は、本当は佐藤さんのことが死ぬほど大好きなんだ!! 待ってくれ佐藤さん!! 俺には頭っから尾っぽまで完璧に佐藤さんを助けるための心当たりがあるっ!! オレ東條涼一、十七歳!!」

空からは陽が射す。決して晴れそうになかったぶ厚い雲がぽっくりと割れたのだ。果たしてこれは偶然なのか、はたまた『ご都合主義』の一環なのか……。

俺は全力疾走で佐藤さんの家を目指して走り出す。

25

俺は佐藤家の扉を叩いた。チャイムがついていないのだからこうする他にない。玄関にはおおよそ相応しくないような脆弱な木枠の引き戸は、ノックのたびにガシャガシャと揺れ動いた。人がいなかったらどうしようと思ったのだが、四回目のノックでようやく返事があった。

「はいはい、今開けますよ」

扉を開いた佐藤さんの親父さんは、俺の姿を見ると驚いたように目を丸くする。

「おお、君は確か佳子のお友達の……」

「東條です」

「そうそう、東條くんだ」と言い、親父さんは神妙な面持ちで、「……佳子のことだね？」

俺が力強く頷くと、親父さんは俺を室内へと招き入れてくれた。

室内には親父さんの他に佐藤さんの弟、妹たちもいた（お母さんは病院に行っているらしい）。子どもたちは一様におとなしく、というより落ち込んでいるような様子で部屋の隅に固まって座っていた。そんな光景に胸は裂けるように痛んだが、感傷に浸っている時間はなかった。

親父さんと俺は、勉強会のときも使用していた低いテーブルを挟んで向かい合う。

さてなんと言って話を切り出すべきなのだろうと考えていたのだが、あろうことか親父さんが俺に対し「ありがとう」と言って頭を下げた。

俺はあまりに予想外の台詞にたじろいだ。

「佳子を病院まで連れて行ってくれたの、東條くんなんだろう？　迷惑を掛けたね」

俺は「ああ」とだけしか返せなかった。なるほど、傍から見れば、俺は感謝こそされても叱責されるようなことはしていない訳か。親父さんはまだ、俺に暴言を吐きかけられた佐藤さんに会ってはいない。

いや。あの佐藤さんのことだ。仮に暴言を吐きかけられた後に両親に会おうとも、俺から受けた異常な暴言をわざわざ報告するような真似はしないだろう。そんなことを聞かせても両親はいたずらに俺を憎むだけで何も生まれない。なら黙っていよう。そう考えるはずだ。勝手な想像ではあるけれども、予想が外れていない自信はあった。

「……佳子さんの病気って、どんな病気なんですか？」

俺は思い切って一番の核心をついた。

「やっぱり……気になるよね」と親父さんは力ない笑顔で言う。「心配してくれているんだね。ありがとう」

「いや……」俺はこれ以上『ありがとう』と言われることがなにより辛かった。「……佳子さんが病気になってしまった間接的な原因は俺にあるのかもしれないんです……お礼なんて言わないでください」

すると親父さんは合点がいかないような顔をして俺を見た。当然だろう。こんな訳のわからない台詞を受けて、すぐにはいはいと納得できる人間もそうはいない。それでも俺はどうにかして自分の罪の重さを親父さんに知らせたかった。

俺は主人公であり、この世はご都合主義で満ち溢れており、佐藤さんは感動の演出材料として病気になっている、と。そんなこと伝えきれるはずもないのに。

親父さんはやはりしばらくは腑に落ちないような顔をしていたのだが、途端に何かを把握したように小さく頷いた。

「東條くんが言っているのは、佳子をプールに連れていってしまったことかな？　それなら気に病む必要はない。佳子は自分の意思でプールに行ったんだ。今月に入ってからは——」

「ち、違います！」と俺は言葉を遮る。しかしとっさに飛び出した言葉に二の句が継げず、俺は口をもごもごとさせた。「……そ、そういうわけじゃなくて……もっとも、プールに連れていってしまったことも、十分な過失なんですけど、それ以上に……なんていうか……」

しかし親父さんは俺を諭すように目を閉じて首を振った。

俺はいっそフラッガーシステムの一から十まで説明してしまおうかと思った。なんとなく今日まで誰にも伝えずに過ごしてきたが、別段村田さんから口止めをされていたわけでもないのだ。ならば言ってしまっても問題はないじゃないか。

俺がそんなことを考えていると、しかし親父さんは俺の考えを根底から覆すほどに衝撃的なことを言った。

「東條くん。我々も覚悟はできていたんだ……。いつかはひょっとすると、こんな日が来るんじゃないか、ってね」

親父さんは慈《いつく》しむような表情で部屋の隅の子どもたちを眺めた。子どもたちは相変わらずしょげたように黙って動かない。

「下の子たちも、いつもははしゃいでばかりだが、ああ見えて聞き分けのいい子たちだ。佳子のことについては、きちんと整理をつけ始めている」

「……どういうことですか」

「佳子はね、昔から肝臓が弱かったんだよ。生まれたときに、お医者さんに言われたんだ。『この子は肝臓が弱いので、ひょっとすると後々病気をしてしまうかもしれません』って」

俺は口を開いたまま、呆然と固まった。親父さんは続ける。

「悪いのは全部私なんだよ、東條くん。私の稼ぎさえよければ、佳子を定期的に検診に行かせることだってできたし、もっと長期的な治療だって受けさせることができた……こんなに悪くなるまでほうっておくこともなかったんだ。……なのに、私の甲斐性がないばっかりに……」

親父さんの声に僅かに湿り気が混じる。「君に聞かせるような話じゃなかったね……すまない」

「……倒れたのは、今回が初めてじゃないんですか？」

「ああ」と親父さんは視線を落としながら言った。「今回で四回目だよ。本人の希望で、友人をはじめとする周囲の人たちには内緒にしていたんだけれどね。最初に倒れたのは去年のことだったかな……」

……去年？　ってことは、今月に入ってから具合を悪くしたんじゃない。つまり……フラッガーシステムが稼働する以前から、佐藤さんは体調を崩していた？

体中の至る箇所から汗がじんわりと滲み出してきた。

そんなこと、俺はまるで知らなかった。確かに佐藤さんは他の生徒に比べて学校を休む機会が多かったが、それはきっと家庭事情による体力的なあるいは精神的な疲労だと勝手に推測をしていたのだ。

佐藤さんがずっと肝臓を患っていた？

俺は未知の情報に驚きを隠せない。佐藤さんは、あんなに元気そうだったじゃないか。

「……なんていう病気なんですか」

親父さんは一つため息をついてから答えた。「去年、発症したのは『自己免疫性肝炎』という病気だね。これ自体は……当然軽視はできないけれど、それでもきちんと『副腎皮質ステロイド』っていう薬の投与を続けていれば抑えられた病気だったんだ。だけれど……」親父さんは涙を堪えるように唇をぎゅっと嚙み締め、落涙の波が引いたことを確認してからゆっくりと口を開く。「私の稼ぎが少ないばっかりにね……薬の投与を途中でやめてしまったんだ。もう、大丈夫だろう、って。……本当に馬鹿な親だ」

親父さんは零れてしまう前に、目に溜まった涙を右手で拭った。

「案の定、今年の十月に再発してしまったんだ……急いで薬の投与を再開したよ。でも、少し遅かったみたいだね。……症状が進んで、とうとう『肝硬変』を発症してしまったよ」

……肝硬変。

何となくどこかで病名を聞いたことはあるが、果たしてそれがどれほど重い病気なのか、俺にはわからなかった。しかしながら親父さんの話し方を考慮すれば、決して軽い病気ではないことが容易に窺える。

俺は願うような気持ちで尋ねた。

「……治りますよね？」

親父さんは萎んでいく風船のように、弱々しく口から息を吐き、逃げるように視線を右へと移動させた。

「治らないこともない……が、手術が必要だね」

「……難しい手術なんですか？」

「ははっ」と自虐的に笑うと、親父さんは悔しそうに顔をゆがめた。「恥ずかしい話なんだけどね……手術は……できないんだ」

「えっ？」

親父さんはぽとりと涙を一つこぼし、肩を震わせ始める。静かに、しかし確実に震えは大きくなっていく。そしてやがては、声を伴っての号泣が始まった。

大の大人が、恥も外聞もなく声を上げて号泣する姿は、それだけでとんでもなく大きなメッセージを放っていた。俺の淡い期待は一瞬にして消え去り、濃厚な絶望が部屋を満たしていった。

「……みっともない姿を見せてしまって申し訳ないね、東條くん。うちにはね……お金がないんだ。手術するだけのお金が、ないんだよ！」すると親父さんは、ズボンのポケットからしわくちゃになった一枚の紙切れを投げ捨てるように取り出した。

紛れもなく、それは競馬の馬券であった。

「笑ってくれ東條くん！　そして、罵ってくれ東條くん！　なけなしの十万円を全部こいつにつぎ込んだんだ！　三連単二百倍、二万馬券だよ！」

罵ることなどできなかった。笑うこともできなかった。

「馬鹿だろう、東條くん？　馬鹿な大人だろう？　でも、その時の私には、こいつが来るように思えたんだ……なんてったってこいつら三頭、揃いも揃って『オグリキャップ』の子どもだったんだよ！　私は運命だと思った。絶対当たるって、確信さえしたよ、でも……。結局こいつら、何着だったと思う？　六着、十着、十二着だよ！」親父さんは真っ赤な目のまま開き直ったようにはっはっはと笑った。「それはそうだよ、来るわけないよ、こんな穴馬。でも……このくらいの大賭けをしなきゃ、手術費には到底足りなかったんだ。手術費用がいくらか知っているかい、東條くん？　千八百万円だっていうんだ！　働いていた頃の私だって払えやしないよ！　誰なら払えるんだよ、こんな大金？　私にどうしろっていうんだよ？　この世界は金持ちじゃなきゃ娘さえも救っちゃいけないらしい」

「……千八百万円」

「そうだよ……なかなか、狂ってるだろう？」

　何かが『カチリ』という音を立てた。

　それと同時に心臓が早鐘を打ち始める。トクトクトクと、急ピッチで体中に血液を送り届ける。喉の渇きと、激しい興奮を覚えた。気付けば呼吸さえも速くなっている。

　親父さんは脱力したように背中を丸めて俯いた。子どもたちは暗い顔で固まっていた。

　部屋は静かで、時計の音だけが時間の不可逆性を証明するように、カチカチと響いていた。

　俺は唾を飲み込もうとしたが、口の中に唾液は一滴さえも残っていなかった。俺は代わりにまぶたをきつく閉じてみる。それから再び開け、またきつく閉じる。

「……千八百万円」確かめるように呟いた。

俺は深呼吸をすると、おもむろにポケットに手を伸ばす。そしていつも使っている愛用の財布を取り出した。それから財布をいたわるようにゆっくりと開き、札入れに手を掛け、それを取り出す。

○×銀行　△□支店

金額　¥19,400,000※

上記の金額をこの小切手と引き換えに持参人へお支払い下さい

御園生　怜香

俺は、今現在、俺の手元で何が起こっているのか、にわかには判断できなかった。

佐藤さんが病気になってしまった。その原因のすべてはフラッガーシステム、ひいては主人公である俺自身にあると、そう踏んでいた。確かに俺もフラッガーシステムも佐藤さんの病気を後押ししてしまったかもしれないが、しかしそれだけが原因ではなかった。佐藤さんは以前から肝臓を患っていて、いつこのような状況になってもおかしくはないと判断されていたのだ。

しかし、佐藤さんの家は貧乏で手術費が払えない。手術費は千八百万円。かなりの額だ。そんなお金、簡単には集められない……。

そこに来ての、この小切手。御園生から謝礼としてもらった、千九百四十万円の小切手。なんだよこれ？　少し、都合がよすぎるんじゃない？

違う……これが……ご都合主義なんだ。

「……お、お金なら……なんとかなりそうです」

「はぁっ？」

親父さんは、信じられないといった表情で俺を見上げる。俺は興奮そのままに小切手をテーブルの上に差し出した。

「これ！」俺は親父さんの目を見て言う。「今すぐ、銀行に行って換金しちゃってください」

親父さんは小切手を拾い上げると、驚いたような、喜んでいるような、意味がわからないような、複雑な表情で紙面を睨んだ。

「な、なんだいこれは……？　どこで、こんな金額……と、というか、君からこんな額を受け取るわけには……いや、も、もし貸して頂けるなら……違う……そ、それは」

「全額あげますんで！」

そう言うと、親父さんはいよいよ声も出せなくなり、ただ口をぱくぱくと動かした。

「アホみたいにお金持ちの友人が、気前よく俺にくれたんです。佐藤さんのために使ってもらえるなら俺としても……」いや、そうではない。「物語の進行上、佐藤さんを救うために使うお金なんです!!」

親父さんは俺のことを神様でも見るような目で見つめた。それからようやく声を取り戻すと、詰まりながらも言葉を絞りだす。

「……で、でも手術には、お、お金以外にも、色々と問題があって――」

「大丈夫です」と俺は胸を張って言った。「俺には滞りなく手術が執り行われる、心当たりが、あ、あ、ありますから」

親父さんは何がなんだかわからないながらも、涙をこぼしそうな表情で頷いた。

「……なぁなぁ」と不意に俺を呼ぶ声が聞こえた。視線を下に落とすと、そこには俺のズボンを引っ張る長男の姿があった。それまで泣いていたのだろうか、長男はほんのりと充血した瞳で俺に尋ねる。

「オネエチャン……手術できる？」

俺は少年の不安を一掃《いっそう》しようと、必要以上に大きく頷いた。「もちろんだ！」

「治る？」

「当たり前だ！」

長男はようやく笑顔の花を咲かせたかと思うと、「よかったぁ」とおいおい泣き始めた。するとつられて他の子どもたちもおいおいと泣き始める。さながら大合唱だ。

俺は涙まみれの佐藤家を尻目に、玄関へと向かう。

「今から、診療所に行ってきます。それでその『諸問題』とやらを全部解決してきますから！」

親父さんは何か言おうとしていたが、それでもただ笑顔で俺を送り出した。「ありがとう！」と言って。

冷静になってみると、親父さんが娘の友人でしかない俺に手術の諸問題解決を託すというのも意味のわからない光景ではあるが、そこは目を瞑らなきゃいけない。なぜなら、きっとこうなのだ。『主人公というものは、多かれ少なかれそれなりの説得力を持っている』

俺は追い風を全身で感じながら、佐藤さんを救うために篠崎クリニックへと向かった。

26

時刻は午後五時五分前。この診療所を訪れるのも本日二回目である。これだけ通いつめればもう立派な常連さんと言って差し支えないだろう。

しかしながら、いざ診療所を前にすると先ほどの佐藤さんとのやり取りを思い出し、少し気持ちが重くなった。どの面《つら》下げて俺はここに戻ってきているのだろう、と。

それでも、ここで立ち止まるわけにはいかない。今は帆がはち切れんばかりの順風満帆なのだ。佐藤さんを救い出せる手立てがきっとあるはず。

俺が診療所の扉を開けると、例の看護師が顔も上げずに言った。

「診察時間は午後五時までになります」

確かにもうそろそろ午後五時。すでに待合室から明かりは消え、院内にも患者の姿はない。

俺はしかし怯むことなく受付へと進み出た。すると看護師はようやく顔を上げ俺の顔を視界にいれる。『またか』とでも言いたげに小さくため息をついた。

「もう、こちらにはお見えにならないと伺っておりましたが？」

「佐藤佳子さんの『手術』に関して相談があります」

今までと違った俺の訳知りな物言いに看護師は顔をしかめた。俺は隙を逃さず追撃をする。

「佳子さんのお父さんから、佳子さんが肝硬変だということを聞きました。手術が必要だということも聞きました。手術費はなんとか工面できそうなんです。なので、手術の手配をお願いします！」

すると看護師の背後の扉から一人の男性が出てきた。スキンヘッドの中年男性で、顔に威圧感があり妙にガタイもいい。一見してプロレスラーのようにしか見えないがしかし白衣をまとっているところを見ると、どうやらこの人がこの診療所のお医者さんのようだ。

「はぁ……今日も疲れたわぁ」と医者は肩を回しながら言うと、俺の姿を視界に捉える。「おや、どちらさんかな？　診察はもう――」

「佐藤佳子さんの手術をお願いしに来ました！」

「ん？……ああ、あの嬢ちゃんか」医者は右手でぺちぺちと頭を叩いた。「悪いが、そりゃできねぇお願いだ。まず、あの極貧一家じゃ手術費が――」

「金ならあるんです！」俺はカウンターに身を乗り出した。「金ならばっちりあるんです！　手術できますよね？」

医者は疑わしそうに俺を見ていたが、しばらくすると俺の眼力に何かを感じ取ったのか、一応納得したように唇をつきだしてみせた。

「おい、三宅《みやけ》ちゃん。先、帰んな」

看護師の名前が三宅だったらしい。終始感じの悪かった三宅ちゃんは医者に対し一礼をするとそそくさと帰って行ってしまった。定時厳守とは公務員のようなやつだ。

医者は受付からこちらに出てくると誰もいない待合室の電気を点けて、椅子に座るよう俺に指示した。俺は頷いて待合室の一角に座り込む。医者も適度な間隔を保持して隣に腰かけた。

「兄ちゃんは、あの嬢ちゃんの恋人かい？」

俺は首を横に振った。「いえ……残念ながらただの友人です」

「『残念ながら』か、こりゃまいった」と医者は笑う。「兄ちゃんは、肝硬変って知ってるか？」

「名前を聞いたことしかないです」

「ふん」と医者は唸る。「まぁ、読んで字のごとく、『肝』臓が『硬』く『変』わっちまう病気なんだが、まぁ、主に酒飲みに多いと言われてる病気だ。実際は、アルコールばっかりが原因でもないんだがな……現に嬢ちゃんのは自己免疫性肝炎からの進行。まぁ、それはいいとして……基本的に肝硬変ってのは不可逆進行の病気だ。つまり、一度肝硬変になっちまうと、幾つかの方法で症状を抑えることはできても、完璧に元通りに戻すことはできねぇ」

「……そ、それじゃ」

「まぁまぁ落ち着け兄ちゃん。じゃあ、どんな手術をするかっつーと、肝臓の生体移植しかないっつー訳だ。意味わかるよな？　肝臓を移植するんだ」

移植手術……。俺はその言葉に暗い影を見た。思わず唇を噛む。

「嘘をつくのも気分が悪ぃから正直に言おう。嬢ちゃんの症状は結構なところまで来てる。まぁ、早くに手術を行うに越したことはない。というより、数日中に手術ができなきゃ……つー感じだ。感じなんだが……手術ができねぇ」

「お金なら――」

「金の問題じゃないんだ兄ちゃん。実は、この辺には整った施設がねぇんだ」医者はパイポをポケットから取り出し、口に咥えた。「長距離の移動になると嬢ちゃんの身体が保《も》たない。だから、この近辺の病院で手術をしなきゃならないんだが……いかんせん、この辺にそんな大層な手術ができるような施設はないんだ」

「……施設がない」

「正確には、なくなっちまった、だな」

「どういうことですか？」

「以前まではあったんだ、でっかい総合病院がよ。だが、なんだか知らねぇがどっかのディーゼル関連の会社が病院を買い上げちまったんだな。そいでなくなっちまったんだ。それも買い上げたからって、病院を引き継ぐわけでもない、別の商売を始めるわけでもない、自社ビルにするわけでもない……まったく理不尽な話だろ？」

「……それって……いつの話ですか？」

「最近の話だよ。確か……今月の頭だったかな」

今月の頭？

俺はおもむろに椅子から立ち上がる。「何階ですか？」

「はぁっ？　ナンカイ？」

「その総合病院の何階に、手術室があったんですか？」

「はぁっ？　なんでまたそんなこと。何階だったかなぁ……確か、八階か十二階か――」

「い、いずれにしても！」と思わず声に力がこもる。

『五階までぐちゃぐちゃにしたところで皆疲れてしまったため、六階より上は元通り綺麗な病院のままだ』

「六階より上なんですね？」

医者は俺の興奮具合に驚いたのか、少し遠慮がちに頷いた。「たぶんな。俺だって数回しか行ったことぁねぇから、自信はねぇが」

「おそらくその病院……」

『今日で『反神聖組織《エイシェスタ》』は解体、それとこのアジトも全部お前にやる』

「……俺の資産です」

「はぁっ？」

「信じられないかもしれないですけど、間違いなく、そこは俺の病院なんです！　俺が悪の組織から奪い返した敵のアジトなんです！」

「兄ちゃん、何言ってんだ……？」

「なんなら、今から一緒に病院に行ってもらっても構いません。きっと一階から五階は廃墟みたいにぐちゃぐちゃになってると思うけど、それでも六階より上は綺麗なまま。電気だって通ってるし、今まで通り使えるはずです！　手術だってできます！」

俺は自分でも何を言っているのか、てんで意味がわからなかった。病院を資産として保有している男子高校生が一体どこにいるというのだろう。

普通の神経をしているのならば（それもましてやお医者さんという学のある人ならなおのこと）、信じてもらえるはずがない。それでも俺は力説をした。

なにせこれは混じりっけのない真実なのだ。

俺にとって魔術の師匠であった一ノ瀬真が悪の組織に誘拐され、彼女を助けるため倒した組織から戦利品としてもらった、立派な俺の所有物なのだ。

「とにかく、それは俺の病院なんです！」

「信じるよ」

信じてもらえたよ!!

「だって兄ちゃん、ほいほい手術費が払えるくらいの金持ちなんだろう？　なら、病院のひとつくらい持ってたって、不思議じゃねぇや。だろ？」

なかなか筋の通った理論だった。おっしゃるとおりである。

医者はおもむろに立ち上がりパイポをゴミ箱に投げ捨てた。

「よっしゃ。なら、ドナーはじめ条件が整い次第近日中に手術だ。へへっ」と医者は照れ隠しのように笑う。「実はよ、俺も嬢ちゃんくらいの歳の娘がいるんだが、どうやらそのせいで感情移入しちまってよ。どうしても助けてやりてぇって思ってたんだ。こうまで頼まれちゃ黙っちゃいられねーよ」

「ありがとうございます！」

俺は医者と連絡先を交換し、下らないストーリーに感謝をしながら診療所を飛び出した。

御園生の小切手に続き、今度はゲス男のアジト。

『フラッガーシステムによって構築されたストーリーはきちんと的確な伏線を張り、余すことなく美しく回収、更には求めるラストシーンに向けて、誰もが納得のいく一級の物語を作り上げてくれます』

やっぱり村田さんはハードルを上げすぎていた。これのどこが一級のストーリーと感動のラストだと言えるのだろう。まったく実に下らないったらありゃしない。

下らない。下らなすぎるが、
しかし最高だ。

物語は初めから佐藤さんの病気を治すために機能していたのだ。佐藤さんを救おうと思えば障害が現れ、しかしそれを乗り越えるためのあらゆるものが現れる。手術が実行されない、うまくいかない、佐藤さんが助からない、そんな心配はきっともうないはずだ。

俺はそう思えば自然と笑みがこぼれる帰路であった。佐藤さんに嫌われてしまったことは確実ではあるが、なんとか最悪の事態だけは免れることができそうじゃないか。

なにが佐藤さんに生存フラグを立てることは『かなりのテクニックとフラグマネジメントシップが求められますので、あまり現実的とは言えません』だ。

ほとんど俺は何もしていないのに、フラッガーシステムが勝手に佐藤さんを助けてくれようとしているではないか。ここまで来れば、この十二月は佐藤さんが助かるための物語だと考えざるを得ない。いやはや、とにもかくにも最高だ。

家に帰ると、ソラは約束通り『さいこうけっさく』の料理を用意して待っていた。と言っても別段高級そうだとか、珍しい食材を使っているわけではない。

ツヤのある白飯に、よく出汁の取れた味噌汁。味が染み渡った肉じゃがに、絶妙な味付けのブリ照り。山盛りのきんぴらごぼう、そしてたくあん……はさすがにでき合いのものだったが、見事なまでにすべて高品質の一級品であった。どれに箸を伸ばしてもうまいうまい。

「へへへ」とソラは俺の箸が止まらないことにニヤケた。「おいしくできてる？」

俺は正直に「うまい」と答えた。「おめでたい日にふさわしい逸品《いっぴん》だ」

「へへへ」とソラはニヤケが止まらない。「はじめのころより、じょうずになってる？」

「段違い」

「さいこうけっさく？」

「最高傑作」

「へへへ」

俺たちは先程の涙のことは忘れたように、夢中でご飯を食べ続けた。

さすがに量も量だったので、食べきれなかった分はタッパーに詰めて冷蔵庫に保存することになったが、お世辞抜きにしてソラの料理の腕前は上達していた。毎日のようにせっせと料理本を読んでは作り、また本を読んでは作りを繰り返していたのだからうまくなるのも当然と言えるのかもしれないが、何にしてもソラの向上心は本物だったということだ。

約一ヵ月間、俺の飯の世話をしてくれたのだから、本当に感謝感謝である。

腹が膨らむと同時に俺の身体は安心感と柔らかな微睡《まどろ》みに包まれ始めた。そしてそのままベッドに潜り込み深い眠りにつく。

翌日待ち受ける、最大のクライマックスなど露《つゆ》知らず。

27

午前九時。俺は自然な覚醒に促されるまま、ベッドから起き上がった。

一階ではいつものようにソラが朝食の支度をしていた。いつのまにやらすっかりおなじみの光景だ。俺はダイニングテーブルに座りテレビを点け、ソラの朝食を待つ。

すると突如電話が鳴り始めた。

ソラに料理を中断させるのも申し訳ないので、さて何だろうと思いながらも俺が受話器を上げる。家の電話が鳴ることなど、そうそうあるようなことでもない。

「はいもしもし東條です」

「昨日の兄ちゃんか？」

声は篠崎クリニックの医者のものであった。無骨でいて、地を這うように低く、獰猛とすら思えるほどに威圧感のある声。話した時間は僅かであるが忘れようもない印象的な声だ。

医者の声は早口であり、どことなく焦りを孕《はら》んでいるようだった。

「……どうしました？」

「嬢ちゃんの容態が更に悪くなった。すぐにでも手術が必要だ」

俺は唐突な展開に言葉を失う。

「今すぐ総合病院のほうに搬送しなきゃならない。本当に施設は無事なんだな？　無事ならすぐにでも搬送しちまう」

「……大丈夫だと思います」受話器を握る手に汗がべっとりと張り付いた。「も、もう手術できるだけの条件は整ってるんですか？」

「まだだよ！　ドナーだって見つかっちゃいない。でも、悠長なことは言ってられねぇから、準備だけは整えておくんだよ」

俺は自分に言い聞かせる。大丈夫、これは全部フラッガーシステムが物語を盛り上げるために行っている演出の一環に過ぎない。こんなものは全部嘘っぱちで、本当は佐藤さんが助かる感動のエンディングが待ち構えているのだ、と。

しかしながら俺の頭には、村田さんの言葉もよぎった。

『フラッガーシステムにとって人間の体調その他をコントロールすることは造作もありません。もっとも末期のがん患者を完璧に回復させるような、現代の医学レベルを大きく超えたものは行えませんが』

もしも、佐藤さんの病気が、フラッガーシステムの抑制能力を超えたものだとしたら？　フラッガーシステムの懸命な治癒行為から溢れ出るようにして進行した症状だとしたら？　発汗《はっかん》が止まらない。

「とにかく、総合病院が使えるってんなら、それでいいんだ。俺はすぐに病院に向かう！」

「あ、あの！」と俺は上ずった声で言う。「お、俺も今から病院に向かいます！」

「はぁっ？　そんな必要ねぇだろ。それとも何か？　兄ちゃんの——」

「全部！」俺は言葉を遮った。「心当たりがあるんです！　いろんな問題に対して、全部心当たりがあるんです！　だから病院で待ってて下さい！」

俺はそれだけ言うと、医者の返事も聞かずに受話器を落とした。そして慌てて寝間着の上にコートを羽織り、玄関へと向かう。

「ソラ、悪いけど急用ができた！　ちょっと出かけてくる！」

するとソラは怪訝そうにしながらも頷いた。

俺は乱暴に靴を履くと、つま先で地面を叩く。それから飛び出るようにして玄関を開け放ったのだが、しかし意外な障害物が俺を阻んだ。

「東條さん……」

そこには、肩で息をする村田さんの姿があった。ここまで走って来たのかもしれない。

「どこに行くつもりですか？」

俺は暴言作戦が失敗したことをはじめ、村田さんになにも報告をしていなかったことを思い出した。おそらく村田さんが把握している状況と、今現在の状況の間には相当な乖離《かいり》があるはずだ。しかしながら、こんな切羽《せっぱ》詰まった状況で事態の説明をしている余裕もない。

「……す、すみません村田さん。説明は後で！　今は――」

「全部わかってます」と村田さんは鋭い目付きで言った。「東條さんから何も連絡がないので、漫画も読まずに本部の行動ログを参照してきましたよ……。東條さん。今は動くべきじゃありません」

「な、何言ってるんですか？」俺は思わぬ一言に反論をする。「村田さんは知らないかもしれませんが、今すべての物事がトントン拍子で進んでいるんですよ！　佐藤さんの病名も判明して、手術費も捻出《ねんしゅつ》できて、手術室まで確保できた！　完璧なご都合主義ですよ！　全部が全部うまく進行してる！　今なら佐藤さんを助けられるんです！」

「言いたいことはわかります。でも、東條さんを行かせるわけにはいかない。まだ……」村田さんは静かに首を振った。「『死亡フラグ』が立っています」

「はぁっ？　そ、そんな訳ないじゃないですか！　そうか、村田さんは知らないんだ。実は佐藤さんの病気はフラッガーシステムが原因じゃなかったんですよ。だからヒロインだとか、モブキャラだとかそんなこと一切関係なく、病気は進行していってしまうんです。だったら、すべての物事が佐藤さんの手術を成功させるように動いている順風満帆の今、佐藤さんを救ってしまうべきでしょう？　今のフラッガーシステムは『敵』なんかじゃなく、立派な『味方』なんですよ！　確かに、今回の手術は移植手術だから、多少なり難易度が高いかもしれない。でもフラッガーシステムという強力な味方がついている今なら、移植手術だって――」

「その！」と村田さんは叫ぶようにして言った。「その移植手術のドナーは誰がやるんですか」

「それは……」俺は言葉を隠すように唇を噛んだ。

村田さんは鋭い目付きそのままにメガネを人差し指で押さえる。

「東條さんがやる気なんじゃないですか？……いや、少し表現が間違ってますね。『東條さんがやることになるんです』」

「……すみません村田さん。本当に時間がないんです！　早く行かないと佐藤さんが――」

「東條さん！」村田さんはあくまで俺の前に立ちはだかる。「まだわからないんですか？」

「な、何のことですか？」俺は通せんぼを決め込む村田さんに徐々に腹が立ってきた。村田さんは佐藤さんを苦しめたいのだろうか。「仮に！　もし仮にドナーがいないなら、俺が名乗り出るのもやぶさかではありませんよ！　でも、それのどこがいけないんですか？　今ならきっと全部うまくいく。それで佐藤さんは助かるじゃないですか？　それのどこが――」

「あ、あなたが死ぬんですよ!!」

村田さんの言葉は力強く大気を震わせた。不気味な風が心に吹きつける。

「……えっ？」

「東條さん……。死亡フラグが立っているのは他ならぬあなたなんですよ」村田さんは切々と説く。「お忘れですか東條さん？　あなたは今、佐藤さんに嫌われているんです。それも並の嫌われ方じゃない。普通だったら修復不可能だと言っても過言じゃないような嫌われ方だ。しかし行動ログを見れば、東條さんはソラさんの前で涙を零したそうじゃないですか？　これは以前もお話ししたとおり、立派な好意の表出です。東條さんは未だに佐藤さんのことが好き、でも佐藤さんは東條さんのことを嫌っている。命を繋ぐ臓器移植で、肝臓が東條さんから移植される。……どうです？　ここから考えられる陳腐《ちんぷ》で下らなくも、一番『感動』を誘えそうなラストの展開、東條さんにはわかりませんか？　わかりますよね？　ジャガイモとニンジンとタマネギとカレーのルーがあったらカレーができるように、これだけの条件が揃えば東條さんが死ぬことは自明の理です！　どう考えても、今は絶対に行っちゃいけないんです！」

「……なら」俺は声の震えをとめられない。「どうすればいいんですか!?　どうにもできないじゃないですか!?　それとも村田さんには皆が助かる素敵な『方程式』があるんですか!?」

「今はこらえてください！」村田さんは俺の肩に両手を置いた。「少なからず佐藤さんの病気の進行具合をフラッガーシステムは握っているはずです。……なら、佐藤さんの症状が改善されるのを今は待って、新しい展開を――」

「ふざけたこと言わないで下さいよ!!」

俺は村田さんの手を思い切り引き離した。俺の力が想像以上に強かったのか、村田さんは反動で地面に尻餅をつく。しかし俺は構わずに続けた。

「もし佐藤さんの病気がフラッガーシステムで制御できなかったらどうするんですか？　どころか、本当はもっと早くに進行してしまう病気をフラッガーシステムが抑え続けているのだとしたらどうするんですか？　保証してくれるんですか、村田さんが？　佐藤さんは助かるって、佐藤さんは絶対に元気になるって、言い切れるんですか⁉」

「わかりませんよ！　でもね……」村田さんはゆっくりと立ち上がる。「このままじゃ、あなたが死んでしまうことは確実ですよ！　私はあなたを死なせるわけにはいかない！　あなたを行かせるわけにはいかない！」

「どうしても……行かせてくれないんですか？」

「当たり前です。そのためにここに来ましたから」

「村田さん……俺はね」

俺は村田さんの目を思い切り睨みつけた。少しでも俺の意志と、熱意と、本気さが伝わるように。村田さんが少しでも俺の……主人公の説得力を感じてくれるように。

「俺は……佐藤さんのためなら、死んだって構わないと、割と本気で思ってます。ただでさえあんな酷いことを言ってしまったんだ……安っぽい台詞ですが、『死んで償《つぐな》うしかない』んですよ。でもね、村田さん……それだけじゃないんです。俺にはあるんですよ……」

俺は僅かに姿勢を落とす。

「死なない心当たりが」

次の瞬間、俺は村田さんの脇をすり抜け全力で駆け出した。

意表を突かれた村田さんは姿勢を崩しながらも、何とか俺の後を追おうと駆け出す。しかし俺は振り向きなどしない。振り向けるわけがないじゃないか。

俺は病院行きのバス停めがけて、思いっきり走り続ける。

冬の凍てつく空気を切り裂いていくように勢いよく、相対論に基づき空間が歪むほどの超速で。険しい表情と、吐き出す白い息と、寝間着にコートというちぐはぐな格好とがそれぞれ非日常を演出し、奇妙なほどの焦燥に駆られた。

俺も帰宅部に所属しているだけあって運動とはあまり縁のない生活を送っているが、それでもまだ『若さ』という武器がある分、村田さんよりは圧倒的に速く、スタミナもあった。しばらく走った頃に一度だけ後ろを振り向いてみたが、すでに村田さんの姿はない。

すると、いよいよバス停の姿が見えてくる。

俺は激しい呼吸の中で小さく「よしっ」と呟くと、更にペースを上げた。あと少し、あと少しで佐藤さんのもとに着く、佐藤さんの力になれる、と。

バス停にたどり着くと、時刻表に飛びついた。次のバスは一体何時に来るのだろう。もちろん早ければ早いほどいい。早くしないと村田さんが追いついてしまうとも限らない。

俺は現在の時刻を確認するためにポケットに入れていた携帯を取り出した。

時刻は午前九時四十二分。時刻表を見れば、次のバスは……九時四十三分！

「完璧だ！」

ご都合主義だ！

俺は心の中でガッツポーズを決めると、バスが来るはずの方向を見つめた。残念ながらまだバスの姿は見えないが、遅れはあっても一、二分といったところだろう。俺は念のため、後方の確認も怠らない。大丈夫、村田さんの姿は見えない、まだ大丈夫。

バスよ早く来い、来い、と、俺は道路の先を見つめながら祈り続けた。

しかしバスは一向に現れない。

俺は不安になって思わず時刻表と携帯の時刻表示を何度も見比べてみた。俺が幾ら混乱状態であるとはいえ、もちろんどちらも間違ってなどいない。来るはずなのだ。バスはもう来てもいい時刻なのだ。

そんなふうにやきもきしていると、ふと時刻表の脇に何やら注意書きのような紙が貼ってあることに気付く。俺は愕然とした。

〜クリスマスパレードのお知らせ〜

今年から、本地域においてクリスマスパレードが開催されることになりました！　パレードにおいては華やかなイルミネーションをまとった数々の乗り物・人々が街中を美しく行進いたします。恋人との素敵な時間を、家族との感動の時間をどうぞお楽しみください！

日時：十二月二十四日、午後四時から午後六時まで

注：当日は行進ルートにおいて交通規制が行われ、路線バスの運行などに一部変更があります。どうぞご了承下さい。

『路線バスの運行などに一部変更があります』

俺は慌てて携帯の『日付』表示を睨みつけた。そこには『十二月二十四日』の文字。

俺は崩れ落ちるようにして地面に膝を突いた。

何でここに来て、こんな意地悪をされなきゃならないんだ？　どうして今日がクリスマスイブだって、誰も教えてくれなかったんだ？　なんで、今年に限ってこんなイベントを開催しやがるんだよ！　俺は右手を拳にして思い切り地面を叩いた。

「ふざけんなバカ野郎！　バス会社にはクリスマスもクソもねぇだろうが！　働けよ！」

ここから総合病院まではバスでも三十分はかかる。徒歩ではもちろん、自転車でだって簡単に行けるような距離じゃない。こんな状況でどうしろというのだ……。どうしようもないじゃないか……。どうしてこんな下らないところで……。

「クソォ!!」俺は冬の曇り空に向かって叫んだ。「心当たりがあるぞ！　俺には心当たりがあるんだぞ！　バスなんかなくったって、総合病院に素早く移動できる心当たりが!!」

もちろんすべて出任せだ。心当たりなどあるはずもない。

それでも諦めるわけにはいかないのだ。俺はやけくそな思いで周りを見回した。しかしながら辺りには人っ子一人歩いていないし、見れば道路には一台の車だって走ってはいない。

そうか……。

『交通規制が行われ……』

どこまでも周到な不都合だ。

俺は藁にも縋《すが》る思いで財布を取り出し、中に何か入っていないか確認してみる。以前はここから小切手が飛び出してきたんだ。なにか使えそうな道具が飛び出してきたっていいだろ？

しかしもちろん何もない……それでも手を休めはしない。

手当たり次第に自分のポケットというポケットをまさぐってみる。何かが出てくるはずもない。わかっている。そんなことは重々承知しているのだが、それでも僅かな希望に縋りたいのだ。ここまで様々な障害を撥ね除けてきたじゃないか。

「何か！　何か！」気付くと声まで出ていた。

するとコートの胸ポケットに、覚えのない異物感がある。

はて、こんな所に物を入れる習慣も、記憶もないが、これはなんだ……？

俺は恐る恐る、ゆっくりと異物をポケットから取り出してみた。それは……

「……車の鍵」

『どうせもう要らないし、古い方の車はあなたにあげるわ。～今回の協力に対する謝礼の一環ってところね』

〰御園生のカローラだ!!」

俺が慌てて立ち上がると、ちょうどへとへとになった村田さんが追いついてくるところだった。村田さんは俺の姿を捉えると何か声にならない声をかけてきたが、そんなことにかまってなどいられない。

俺は身を翻して今度は御園生の家を目指す。御園生の家なら、ここからそう遠くもない。あの元佃煮屋の執事に頼んで病院までひとっ飛びしてもらおう。

俺は再び村田さんから逃げるようにして走りだした。


御園生の家までは走って三分もかからない。

御園生財閥のお屋敷(という名の民家)に俺は到着する。一階部分の佃煮屋には飽きもせず長蛇の列ができていた。正面の看板には『ラー油 with Christmas!』という謎の標語が書かれた大きな横断幕が掲げられている。いやはや、実に商魂たくましい。クリスマスにはケンタッキーならぬ、ラー油を買おうというキャンペーンなのだろうか。何にしても、繁盛しているのだからそれが正義だ。どうせフラッガーシステムが稼働している十二月中にしか金儲けもできないのだろうから、精一杯商売に勤《いそ》しんでほしい。

俺は逼迫した状況の中に垣間見えた微かな笑いの香りに、小さく頬を綻ばせる。

俺は外階段を駆けのぼり、玄関まで到達するとチャイムを押し込む。

「はいはい、少々お待ちくださぁい!」

状況にそぐわない間の抜けた声が聞こえてきた。

「お待たせしました!」

出てきたのは御園生家に仕えているメイドさんだった。

「こ、これはこれはお客様！　お久しぶりです！　本日はいかがなさ――」

「執事さんはいないですか？」俺は申し訳ないとは思いながらも言葉を遮らせてもらった。

「急いでるんで、車を動かして欲しいんです！」

するとメイドさんは困ったように眉をハの字にする。「申し訳ありません……。米澤は現在所用で出かけておりまして」

「い、いないんですか？」

「……はい、ごめんなさい」

「じゃ、じゃあ他に誰でもいいんで車の運転ができる人は？」

メイドさんは首を横に振った。「今、お屋敷にいるのはひなたとお嬢様だけです……。お力になれず申し訳ありません……」

何でこうも、うまくいくところといかないところの起伏を用意してやがるんだ。

俺は仕方なく「じゃあ、大丈夫です！　突然押しかけちゃってすみませんでした。車だけ借りていきますね！」と声をかけ、外階段を逆戻りしようとする。

するとと背後から別の声がした。

「あら……どうしてあなたがここに？」

振り向けばそこには、御園生怜香が立っていた。エアリーな髪がふわりと宙に揺れ、背筋から指先まで凛と一本筋が通ったような落ち着いた佇まい。まるでモデルさんのような……いや、本物の令嬢のような立ち姿だ。部屋着とは思えない、身体のラインがはっきりと浮かぶ黒のドレスらしきものを着ている。

「もしかして……」と御園生は強気に微笑んでみせた。「私をクリスマスデートに誘う気にでもなったのかしら？　まだ約束の『来月』にはなっていないけど、あなたの方から待ちきれなくなるなんて……」

俺が焦りと戸惑いからしばらく階段に足を掛けたまま固まっていると、御園生は肩の力を抜いて優しく微笑んだ。

「冗談よ。きちんと来月を待っていなさい」

振り回されていた当時はあんなに煩《わずら》わしく思えたのに、今はそんな強気な物腰もどことなく愛嬌があるように思えた。

「ゆっくりできなくてすまん、御園生」と俺は言う。「車を借りに来たんだ。また今度時間ができたら遊びに来る！」

「そうね、いつでもいらっしゃい。ではまたいずれ」

「また今度！」

俺はそう言うと、転がり落ちるようにして階段を下っていった。

下まで下りると、店の脇の駐車場に停めてあった黒のカローラまで駆けより、素早く鍵を挿し込む。俺は中に乗り込むと、運転席を点検する。こうなったら、俺が自分で運転する他ないだろう。こんなご都合主義な世界だ。きっとどうにかなるはず。

俺はゲームセンターのレースゲームを思い出し、一つ一つの操作方法を想像してみた。右がきっとアクセル、左はブレーキで。いや……右がブレーキだったかもしれない。おや……。そもそもどうやってエンジンを掛けるのだろう。

小さい頃から俺の家には車がなかった。よって親が運転している姿を見たことなどないし、車の免許を取ろうと思ったことすらなかった。車の発進方法がまるでわからないのだ。

どうしよう……。いやいや、悩んでいる場合などではない。手当たり次第に触ってみるしかないじゃないか。取り敢えずエンジンさえ掛けられれば、どちらのペダルがブレーキでアクセルなのかは自ずと判明することだ。俺は手探りで車の内部をいじりまわす。

しかしまったくわからない。わかりそうな気配もない。

俺の脳裏には刻一刻と病魔に蝕まれていく佐藤さんの姿が浮かび上がった。今この瞬間も言葉では表現できない絶望が佐藤さんを襲っているはずなのだ。

「どうしろっつーんだよバカ！」俺は腹立ちまぎれに思い切りハンドルを叩いた。すると、俺のことを小馬鹿にするようにクラクションが小さく「プッ」とだけ鳴り響いた。

そうか……。あのラー油を求めている行列の誰かに運転を頼めばいいんだ。ほとんどが主婦層だったし、一人ぐらいは免許を持っていたっておかしくはない。

俺が慌てて車を降りようとするとしかし、目の前には車の進路を塞ぐように仁王立ちする村田さんの姿があった。いつの間にか追いつかれていたらしい。

村田さんは窓を閉め切った車内にも響く声で言う。

「そこまでです東條さん！　降りてきてください！」

俺はどうしたものかと、しばらくハンドルを握って村田さんを見つめた。村田さんはさすがに疲れたのか、立っているのがやっとといった雰囲気であった。呼吸のたびに肩が上下し、吐き出される白い息の量はとどまることを知らない。

「どうして、言うことを聞いてくれないんですか？……お願いです」

俺は村田さんの鬼気迫る佇まいに、ゆっくりと車を降りた。

「帰りましょう、東條さん。それで今からまた作戦を立てましょう」

「村田さん」俺は車のドアを閉めると村田さんの正面に立ち、メガネの向こうの瞳をまっすぐに見つめる。「何か勘違いしているんだったら言っておきますけど、俺はフラッガーシステムのデバッグを引き受けてしまったことを後悔なんてしてません。むしろ感謝さえしています。だって、佐藤さんを病気から救うチャンスを与えてくれたんですから……。きっと、フラッガーシステムとは何の関係もない日常において佐藤さんに手術が必要とされる状況が訪れたとしても、きっと佐藤さんの家では手術費が払えなかった。だから、俺は感謝しています、村田さん。今なら佐藤さんを救えるんです」

「でも――」

「そのために！」俺は焦りを押し殺し、村田さんに説《と》く。「俺がたとえ死んだとしても、村田さんを恨む気なんて毛頭ないですよ！　化けて枕元に出たりもしませんよ！」

俺は霜が降りるほど冷え切ったアスファルトに跪《ひざまず》き、額をこすりつける。

「行かせてください！　時間がないんです！　どうか俺を、どうか佐藤さんのもとに行かせてください！　お願いします！」

十秒ほどの沈黙があった。

その間にも、容赦なく俺たちの間には強い冬の風が吹きつけた。走ったことによる火照りは冷め、ただただ身体は寒さを感じる。しかしそれでも、俺は折れることなどできなかった。ここがこの物語の、もとい俺の人生の正念場なのだ。

「東条さん……私はね――」村田さんが静かに口を開く。「小さな頃からいくつも、アニメを見てきましたよ。日曜午前のアニメ、夕方のアニメ、ゴールデンタイムのアニメ、そして深夜アニメ。私はね……アニメが大好きだったんですよ。おそらく数にして、千単位のアニメ作品を見てきたことと思います。もちろん、心から面白いものもあれば、時間を返して欲しいと思うほどに退屈だったものもありました。作画が綺麗なものや、ストーリーがいいもの、演出が派手なものから、一流の声優がずらりと並んだもの……いろんな作品がありました。……でもそんなふうにしてたくさんの作品に触れていくうちにね、東条さん。残念なことに、いつからか物語の展開が読めるようになってしまったんですよ。きっとこのセリフは伏線だな、きっとこいつは仲間になるな、きっとこの闘いは勝つな、この娘は主人公に惚れるな……って。それはね……実に興ざめなんです。なんというか、無限に存在していると思っていたアニメの世界が、たった一本のレールを走っているだけなんじゃないか、ってそんな閉塞感を覚えたんですよ。でもね……きっとそれが宿命なんです。アニメの……いや、世界中におけるあらゆるフィクションの宿命なんです。どんでん返しが美しく決まれば最高ですが、お約束が守られないと視聴者はへそを曲げてしまう。だからお約束は外せないんです。そして気付かぬうちに、『興ざめだ』とかなんとか言いながらも、私自身もまたそんな『お約束』を密かに愛していたのです。……よく、こんなシーンがあります。第三者から見ればどう考えても危険、どう考えても勝ち目はない、そう思えるような展開で、キャラクタがこう言うんですよ。『大丈夫。ここは俺に任せて、お前は先に行け』、『俺が負けるわけないだろ?』、『ここで行かなきゃ、男じゃねぇ』って。いわゆるこれも『お約束』なわけです。じゃあ、なぜこれが『お約束』の地位を確立したのかといえば、やっぱり正々堂々真正面から戦って欲しい、危険をものともせず、玉砕《ぎょくさい》覚悟でも、困難にぶつかっていって欲しい。少なからずそんなニーズが世の中にあったからです。……私はね、東條さん。アニメが大好きなんですよ。……そして、格好いい主人公が大好きなんですよ。いつもはお調子者で、女の子を前にするとついつい鼻の下を伸ばしちゃう。もしくは真面目ぶっていながらも、とんだラッキースケベ、世間の目から見ればてんでいけてないダメダメ男。でもね、いざってときになると、主人公は誰よりも頼れて、誰よりも格好いいんです。そんな主人公になりたくて、あるいは私はフラッガーシステムの設計に力を貸したのかもしれません。東條さん……私はやはり、どうしようもないアニメバカのようです……」

　村田さんの鼻からちょろりと鼻水が飛び出した。

「あんた最高に格好いいよ!!　俺はやっぱり、ここで逃げまわるような、そんな狡猾な主人公見たくない!!　あなたを主人公に選んだ私の目に狂いはなかった!!　これぞ、真っ直ぐで、かっこよくて、好きな娘《こ》のためなら危険をも顧《かえり》みない、あるべき主人公の姿だ!!」

村田さんは俺のもとまで歩み寄ってくると、そっと手を差し出した。

「私が運転します。早く乗ってください」

「……い、いいんですか？」

「ええ。私は本来『ストーリー除外対象者』ですが、ここまできたんだ……片棒ぐらい担がせてください。そのかわり東條さん──」村田さんはかっこ悪い笑みを浮かべる。「絶対に、生きて帰ってきてくださいね」

チープな台詞だ。

俺は村田さんの手を取り勢いよく立ち上がった。「当たり前のこと言わないでくださいよ！　俺には死なないだけの心当たりがあるんですから！」

村田さんは運転席に乗り込むと、激しくエンジンを吹かした。

車は無人の道路を高速で駆けた。交通規制は外部からパレードコースへの立ち入りを禁じてはいるものの、ルート内部からの車の発進までは管理できていないようだ。

村田さんは先ほどまでの遅れを取り戻すように、遠慮なく片側二車線道路のどまん中を、アクセルをグイグイと踏んで快走する。

「この道でいいんですね？」

「はい」と俺は返す。「一旦俺の家に戻る形にはなりますけど、これが最短のルートです」

村田さんは頷くと、更にアクセルを踏み込んだ……のだが、すぐによろよろと減速を始めてしまう。何事だろうと思っていると、俺の家の前にソラが立っているのが見えた。

するとソラも俺たちに気付いたのか、両手を振ってこちらに停まるよう促す。村田さんが車を停めると、俺は窓を開けた。

「お兄ちゃん、佳子は病気？」とソラは開口一番、不安げな表情で訊いた。

「……どうして知ってるんだ」

「さっき、お兄ちゃんと、そのオジさんの話をきいてた。佳子が病気でたいへんだって言ってた」ソラは窓に手を掛けた。「ソラも行く！　佳子が大変なら、ソラも行きたい！」

「連れてってあげてください」と、村田さんが疲れたような笑顔で言う。「そのほうがラストシーンっぽいですからね」

俺が頷くと、ソラは慌てて後部座席の扉を開きシートに腰掛ける。

「少し飛ばすんで、シートベルトを締めておいてくださいね」

「わかった」

シートベルトを締める『カチッ』という音を合図に、再びカローラは爆音と共に街を駆け出した。エンジンが唸りを上げると、シートに身体が押し付けられる。御園生が大好きな映画なら、俺たちのデロリアンは瞬く間に一九五五年にタイムスリップしてしまったことだろう。

「すごい……」と小さな声で呟いたのはソラだった。

ソラは慣性の法則に従うようにシートに身を沈めながら、流れ行く風景をじっと眺めていた。

まるで異世界に連れてこられた少女のように、すべてが新鮮で、すべてが未知のものだと言いたげな視線で外を見つめている。それもそのはずだ。

※お願い※

行進ルート（下記地図参照）に接している地域にお住まいの方は、ぜひともパレードを盛り上げるため、積極的にご自宅に装飾を行ってください！　きっとパレードが何倍にも素敵なものになるはずです！

この地域の住民にここまでの協調性があっただなんて、俺にはにわかに信じられなかった。通る家、通る家すべてに遍《あまね》く、きらびやかな装飾が施されている。

蔦《つた》のように絡まりながらも幻想的に光るイルミネーション。明滅を繰り返す巨大なサンタやトナカイのランプ。窓に施された雪の結晶のような文様、メッセージ。横断幕のように掲げられた『Merry Christmas!』の文字。どこからか流れてくるジングルベルのメロディ。

赤と緑を中心に発光する電飾のせいで、道路も、空までもがうっすらとクリスマスカラーに染められている。そんな異世界的で、幻想的な光景が、俺たちの車を囲うようにして広がっているのだ。まるで俺たちを導くように、俺たちのためのパレードであるかのように延々と。

確かに、平生だったならば立ち止まらずにはいられないような胸を打たれる光景だ。

俺は小さく笑った。なんとなく、村田さんの言うことを理解し始めている。確かに『ラストシーン』ぽいな、と。

1．笑顔で『〇〇（相手の名前）、メリークリスマス』と言う。

ふと、そんな方程式があったことを思い出した。もし無事佐藤さんに会うことができたのなら、きっと佐藤さんに伝えよう。俺はそんなことを密かに決意した。

車は二十分足らずで悪の組織のアジト、もとい総合病院へと到着した。さすがに無人の道路を派手に快走しただけはある。かなりの好タイムだ。

村田さんが車を病院脇の道路に一時停止させると、俺はすぐさま車を飛び出した。村田さんは車を駐車場に停めるため、ソラと共に再び車を発進させた。

病院の中に入ると、驚くべきことに以前来たときのような廃墟然とした雰囲気はどこへやら、かなり整理された姿に変貌していた。椅子は綺麗に並べられているし、大きなゴミはすべて撤去されている。

「おぉ！　これはこれは東條くんじゃないか！」

奥の待合室から聞こえた声に振り向くと、そこには見慣れた女性のシルエットが浮かび上がる。暗がりから現れたそれは、あろうことか一ノ瀬真であった。

「おやおや、どうしたんだい東條くん？　ひっさし振りじゃないか」

「それはこっちの台詞だ……。どうして一ノ瀬がこんなとこにいるんだよ？」

「うん」と一ノ瀬は頷いた。「実はあれから色々あってさ、元『反神聖組織《エイシエスタ》』の連中と共に、再びアナウンス研究会を発足させようじゃないか、ってことになったんだよ。そんな訳で手始めに、仲直りと反省の意味を込めてここの掃除をしていたというわけだ。社会奉仕活動の一環だね。さっき、さっそくこの病院を使いたいって人が現れて、私たちとしても掃除の甲斐があったというものだよ。はっはっは」

すると奥からゲス男を始めとする元悪の組織の連中がひょこひょこと現れる。そして丁寧にお辞儀をかました。

「その節はどうも」

なかなかどうしてキャラクタの掴めない奴らだ。

「あっ、東條くん、勘違いしないでくれよ」と一ノ瀬は人差し指を立てた。「別に彼らのことはどうとも思っていないからね。私はもちろん未だに東條くんのことを虎視眈々と狙っているんだ。仮に今からクリスマスデートを申し込まれれば、私は喜んで君に付いて行っちゃうよ」

「……悪いな一ノ瀬」と俺は少し時間が気になる。「今はちょっと急ぎの用があるんだ。だから――」

「またぁ」と言ってから一ノ瀬は笑う。「はっはっは。冗談冗談。問題はないよ東條くん。なにせ東條くんに対する恋の謹慎が解けるのは『来月』の約束だからね。デートは又の機会に申し込むとしようじゃないか」

「助かるよ」と俺は少し歪んだ笑顔で返した。「ところで手術室があるのが何階か知らないか？　ちょっと用があるんだ」

「ああ手術室ね……」一ノ瀬は指を唇に当てて考える。「確か八階だね」

「ありがとう」

俺はそう言うと、すぐさまエレベーターに乗り込んだ。エレベーターの扉が閉まる間際、一ノ瀬は俺に向かって「それじゃ、また」と手を振った。「なんだか知らないけどお気をつけて、涼いっちゃん！」

俺は小さく笑い、一ノ瀬に倣《なら》って右手をあげ「また」とだけ答えた。

エレベーターの扉が開くと、以前ゲス男が言っていたとおり、そこは元のまんまの綺麗な病院であった。光沢の利いたリノリウム張りの床に、くすみすらない壁と天井。医療の現場と呼べるだけの清潔感と安心感が漂っている。

エレベーターを出てすぐ右にある待合室のようなところに、篠崎クリニックのスキンヘッド医師は立っていた。医者は難しい顔をして手をこまねいている。

「佐藤さんは⁉」俺は慌てて声をかけた。

「ん？　兄ちゃんか……」俺の姿を確認すると医者は目を細め、佐藤さんがいると思われる病室の方を少し遠い目で睨んだ。「今のところは小康状態と言えなくもないが、一刻も早い手術が必要なことには変わりはねぇな」

「……ドナーは？」

「見つかるわきゃねぇよ。こんな短時間で」

「なら……」俺は声に重みを持たせて言う。「俺じゃダメですか？」

するとと医者は驚いたように目を見開き、それからすぐに顔をしかめた。「無理言ってんじゃねぇよ。そもそも臓器移植のドナーってのは、二十歳以上じゃなきゃいけねぇって倫理規定で決まってんだ」

「……たぶん、大丈夫だと思います！」

「はぁっ？」

「い、い、心当たりがあるんです！」

もちろん説明するまでもないが、俺に心当たりなどない。しかし、きっと大丈夫なのだ。村田さんが言ったとおりこのストーリーのシナリオは、感動のラストで締めくくられるはず。ならば、俺というドナーが受け入れてもらえないはずがないのだ。

俺はすぐに『心当たり』の証明を行うため携帯電話を取り出し、ネットで検索を掛けてみる。『臓器移植　未成年』と。すると案の定、なんともご都合主義な記事がヒットする。

【未成年の臓器提供容認へ】

今月二日に着任したばかりの厚生労働大臣が十五日、何度か試案として上がっていた生体移植における未成年の臓器提供を容認する方針を固め、倫理規定を改定することを決定した。

馬鹿馬鹿しい……。腹立たしいほどに馬鹿馬鹿しいが、……好都合この上ない。元をたどればこの新しい厚生労働大臣というのも御園生が連れてきた人間だったか……。

携帯電話を医者に手渡してみると医者は画面に釘付けになった。それからにわかには信じられないというようにゆっくりと首を横に振り、それでも信じざるを得ないと言い聞かせるように小さく頷いた。

「随分とタイムリーな倫理改訂だな……」

「ご都合主義な世界ですから」

「あん？」

俺はそれには答えず、医者から携帯電話を受け取る。

「これで、佐藤さんの手術はできますよね!? ドナーをやる覚悟はできてます。ので、いち早く手術を――」

「兄ちゃん」と医者は俺を諭すように言うと、「悪ぃがよ……医者がいねぇ」

「えっ？」

「手術ってのは俺一人が張り切ったってどうなるもんじゃねぇってことは、兄ちゃんでもわかるだろ？ それなりの役割を持ったチームが必要だ。だが……ここには俺しかいない。とてもじゃねぇが三宅ちゃんに任せられるような仕事でもねぇ。近くの病院に声をかけて、それでどっかの医者の予定が空き次第――」

「そんな悠長なこと……」

「そう言ったってしょうがねぇだろ……。これぱっかりは素人《しろうと》を呼ぶわけにもいかない。どうしようもできな――」

「なら!!」俺は再び声に力を込める。「それも心当たりがあります！　佐藤さんの手術を任せられるような、優秀な医療スタッフがすぐにここに駆けつけてくれる心当たりがあります！」

「はぁっ？」

「絶対来るんです！」

我ながらイカれた台詞だとは思ったが、こう言ってやるしかなかろう。佐藤さんの命が懸かっているのだ。ご都合主義が事態を解決してくれることに希望を託すしかない。

すると、俺の期待に応えるように唐突に背後から『チン』というエレベーターの到着を知らせる音が鳴り響いた。俺は唾をゴクリと飲んでからゆっくりと後ろを振り返る。村田さんとソラがやってきただけという可能性も否めない。過度の期待は禁物だ。さすがにここまで迅速なご都合主義を要求するのは酷なもの……。しかしフィクションの力は凄まじかった。

振り向いた先にいたのは純白の白衣を纏った男女五人組。先頭のメガネを掛けた長身の男性から編隊飛行を成すように左右に二人ずつ。こちらに向かって歩いてくる。

まるで何かの医療ドラマのように、全員が正面だけを向いて歩いていた。たなびく白衣は、救ってきた命の数を証明するように華麗に、自信を伴って風に揺れる。

最強だ……。この人達、間違いなく最強だ……。

ただ……気になる点が一つ。

先頭を歩いていた長身の男性は、こちらまで歩み寄ってくると静かに口を開いた。

「A nka go thusa?」

全員、黒人だった。

誰だこの人達は⁉

来てくれたのはありがたすぎるが、どうして邦人を連れてきてくれないんだよ‼

男性がちょろっと口にした言語は、もちろん日本語ではなく、ましてや、ぎりぎりわかりそうな英語でもない。一体、なにがどうなってこんな人たちが招喚されたのだろう。

「こりゃあ……あれだ」とスキンヘッドの医者は言った。「最近、緊急招集されたっつー、ボツワナのスペシャル医療チームだ」

「……ボ、ボツワナ？」

その瞬間、俺はすべてを思い出す。

［突発的なパンデミックを抑止するために、ボツワナ共和国より精鋭の医療チームが派遣されることになりました。］

「『はしか』の調査に来た人たち⁉」

俺のハーレムを形成するために、フラッガーシステムによって無残にも『はしか』にされてしまった中川、根元、鈴木を筆頭とするクラスメイトの男子たち。そんな異常なまでの『はしか』の流行を食い止めるべくボツワナからやってきた、医療チーム。そうだ……そんなニュースを見た覚えがあるじゃないか。

俺はいよいよ下らない気持ちになって、笑みを零す。なんとでき過ぎた世界だろう……。

これで医者の問題は万事解決し——

「A nka go thusa?」

——ていない。彼らが話している言葉が一向にわからないではないか。レミー・ボンヤスキーのような長身男性が、ものすごく親切そうに俺たちに話しかけてくれているのだが、一向に何を言っているのかわからない。

「あの……言葉は通じなくても、カルテとか見せ合えば、手術も可能ですよね？」

「バカ言うなよ……できるわけねぇだろ」

当たり前である。

せっかく万事うまく行きそうな流れになってきたというのに、どうしたものだろうか。何か解決策を考えねば……。いや、そうではない。この世界で大事なのは考えることでも悩むことでもなく、口にしてしまうことではないか。基本の原理を忘れてはいけない。

「でも、この人たちがうまく手術をこなしてくれる心当たりが、俺にはあります！」

自信満々に宣言してみたものの、ボツワナの医師たちは言葉の壁に表情を曇らせたまま。その佇まいから推測することしかできないが、少しずつ士気が下がっているようにも見える。

このままじゃダメだ……。頼む、フラッガーシステム！　佐藤さんを救うための解法を！

すると、不意に俺の携帯がバイブレーションを始めるではないか。俺は深呼吸をしてからポケットに手を伸ばし、携帯電話を取り出した。

［電話：自宅］

俺は予想外の表示に少しばかり動揺した。

言うまでもないが俺自身は今ここにいるし、ソラも車に乗って一緒にやって来た。家に誰かがいるはずはないのだ。しかしそんな俺の動揺をよそに、携帯はバイブレーションを続ける。

ブーンブーン、と。

俺は奇妙な感覚に襲われながらも、恐る恐る通話ボタンをタップした。

「もしもし？」

「おお、やっと出たか」

聞き覚えのある声だった。いや、『聞き覚えのある』なんて表現は実に失礼極まりない。

「家に誰もいないからびっくりしたぞ。どうしたんだ涼一？」

「いま帰ってきたの？……父さん」

「そうだよ」と父さんは快活に笑った。「なんだかアフリカの事業からは撤退するってことで、日本に帰ってこられることになったんだ。もちろん母さんも一緒だ。あぁ、そうだ。冷蔵庫の中にあった料理。勝手に食べさせてもらったぞ。いやぁ、久しぶりの和食は身にしみるな。ところであれは誰がつくったんだ？　やっぱり、ソラちゃんか？」

俺は思わず全身に鳥肌を立てた。……アフリカの事業。

「父さん……」と俺は慎重に言葉を置く。「父さんが行ってたのはアフリカの、なんて国？」

「おお、そうか、涼一はまだそれを知らなかったんだな」父さんは電話口でひとしきり、うんうんと頷くとようやく口を開いた。「ボツワナだよ。アフリカ南部の国だね」

「喋れる!?」

「ん？ なにがだい？」

「ボツワナ語、喋れるかって!?」

「それは無理だ」と父さんはどことなく楽しげな口調で言った。「ボツワナの公用語は『ツワナ語』だから、『ボツワナ語』は喋れないな」

揚げ足を取ってきやがった。「なら、そのツワナ語は喋れる？」

「Dumela, rra. O tsogile jang?」

「完璧だッ!!」俺は脇を締めてガッツポーズをつくる。「父さん。帰ってきてすぐで悪いんだけど、今から車を出すから、それに乗って急いで総合病院まで来てくれ！ 頼んだ！」

俺はそれだけを告げると、一方的に電話を切る。

そして満を持して、万難を排してスキンヘッドの医者へと向き直った。

「今から通訳がやってきます！ それで手術ができるはずです！」

俺の台詞に医者は右手で頭をひとしきりぺちぺちと叩くと、その風貌も相まって悪人にしか見えない笑みを浮かべる。

「ふん……こうなっちゃあ、やるしかねぇよな」

「お願いします！」

すると俺たちの明るい雰囲気に何かを感じ取ったのか、ボツワナ医療部隊も何やら満足気に笑みを浮かべ、ぞろぞろと控え室の方へと向かっていった。よくわからないが、あれだけ人の心情を察する能力があるのならば、いっそ通訳なしでも手術はできそうな気がする。

とそんなことを考えているとまたもエレベーターの到着する音が聞こえた。今度こそ村田さんとソラの到着であった。村田さんはすれ違う黒人五人組に面食らいながらも、するすると間を抜けて俺のもとまでやって来る。

「村田さん！」と俺から声をかけた。「手術ができるそうです！　これならきっと佐藤さんも助かる！」

「……おめでとうございます」と村田さんはどこか寂しげな笑顔で祝福してくれた。色々と思うところもあるのだろう。何にしてもこの人はこの人で、頼り甲斐のある登場人物であった。

「本当にありがとうございます」俺は御礼の言葉を残さずにはいられなかった。今の内に色々と清算しておかないと、ひょっとするとひょっとするかもしれないのだ。

「ソラもわざわざ——」とそこまで言って、俺はソラの様子がおかしいことに気付く。「……ソラ？」

ソラは視線を一点に合わせたまま、それこそ天敵に遭遇してしまった小動物のようにピクリとも動かない。

「どうした、ソラ？」声をかけてみても固まったまま。

俺は恐る恐るソラの視線を追跡し、ソラを硬直させている正体を暴《あば》こうと試みる。するとそこには（位置関係的に十分予想はできていたが）スキンヘッドの医者が立ちはだかっていた。

確かに、医者の風体は随分と威圧感のあるものだ。少しばかり面食らってしまうような存在であるのかもしれない。しかしながら、それを差し引いたとしてもソラの固まり方は異常だ。

医者もソラの姿を見ると、いつの間にか咥えていたパイポを右手で摑んだまま固まった。それから長い時間を掛けてゆっくりとパイポをポケットに仕舞い、静かに口を開いた。

「どこ行ってたんだよ……おめぇは」

俺は状況が把握できず、二人のことを交互に見る。ソラは相変わらずの不動を貫いていた。

「勝手にほいほいと飛び出して行きやがって……」

「でもそれは――」とソラはようやく口を開く。「お父さんが悪い」

「誰が悪いって？　あぁ？」

「お父さんが悪い」

「言うじゃねぇか」

「それが事実」

「んだとコラ……」医者は眉間にシワを寄せた。「それが父親に対する態度か！　バカ野郎！」

俺は目をぱちくりと瞬かせ、意味のわからない目の前の光景にただただ呆然とする。

このスキンヘッドの屈強そうな医者が……ソラの父親？

さ、さすがに何かの冗談だろ？

「……そ、ソラ？」と俺は無粋だとはわかりながらも、話に割って入った。「この人が……ソラの父親なのか？」

ソラは医者を睨みつけたまま頷く。「そう。一応この人が父親。ぐうぜん出会ってびっくり」

「何がびっくりだバカ野郎。それはこっちの台詞だ」

俺はここまでくると、でき過ぎた展開に苦笑いしかできない。ということは、ソラが俺の家に来た時からすでに、このお医者さんにお世話になることが決まっていたということなのだろうか。まったく、考えれば考えるほどに意味のわからない展開だ。

「じゃあ……ソラの苗字は」と俺は尋ねる。

「戸籍上は『篠崎ソラ』。でも、この人の苗字を名乗るのが嫌だから、ソラはただの『ソラ』。苗字はまだない」

「口だけはいっちょ前だ」と医者が舌打ちを放つ。「一人じゃ金も稼げない、料理も作れねぇようなガキが、偉そうなこと垂れてるんじゃねぇぞ！」

「そんなことはない」とソラは胸を張った。「あれからソラはお金を稼いだし、料理もうまくなった。だから完璧になった、ね」とソラは同意を求めるようにして俺の方を見た。

俺はどこかの三文ドラマのようなありふれたストーリーに一瞬だけ苦笑いを浮かべると、すぐに真面目な表情を作り医者を見上げた。

「結構、上手ですよ。ソラの料理。最初の頃はたしかにまだまだだったけれども、ここ最近は申し分のないでき栄えです。『和食』は特に」

医者は表情を決めかねていたが、やがて威圧的に俺のことを睨みつけた。

「兄ちゃん……こいつとはどんな関係なんだ？」

「へっ？」

「料理まで食わしてもらったってのか？」

「毎日欠かさず」とソラがなぜか得意げに割りこむ。

医者の眉間に浮かぶシワが一段階深くなる。

「まさかオメェ……」

「いやいやいや！　滅相もございません！」俺は両手を振って無罪をアピールする。「そ、そんな篠崎さんの可愛いお嬢さんに、不埒な真似など働けるわけがないでしょ？　ていうか、あれだったんですね。『嬢ちゃんくらいの歳の娘がいる。感情移入してしまって、どうしても助けてやりたいと思う』って言ってたあれは、ソラのことだったんですね。ははは」

話の矛先を逸らそうと投じた台詞は見事に功を奏し、医者は頬をほんのりと赤らめた。ソラも驚いたように目を見開く。

「余計なこと言わなくていいんだよ……」

医者はそう言うと、ソラから視線を逸らすようにそっぽを向き、またパイポを咥えた。

「なんでもいいが、早いとこ帰ってこいよ。バカ娘が」

「お父さんの態度しだい」とソラはそれでも容赦ない。

医者はソラの言葉に苦々しい顔をつくると、小さく肩をすくめた。

「そしたら、兄ちゃん。俺ぁ嬢ちゃんの容態を見てくるから、心の準備でもしてな」と医者は佐藤さんがいると思われる病室の方へと向かう。「兄ちゃんが嬢ちゃん一筋なのか、それともうちの娘に浮気してるのか……後で直接兄ちゃんの五臓六腑に訊くとしようじゃねぇか」

俺は「ははは」という硬い笑顔しか返せなかった。なかなか笑いにくい冗談だ。

医者が奥の部屋へと消えて行ってしまうと、ソラは医者の……もとい父親の後を追いかけた。

「ソラは、佳子の顔を見に来た。心配だから行って来る。お兄ちゃんも行く？」

「いや……」と俺は首を振った。「手術が終わった元気な姿の佐藤さんに会うことにするよ」

「わかった」とソラは頷く。「それと……ひょっとすると、ソラはお家に帰ることになるかもしれない。まだ、わからないけれど」

俺は小さく笑って頷いた。「きっと、それがいい」

ソラは「へへへ」と笑って、病室へと消えて行った。

ソラの姿がなくなると、賑やかだった待合室は俺と村田さんの二人きりになる。

村田さんは医者とソラが消えて行った廊下をぼんやりと眺めていた。まるで水平線を眺めるみたいに、遠く、儚げな視線で。

「村田さん」と俺は声をかけた。

すると村田さんはゆっくりと俺の方を振り向く。何も考えないように努めているのか、表情は質の悪い消しゴムで消されたみたいに不鮮明で、様々な感情が見え隠れする。

「たぶんですけれど……」と俺は言う。「フラッガーシステムが張った伏線は、ほとんどすべて、回収されたんじゃないかと思います」

村田さんは視線を床に落とし、何かに納得したように小さく、数回頷いた。

「……そうですか」

「たぶん……アニメで言うと、今日が最終回なんじゃないですか？」

「何を言ってるんですか東條さん」村田さんは笑う。「手術が成功したあと、東條さんと佐藤さんが一緒にデートをし、夕暮れをバックに唇を重ねあう。そんな最終回があるはずでしょ？だって手術が必ず成功する――」

「心当たりがあるから？」

「い、いや、」

「……わかってるじゃないですか」村田さんはいたずらっぽく笑った。「さすがは主人公だ」

「ああ、そうだ」俺は思い出す。「申し訳ないんですけど、一旦、俺の家に帰って、うちの父親を拾ってきてもらってもいいですか？　俺の父さんも、どうやら手術に必要な構成要素になってしまったみたいで……」

「そうでしたか……。では、そのようにしましょう」

村田さんは頷くとエレベーターへと向かうため、俺に背を向けた。シワの寄った情けないスーツの背中だったが、俺にとっては何よりも頼もしい背中だった。

「村田さん！」と俺は少し心細くなって声をかける。「やっぱり、母さんも連れてきてもらっていいですか？　もし万が一、俺が――」

「東條さん」村田さんは顔だけこちらに向けて、小さく首を横に振った。「何を訳のわからないことを仰《おっしゃ》っているんですか？」

「村田さん……正直に言ってもらっていいですか」

「なんです？」

「佐藤さんは助かりますか？」

「……それはお医者さんに訊いてみないと——」

「そうじゃなくて！」俺は少し声を張り上げた。「話の流れからいって……ストーリーの展開の仕方からいって、という意味でです」

村田さんはエレベーターの方へ向いていた身体を、再び俺の方へと戻した。

「大丈夫です。一般論ですが、アニメにおいて、あるいはフィクションにおいては障害物が多ければ多いほど、あるいは成功確率が低ければ低いほど、物事がうまくいく傾向にあります。ここまで佐藤さんの手術に漕ぎ着けるために、相当な数の障害があったでしょう？　なら、きっと大丈夫です。これで佐藤さんが助からないような作品は、駄作に他なりませんね」

「なら！」俺は少し間を取ってから、尋ねる。「俺は……どうですか？　願望とか、慰めとか、そういうのを一切排除して、客観的にこの作品を見つめてみて、どう思いますか？」

「正直に……ですね？」

「正直にです」

村田さんは難しい表情のまま視線を床に落とし、まるで掃き掃除でもするようにそのまま目線を一往復させた。そして演算を終えると、静かに視線を戻す。

「五分五分です」と村田さんは言った。「アニメにテンプレートとフラグは存在しますが、唯一無二の『絶対』は存在しません。先程は、東條さんを止めるために必死になって『絶対助からない』などと口にしてしまいましたが……。そうですね。やはり五分五分です」

「……そうですか。まぁ、それならよかった」俺は無理に笑ってみせた。「佐藤さんはかなりの確率で助かるし、五十パーセントの確率で俺も助かるだなんて……随分と割のいい賭けだ」

「ええ。そうですね。それになにより、アニメに奇跡と不思議はつきものですから、期待は大です。……以前放送されていたとある恋愛ゲーム原作のアニメがありましてね。物語の後半でヒロインが主人公をかばって電車に轢かれてしまうんです。もちろん命を落としてしまいましたよ。だけれど後年になって、ヒロインが成長した姿で帰ってくるんです。なんでも『妖精』になれたので現世に戻ることができたんですって」

「……なんですかそれ？」

「恋愛ゲーム原作のアニメっていうのは、限られたクールにストーリーを詰め込む必要があるため、どうしても説明を端折《はしょ》りがちになってしまうんです。でもそれを差し引いても、ちょっとくだらないでしょ？」

「……まぁ」

「でもね、やっぱりヒロインが帰ってくるだけで、多かれ少なかれ視聴者は感動するんですよ。『よかったぁ』ってね」

「なるほど……励ましてくれてるんですね」

「ははは……。そうかもしれないです」村田さんは腕時計を確認した。「結構、喋ってしまいましたね、あれだけ急いで来たっていうのに」

「なんか医者も、佐藤さんは今のところ小康状態だからしばらくは大丈夫だって」

「なるほど。でも油断は禁物ですね」

「ええ」

「じゃあ、私は東條さんのお父様を迎えに行くことにしましょう。失礼致します」

村田さんはエレベーターへと向かい、ボタンを押した。

「東條さん……」村田さんは喉の奥から声を出した。「あなたを……こんな目に遭わせ、確実に救うこともできない無力な私を……どうか恨んでください」

「滅相もないです」俺は努めて明るい声で言った。「佐藤さんと仲よくなれるきっかけを、佐藤さんを救うチャンスを、俺にくれたのは……他ならぬ村田さんです」

村田さんは目元を押さえながら、エレベーターの中へと消えていった。


俺は待合室に一人きりになると、特にやることもないので椅子に腰掛けてみた。それからなんの気なしに真っ白な天井を見上げる。ぼんやりと、目の焦点を合わせることもせずに。

すると、まるでスクリーンに投映されるように、俺の十七年間の思い出がふわりふわりと浮かび上がってきた。パワーポイントのスライドショーよろしく、幼稚園、小学校、中学校、高校と、数々の思い出がハイライトされる。

あぁ、結構充実した十七年間だったんだなぁ、などと、柄にもなく郷愁的なことを考えてみたりもした。なかなか悪くなかったんじゃないかな、なんて思ったりもした。

いやいや、俺の人生はまだまだこれからだろう。
十二月だってまだ、終わっていない。
フラッガーの方程式は、まだ完成していないじゃないか。

28

僭越ではあるが、ここからは私、村田が筆を執らせていただく。些かお見苦しい箇所もあるとは思うが、無力な私自身への戒めと、贖罪の意味を込めて、東條少年が紡ぎきれなかった物語のすべてをここに記させていただきたい。たとえ私の拙い言葉であったとしても、この物語を最後まで見届けていただけることができたのであれば、東條少年から襷《たすき》を渡された身として大変光栄なことである。

私が東條少年の父親を病院までお招きすると、間もなく医療チームと篠崎医師の念入りな打ち合わせが開始された。医療関係の知識に乏しい私に手術の詳細はわからないが、現代の医学的観点から見れば、実に合理的で確実な手法が取られたと、篠崎医師は後日になって語っていた。『言い訳などではなく、我々はあの時点では最善で最良の選択をした。施設も、またオペのメンバーの腕も、すべてが万全で完璧なものであった』

また東條少年の血液型、HLA、肝臓の大きさなどの様々なデータは、遍く佐藤佳子に移植するにふさわしい適合度を示していたそうだ。佐藤佳子の父よりも、母よりも。

十分な打ち合わせを経た後、手術が開始されたのは十二月二十四日の午後三時であった。手術室に明かりがともると、篠崎ソラ、東條少年の父、母、遅れて佐藤佳子の父、母、弟二人、妹、そして私の計九人が、待合室にて手術の無事を祈った。

篠崎ソラは、手術が東條少年をドナーとする肝移植であったことを知らなかったようで、事実を知ったときにはかなりの驚きを見せていた。終始心配そうな表情のまま両手を拳にして膝の上に置き、口をきつく結んで手術の終了を待っていた。

東條少年の父は、初めこそなぜ自分が呼ばれたのかということに疑問を抱いていたが、いざ息子の手術だと知らされるとかなり複雑な表情をした。それでも東條少年自身の必死の説得と、医療関係者からの的確な施術説明によりなんとか少年の意志を汲み取り、手術を承諾した。東條少年には明言を避けたが、私の判断でやはり東條少年の母親も病院にお招きした。無論のこと大変に狼狽した様子で、終始不安げな表情のまま待合室にて時間の経過を待った。

一方、佐藤佳子の家族も、病院からの連絡ですぐに集まった。父親は力強く両手の指を絡め、手術の終了まで決してその指を解くことはなかった。母親は子どもたちの様子を見ながらも、やはり動揺を隠せないようでかなりの頻度で時計を確認していた。子どもたちは初めこそ緊張した面持ちで椅子に座っていたが、夜が更けてくるにつれて順次眠りに落ちていった。

手術室の明かりが落ちたのは、日付変わって翌日の午前一時であった。手術時間は実に十時間。長い闘いであった。

手術室の扉が開くと、篠崎医師を囲むようにして皆が一斉に集まった。非常につまらないことを言わせていただくならば、やはりその光景はフィクションの中そのものの光景であった。手術成功の成否を問うシーン。一番、緊張の走るシーンである。

私は所詮部外の人間であるが故、あまり前の方に陣取るのも気が引け円の後方から医師を囲んだ。一同は不安と期待を無言の内に発しながら医師の目を見つめる。

最初に口を開いたのは佐藤佳子の父親で、彼は短い言葉で「どうでしたか?」とだけ尋ねた。私を含め、すべての人間が固唾を呑んで医師の言葉を待った。

篠崎医師はやや下を向き、口から勢いよく息を吐き出し、額の汗を袖でぐいと拭った。それから隙間がまったくなくなる程に強く目を閉じ、同様に口も閉じた。そしてすべての動作を終えると、ようやく小さく、本当に小さく頷いた。

「完璧だよ」

一同はその言葉の裏を読むようにしばし間を取った。すると全員の不安を払拭するように、篠崎医師はぱっと目を開け、歯を見せて微笑んだ。

「完璧だっつってんだろ!!」

その瞬間、一同はわっと歓声を上げた。病院が我々以外無人であったことも手伝ったのか、誰も彼もが遠慮なく各々の感情を自由に表出した。

佐藤佳子の父は声もなく多量の涙をこぼしながら床にうずくまり、一方の妻は目を真っ赤にしながらも何とか体裁を繕おうと、ぎこちなく微笑んで手を叩いた。東條少年の母は安堵と感動で崩れた表情を見せまいと両手で顔を隠し、篠崎ソラは父である篠崎医師の胸へと飛びついた。手術着のままだった篠崎医師は思わず「やめろよ」と口にしたのだが、すぐに嬉しくなって笑顔になった。突如の歓声に眠りから覚まされた子どもたちは、事態を把握しかねたように目を瞬かせた。

私も思わず感動に涙を貰ってしまった。最近は良質の漫画を読んでも涙をこぼせなかったが、やはり現実となると話は別のようだ。私は家族同士の感動に水を差すのも気が引けて、少し離れた所で涙を流した。それから、とても素敵なエンディングだと、心から東條少年の勇気ある行動を祝福した。

しかし世界は——我々が開発してしまったフラッガーシステムは、悲しいほどに残酷な装置であった。

いや、『残酷』などという言葉を持ち出すこと自体が、我々のエゴの象徴でもあるのかもしれない。プログラムというものは、削除という命令を出せばそれがどんなに大事なファイルであろうと従順に削除を行う。そこに人間的価値観を持ち出すこと自体が間違っているのだ。プログラムには確固たる動作基準があり、恩情でそれを逸脱するような中途半端な真似はしない。

私としたことが、どうしてあのとき素直に涙を流して喜んでいたのだろう。今思えば、甚だ謎である。もっとも、私が気付けていたか否かなどということはさしたる問題でもないのかもしれない。ストーリーというものは、あるいはルートというものは、『ストーリー除外対象者』である私の意思も発言も行動もまったく度外視して進んでいくのだ。私は『主人公』ではなく、また『モブキャラ』でもなく、『登場人物』ですらないのだ。ひょっとすると後悔をすることさえ、おこがましいことなのかもしれない。

手術の二日後。手術中すでに日付が変わっていたので手術の翌日と記した方が正確だろうか。十二月二十六日の朝。

一同、病院の宿泊施設に泊まっていたのだが、あまり子どもを長居させるわけにはいかないと言って佐藤佳子の母親は子どもたちを連れて一旦帰宅した。佳子が目覚めたらすぐに連絡を下さい、とも言っていた。

篠崎医師曰く、レシピエント、ドナー共に麻酔から目覚めるのは通常三日以内であるそうだ。それ以内なら安心であるが、それ以降の覚醒は脳障害の可能性も否めないと。その話を聞いた瞬間の一同は、少しばかり意気消沈した。しかしそんな一同の不安を一蹴するように篠崎医師は問題ないことを再三強調した。手術に何一つ問題はなかったし、レシピエントもドナーも若いため体力的にも申し分ないと。一同はひとまず胸を撫で下ろし、また新たな時間の経過に身を委ねた。

午後六時、レシピエントの佐藤佳子が目を覚ました。残念ながら私はその場に居合わせることはできなかったが、傍で見守っていた父親は大粒の涙を零して娘の無事を喜んだそうだ。当の佐藤佳子本人は自分の身に一体何が起こったのか把握しきれていない模様で少しばかりきょとんとしていたという。自覚のないままに手術を終えることができたのなら、それはある意味で幸せなことであったのかもしれない。佐藤佳子が最初に口にした言葉は「お父さんどうしたの？」だったそうだ。佐藤佳子の父はそんな一言に、一層袖を濡らしたという。

しかしながら、フラッガーシステムの観点からものを言うのなら、佐藤佳子の生還は今回の手術イベントにおける確定事項といっても差し支えなかった。この流れでいけば、（そこに突発的なミスがないかぎり）まず佐藤佳子は助かる。大いに予想された生還であった。

一方その頃、私は東條少年の病室にいた。東條少年の父は帰国したばかりのため一度社に成果の報告を入れなければいけない、と言って病院を去っていった。手術は完璧に成功したと言われていたのだから、ひとまず目先の仕事を処理したくなる気持ちもわからないではない。代わりに母親が付ききりになって東條少年の世話をした。

私は東條少年の母親と同室しながらも、終始少し離れた箇所から少年の経過を観察した。私は『ストーリー除外対象者』であるがゆえ、自ら積極的に話しかけでもしないかぎり、基本的にはほとんど背景のように扱われる。誰も話しかけては来ないし、私の何が世界を動かすこともない。よって、病院に連れてくるため東條少年の両親に話しかけたことを除けば、私は東條少年以外の誰ともほとんど会話をしていない。この一ヵ月間、私の話し相手は東條少年以外になかったのだ。よって、部屋の隅に私が佇んでいるだけならば（作業の妨害でもしないかぎり）、東條少年の母親は一切私の存在を気にも留めない。

東條少年の母親はひと通りの世話を終えると、ベッド脇の椅子に腰かけた。それから時間を潰すために雑誌を読んでいた。しかしながらやはり気持ちは落ち着かないようで、雑誌を開いては閉じを繰り返していた。

そのうち篠崎ソラも東條少年の病室にやってきた。そして東條少年の母親に対し、佐藤佳子が無事に目覚めたことを報告した。「早く佳子とお話がしたいけれど、まだあぶないから、お父さんにダメだって言われた」と告げ、東條少年の母親にささやかな笑顔を呼び込んでいた。

「お兄ちゃんは……まだ起きない？」と篠崎ソラが訊くと、母親は少し寂しげに「そうね、もうそろそろ起きると思うんだけど」と答えた。


しかし東條少年は目覚めなかった。

十二月二十七日になっても、十二月二十八日になっても目を覚まさなかった。

さすがにこれはおかしいと見て、篠崎医師は寝たきりの東條少年の身体を精密に調べ上げた。しかしながら、一向に原因を突き止められない。術後の後遺症のようなこともないし、麻酔が影響しているようなことも見られない。

東條少年は一見して健康そのもの。しかしまるでひとピースだけ抜け落ちたジグソーパズルのように、『意識』だけが抜け落ちていた。

無論、フラッガーシステムの影響に違いなかった。東條少年は物語の進行上、感動を組み上げるための演出の一環として意識を呼び戻させてもらえていないのだ。

しかし、『背景』である私には、それを誰に説明することもできない。

ただ我々は東條少年の目覚めを待ち続け、力なく天に祈りを捧げた。

更に数日が経つと、佐藤佳子の意識もだいぶはっきりとしてきた。術後の経過は良好そのもので、徐々にではあるがベッドの上で身体を動かせるようにもなってきた。

当初、佐藤佳子の両親は、無事に東條少年の意識が回復してから手術の全容を説明するつもりであった。しかし肝心の東條少年が目覚める気配を一向に見せない。

不穏な空気の中、次第に佐藤佳子自身が、執り行われたはずの手術に対し誰も口を開かないことに疑問を感じ始め、強く家族に対し詰問《きつもん》するようになった。「どうして、何も教えてくれないの？」「私の病気はひょっとしてまだ、完全には治ってないの？　遠慮しないで教えて」様々な疑問を矢継ぎ早に放った。

そこで仕方なく、両親はこれ以上の秘匿《ひとく》は不可能だとみなし手術のすべてを佐藤佳子に語った。

話を聞いた佐藤佳子は、あまりの衝撃に言葉を失った。

その心象を想像で補いながら、精緻に描写することなどおおよそ不可能であろう。傍目にも、佐藤佳子の頭の中では激しく様々な情報が錯綜しているのが窺えた。どうして東條涼一がドナーとなったのか、どうして東條涼一はあんな暴言を吐いたのか、どうして、どうして。手で口元を塞ぎ、視線は僅かに震えながらもベッドの一点に定められ、目にはみるみるうちに水分が溜まっていった。

「東條くんは、無事なの？」

佐藤佳子は両親に尋ねた。しかし両親は答えられない。

「東條くんは、いまどうしてるの？」

両親は答えあぐねたが、それでも父親がゆっくりと口を開いた。「まだ、昏睡状態だ」と。

すると佐藤佳子は顔を布団に押し付けて身体を震わせた。きっと彼女にとって、今眼の前で繰り広げられている出来事の数々はあまりに唐突で、脈絡なく、理解の追いつかないものであったであろう。悲劇のヒロインは、奔放なストーリーに翻弄された。その光景に、我々の誰もが目に涙を浮かべずにはいられなかった。

それからすぐに、病室に篠崎医師が入ってきた。

医師は重たい空気を裂くように、佐藤佳子の前にまで進み出た。そして三つ折りにされたA4サイズのレポート用紙を手渡す。佐藤佳子は、何を渡されたのかわかりかねて、医師の顔を見上げた。医師は神妙な面持ちで言った。

「三宅ちゃんが……うちの看護師が預かってた嬢ちゃん宛の手紙だ。渡すのが遅れてすまない」

佐藤佳子はレポート用紙を開くと、静かにその手紙を読み進めはじめた。

佐藤さんへ

僕は佐藤さんの具合がきっとすぐによくなるものと確信しています。というのも僕には佐藤さんの病状が悪化しない『心当たり』のようなものがあるのです（内容は秘密です）。

今の僕はプールの帰り道、もっと早くに佐藤さんの異変に気付けていれば、と反省をしています。その辺りの気配りができていない点、僕は男として未熟であるようです。今後は佐藤さんからも頼られるような、強い人間を目指してがんばります。

余談ですが、来る十二月二十四日、佐藤さんもご存じ（だと思いますが）、クリスマスパレードなる行事が開催されます。もし、佐藤さんがお暇なら、僕と一緒にパレードを見物していただけないでしょうか。よろしくお願いします。

佐藤さんの退院と、パレードに対するお返事、お待ちしております。

十二月某日　東條　涼一

書いた当時の東條少年からすれば、すべての言葉は自由に、思い思いに紡がれたものであったのだろう。しかしながら、今になって読み返してみると、それは多分なメッセージを、『伏線』を孕んでいた。

佐藤佳子は周りに人がいることもはばからず、泣きじゃくった。

「東條くん……東條くん……」と手紙を胸に抱きながら叫んだ。

僕は佐藤さんの具合がきっとすぐによくなるものと確信しています。というのも僕には佐藤さんの病状が悪化しない『心当たり』のようなものがあるのです（内容は秘密です）。

これはどう考えても、自らがドナーになるということを暗示させる発言であり、この手紙を書いた時点で東條少年がドナーに内定していたことを窺わせた。そうなると、例の暴言も、まるで自分の身に何かあったときのための予防線だったように思えてくるではないか。最悪、手術によって自分の身に何かあっても、佐藤佳子が悲しまないように予め嫌われておこう、そんな東條少年の温かな心遣いのようにさえ感じられる。

「どうして……なんで……あんな……」

佐藤佳子は際限なく涙を流し、声を嗄《か》らした。

私は激しく後悔をした。早くに、東條少年の書いた手紙には目を通しておくべきであった。この手紙を読んでいたのなら、やはり手術に行かせるべきではなかった。なぜそうしなかったのか。思えばこの数日は後悔ばかりだ。

翌日、佐藤佳子は車椅子での院内の移動を許された。臓器の拒絶反応もなく術後の経過も良好なため、多少の移動なら大丈夫だろうという判断だった。すると佐藤佳子は、何よりも先に東條少年のもとに向かいたいと言った。もちろん誰が反対できるはずもなく、佐藤佳子の父が車椅子を押して東條少年の眠る病室へと向かった。

東條少年は静かに眠っていた。まるで蠟人形にでもなってしまったように身動き一つしないし、顔に生気もない。そこには意識を喪失し、ただの肉塊《にくかい》となった少年が安置されていた。昏睡状態が長いことを危惧し篠崎医師は昨日から、心拍数などの情報を表示できる装置（ベッドサイドモニタと言うらしい）を少年の枕元に設置した。一定の間隔でピッピッと鳴る、無機質な装置である。それが一層、東條少年の危険な状態を克明に知らしめた。

そんな光景を目にした佐藤佳子は、やはり動揺を隠せなかった。まるでドラマの中のような端的な絶望が、目の前に広がっているのだ。平静を保ってなどいられまい。佐藤佳子は今にも泣き崩れてしまいそうな微妙な均衡の表情を維持したまま、東條少年を見つめた。それから車椅子がベッドの傍まで到達すると、佐藤佳子は小さな声で呼びかける。

「……東條くん？」

しかしもちろん返事はない。代わりにピッピッというつまらない電子音だけが響いた。

「……東條くん？」

佐藤佳子は今一度、呼んだ。

私が少しでも佐藤佳子のことを馬鹿にすれば凄まじい剣幕で食って掛かってきたほど東條少

年は佐藤佳子に惚れ込んでいた。なのにそんな東條少年が、本人に声をかけられても返事をしない。見ていられない光景であった。

「ねぇ……東條くん！」

佐藤佳子は半ば叫びにも似た声をあげると、車椅子から落ちるようにして東條少年のベッドへともたれた。両手をベッドの上に載せ、顔をうずめて泣きじゃくる。佐藤佳子の父が肩を叩いて起き上がらせようとしたが、佐藤佳子はそれを頑なに拒み、涙を流し続けた。

すると、異変が起こる。

それまでピッピッと等間隔で鳴っていたベッドサイドモニタが、突如として発音の間隔を狭《せば》めたのだ。ピピピと、誰しもが一瞬にして危険な状態だと判断できるような音に変化した。東條少年の母親が慌てて別室にいる篠崎医師を呼びに走った。

しかしみるみる音の間隔は狭まっていく。徐々に音と音との間がなくなり、音が一本の長い信号へと変換されていく。

「……う、うそ」と佐藤佳子はモニタを見つめながら呟いた。

実にフラッガーシステムは要領を得ていた。誰も見ていないような時間に東條少年を殺めるよりも、このように佐藤佳子の前で命を潰《つい》えさせたほうがよっぽど『感動』の濃度が高まる。助かった佐藤佳子と、助からなかった東條涼一。そのコントラストが、より一層のスパイスとなって感動を呼ぶ。プログラムは我々が設定したとおり、最善で、最高の感動を形成しに掛かっている。私は目を閉じて、唇を噛み締めた。

　そして音は一つになる。

「ピ――――」

　味気のない音が病室内を支配すると、我々は凍った。

　佐藤佳子は東條少年の顔を覗き見て言う。

「ねぇ東條くん、起きてよ！」彼女の涙が次々にベッドの上に零れた。「私、怒ってないよ！　あんなこと言われたけど、まだ東條くんのこと嫌いになれてないから、お願いだから起きてよ！　迷惑ばっかりかけちゃったのに、お返しだってできてないよ？　ねぇ？　手紙のお返事だってできてないよ！　クリスマスは過ぎちゃったけど、でもどこかに遊びに行くくらいならできるよ？　ねぇ！　お願いだから！　お願いだよ、東條くん！」

　私は涙を流しながら、切に思った。下らない、と。

　作品に刺激的な感動を付加するために、誰かの命を簡単に削ぎ落としていく。なんて馬鹿馬鹿しくて、下らないのだ。そんなの、誰だって悲しいに決まっているじゃないか、感動するに決まっているじゃないか。頑張った人間の成果を蔑《ないがし》ろにして、嘲笑って、最終的に殺せば、感動できるのは当たり前じゃないか。それが名作？　感動長大作？　ふざけたことを言わないで欲しい。こんな下らないことがあるだろうか？　主人公が……東條少年が命を落として、一体どこの誰が喜ぶというのだ？　そこから生まれる感動に、一体どれだけの価値があるというのだ？　下らない……。下らなすぎる……。

　そして今は、そんな下らない結末に加担していた自分が、一番恥ずかしい。

「……東條くんっ‼」

佐藤佳子の涙にまみれた声が部屋いっぱいに響くと、突如、窓から強烈な陽が差し込んだ。

誰もがあまりの眩しさに、目を細めた。それから、焼かれた目を慣らすように、一同はゆっくりと目を開いていく。まるで夢から覚めるように、ゆっくりと、ゆっくりと、世界が開けていった。

そこには——気だるそうに目を開く、東條少年の姿があった。

29

「クリスマス」

誰かがそんなことを言ったような気がした。しかしながら、誰がそんなことを言ったのだろう？　考えてみても一向にわからないのだから、考えるのは諦めよう。きっとそんなこと誰にもわからないのだ。

それにしてもクリスマスと言えば、パレードは実に惜しいことをした。あれだけ街中が綺麗に装飾されていたのだから、いざパレードが始まれば相当に華やかなイベントになったに違いない。きっとそんな光景を見れば、少なからず佐藤さんもうっとりとしてくれたであろう。佐藤さんと付き合うなんてのはもっての外だし、あわよくばキス……だなんてのも高望みだが、それでもひょっとすると雰囲気に流されるまま手ぐらいは握れたかもしれない。

……いやいや、高潔な佐藤さんが雰囲気に流される？ そんなことあるはずないではないか。俺は何、自分に都合のいい妄想を押し進めるために、勝手に佐藤さんの性格まで歪めてしまっているのだ。佐藤さんがそんなどこぞのチャラチャラ女子高生のような不埒な真似に興《きょう》ずるはずがなかろう。

まったく……本当に俺という人間は我ながら信用ならない。

ところで、どうして俺は佐藤さんと一緒にクリスマスパレードを見ることができなかったのだろう？ 何か、他に用事があったんだっけ？ ありゃ？ 思い出せないぞ。

「東條くん」

また誰かの声がする。

なかなかどうして素敵な響き方をする声ではあるが、今ばかりは少し静かにしていて欲しい。俺は極限まで集中して、なんとか思い出そうと努めているのだ。クリスマスパレードの日に一体何があったのか。俺はどうして佐藤さんと一緒に過ごせなかったのか。

だから、今は少しばかり静かにして欲しい。

クリスマス……クリスマス。

あっ……そういえば、クリスマスにはとっておきの方程式があったような気がする……。確か、相手に向かって、ただこう告げるだけでいいのだ。メリークリスマ——

「……東條くんっ!!」

まるで鉛のように重たいまぶたであった。

俺は重量挙げの決勝戦よろしく、息《いき》みに息んで力いっぱいに両のまぶたを持ち上げる。片方に少なくとも四十キロくらいはおもりが付いているのではないだろうか。そんなふうに思えるほど、重たいまぶただ。わざわざまぶたごときにこんな細工を施すこともなかろうに。

そうしてようやく目を開いたのだが、いつもより光に慣れるのに時間が掛かった。心なしか世界が眩しいのだ。まるで雲の中を、あるいは霞《かすみ》の中を手探りで進んでいるように、あたりはフワフワとして輪郭線がはっきりとしない。俺は仕方なく一度だけ瞬き、更に二度、三度と瞬きを繰り返す。

その度に少しずつ、しかし確実に靄は晴れていき、目の前の光景を鮮明に映しだした。

そこにいたのは——佐藤さん。

それも泣いている佐藤さんではないか。

俺はいつにも増して回転の遅い頭をなんとか絞って、事態の把握に努めてみる。

泣いているのは佐藤さんだけではない。

後ろにいる父さんも、母さんも、ソラも、村田さんも……更には佐藤さんのお父さんまで泣いているではないか……。あと一人、見慣れない女性もいるが、あれは……誰かな？　位置関係的に佐藤さんのお母さんかな？……うん、きっとそうだ。娘に似て、なかなかに美しい奥様ではないか。きっと佐藤さんのお母さんに違いない。

えぇ……それで、ここはどこなんだっけ？

「……東條くん？」

佐藤さんが真っ赤な瞳で俺のことを見つめた。瞬きのたびに新たな涙がこぼれるのだが、それを拭うこともせず俺のことをまっすぐに見つめてくる。あぁ……起き抜けになんて刺激的な映像を見せつけてくるのだろう。俺は嬉しさと気恥ずかしさがない交ぜになって、思わず小さく笑ってしまった。

「……どうしたの？」と俺は尋ねてみる。

すると佐藤さんはまた涙をこぼし、はにかんだように笑ってみせた。もちろん、右の頬にはチャーミング過ぎるえくぼが顔をのぞかせる。完璧なえくぼだ。世界中のどこを探しても、こんなに完成度の高いえくぼが見つかるはずもない。

佐藤さんはようやく溜まった涙を拭うと、俺がかつて佐藤さんを観察し続けてきた中でも間違いなく最高点である、満面の笑みを見せた。きっと季節なんて関係なく桜は満開に咲き誇り、熊は苦もなく冬眠から目覚め、北極の氷はすべて溶けてしまったに違いない。

「……ありがとう」

佐藤さんはそう言うと、あろうことか……あろうことか……

俺の胸に顔を埋めてきたではないか。

俺はあまりのハッピーに、覚めかけている意識が瞬時に吹っ飛びそうになった。あぁ……死ねる。このまま死ねる。佐藤さんはまるで表情を隠すように、俺の胸の中で声を殺して泣き続けた。涙はとめどなく流れ続ける。すぐにでもこの部屋が水没してしまいそうなほどに、世界中が一つの大きな海になってしまうほどに。

俺はなんだか佐藤さんに何かを言わなければいけないような気持ちになって、慌てて頭の中から言葉を探す。どんなドラマチックな台詞がいいだろう、この場面に最適な言葉は何であるのだろう……しかしながら、こんな状態でいい台詞を思いつくはずもない。

俺は仕方なく、最初に頭に思い浮かんだ言葉を口にした。

「……佐藤さん」

喉が張り付いて、声は上手に出なかった。

それでも俺は、なるべく明るい表情で唱えてみる。

「――メリークリスマス……メリークリスマス……佐藤さん」

佐藤さんはするりと顔を上げると、涙でぐしゃぐしゃに濡れた顔でいたずらっぽく笑った。

「もう大晦日だよ、東條くん」と。

※　※　※

「俺が助かったのって、そんなにも意外でしたか？」

俺の言葉に村田さんは控えめに微笑んで、首を小さく上下させた。

「まぁ……そうですね。なにせ、心停止のアラームまで鳴り響いたんですから、もうダメかと思いましたよ」

「そんなことがあったんですか？……なら、俺の心臓は一時的に止まってたってこと？」

「馬鹿を言わないでくださいよ、東條さん」村田さんは声を出して笑った。「ただ、佐藤さんがベッドにもたれかかった反動で、機器のコードが抜けてしまっただけだそうです」

「なんだそりゃ……」

「ええ、本当です。真相を知ってしまえば何てことはない。まさしく『なんだそりゃ』です」

村田さんは安堵のため息をつく。

「何にしてもあれだけの死亡フラグを乱立させておいて助かるとは、東條さんもなかなかラッキーな主人公ですね。奇跡的です」

「奇跡？　何を言ってるんですか、村田さん。俺は言ったじゃないですか。『見事に助かる心当たりがある』って」

「ははは」と村田さんはやはり笑った。「そうでしたね……失礼しました。東條さんが助かったのは、奇跡ではなく、東條さんの実力だったというわけですね」

「いやいや、奇跡でも、実力でもないですよ」と、俺はほんの少しだけドヤ顔をかましてみせる。「『魔法』です」

「はて『魔法』とは、どういう意味でしょう？」

「手術のほんの少し前……それこそ村田さんがうちの父さんを連れに行ってすぐに、ふと思い出したんですよ。俺は、絶対に助かる魔法に掛かっていたから、安心だって」

俺は得意げにニヤリとしてみせた。

「一ノ瀬真っていう女の子が、悪の組織との闘いに備えて俺に魔法を掛けてくれていたんです」

『東條くんにもしものことがあったらいけないから、高等の白魔法を施させてもらったよ。これで防御力が上がったはずだ。間違いなく向こう一年は無病息災でいられる』

「向こう一年は無病息災だそうです」

村田さんは難解そうに笑った。「……なんですかそれ？」

「下らないでしょ？」

「ええ。下らないですね」

「でも……」

「でも？」

「最高でしょ？」

村田さんは目を細めて優しく微笑んだ。「最高ですね」

「それにね、村田さん。考えてもみてくださいよ」

「何をです？」

俺は改まって一つ咳払いをし、落ち着いた声で村田さんに告げる。

「こんなギャグテイストなふざけた作品で、人が死ぬわけないでしょ？」

村田さんは面食らったように一瞬だけ表情を消すと、すぐに恥ずかしそうに笑った。

「……ごもっともですね」と。

The End.

エピローグ

「いやマジで笹川と東條がめちゃめちゃ羨ましいわ」

「ホントだよな。俺はお前らに教えてやりたいよ。『はしか』の苦しみというものを」

中川と鈴木はそう言うと、俺と笹川を恨めしそうな目で睨んだ。

「それも、女子と一緒に毎日授業だろ？　最高じゃねぇか」

根元さえも嫌味なことを言う。

間接的に俺のせいで病気になっていたとはいえ、実態も知らずに何をお気楽なことを……。

それなら俺だって伝えてやりたいよ。望まないハーレムと、全身麻酔で行う移植手術の恐怖というやつをな。


始業式。

冬休みが明け、本日から学校も再開となる。さすがに未曾有の大流行となった『はしか』もフラッガーシステムの停止とともに終息へと向かったようで、男子生徒はほぼ全員出席という形と相成った。平和で何よりである。実質的に夏休みと同等の休暇を経た男子生徒たちは、心なしか入学したての頃のように目をキラキラとさせている。可愛い奴らだ。

しかしながら男子生徒の復活を始めとし、フラッガーシステムによって歪んでしまったあらゆる物事が全て元通りになったかといえば、決してそんなことはない。

まず授業編成だが、これに関しては今しばらく『ゆったり教育』と謳われる、三時間目で授業を切り上げるというナマケモノはだしのカリキュラムが引き続き採用されるらしい。一度制定してしまった法律を変えるには時間がかかるとか何とか……。

最近のテレビニュースでは、必ずといっていいほどに『ゆったり教育』の話題が取り上げられている。おそらく、後世になっても俺たちは『ゆったり世代』という『ゆとり世代』の最上級形のレッテルを張られてしまうに違いない。いやはや、我ながら恐ろしいことをしてしまったものだ（直接の原因は御園生にある訳だが）。

御園生で思い出したが、御園生財閥のヒット商品『食べるラー油2《ツー》』が、なにやら不正競争防止法（だとかそんな感じの法律）に違反しているのではないかと、ニュースなどで物議を醸しだした。そりゃそうだろう……小学生が見たってパクリだってわかる。『こりゃあしょっぴかれるのも時間の問題ですね』などという報道を真に受けていたのだがしかし、どうやら御園生財閥の財力が物を言い、司法の手も心なしか手ぬるくなったようだ。なんでも当初の想定よりもだいぶ軽微な処罰に落ち着いた模様。今は膨れ上がりすぎた資金と企業をどのようにやりくりするか、（俺を殴った）御園生の父親が大いに奔走しているようだ。

そんな御園生怜香とは、今朝昇降口ですれ違った。正気に戻ってみれば特注のひらひらしていた制服を着られるはずもなく、普通の制服を着て（もちろん徒歩で通学し）、いたって一般的な女子高生のような立ち居振舞いをしていた（相変わらず綺麗ではあったが）。

は て、見かけたはいいが一体どうしたらいいのだろう。ほいほい挨拶をしてもいいものだろうか、それとも無視をしてあげたほうが彼女のためなのだろうか、などと俺が悩んでいると、図らずも目が合った。俺はどうにもむず痒かったが、一応一礼をかまし「……どうも」とだけ言っておいた。しかし御園生は俺の姿を確認すると、慌てて気まずそうに顔を伏せ、早歩きでどこかへと去っていった。

勘違いする人がいるといけないので釘を刺しておくが、それは『やだ、東條くんだ……こんなところで会っちゃうなんて、きゃっ恥ずかしいっ』などのような純情乙女的な恥じらいではなく、『ひぇっ！　私の黒歴史！』という声が聞こえてきそうな……なんというか……まぁ、そういうタイプのあれだった。

大いに予想されたことではあったものの、こうやって実際に目の前につきつけられるとなかなかに残酷な映像である。今なら、抱き合っていた小須田さんに突き飛ばされ、『死にたい』とまで言われていた村田さんの気持ちが理解できる。

御園生に比べれば一ノ瀬のほうが幾らか律儀であった。

これまた、たまたま教室に向かう途中の廊下で一ノ瀬とは遭遇した。この辺の遭遇率の高さは少しばかりフラッガーシステム的ご都合主義を思わせたが、冷静に考えれば狭い学校の同学年だ。実際は今までも毎日のようにすれ違っていたのかもしれない。

先ほど御園生から悲しい反応を見せられた故にだいぶ俺の心は萎縮していたが、それでも凝りもせず「……おはよう」と声をかけてみた。すると一ノ瀬は小さな笑顔で一礼をした。

「おぉ、おっはよう」

俺は温かい反応に救われたような気分になったのだが、残念ながら一ノ瀬はそれ以上何を言うこともなく、するすると廊下を奥へと進んでいった。振り向きすらしない。

俺は遠ざかっていく背中を郷愁的に見つめた。

ところで俺は、一ノ瀬の方が御園生よりもよっぽど俺に対し拒絶的な反応を見せるのではないかと考えていた。というのも、一ノ瀬は俺の前で散々魔法だなんだと痛々しいことを続けていたのだから、その気恥ずかしさも御園生のそれを大きく上回ると踏んでいたわけだ。しかしながら、あのあっさりとした反応をみれば、あながちフラッガーシステム稼働下での一ノ瀬と平生の一ノ瀬の性格はあまり変わらないのかもしれない（俺のことが好きかどうかは別として）。魔法も魔術も信じきったまま生きている。ひょっとすると、ひょっとするかもしれない。

というわけで大方の予想通り、御園生も一ノ瀬もきっちり俺に対する恋心は清算してしまったようだ。今の俺は主人公でもなければ、学校一のモテ男でもなく、猛威を振るった『はしか』を回避した健康的な男子というのがせめてもの肩書きだ。

更に十二月の間の奇行がひたすら目立った俺は、なにやらクラスの女子からかなりの『変人』的視線を向けられている。それもそうだろう。今になって考えてみれば、御園生の執事や、一ノ瀬に拉致《らち》されるシーンを皆は目に焼き付けているのだ。こんなおかしな人間がそうそういるはずもない。そして極めつきは言うまでもなくソラの存在である。

もちろんフラッガーシステムが停止した今となってはソラとの同居生活が続くはずもなく、

ソラは篠崎ドクターのお家へと帰って行った。学校も転校……というか、家出する前まで通っていた学校に戻る形となった(この学校よりも十以上偏差値の高い私立高校だった)。さすがに過ごした時間が長かったせいもあって、ソラはフラッガーシステムが停止した後も、随分と俺に対して好意的に接してくれた。

性格も概ねあのまんま。多少語彙《ごい》が増え、口も達者になっていたが、それでもどことなく幼気で抜群に愛嬌があった(俺のことは『涼一』と呼ぶようになっていたが)。

と、話が随分と膨らんでしまったが、つまるところ、そんなソラの残した『遺産』によって現在の俺は『奇人』的な視線を向けられているぞ、ということだ。まぁ、みなまで言うまい。あれだけの変態イベントの数々をこなしてきたのだ、この程度の代償は必然である。

まぁ、いいではないか。幸い男性陣はみな病欠中で俺の奇行を目にしていなかったわけだし、女性陣とはもともと取り立てて仲がよかったわけでもない。ちょっとばかり女子生徒に嫌われようが、なにを落ち込む必要があろうか。被害は軽微も軽微。なぁんてことはない。この一ヵ月を経たことにより人権という概念そのものを奪われてしまった笹川に比べれば、こんな迫害屁でもないではないか。今現在のように、体育館にてつまらない校長の話を聞きながら、周りの女子が俺のことをチラチラと窺い、ひそひそと耳打ちをし合う程度……。ダイジョウブ。この程度じゃ俺は……ヘコた……れない。

始業式が終わると、生徒たちは気だるそうに教室へと戻っていった。そして全員が席に着くと間もなく、担任は委員会決めをするなどとのたまい始める。始業式の日に委員会を決めてしまおうとはなかなか気が早い。俺はそんなことを考えながらも『委員会』という単語から、美化委員会、放課後ゴミ拾い……佐藤さんという連鎖的想起をせずにはいられない。

あぁ……佐藤さん。

俺は心でつぶやくと、おとなしく席に座っている佐藤さんの背中を見つめた。

さぁ、御園生には無視された、一ノ瀬には色気のない眼差しを向けられた、ソラは家を去っていった。ここまでくれば、自ずと『佐藤さんとの仲はいい感じになったんじゃないの?』と疑問をお持ちになる人間が、広い世界のどこかにはいるかもしれない。というわけで、佐藤さんとのお話を少ししておこう。

あれから佐藤さんとは一気に距離が縮まり、晴れて俺たちは恋人同士になった……などというご都合主義は残念ながら現実には存在しない。それどころか、意外に思われるかもしれないが、この始業式が退院してから初めての佐藤さんとの対面である。そして更に面白くない情報を提供するならば、今日は朝から一度も佐藤さんと言葉を交わしてもいない。

おそらくあの手術以降、俺たちの関係は一気に縮まりすぎたのだ。というのも、今までの佐藤さんにとって俺という存在はただのクラスメイトにすぎなかった。そんな人間が、たったひと月の間に『命の恩人』へとランクアップしてしまったのだ。これは些か気味の悪い現象だったに違いない。

突如として、ただのクラスメイトの肝臓が自分の腹の中に移植されてしまったのだ。驚きと戸惑いと気まずさがちゃんぽんされて、胸の中にどっと押し寄せてきたのだろう——。というのは勝手な俺の分析ではあるが、そんな訳だから佐藤さんは俺と目を合わそうともしてくれない。

退院後、何度か佐藤さんの両親が俺の家を訪れ、こちらが申し訳なくなるほどに頭を下げていたときも佐藤さん本人は現れなかったし、引っ越しのお手伝い（佐藤さんのお父さんが無事に元の会社へと再就職、再び社宅へと引っ越すことになった）をさせてもらったときも佐藤さんは俺の前に姿を見せなかった。

ようやく今日の始業式で佐藤さんとお話ができるだろうと踏んでいたのだが、現在のこの有様。こちらが熱心に佐藤さんのことを見つめているにもかかわらず一切目が合わない。ここまで徹底して目が合わないとなると、これは意識的に無視されていると見て間違いない。

はぁ……なかなかどうして悲しいものだ。

佐藤さんと仲よくなれるかもしれないという下心丸出しで飛び乗ったフラッガーシステムのデバッグテストで、佐藤さんとの関係がギクシャクしてしまうとはこれいかに……。やはりノンフィクションの世の中というものはどうにもうまくいかないものだ。まぁ、佐藤さんという世界遺産レベルの現人神を救うことができたのだという事実だけを、どうにか明るい材料として認識しポジティブに生きていこうじゃないか……。うん、俺は幸運だ。はぁ……。

俺がそうして暗い気持ちに身を委ねていると、いつの間にか決定していた新学級委員が黒板の前でチョークを握っていた。

「次は……美化委員です。やりたい人いますか？」

きっとその瞬間、教室中の全員が心の中で華麗なツッコミを入れたに違いない。『いるわけねぇだろ』と。

そして俺たちの前には眉ひとつ動かせない拷問のような沈黙の均衡が訪れる。何らかのアクションを起こしてしまえばそれがたちまち立候補の意思表示であるかのような錯覚を起こさせかねない、そんな静寂が。

「誰かいませんか？」と学級委員は鉛のように淀んだ教室を見回した。「なら……誰か、美化委員の経験者はいませんか？　勝手のわかる人がいいと思うので」

……こやつ、なんて意地悪なことを言いやがるんだ。それは事実上生贄《いけにえ》の決定ではないか。

もちろん律儀な佐藤さんは戸惑いの表情を浮かべながらもするりと手を挙げた。あぁ……なんと、またしても悪魔のようなシステムによって佐藤さんが犠牲になろうとしている。このような非道が許されてもいいのだろうか？　そもそも佐藤さん以外にも美化委員の経験者はいるはずなのに、どうして手を挙げないのだ！　この不届き者が！　出てこい卑怯者！

「じゃあ……佐藤さんにお願いしてもいい？」

あぁ……いけない！　これはいけないぞ！　かの悲劇が繰り返されてしまうではないか！

俺は慌てて手を挙げようかと思ったが、すんでのところで思い止まってしまう。

というのも俺は佐藤さんから無視を決め込まれているのだ。それはつまるところ『嫌われている』のかもしれない、ということである（そんなこと、信じたくはないが……）。とすれば、俺がここで手を挙げて美化委員に立候補するという事実が、またしても佐藤さんの不興を買ってしまうかもしれない。

『とことん私に恩を売って、私をどうするつもりなの！　気持ち悪い』と。

いや……もちろん。もちろん、佐藤さんはそんなことを考えるような人間ではないと信じたいが、それでもここで手を挙げるという行為は様々な意味合いを帯び過ぎていて実に難しい。

そんなふうにして俺が頭の中で手をこまねいていると、学級委員がまたしても予想外のことを言うではないか。

「それじゃ一人目は佐藤さんで……それと、今年から美化委員は二名なので、誰かもう一人お願いします」

教室は静寂のまま、にわかにどよめく。ふ、二人だと……？

初耳だ。なににしても、これじゃますます佐藤さんが呪縛《じゅばく》から解き放たれる見込みが少なくなってしまったではないか。俺がボーっとしていた間に説明があったのだろうか。いやはや、いつかの一ノ瀬ではないが『迂闊』だった。

すると、教室の沈黙は予想外の人間の一言によって破られる。

「あの」

響いたウィンドチャイムのような声は、張り詰めた教室の沈黙を優しく壊していった。まるで砂場で行う山崩しのようにゆっくりと慎重に、意識の間をすり抜ける風の様に滑らかに。生徒たちは揺れる木の葉のように柔らかに首を動かし、佐藤さんへと視線を集めた。

佐藤さんはあくまで学級委員を見つめたまま、優しく言葉を紡いだ。

「それなら……もう一人は、私から指名してもいいかな？」

学級委員は首をかしげた。「……指名？」

「うん」

佐藤さんは淡いマリンブルーの笑みを浮かべる。

「とても頼りになる人がいるの」


佐藤さんは口ごもりもしなければ、赤面もしなかった。

どうして佐藤さんがそんなことを言ったのか、どうして佐藤さんが笑みをこぼしているのか、そんなこと俺にはわからないし、もちろん『フラッガーの方程式』に載ってもいない。

ここはノンフィクションの世界なのだ。

テンプレートとご都合主義だけで乗りきれるような、甘っちょろい世の中ではない。明確な『しるし』もなければ『フラグ』だって立ちはしない。あるのは、ただよくわからない『事実』だけ。答えは俺自身が探していかなくてはいけないのだ。

村田さんは、いつからかアニメ作品が一本のレールを走っているだけのような錯覚に陥ったと言っていたが、なるほどそう考えればノンフィクションの世界にレールはない。

俺のこれからはどのようにでも変化していく。

無限に、方程式もなく……でも現実的に。

『テンプレートとはカレーライスである』

村田静山

これは私が常々思うことである。

どうだろう。もしあなたがレストランに入り、メニューに『カレーライス』という文字を見つけたとして、早速それを注文したとしよう。知らず知らずのうちに口の中ではカレーライスを受け入れる態勢が整い、その味、香り、舌触りなどのあらゆる情報が自ずと想起される。そしてまず間違いなく『おいしい』であろうことも予想されている。当然だ。カレーライスに大方ハズレはない。しかし、あなたの前に差し出されたのが、本場インド仕様のナンにつけるタイプの激辛香辛料をふんだんに使ったスパイシーなカレー（この場合は『カリー』と表記する方が正しいのかもしれない）だとしたら、あなたはどう思うだろう？

きっとがっかりするはずだ。

これはもちろん『インドのカレーが不味《まず》い』と言っているわけではない。

ではなぜがっかりするのかといえば、それは我々が他ならぬカレーライスの『安心感』と『安定性』を購入しているからに違いない。

テンプレートも、これと同じである。

よく『テンプレートな展開で下らない』などといった主張を耳にすることがある。なるほど、これに関しては大いに頷けよう。既存の作品において何度も使用されもてはやされたテンプレートは、手垢にまみれているに違いない。

しかしながら、テンプレートを求めている人は、『本場のインドカリー』を求めているわけではないのだ。インドカリー好きからすれば、ひょっとするとＣｏＣｏ壱番屋のカレーは取るに足らない味であるのかもしれない。だが、そもそもがしてこの二つを比べることが間違っているのだ。これら二つは明らかに別のフィールドに立っている。ニーズの出所が違う。

必ずしも一般的な『カレーライス』の延長線上に、あるいは絶対的な優位性を持って『インドカリー』が存在しているわけではないことは、少なからず理解していただけるだろう。もしそうだとすれば瞬く間に日本中の『カレーライス屋（あるいは軽食屋のカレーライスというメニュー）』は撲滅し、『インドカリー屋』に塗り替えられてしまうことになるのだ。でもそうならないのは、やはり『カレーライス』には圧倒的な需要があるということだ。

アニメのテンプレートを『下らないか』あるいは『個性的か』の次元で語るとすれば、それは間違いなく下らないであろう。テンプレート的展開はもちろん個性的ではないし、唯一無二でもない。しかしそこに需要が尽きないのは、少なくない人々がアニメのテンプレート的な『安心感』と『安定性』を求めているからなのだ。

勧善懲悪、正義は勝つ、主人公はヒロインと結ばれる、努力は報われる。

そんな料理（展開）が登場してくれるものだと思っていたのに、予想だにしない（悪い意味において期待を裏切る）ストーリーが提供されてしまっては、やはり我々はがっかりするのだ。インドカリーを食べるのは、やはりインドカリーを食べる気分のときに限る。

『今のアニメは下らない、俺たちの世代のアニメこそが至高だった』という論争がやまないのも、このテンプレートの消化にあるのかもしれない。かく言う私も、あるときからアニメが途端につまらなく感じられるようになった。そしてそのときの私はこう思ったのだ。『最近のアニメはつまらなくなったものだな』『また、前の作品のモノマネだ』と。

しかし、きっと真相はそうではない。

いつの時代もあまねくテンプレートというものは（カレーライスというものは）、提供され続けているのだ。だからそこに放送順序という優位性を見つけて、『昔のアニメのほうが面白かった』という結論にたどり着く。これは『今のカレーライスは昔のカレーライスのモノマネだ。昔のカレーライスのほうが美味しかった』と言っているのと同じ、愚行であることを我々は認識しなければならない。

いつの時代もテンプレートは愛され続け、僅かずつ形を変えようとも、決して絶えることなく存在し続ける。

しかしながら、私は決してテンプレートを手放しで礼賛《らいさん》、承認しているわけではない。やはり日本中に（あるいは海外にまで進出する）カレーチェーンは、ただ安心感と安定性があるだけではない。どこの家庭のカレーライスだってそれなりに美味しいが、それでも商品としての価値があるかと問われれば疑問符が付く。

つまり、本当に評価されるカレーライスというものは、安心感と安定性の中にも、そこはかとないピリリとしたスパイスが利いているものなのだ。

私はそんな素敵な作品を、アニメを、新たなテンプレートの出現を、密かに心待ちにしている。そして、そんなテンプレート的、ご都合主義的展開を実際に味わえる、フラッガーシステムの真の完成を心待ちにしているわけだ。

一人の評論家として。

一人のオタクとして。

一人のアニメフリークとして。

私の腹は、絶品のカレーを欲して止まない。

――注解：村田静山――

■p.75【女の腕に腕章が巻いてあることに気付く。そこには勢いのある毛筆で『生徒会長』と記されていた】
実際にはあまり目にしないが、生徒会をはじめとする学内での役職（委員会など）は腕章にて表現されることが多い。

■p.94【アニメの主人公なら『やれやれ、面白くなってきたぜ』などとでも言う場面なのかもしれないが】
本人にその自覚はないようだが、このときの東條少年の姿こそがまさしくあるべき主人公の姿である。一体どこの主人公が女の子を自宅に招き入れ「やれやれ、面白くなってきたぜ」などと口にするのだろうか？

■p.94【ソラが隣で寝ていた】
布団（ベッド）に入るときから一緒に寝ているというケースは比較的少なく、大体は寝ている間にこっそり忍び込まれていた、というものが定番である。

■p.103【細かいことは気にするな兄弟】
なぜだか、主人公の親友ポジションの人間は、主人公のことを「兄弟」と呼ぶことが多い。

■p.105【主要キャラにランクアップしてんじゃねぇか!!】
リムジンでの登校。周囲には人だかり、黄色い歓声。執事（もしくはメイド）の同伴。フィクションの中だけで発展してきた、お金持ち描写である。

■p.111【……なに、その生徒会の権力に対

する全幅の信頼は】
深夜アニメ界隈では、生徒会の持つ権限というのが強大に描かれることが多い。ときにその権力は教員を、あるいは校長をも凌駕する。

■p.118【なに、実業家気取ってるんだよ】
なぜか金持ちキャラは、自分で稼いだわけでもないのに事業のことを偉そうに語るきらいがある。早急に成長し、社会の厳しさを知ってもらいたい。

■p.119～120【私の恋人のフリをしてパパを一緒に説得して欲しいの。きっとパパも私に恋人がいるなら諦めてくれると思うのよ】
およそ必ずと言っていいほど、政略結婚とセットで提示される話。

■p.130【ソラが作った夕食は焼き鮭に煮物に味噌汁と、朝の宣言通り和食にシフトしていた。見た目に関しては申し分なく美しかったのだが、煮物は里芋の芯まで味が染みておらず、また味噌汁は出汁が薄く、百点はあげられない完成度であった】
通常深夜アニメ界隈において、料理スキルというものはゼロ、もしくは百しか存在し得ない。ヘドロのような料理を生み出すか、もしくは三つ星シェフ顔負けの絶品料理をつくり上げるか、この二択に尽きる。派生系に「見た目は綺麗、だけど不味い」「見た目は最悪、でも美味しい」というものも存在する。

■p.143【……かなりTポイント貯まってるのよ】
貯まったTポイントをいつ使うか？　余談ではあるが私は未だにタイミングがうまく掴めず、図らずも日々ポイントが貯まってしまう一方だ。もしも効果的なポイントの使い所があるのなら、私までご一報いただければ幸いである。

■p.147【一般的な家庭からすればカローラは最高にユースフルでハイクオリティな車だといえる】

まったくもって東條少年の言うとおりである。日本の車という歴史の中において、カローラが刻んだ実績と功績は、他に類を見ないと言っても過言ではない。また最新のカローラのドライビング性能は実に素晴らしく、ドライバーに疲労を感じさせない。可能であれば、皆様もぜひ体験して欲しい。

■p.148【あろうことか時代錯誤甚だしくも甚平を羽織っている】

理由は不明だが、甚平を羽織っている父親というものが、往々にしてアニメにはよく登場する。

■p.153【あなたのオモチャじゃない！】

もはや初出がわからないほどに使い尽くされた台詞である。皆さんも正しきよき主人公を演じることがあるのなら、ぜひ押さえておきたい一言だ。

■p.178【まぁ皆。きっとソラさんも東條くんも色々な事情があって一緒に住んでるのよ。そんなに訝しがることないじゃない】

往々にしてフィクション界の住人は物わかりがいい。

■p.181【死ね！ 不潔男】

実際に遊び人的男性を前にして、「あなたって不潔ね」と口にする女性はいるのだろうか。こちらもフィクションの中だけで培養され続けた台詞であるのかもしれない。

■p.186【この部活は……というか正確には人数の関係で同好会扱いなんだけどね】

こちらも非常に多用されるエクスキューズである。ときには部活への昇格をかけて、あるいは廃部（廃会）の危機を乗り越えるために、メンバーたちは奔走するのである。

■p.221【待ちくたびれたぞ……】

一見して格好いい台詞だが、よくよく考えると懸命に時間を潰していた悪役に対し思わず同情したくなる一言である。

■p.226【あんたらも根っからの悪党ならこっちがウダウダやってる間に攻撃しちゃえよ】

悪の組織にとって、あるいは美しい戦闘において、変身シーンと会話シーンは絶対に妨害してはならない暗黙のルールがある。無粋なことを言ってはいけない。

■p.246【よくわからないが、あまり明確な理由はないらしい】

悪者は往々にして人質を取ることを好むが、残念ながらその戦法には疑問符を打たなければならいことも多い。悪者たちは、肝心なところで詰めが甘い。

■p.246【潰れた病院のほうが、雰囲気出るだろう？】

悪者のアジトというものは、昔から廃ビル、もしくは港、工場、倉庫と相場が決まっている。実世界ではあまりお目にかかることはないが、フィクションの中では定番中の定番である。

■p.249【油断している敵を倒しても面白くはない】

フィクションの悪者ならではの価値観である。悪者は慢心している敵を倒すことを好まない。

■p.264【こ、これが『誰かを守ろうとする強い力』というやつか……】

恋人がいれば、私ももう少し強い人生を歩むことができたのだろうか。冷静になると、そんなことを考えさせられる（胸痛む）台詞である。

■p.328～329【中途編入という大きなハンディキャップを背負っていながらも、それをものともしないくらいの才女だった】

バカそうに見えるが実は賢い、いつも態度は大きいが実は動物が苦手、一見して不良だが実は家族想い。フィクションにおいてギャップは命である。

〈フラッガーの方程式　了〉

あとがき

　昔からラブコメアニメが大好きだったのですが、思い返せばこれまで誰かに対して「絶対に観たほうがいいオススメのラブコメアニメはある？」というようなことを尋ねた経験は一度もないように思います。なぜって、すでに全部観ているからです。

　そんなアホなと思われるかもしれませんが、歪みのある人間が発揮してしまう特殊なエネルギーの底知れなさを舐めてはいけません。たとえばネットで「ラブコメアニメ／おすすめランキング」なんて単語で検索したとすると、「観なきゃ損！　最高のおすすめラブコメアニメベスト１００！」みたいなまとめが出てくるわけじゃないですか。でもほとんど役に立ちません。ほぼ間違いなく、全部観ているからです。「ベスト３００！」くらいになるとぱらぱらと未視聴の作品というものも散見されるようになりますが、こうなってくると今度は「これラブコメじゃねぇだろ」というような作品が交じり始めます。正直なところ高校、大学生だった頃に比べると明らかに視聴数は落ちてきているのですが、少なくともかつての私にとってラブコメアニメは吟味するまでもなく、全部観ることがすでに確定しているジャンルでした。

　では、なんでそんなにラブコメアニメを貪るように観ていたのかと言えば真相は実に単純で、現実世界で楽しい恋愛イベントが悲しくなるくらい、まったく発生しなかったからです。おかしい、どうして俺はいわゆるドキドキするタイプの青春が送れていないのだろう。答えを求めるように、あるいは寂しさを埋めるようにして私はラブコメアニメを観ました。一瞬だけ何かが満たされたような気になりますが、一向に現実世界は充実していきません。おかしい。別解を求めてまた新たなラブコメアニメに手を出し、胸を焦がし、首を捻り、また新たな作品に――ちょっとした依存症に近いものがありました。

今となっては笑い話ですが、私は現実世界における恋愛のあれこれも、おおよそラブコメアニメのそれと同じような手順で進んでいくものだと確信していたのです。ラブコメアニメの主人公像というのは時代によって微妙に変化してしまうので一概にこうだと断じることはできないのですが、私が夢中になって観ていたゼロ年代中盤から終盤にかけての作品においては「困っている人のことはちゃんと助けてあげる誠実ないいヤツ」「しかし女の子からのアプローチにはぞっとするほど鈍感」「一方で自分からは絶対に、何があっても女性に対してアプローチをしない奥手」「だけれどもその奥手感がなぜだか一層女の子側の好感を呼んでしまい、更にモテが加速していく」というのがざっくりとしたテンプレートだったと思います。

私は愚直なまでにこれを目指しました。人には親切にしよう。でも下心があることは悟られぬよう、好きな相手であればあるほどにどこか素っ気ない態度をとろう。仮に女の子がほんのり自分に好意を抱いている雰囲気を見せてきたとしても、それは完璧に無視し続けよう。あまりの破廉恥さに嫌われてしまうかもしれないので「好きです」だとか「僕と一緒に遊びに行きませんか」というような不埒《ふらち》な言葉は絶対に口にしないようにしよう。こうして主人公ライクに過ごしていれば、いつかきっと本物の主人公になれるに違いない。

こういった愚行によって、私は貴重な青春の時間をすべてドブ川に溶かしてしまいました。なのでラブコメアニメに対する想いはまさしく愛憎半ばです。ラブコメがあったからどうにか孤独な青春を乗り越えることができたとも言えますし、ラブコメさえなければ認知に歪みが発生せずに普通の青春が送れたのかもしれないという逆恨みに近い感情も間違いなくあります。

当たり前ですが、現実と物語の世界は別物です。

「何があったって、俺はお前のことを守るぜ」という台詞は物語の中では確かにキュンとするかもしれませんが、ありとあらゆるシチュエーションが奇跡的に嚙み合いでもしない限り、現実ではシンプルに気持ち悪い言葉にしかなり得ません。「私はあなたのことが大しゅきなのですピョンピョン！」と跳ねるウサ耳のキャラクターは可愛いかもしれませんが、現実で口にされたら嬉しいという気持ちより怖さが幾らか勝るのではないでしょうか。

こういった現実と物語の世界の断絶に気づくことを、あるいは人は「中二病の終わり」と表現するのかもしれません。私も具体的な年齢こそ思い出せませんが、いつからかこれに気づいてしまったわけです。大好きな物語は、やっぱり物語であって、現実ではないのだな、と。

異性に生まれていればもっと人生はうまくいったはずなのに、出身地が異なっていればきっと人生違ったはずなのに、顔さえよければ、運動神経がよければ――いろんな「たられば」があるかと思いますが、私にとっての「たられば」はこれだったわけです。

この世界がフィクションだったら、人生もっとうまくいったはずなのに。

今や年末の風物詩の一つとして定着した感がありますが、「ダウンタウンのガキの使いやあらへんで!」から派生した「笑ってはいけないシリーズ」の世界こそが、ある意味で私にとっての理想の世界でした。挑戦するメンバーだけがある意味「素面《しらふ》」で、それ以外の舞台装置すべてが「フィクション」側に吸収されている。何を言っても、何をしても、この「フィクション」の魔法は絶対に解けていかない。進むべきストーリーラインは舞台装置側がすべて用意してくれており、メンバーたちはひたすら与えられるイベントをこなしていくだけでいい。ただひたすらに笑える番組でありながら、同時にあれは私にとって非常に不気味で、だけれども狂おしいほどに楽しそうな異世界でした。

そんな思いから生まれたのが本作『フラッガーの方程式』です。

物語に翻弄され、現実を蔑《ないがし》ろにしながらも、やっぱり物語を愛さずにはいられない。とても似ているけれども二つの世界が究極的には絶対に交わることのない別物なのだと理解しながらも、どこかそれを認めきれない。愛と憎しみを胸に、神になったつもりで二つの世界を無理矢理縫合してしまおうという壮大な野望を具現化させた——というのは少々大袈裟ですが、でもやっぱり部分的にはそういう想いから物語を作っていったのだと思います。

自分本位な表現を許していただけるなら、私はフィクションに青春を台無しにされたとも表現できます。しかし物語が必ずしも私たちの人生をマイナス方向に引っ張り続けるわけではないことを、多くの方は言われるまでもなく理解しているはずです。小説が、アニメが、漫画が、映画が、ときに私たちの背中を優しく押してくれる。私だって何度もそんな瞬間に立ち会いましたし、可能なら私の作品が誰かの心を豊かにしてくれたらと思って物語を紡いでいます。

残念ながら物語で描かれる魅力的なものの多くは、現実の世界にそのまま輸入して力を発揮してくれる代物ではありません。ラブコメの主人公のように振る舞ったところで女の子にはモテませんし、部屋から一歩も出ずにオタ活に励んでいたらいつの間にかイケメン五人に言い寄られていたなんてことは奇跡に近く、恰好よく上司に噛みついたら社内での評価がうなぎ登りというのも多くの場合幻想かと思います。「そんなことあるわけない」からこそ、物語になっているわけです。

本作よろしく、物語の世界に移住できたら楽なのですが、私たちは悲しいかな今日も明日も明後日も、この「現実」に立ち向かい続けなければいけません。だからこそ私は本を閉じたら「はい、終わり」ではない、現実の世界にも少なからずの「お土産」を持って帰れる物語を紡ぎ上げていきたい、現実を真の意味で豊かにしてくれる物語を生み出したい、そう思って、ある意味では常に「フィクション」と「ノンフィクション」を縫合するつもりで筆を走らせているのだと思います。物語は現実の対極にある逃避先ではなく、現実を楽しく生きるためのよき教師であり、友達であってほしい。結局、私は学生時代にキラッキラの大恋愛をすることはできませんでしたが、それでも人に優しくすることの大切さはラブコメの主人公たちにきっちり教えてもらえたんじゃないかなと思います。

いいことばかりの現実ではありません。でも、どうせなら楽しく生きていきたい。そんなとき私の著作があなたの心をほんのり軽くしてあげられることができたのだとすれば、私にとっ

て これ以上にない喜びです。本作よりももう少し真面目な小説も書いていますので、興味を持っていただけたのなら手に取っていただけるととても嬉しいです。本を介して、互いにちょっとだけ寄り添い合って生きていけるような気がします。というわけで私に言えるのはつまるところ、こういうことなんじゃないかしら。

何があったって、俺はお前のことを守るぜ。

浅倉秋成

解説

杉江松恋

駆けめぐる伏線小説、とでも言うべきか。

伏線が駆ける、というのもおかしな表現だが、他に言いようが思いつかない。主人公と一緒に走るのである、伏線が。それらの「伏線」たちは出鱈目な動きをしているように見えるが、実は自動追尾装置付きの弾頭よろしく計算された動きをしていたことが最後にわかる。浅倉秋成『フラッガーの方程式』とは、そういう小説である。

本文の第一行は、「終わりに」という文言から始まる。物語全体が一つの報告書に含まれた形になっており、その結文が冒頭に来ているのだ。記述者は「フラッガーシステム開発プロジェクト　シナリオ編成・広報・営業担当」を名乗る村田静山という人物である。

主人公の〈俺〉こと東條涼一は、その村田からフラッガーシステムなるプロジェクトでデバッガー役を務めるように勧誘される。フラッガーシステムとは「誰もが現実において、物語の主人公になれるシステム」である。特殊な電波を発信して人々の行動や思考を変容させることにより、「ノンフィクションである現実の上に」「きちんと的確な伏線を張り、余すことなく美しく回収、更には求めるラストシーンに向けて、誰もが納得のいく一級の物語を作り上げ」てくれるというのだ。そのシステムを稼働させるにあたっての実験役として白羽の矢が立ったわけである。胡散臭い話だが、同じクラスの佐藤さんに恋心を抱いている涼一は依頼を引き受ける。物語のような恋ができる。これを逃す手はないではないか。

だが実験が始まった途端に困った事態が出来《しゅったい》する。一人息子の涼一を放置して、両親が海外に転勤してしまったのだ。突然の一人暮らしを強いられたのはもちろんフラッガーシステムが稼働したからであった。両親が同居していては主人公の行動は自由度が制限され、好きな女の子とも思うようにイチャイチャすることができない、というのがその理由である。

フラッガーシステムのシナリオは、アニメ評論家を自称する村田の嗜好を反映した形で構成されていた。シナリオ・データベースに登録された三百作品のうち、二百九十九までが深夜アニメだったのである。深夜アニメの主流はラブコメだ。その日から涼一の生活は、突如彼を「お兄ちゃん」呼ばわりする娘と同居することになったり、大富豪子女の生徒会長となぜか毎日デートすることになったりと、恋愛がらみのイベントが溢れかえることになる。

システムのせいで、次から次に異常な事態が発生する。ほとんどの登場人物がボケ、主人公が一人でツッコミをこなしているような状態であり、その絶え間ない応酬によって物語のテンポが出来上がり、ページを先へ先へとめくらせる原動力になるのである。涼一にはデバッガーとして絶対の条件がある。彼の言動はシステムに「フラグ」として認識される可能性があるということだ。物語が歪み、佐藤さんとの恋愛成就という目的が変わっては意味がない。おかしなフラグを立ててしまわないよう、涼一は努力の毎日を送るのである。

フラグが「立つ」だけではなく「立てる」ものになって久しい。ネットで検索してみると「一級フラグ建築士」などを筆頭に続々と類語が上がってくる。フラグを立てるという概念は、すでに一般層に浸透していると見ていいだろう。新橋駅前の酔っぱらい会社員に「フラグってなんだかわかりますか」と質問する情報番組も、私が知らないだけですでに放送されているのかもしれない。

場面の連なりが意味を持ち始めると、型の一つとして認識されるようになる。後続作品によってそれらは踏襲されるが、中には先入観を利用して意外な展開を仕掛けるような作り手も出てくる。どんなジャンルでも繰り返されてきたことだ。お約束とその裏切りは、そうした型を情報の受け手が先刻承知していることを前提として、メタ化を図ってくる。この先どうなるかはご存じでしょう、選択肢は複数ありますがどれを選ぶと思いますか、と作品内にいる者が読者や観客に語りかけてくるのである。フラグが「立つ」ことについて登場人物が言及するというのはそういうことだ。

本書でも黒子的な立場である村田が、しばしば物語の深夜アニメ的展開がどのようにテンプレート化されているかについて言及する。楽屋落ち的な笑いを誘うくだりではあるが、「私」(登場人物及び彼らに語らせている作者)と「あなた」(読者)が享受している物語とはそうした性格のものではないか、という評論的言辞がそこには含まれる。このスラップスティックに徹した喜劇小説の諸処にそれが置かれることで、薬味のような効果を挙げているのである。

『フラッガーの方程式』は、浅倉秋成の第二長篇にあたる作品だ。浅倉のデビュー作は、第十三回講談社ＢＯＸ新人賞Ｐｏｗｅｒｓを獲得し、二〇一二年に刊行された『ノワール・レヴナント』（角川文庫近刊予定）である。それに続くのが本作で、親版は講談社ＢＯＸから刊行された。奥付の日付は二〇一三年三月一日刊になっている。今回が初の文庫化だ。

作者の知名度は最近になって急速に高まった。きっかけは、二〇一九年に刊行された第四、第五長篇『教室が、ひとりになるまで』（現・角川文庫）と『九度目の十八歳を迎えた君と』（現・創元推理文庫）がミステリー読者の間で話題になったことだろう。前者では、学園内で起きた連続自殺事件が話の中核になる。実はその学園には特殊能力の持ち主が一定数現れるという伝説があった。誰が、どんな能力の持ち主なのか。それが事件にどう作用しているのか、という謎の設定が斬新な物語である。後者は、高校の同級生がまったく歳を取らずに三年生を繰り返しながら生きていることを主人公が発見する場面から始まる。その同級生が過去の出来事に執着しているために異常事態が起きているのだ。その出来事とは何かというのが謎の核で、分類としては動機を問う「なぜ」のミステリーと言っていい。

続けて発表した二作で毛色の違う斬新な謎を呈示したことがミステリー読者による評価につながった。純然たる謎解き小説を上梓したのは両作が初めてだが、そうした要素はデビュー当初より持っていたものであることが振り返ってみればわかる。たとえば『教室が、ひとりになるまで』の複数の登場人物が異なる特殊能力の持ち主であり、それを用いて行動することで話が展開していくという構成は『ノワール・レヴナント』のものだ。『九度目の十八歳を迎えた君と』を読んだ際には、主人公たちの心情の描き方はもちろん、終盤で判明する伏線の多さに舌を巻いた記憶がある。思えばこうした埋め込みの技術を、作者は『フラッガーの方程式』ですでに見せていたわけである。

初期作品では、第三作『失恋覚悟のラウンドアバウト』（二〇一六年。講談社）が、主人公のついた嘘のために解決しなければならない事件が起きるという物語であった。主人公になんらかの屈託を抱えさせ、その重みによって生じたひずみ、傾きのようなものが事態を動かし続けるという話の作り方を浅倉はとる。思い切りドタバタ劇のほうに振ったのが本書だが、二〇一九年の二作はその対極にあるものの、通底する原理はおそらく同じなのだ。

物語にはいくつかの型が存在する。定型をなぞったとしても、独自の登場人物をその中で動かすことで他にない物語を作り出すことができる。浅倉作品の根底にあるのはそうした作者の信念なのではないだろうか。鉄道は同じレールの上を行く。だが、その道中で旅人は、それぞれ違った感動を味わうはずだ。実に愉快な『フラッガーの方程式』を読みながら、行間から感じる作者の気骨について私はずっと考えていた。

本書は二〇一三年三月に講談社から刊行された単行本を加筆修正のうえ、文庫化したものです。

フラッガーの方《ほう》程《てい》式《しき》

浅《あさ》倉《くら》秋《あき》成《なり》

令和3年 4月25日　初版発行
令和6年 10月30日　12版発行

発行者●山下直久

発行●株式会社KADOKAWA
〒102-8177　東京都千代田区富士見2-13-3
電話　0570-002-301（ナビダイヤル）

角川文庫 22629

印刷所●株式会社KADOKAWA
製本所●株式会社KADOKAWA

表紙画●和田三造

●お問い合わせ
https://www.kadokawa.co.jp/（「お問い合わせ」へお進みください）
※内容によっては、お答えできない場合があります。
※サポートは日本国内のみとさせていただきます。
※Japanese text only

ISBN 978-4-04-109687-1　C0193

◆◇◇

角川文庫発刊に際して

角川源義

第二次世界大戦の敗北は、軍事力の敗北であった以上に、私たちの若い文化力の敗退であった。私たちの文化が戦争に対して如何に無力であり、単なるあだ花に過ぎなかったかを、私たちは身を以て体験し痛感した。西洋近代文化の摂取にとって、明治以後八十年の歳月は決して短かすぎたとは言えない。にもかかわらず、近代文化の伝統を確立し、自由な批判と柔軟な良識に富む文化層として自らを形成することに私たちは失敗して来た。そしてこれは、各層への文化の普及滲透を任務とする出版人の責任でもあった。

一九四五年以来、私たちは再び振出しに戻り、第一歩から踏み出すことを余儀なくされた。これは大きな不幸ではあるが、反面、これまでの混沌・未熟・歪曲の中にあった我が国の文化に秩序と確たる基礎を齎らすためには絶好の機会でもある。角川書店は、このような祖国の文化的危機にあたり、微力をも顧みず再建の礎石たるべき抱負と決意とをもって出発したが、ここに創立以来の念願を果すべく角川文庫を発刊する。これまで刊行されたあらゆる全集叢書文庫類の長所と短所とを検討し、古今東西の不朽の典籍を、良心的編集のもとに、廉価に、そして書架にふさわしい美本として、多くのひとびとに提供しようとする。しかし私たちは徒らに百科全書的な知識のジレッタントを作ることを目的とせず、あくまで祖国の文化に秩序と再建への道を示し、この文庫を角川書店の栄ある事業として、今後永久に継続発展せしめ、学芸と教養との殿堂として大成せんことを期したい。多くの読書子の愛情ある忠言と支持とによって、この希望と抱負とを完遂せしめられんことを願う。

一九四九年五月三日